사람은 어떻게
죽음을 맞이하는가

사람은 어떻게 죽음을 맞이하는가

지은이	셔윈 B. 눌랜드
옮긴이	명희진
펴낸이	오세인
펴낸곳	세종서적(주)
주간	정소연
기획·편집	윤혜자 이진아 정은미 김하얀
디자인	조정윤 전성연
마케팅	임종호
경영지원	홍성우
출판등록	1992년 3월 4일 제4-172호
주소	서울시 광진구 천호대로 132길 15 3층
전화	경영지원 (02)778-4179, 마케팅 (02)775-7011
팩스	(02)776-4013
홈페이지	www.sejongbooks.co.kr
네이버 포스트	post.naver.com/sejongbooks
페이스북	www.facebook.com/sejongbooks
원고 모집	sejong.edit@gmail.com

초판 1쇄 발행 2003년 6월 15일
4판 1쇄 발행 2020년 7월 1일
    3쇄 발행 2023년 7월 17일

ISBN 978-89-8407-794-2 03840

• 잘못 만들어진 책은 바꾸어드립니다.
• 값은 뒤표지에 있습니다.

삶의 마지막 순간에서의 가르침

셔윈 B. 눌랜드 지음 | 명희진 옮김

HOW WE DIE

사람은 어떻게
죽음을 맞이하는가

세종

사랑하는 나의 형제들,

하비 눌랜드와 비토리오 페레로에게 이 책을 바칩니다.

"죽음에는 수만 개의 문이 있다."

존 웹스터의 『말피 공작부인』(1612년) 중에서

감사의 말

18세기의 작가 로렌스 스턴은, "저술이란 문자 그대로의 뜻 외에도 대화라는 의미로 달리 표현될 수 있다"고 말했다. 책이나 논설 속에 담긴 내용과 어조는 마치 독자들이 자신들의 눈앞에 있는 것처럼, 그들의 반응을 미리 고려해서 단어나 문장을 조심스럽게 선택해 표현한 것이라고 볼 수 있다. 이 책 역시, "죽음이란 어떤 것일까"라는 의문을 지닌 사람들과의 대화라고 보면 정확할 것이다.

각 장에 담긴 내용들은 내게 오래도록 가까운 존재—가족, 친구, 동료, 그리고 무엇보다도 중요한 나의 환자들—인 동시에 나로 하여금 삶과 죽음이 무엇인가를 이해하도록 귀중한 지혜를 허락해준 사람들과의 소중한 대화록이다. 타인의 경험을 수록해놓은 책을 보기보다는 그들의 입술을 통해 직접 지혜를 구하는 것이 훨씬 더 쉬우리라는 생각에, 나는 지혜가 있는 곳이라고 여겨지기만 하면 언제 어느 곳이라도 마다하지 않고 찾아가서 그 지혜를 내 것으로 만들려고 애썼다. 물론 이러한 습득 과정이 반드시 현실적이라고 볼 수는 없을 것이다. 내 인생 속에 들어왔던 수많은 사람들이 부지불식간에 어떤 가르침을 주었듯이, 나 역시도 무엇을 배운다는 의식 없이 자연스럽게 그들로부터 훌륭한 지식을 얻곤 했기 때문이다.

이처럼 배움이란 것은 본시 가르치는 쪽과 가르침을 받는 쪽이 모르게 이루어진다고는 하지만, 그래도 우리는 가장 흔한 표현 수단인 '대화를 통해 지혜의 씨앗을 찾아낼 수가 있다. 여기에 서술된 내용 중 대부분의 것들은 몇 년씩, 어떤 것들은 수십 년 이상씩 간헐적으로 끊기었다가 다시 이어진 대화들로서, 집필 중에 일어난 것들은 극소수에 불과하다. "협의가 준비된 인간을 만든다"라고 한 프랜시스 베이컨의 주장대로, 『사람은 어떻게 죽음을 맞이하는가』를 위해 나는 그동안 수많은 사람들과 대화를 하며 의견을 나누어왔다. 예일 대학 뉴헤이번 병원 부설 생명윤리학 위원회 소속의 동료위원들 몇몇은 나의 평론가적인 초점을 날카롭게 교정하고 보완해주는 배려를 아끼지 않았다. 특히 콘스탄스 도노번, 토머스 더피, 마거릿 패팔리, 로버트 러바인, 버지니아 로디, 그리고 하워드 조내너 등은 내가 '의학적 윤리학의 참모습을 그릴 수 있도록 도와준 특별한 친구들이다.

또한 우리의 대원목이자 조합교회 목사로 시무하고 있는 소아과 의사 앨런 머만에게 심심한 사의를 표한다. 그분은 의대생들과 죽어가는 환자들이 서로 친구가 되어 두려움과 희망을 나누는 모습을 내게 특별히 소개해준 분이기도 하다.

예일 대학 커싱 휘트니 도서관의 귀한 자료들을 볼 수 있도록 허락해준 페렌츠 도르데이는 오랫동안 내게 다양한 지식을 선사해주었다. 제이 케츠는 직접적인 대화나 저술 활동을 통해 환자의 병세, 즉 임상적인 한계를 초월하여 결정을 빚어내는 심리적 감수성을 가르쳐주었다. 내 아내 세라 피터슨은 '자비심'이라고도 하고, 혹은 '사랑'이라고 불리기도 하는 또 다른 종류의 감수성을 가르쳐주었다. 자비나 사랑 속에는 타인을 이해할 수 있는 힘이 들어 있고, 의심의 여지 없는 신뢰감이 내포되어 있다. "내가 사람의 방언과 천사의 말을 할지라도 사랑이 없으면 소리나는 구리와 울리는 꽹과리가 되고"(「고린도전서」 13장 1절)라는 세라의 좌우명에는, 개인뿐 아니라 국가와 직업—특히 내가 종사하고 있는 의학 분야에서—에 필요한 교훈이 들어 있다고 믿는다.

지난 10년 동안 로버트 마시가 보여준 우정 또한 잊을 수 없다. 의대 학장이며 내과 전문의로, 그리고 의학계 사학자로서뿐 아니라 의학의 현재와 미래를 논하는 평론가인 그는, 동료 의사들에게 협의체 내의 편협성이라든가 시간의 단면성을 뛰어넘는 의료인의 의무감과 이지의 차원을 강조해왔다. 이책에 있는 내용 전부를 그와 의논해서 썼다고 해도 과언이 아닐 것이다. 그의 신념에 가득 한 조언은 오랫동안 내게 크나큰 힘이 되었다. 『사람은 어떻게 죽음을 맞이하는

가』에 담긴 각 장의 내용은 해당 분야의 권위자들에게 철저히 감수 받은 것이다. 그들의 조언과 의견은 주제나 소재를 분류하는 데 훌륭한 길잡이가 되었다. 심장 분야는 마크 애플펠드, 데버러 바버, 스티븐 울프슨 등이 감수했고, 노령화에 따른 알츠하이머 증세는 리오 쿠니가 감수해주었다. 또 대니얼 로는 정신적 충격과 자살 분야를, 앨런 사르토렐리와 에드윈 캐드먼은 암에 관한 임상치료와 생물학적인 면을, 환자와 의사 사이의 교분에 관해서는 제이 케츠가 각기 훌륭한 고견을 들려주었다. 이름만으로도 그 명성을 쉽게 짐작할 만큼 해당 분야에서 뛰어난 분들을 이 지면에 올리게 된 것을 지극한 영광으로 생각한다.

웨인 카버, 벤저민 파커스, 제니스 글로버, 제임스 M. L. N. 호건, 알리 코다두스트, 로리 패턴, 요하네스 반 스타랄렌, 메리 와이겐드, 모리스 웨슬, 앤 윌리엄스, 옌장서우, 그리고 심성 고운 나의 비서 라파엘라 그리말디 등 자료 추적과 의문 사항들을 정리하는 데 도움을 준 분들 또한 잊을 수 없다. 검시 분야를 감수해준 G. J. 워커 스미스는 노령화 과정에 관한 전후 관계를 살펴주었고, 에이즈에 관해 막연하게만 알고 있던 내게 아침 한나절을 고스란히 내준 앨빈 노빅은 에이즈에 관한 일반적인 면은 물론 지극히 세부적인 측면까지 상세히 엿볼 수 있게 도와주었다. 깊은 슬픔과 고뇌를 낯선 이에게 보여줘야 한다는 어려움에도 불구하고 용기와 힘을 보여준 앨빈의 가르침은 내 생에 잊지 못할 교훈으로 남아있다. 어린 시절부터 좋아했던 이르마 폴록은 다른 사람들을 돕는다는 깊은 뜻으로, 고통스럽기 그지없는 알츠하이머 현상에 대해 설명해주었다. 그녀의 이야기로 나는 사심 없는 사랑에 관한 믿음을 다시 한 번 확인하게 되었다.

조앤 베허, 로버트 버트, 주디스 커스버트슨, 마거릿 드베인, 제임스 포넷 등은 마지막 정밀 조사에 의견을 첨부해준 뒤, 『사람은 어떻게 죽음을 맞이하는가』를 처음부터 끝까지 숙독하는 수고를 아끼지 않았다. 집필 중 한 장 한 장 꼼꼼하게 재검토해주면서 귀중한 의견을 내준 로버트 마시와 세라 피터슨의 공로 또한 잊을 수 없다. 로버트의 비평이 부드럽고 우회적인 반면, 세라의 충고는 날카롭고 혹독하기 이를 데 없어 가끔씩 나는 몰래 그녀의 그런 감수 과정을, "자존심과 기를 완전히 죽이는 행위"라며 불평 아닌 불평을 토로한 적도 있었다. 그러나 그런 적극적인 비평이 있을 때마다 지적받은 부분은 확실하게 수정되었다.

마지막으로 최근에 사귄 출판계 친구들에게도 감사를 표한다. 사실 이 책은 글렌 하틀리가 만들었다고 해도 과언이 아닐 것이다. 그의 아이디어로 작업이 시작되었을 뿐만 아니라, 제목도 그가 생각해낸 것이다. 댄 프랭크의 제의에 따라 린 추와 함께 적합한 저자를 찾던 글렌의 요청으로 내가 그 막중한 임무를 맡게 되었고, 노련한 편집진의 도움으로 최종 여과 장치를 통과할 수 있었다. 소니 메타는 편집자이자 발행인이며, 나아가 후원자로서 집필 과정의 처음부터 끝까지 지대한 관심과 노력을 아끼지 않았다. 출판계의 올스타 팀이 있다면 바로 이 책을 맡아준 출판사의 편집진일 것이다.

요즘 사람들은 뮤즈의 여신이 없다고 생각하지만, 내가 찾아낸 엘

리자베스 시프턴이야말로 문학의 여제 자리에 올라 이 책의 문장을 수려하게 다듬어준 여신이다.

『사람은 어떻게 죽음을 맞이하는가』에 잘 어울리는 로렌스 스턴의 또 다른 경구 하나가 생각난다. "모든 인간의 이지(理智)는 육체에서 오는 것이 아니라, 영혼으로부터 나온다." 이 책을 한마디로 표현해준 가장 적절한 문구라고 생각된다. 집필 전후를 통틀어 수많은 분들이 건네준 영감과 조언들은—그 개념이 옳든 그르든, 유용한 사고든 쓸모없는 충고든—모두 내 머릿속에서 소화되어 재탄생되어야만 했다. 모두 다 육체에서 나온 것이 아니라 영혼에서 흘러나온 의견들이었기 때문이다. 『사람은 어떻게 죽음을 맞이하는가』역시 내 육체에서 나온 것이 아니라 영혼에서 탄생된 책이다.

셔윈 B. 눌랜드

머리말

입에 올리기조차 꺼리는 사람들도 있지만, 인간이라면 누구나 '죽음'에 대해 관심을 가지고 있으며 자세히 알고 싶어 한다. 언젠가 자신이 불치의 병에 걸릴 수도 있기 때문에, 또는 사랑하는 사람에게 생긴 치명적 병을 보다 잘 이해하기 위해서, 아니면 어느 누구도 피해갈 수 없는 죽음에 대한 본능적 매력 때문에 우리는 인생의 끝인 죽음에 대해서 한 번쯤은 심각하게 생각해보게 된다.

많은 사람들에게 죽음은 여전히 에로틱하면서도 두려운 비밀로 남아 있다. 극도의 공포를 느낄 때 사람들은 그 두려움으로 인해 저항할 수 없는 마력에 빠져든다. 강한 공포와 위험에서 비롯된 원초적인 흥분감에 모든 것을 내맡기는 것이다. 나방과 불꽃, 인간과 죽음의 관계는 서로 비슷하다고 할 수 있다.

자신의 죽음을 공허도 진공 상태도 아니요, 그저 무(無)일 뿐인 영원한 무의식의 상태로 스스럼없이 생각할 수 있는 사람은 아무도 없을 것이다. 다가오는 공포와 유혹을 물리치기 위해 우리 모두는 사고를 지배하는 죽음의 차가운 손아귀를 뿌리치려고 여러모로 노력하게 된다. 인간에게 있어 도저히 떼어놓을 수 없는 죽음이라는 존재는, 우리로 하여금 무의식적으로 또 의식적으로 그 자체를 부정하도록 만든다. 그러면서도 죽음은 옛날이야기나 풍류담, 꿈, 심지어 농담 속에까지 담겨 인간의 삶과 한 덩어리가 되어 살아왔다. 근래 들어 그 전통적 이야기 위에 또 하나가 추가되었다. 그것은 현대식 병원에서 흉한 모습을 타인에게 보이지 않고서 깨끗하게 장기 처리된 채 화장터로 가는 죽음이다. 현대 의술의 진보에 힘입어 우리는 죽음의 힘을 부인할 뿐만 아니라, 죽음의 속성 자체까지도 거부하려고 든다. 그러나 그것은 죽음 앞에서 손바닥으로 얼굴을 가리는 짓일 뿐이다. 인간은 어쩔 수 없는 호기심 때문에 손가락 사이로 죽음을 훔쳐보고 있는 것이다.

서구 사교계에서는 지난 수세기 동안 영혼을 구원하고 친지들의 사기를 북돋운다는 면에서, 그리고 죽음을 예술로 승화시켜 표현한 '죽음의 미학'이라는 '아르스 모리엔디(ars moriendi)'를 직접 피부로 느끼기 위해서, 불치의 병에 걸린 환자와 그 가족들이 '아름다운 죽음'을 미리 연습하는 일종의 전통이 있었다. 원래 '아르스 모리엔디'는 종교와 영혼의 측면에서 그려진 일종의 대본으로, 15세기에 출판업자 윌리엄 캑스턴이 "건강한 영혼을 위해 아름다운 죽음을 준비하자"는 뜻에서 처음 기술한 것이었다. 그러나 아름다운 죽음, 다시 말해 올바르게 죽는 법을 그린 '아르스 모리엔디'는 현대에 와서 사생활적인 면이나 위생적인 면에서, 특히 여러 어려운 조건들로 인해—임종이 주로 응급실이나 구급차 또는 특수 병실 같은 곳에서 이루어지기 때문에—구현되기 힘들어졌다. 이제 그것은 점차 신화처럼 여겨지고 있다. 예전부터 죽음 속에 신화가 일부분 숨겨져 있다고는 하나, 요즘처럼 죽음이 완벽한 신화처럼 여겨진 적은 없었을 것이다. 물론 그 신화의 소재는 '존엄한 죽음에 대한 이상향이다.

3년 전에 초기 유방암 수술을 해주었던 마흔세 살의 여자 변호사가 얼마 전 진료실로 찾아왔다. 수술 후 재발 방지를 위한 치료를 받아 이제는 암이 완전히 치유된 상태였으나, 그날 그녀는 이상하리만큼 불안해 보였다. 얘기가 끝나갈 무렵에야 그 까닭을 알 수 있었는데, 이유인즉 자기처럼 유방암 초기에 수술을 받은 후 거의 완치되었던 모친이 최근에 갑자기 임종했다는 것이었다. "어머닌 너무도 고통스럽게 돌아가셨어요. 의사들이 여러모로 도와주려 했지만 눈을 감을 때까지 너무나 힘들어하셨죠. 그동안 마음속에 그려왔던 평화로운 종말과는 거리가 멀더군요. 서로 지내왔던 삶을 얘기하면서 아름답게 끝날 줄 알았는데, 그런 건 전혀 없었어요. 너무나 고통스러워해서 차마 눈뜨고 지켜볼 수가 없더라고요!" 그녀는 더 이상 참지 못하고 울음을 터뜨렸다. "눌랜드 박사님, 어머닌 정말 아름답게 돌아가지 못하셨어요!"

모친의 임종이 결코 특별한 것은 아니었으며, 어머니에게 존엄성 있는 '미학적' 죽음을 미리 준비시키지 못한 책임이 당신에겐 전혀 없다고 얘기하며, 나는 그 변호사를 위로해주었다. 모든 기대와 노력이 아무 소용 없어진 상황에서 그녀로서는 심한 절망감에 빠질 수밖에 없었을 것이다. 위로를 겸해 나는 '품위 있는 죽음에 대한 믿음을 가지는 것만으로도, 죽음에 내재해 있는 현실—죽음에 직면해서 허물어져가는 육체와 함께 정신도 함께 스러지는—을 어느 정도 극복할 수 있다는 말을 거듭 강조했다. 하지만 그동안 주변에서 눈을 감는 사람들을 지켜보는 과정에서, 솔직히 나 자신도 '아름다운 죽음'을 별로 보지 못했다.

육체가 무너지면 존엄성을 추구하고자 하는 욕구도 자연히 따라서 무너져 내리게 된다. 물론 가끔씩, 아주 가끔씩 평안한 내적 성품을 지닌 사람이 평안한 외적 여건에서 죽음을 맞이하는 경우도 있다. 그러나 내외적으로 그렇게 완벽하게 맞아떨어지는 행운이 그리 흔하지 않기 때문에 그런 죽음은 주변에서 자주 찾아볼 수 없을 것이다.

이 책에 그려진 죽음의 과정은 신화적 요소가 배제된 채 철저하게 사실적으로 기술되어 있다. 삶이 죽음으로 떨어지는 과정에서 일어나는 여러 추한 모습과 고통스러운 과정을 묘사하기보다는, 그런 과정을 직접 경험했거나 옆에서 지켜본 사람들의 직간접적인 경험담을 임상적, 생물학적 차원에서 소개하려고 했다. 죽음에 이르는 상세한 과정을 알고 나면 죽음이라는 존재 앞에서 나름대로 공포와 두려움을 벗어던질 수 있을 것이고, 그런 뒤에야 비로소 죽음을 제대로 준비할 수 있을 것이며, 더 나아가 자기기만과 환멸 속으로 우리를 끌고 가는 회백색 죽음의 공포로부터 빠져나올 수 있을 것이다.

죽는 것과 죽음에 이르는 과정은 비슷하면서도 차이가 있는 말이다. 무너지는 육체와 달리 마음의 상태를 아름답게 유지하며 훌륭한 죽음을 맞이하는 것은 대단히 중요하다.

갖가지 형태의 죽음을 지켜보면서 나는 때때로 존 웹스터의 명구가 참으로 옳다는 생각이 들었다. "죽음에는 인간이 출구로 삼고 있는 수만 개의 문이 있다." 이 구절에 라이너 마리아 릴케의 시구를 더하고 싶다. "오, 주여. 우리들 각자에게 알맞은 죽음을 주소서!" 이 책은 수많은 문이 될 수도 있고, 또 그 문으로 가는 길일 수도 있다. 우리 각자에게 오는 죽음을 맞이하는 데 도움이 되었으면 하는 마음으로 최선을 다해 이 책을 썼다.

오늘날 가장 흔한 질병 여섯 가지를 그룹을 지어 고른 이유는, 우리들 중 누구나 이러한 질병에 걸려 죽음을 맞을 수 있을 뿐 아니라, 그 여섯 가지 모두 죽어가는 과정을 상세하게 살필 수 있는 특징적 요소들을 지녔기 때문이다. 신체 조직 내에 산소 공급이 불규칙하다거나 순환계통의 이상, 뇌기능 이상, 장기 파손, 주요 중추기관의 파괴 등은 죽음과 직결되는 요인들인 동시에, 특별히 누구랄 것 없이 우리 모두에게 일어날지도 모르는 흔한 질병이다.

내가 열한 살 때 결장암으로 세상을 떠난 어머니의 죽음은 내 인생에 크나큰 영향을 미쳤다. 현재의 내 존재와 위치 외에 내가 아닌

부분까지, 어머니의 죽음은 나를 형성하는 데 크게 작용했다. 이 책을 집필하던 초반 무렵, 나의 형님 역시 결장암으로 세상을 떠나셨다. 직업적으로, 사적으로 삶에서 반세기 넘게 수많은 죽음을 가까이에서 목격해오며 살아온 사람으로서, 그동안 느끼고 배웠던 것들을 최선을 다해 이 책 속에 쏟아붓고자 한다.

1993년 6월 뉴헤이번에서

셔윈 B. 눌랜드

저자주: 로버트 데마타이스를 제외하고 모든 환자와 그 가족들의 이름은 가명으로 표기
했다. 또한 6장에 등장한 메리 데포 박사는 예일–뉴헤이번 병원에 근무하는 세
명의 젊은 박사를 대표하고 있음을 밝혀둔다.

1
심장질환

각각의 인생이 다르듯 모든 죽음 또한 마찬가지다. 우리 개개인이 제각기 독특하게 영위해나가는 삶은 그 끝 역시 독특하다. 대부분의 사람들은 질병에는 여러 가지가 있고, 그 특성에 따라 각기 다른 형태의 죽음을 맞이한다는 것을 알고 있다. 하지만 인간의 영혼이 육체로부터 빠져나가는 다양한 국면을 전부 알고 있는 사람은 극소수에 불과하다. 죽음이 지니고 있는 각기 다른 양상들은 우리가 삶을 살아가며 세상의 다양한 것을 구경하듯, 독특하면서도 낯설다. 하늘조차 알 수 없는 다양한 형태로 사람들은 각기 죽음에 양보하고, 극히 여러 가지 방법으로 마지막 길에 발을 들여놓는다.

의학계 입문 초기에 나는 처음으로 가혹하기 이를 데 없는 죽음의 눈을 엿보았다. 대학병원 실습 병동의 개인 병실에서 새로 풀을 먹인 바삭한 침대보 위에 누워, 평온하게 쉬고 있는 듯한 쉰두 살의 환자 위에 꽂힌 죽음의 눈이었다. 의대 3학년생이 처음 맡게 된 환자 앞에서 죽음과의 두려운 접전을 벌였던 순간이다.

유망한 건설회사의 중역이었던 제임스 매카티는 자신이 하는 일에 맞춰 생활방식을 정한 사람으로, 건강식과 운동을 병행하며 살아가는 현대인의 눈으로 볼 땐 그야말로 자살길에 들어가려고 결심한 듯한 생활 패턴을 가지고 있었다. 그러나 그에게 처음 심장발작이 일어난 때는 지금으로부터 거의 40여 년 전으로, '윤택한 식생활 습관'—담배를 맘껏 피우고 살코기와 베이컨, 버터를 가리지 않고 먹으며 불룩한 복부가 성공의 상징으로 대변되는—에 따른 위험을 대부분 모르고 있던 시절이었다. 매카티는 승진에 비례해 두부살이 오르는 자신의 신체에 별 관심을 기울이지 않았다. 그는 회사 초년생 시절에 건설 현장에 나가 직접 인부들을 지휘하는 등 매우 활동적이었다. 그런데 지위가 높아짐에 따라 그의 활동 영역은 사무실, 그중에서도 책상과 그 뒷자리 정도로 국한되었다. 매카티는 뉴헤이번 공원과 점심마다 거하게 기름진 요리를 먹어대던 퀴니피악 클럽이 한눈에 내려다보이는 편안한 회전의자에 앉아, 하루 종일 그저 서류 위에 서명만 할 뿐이었다.

내 가슴속에 깊이 새겨진 충격으로 나는 그날 밤의 일을 아직도 뚜렷하게 기억하고 있다.

9월 초의 무더운 늦여름 밤 8시경, 매카티는 흉골 뒤편에서 일어난 강한 압박감이 뒷골 부분과 왼팔 쪽으로 퍼져나가는 증세를 보여 병원 응급실로 실려왔다. 압박 증세는 병원에 도착하기 한 시간 전, 늘 하던 대로 캐멀 담배 몇 대를 피워대며 기름진 저녁 식사를 끝낸 뒤, 세 아이들 중 막내에게서 걸려온 전화 때문에 신경이 곤두선 상태에서, 대학교 1학년생인 젊은 여자와 성관계를 갖고 난 직후에 일어났다고 했다.

응급실에서 매카티를 진찰한 인턴은 잿빛으로 변한 안색에 발한 증세와 불규칙한 맥박 상태 등을 기록했다. 그로부터 10분이 지나 심전도 기기에 연결된 후부터 약하게 혈색이 돌면서 매카티의 심장박동은 정상치로 돌아왔다. 그러나 심전도는 심근경색이 일어났음을, 다시 말해 심장의 벽 어느 부분이 손상당했음을 보여주었다. 그것만 제외한다면 그의 상태는 거의 정상적으로 보였다. 응급 팀은 그를 위층 일반 병실로 옮기는 준비를 서둘렀다. 1950년대에는 심장질환에 관한 특수 의료시설이나 병실이 없었다. 그동안 주치의가 응급실로 찾아와 매카티의 상태가 고비를 넘겼다는 진단을 최종적으로 다시 내렸다.

매카티가 내과 병동으로 옮겨진 시간은 밤 11시로, 나도 그를 뒤따라 올라왔다. 나는 그날 저녁 비번이어서 신입생 유치를 위한 남학생 사교 클럽 파티에 갔다. 진한 우정이 담긴 맥주 한두 잔을 걸친 뒤끝이라 자신감은 하늘을 찌를 듯했다. 파티가 끝난 후 나는 그날 아침 내과 병동으로 배정되어 처음으로 회진을 돌았던 의료진을 투지만만하게 찾아갔다. 당시 나는 환자들과 처음으로 얼굴을 마주했던 의대 3학년생이었으니, 여느 학생들처럼 의기충천해 있었다. 위기 상황에 대처해나가는 것을 직접 보고 듣고, 작은 일이라도 참여해보고 싶었기에, 나는 벅찬 가슴을 달래며 인턴을 뒤쫓았던 것이다. 척수액 채취라든가 흉곽 속에 튜브를 삽입하는 등의 수술이 있다면, 그 과정에 직접 참여해보고도 싶었다.

응급실과 연결된 회복실에 들어가자마자 그곳 담당 인턴이었던 데이브 배스컴이 마침 잘 만났다는 듯 내 팔을 덥석 붙들며 말했다. "날 좀 도와주겠어? 난 지금 조(당번 학생)를 데리고 가서 소아마비 환자를 급히 봐야 되니까, 이 환자를 507호까지 입회해서 옮겨주기만 하면 돼, 괜찮겠지?"

괜찮겠냐고? 괜찮은 정도가 아니라, 바로 이런 기회를 잡으려고 부지런히 쫓아다녔어! 나는 속으로 이렇게 외쳤다. 40여 년 전의 의대생들에겐 오늘날의 의대생들보다 더 많은 자율권이 있었다. 주어진 임무를 완수하고 나면 분명 매카티가 회복될 때까지 그의 병실을 드나들 수 있을 것이라는 희망적 계산에, 나는 야간 당직 중이던 간호사가 매카티를 병실 침대에 눕힐 때까지의 과정을 하나하나 지켜보았다. 마침내 일을 끝마친 그녀가 소아마비 병동으로 나가자마자 나는 매카티의 병실로 다시 들어가 황급히 문을 닫았다. 데이브가 돌아와서 '내 환자'를 빼앗아버리면 어쩌나 하는 불안한 마음으로 급히 침대 가까이로 걸음을 옮겼다.

여린 미소를 가까스로 짓고 있는 듯한 매카티는 내 존재를 확실히 인식하지는 못하는 것 같았다. 솜털이 보송한 애송이(당시 내 나이는 스물두 살이었다)가 병력 기록철을 보고 검진하겠다고 말했을 때, 높은 자리에서 호령만 하던 사업계의 거물이 어떤 생각을 했을까 하는 의문이 수십 년이 지난 지금에도 가끔씩 들곤 한다. 그가 어떤 생각을 했든지 내 말을 그리 깊이 숙고하지는 못했을 것이다. 그럴 만한 시간이 없었기 때문이다. 내가 침대 옆에 앉자마자 매카티는 갑자기 목을 뒤로 꺾더니 가슴 깊은 곳으로부터 울려 나오는 괴성을 질러댔다. 그리고 주먹 쥔 양손을 들어 가슴을 힘껏 때리기 시작했다. 그와 동시에 순간적으로 목과 얼굴이 보라색으로 팽창되었다. 눈동자가 밖으로 튀어나올 듯이 크게 부풀어 오른 뒤, 그는 허덕거리며 깊은 한숨을 내쉬면서 숨을 거두어버렸다.

그때의 충격이란. 나는 그의 이름을 소리쳐 부른 다음, 있는 힘껏 데이브를 불렀지만 복도 맨 끝에 위치한 소아마비 병동까지 그 소리가 들릴 리 없었다. 밖으로 뛰어나가 도움을 청할 수도 있었지만 그렇게 하면 귀중한 시간을 허비하고 말 것만 같았다. 초를 다투는 순간이었다. 손가락을 매카티의 목 경동맥에 대봤더니 맥박은 이미 멈춰 있었다. 당시 나는 이상할 만큼 침착했다. 짧은 망설임 끝에 나는 혼자서 그 상황을 처리하기로 결심했다. 손도 써보지 못한 채 죽어가는 사람을 내버려두는 것보다는 내 나름대로 한번 시도해보는 것이 나을 것 같았기 때문이었다. 사실 나로서는 선택의 여지가 없었다.

당시 심장질환을 다루는 병실에는 흉곽 절개기 세트—심장마비가 일어날 경우 바로 흉곽을 절개할 수 있는 수술도구—가 모슬린으로 포장된 채 비치되어 있었다. 요즘처럼 전기충격을 이용해 심장박동을 되살리는 CPR(심폐소생술, cardiopulmonary resuscitation) 같은 장비가 없던 시절이었으므로, 가슴을 절개해서 직접 손으로 심장을 리드미컬하게 마사지하는 방법뿐이었다.

소독된 수술장비 포장을 뜯어내어 외과용 메스를 잡아든 뒤 나는 거의 무의식적으로 손을 놀렸다. 전에 한 번이라도 해보기는커녕 구경조차 못 했던 일이지만, 상체가 위로 약간 들린 듯 누워 있는 매카티를 그대로 둔 채, 나는 아주 침착한 손길로 왼쪽 젖꼭지 바로 밑 부분에서 가능한 한 뒤편 등 쪽으로 길게 절개해나갔다. 동맥과 정맥에서 검붉은 분비물만 비칠 뿐, 진짜 핏줄기는 흘러나오지 않았다. 맥박을 짚어보았지만 아무런 맥동도 느낄 수 없었다. 다시 한 번 죽음을 확인하는 순간이었다. 피가 흐르지 않는 근육질을 몇 차례 메스로 절개하고 난 뒤에야 흉곽 내에 도달할 수 있었다. 메스를 내려놓은 뒤 나는 양 날개가 달린 금속제 견인기를 절개된 늑골 사이로 밀어넣은 다음, 날개 쪽에 달린 미늘 톱니바퀴를 있는 대로 다 돌렸다. 그러자 손이 들어갈 수 있을 정도의 틈이 생겼다. 나는 그 틈으로 손을 집어넣어 매카티의 멈춰버린 심장을 힘껏 움켜잡았다.

심낭이라 불리는 섬유질로 된 주머니를 만진 순간, 불규칙하게 꿈틀거리는 움직임이 느껴졌다. 책에서 읽은, 생의 마지막 상태를 나타내는 심실세동(심실근이 무질서하게 흥분하고 있어서 혈액을 내보내는 수축이 일어나지 않는 상태로, 심장사의 주요 원인임)을 직접 손가락으로 확인한 순간이었다. 영원한 휴식을 위해 심장이 마지막 꿈틀거림을 하는 현상이었다. 소독도 되지 않은 손으로 수술용 가위를 집어든 나는 심낭을 넓게 절개했다. 이어서 경련을 일으키고 있는 매카티의 심장을 최대한 부드럽게 잡고 심장 마사지라 일컫는 압박 운동을 실시하기 시작했다. 정상적인 심장 자극이 생길 때까지 뇌 쪽으로의 혈류를 연결할 수만 있다면 비정상적인 심장 수축이 멈출 수도 있다는 이론적 계산에서였다.

'촉촉하면서도 따뜻한 젤리를 쥔 듯한 느낌'이라는 책의 내용을 직접 확인하는 순간이었다. 손바닥으로 규칙적인 압박 마사지를 했지만 아무 변화가 없었다. 심장에는 피가 다시 돌아오지 않았고, 특히 폐 속에서 산소가 빠져나가버린 뒤라 내 손놀림은 완전히 무의미하게만 보였다. 그래도 나는 움켜쥔 매카티의 심장을 놓지 않았다. 그때 갑자기 소스라치게 놀랄 정도로 큰 소리가 병실 천장을 뚫을 듯 울려 퍼졌다. 이미 영혼까지 빠져나갔을 만큼 완전히 죽어버린 매카티가 부릅뜬 눈동자를 천장으로 향한 채, 지옥의 사자가 울부짖는 듯한 한숨을 내쉰 것이었다. 나는 깜짝 놀라 침대에서 멀찍이 물러섰으나, 그 소리의 정체를 바로 알아챘다. 죽은 지 얼마 안 된 사람의 핏속에 산성도가 갑자기 증가해 성대 근육이 강한 경련을 일으키며 낸 소리였다. 하지만 내겐 일순간 그 소리가 '제발 헛된 고생하지 말고 이제 그만두라'는 매카티의 충고처럼 들렸다.

시신과 병실을 홀로 지키면서 나는 그의 부릅뜬 눈동자를 살펴보았다. 그제야 현실이 파악되었다. 완전히 팽창된 동공을 미리 봤더라면 뇌가 이미 죽어버렸다는 것을 알 수 있었을 텐데 하는 뒤늦은 후회가 찾아왔다. 다시 말해 심장 마사지로도 결코 빛을 되찾을 수 없는 완전한 죽음이었다. 가슴이 파헤쳐진 사체를 앞에 두고 뒷걸음질치고 나서야 비로소 나는 정신을 차릴 수 있었다. 완전히 땀으로 샤워를 하고 난 모습이었다. 얼굴에서는 땀이 폭포처럼 흘러내렸고, 두 손과 팔, 그리고 짧은 가운에는 매카티의 심장에서 뿜어져나온 검붉은 피로 범벅이 되어 있었다. 생명이 없는 피였다. 내 눈에서는 또 다른 찝찔한 무언가가 흘러내렸다. 그것은 눈물이었다. 나는 몸까지 제법 크게 흔들며 계속 흐느꼈다. 그제야 비로소 매카티에게 소리까지 지른 것이 생각났다. 그의 왼쪽 귀에다 입을 대고 제발 살아달라고 악을 써댔지만, 그는 그렇게 가버리고 만 것이다. 그가 죽어버린 것도 슬펐지만, 나 역시 실패했다는 생각에 눈물까지 뚝뚝 흘리며 슬피 울었다.

얼마나 시간이 흘렀을까. 갑자기 문이 열리더니 데이브가 병실로 뛰어들어왔다. 데이브는 한눈에 모든 상황을 파악했다. 그때부터 내 두 어깨는 더욱 심하게 흔들렸고, 흐느낌 역시 자제할 수 없을 만큼 커졌다. 침대를 돌아 옆으로 다가온 데이브는 마치 제2차 세계대전을 그린 전쟁영화에 나오는 주인공처럼, 내 어깨 위에 팔을 두른 채 아주 차분한 목소리로 말을 꺼냈다. "괜찮아, 이젠 다 끝났어, 괜찮아. 할 수 있는 힘껏 최선을 다한 거야." 주검이 널브러져 있는 병실 구석에 나를 앉힌 뒤 데이브는 그 어떤 의료시설도, 그 어떤 의료진도 제임스 매카티의 죽음을 막아내지는 못했을 것이라며, 조용하면서도 부드럽게 나를 위로하려고 애썼다. 다른 것은 별로 생각나지 않지만, 그의 부드러운 목소리 중에서 이 말만은 지금까지 명확하게 기억하고 있다. "이제 의사가 된다는 게 어떤 건지 알 수 있을 거야."

시인, 수필가, 역사가, 소설가, 현인 등은 죽음에 대해 글을 자주 쓰지만 그들이 죽음을 직접 목격한 경험은 그다지 많지 않을 것이다. 반대로 죽음을 수없이 보며 사는 의사들이나 간호사들은 죽음에 관해 거의 글을 남기지 않는다. 대부분의 보통 사람들도 생애에 한두 번씩은 죽음을 목격하는데, 그럴 때마다 정도에 차이는 있겠지만 어쨌든 가슴속에 깊은 상처를 안게 된다. 사랑하는 지인을 잃어버린 사람들은 실제 죽음보다 더 무서운 악몽 같은 영상이 주는 공포를 털어내기 위해 즉시 정신적으로 방어태세를 취하기도 한다.

요즘 사랑하는 사람의 임종 장면을 직접 보는 사람은 그리 많지 않다. 집에서 죽는 사람이 거의 없기 때문이다. 기나긴 병에 시달리는 환자나, 약물중독에 걸릴 만큼 만성으로 병석에 누워 천천히 쇠잔해가는 일부 환자들만이 그럴 뿐, 대부분은 병원 침대에서 숨을 거둔다. 한 통계에 의하면, 미국 사람의 80퍼센트가 병원에서 죽음을 맞이한다고 한다. 그리고 그중의 대다수가 마지막 순간에 이르러 생을 함께했던 가족들과 격리된 채 눈을 감는다.

원래 완전한 신화는 죽음의 언저리에서 그 과정을 그리며 이어져왔다. 대부분의 신화들이 그렇듯이, 그것 역시 모든 사람들이 선천적으로 가지고 있는 심리적인 두려움을 없애기 위해 생겨난 것이다. 죽음에 관한 신화는 두려움과 희망이라는 극단의 대결을 의미한다. 잠을 자다가 죽음을 맞이하고 싶어 하는 사람도 있고, 삶의 끝자락을 직접 느끼면서 눈을 감고자 하는 부류도 있을 것이다. 그러나 바라는 죽음의 종류는 다를지라도 고통 없이 아름답게 생을 마치고 싶어 하는 점에서는 차이가 없다.

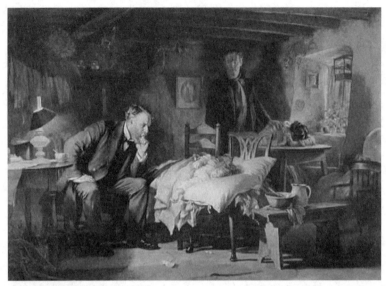

루크 필데스 경의 「더 닥터」

　의사라는 직업을 예술로 승화시켜 표현한 그림으로, 1891년의 루
크 필데스 경의 「더 닥터(The Doctor)」라는 작품이 있다. 영국 해안에
있는 한 어부의 자그마한 오두막집 안에 어린 소녀가 죽음을 맞이해
잠자듯 조용히 누워 있는 장면을 그린 그림이다. 소녀 옆에는 고뇌
하는 부모와 죽음의 강인한 괴력 앞에 두 손을 놓은 채 묵묵히 침대
옆을 지키고 있는 의사가 그려져 있다. 필데스는 자신의 그림에 대해
평가할 때, "내게 죽음이란 주제는 두려움이라기보다는 연민으로 다
가올 뿐 아니라, 아름답게 느껴지기까지 한다"라고 말한 바 있다.
　필데스가 그 그림을 발표하기 14년 전, 그러니까 현대 의학의 여명
이 밝기 직전인 19세기 후반 무렵, 그는 어린아이들 사이에 유행했던

고야의 「엘 가로티요」

전염병으로 자신의 어린 아들이 죽어가는 모습을 지켜봐야 했다. 어떤 전염병으로 그의 아들이 죽었는지 알 수는 없지만, 분명 어린 생명을 평화롭게 앗아간 죽음은 아니었을 것으로 짐작된다. 디프테리아였다면 질식사했을 것이고, 성홍열이었다면 고열을 동반한 혼탁한 의식으로 고생했을 것이며, 뇌막염이었다면 심한 경련과 참을 수 없는 두통으로 애처롭게 고통받다가 눈을 감았을 것이다. 그 그림 속의 어린아이 역시 그런 종류의 전염병으로 고통을 받다가, 결국 마지막 순간을 맞이해 조용한 평화를 누리고 있는 것인지도 모른다. 그 아이가 어떤 고통을 받았든, 분명 그런 시간들은 부모에게도 견딜 수 없는 순간이었을 것이다.

필데스보다 80여 년 전의 화가로 프란시스코 고야가 있다. 그 당시는 죽음이 도처에 산재해 있던 시기였으므로 필데스보다 좀더 솔직하게 죽음을 그릴 수 있었을 것이다. 고야의 그림들 중 영어로 「디프테리아」 또는 「소아 후두염」이란 제목의 그림이 있다. 유럽 사회에 현실주의가 풍미하고 있던 시절에 에스파냐식 사실주의 화풍으로 묘사된 이 그림에는, 왼손으로 갓난아이의 목을 받친 채 오른쪽 손가락을 아이의 후두 속으로 삽입해서는, 호흡장애를 일으켜 결국 사망에 이르게 하는 디프테리아성 피막을 찢어내기 위해 애쓰는 의사의 모습이 담겨져 있다. 그림의 소재와 에스파냐식 제목을 통해 우리는 죽음과 친근한 그 시대의 생활상과 고야의 솔직 대담성을 엿볼 수 있다. 환자를 질식시켜 죽이는 디프테리아를 화폭에 그대로 담은 고야는 제목 역시 현실감 있게 「엘 가로티요(El Garrotillo, 디프테리아)」라고 했다. 이처럼 죽음을 현실 그대로 받아들여 대결해나가는 사실주의는 적어도 서구 사회에서는 오래전부터 존재해왔다.

정신의학적으로 어떻게 표현될지는 몰라도 '대결'이라는 단어에 대해 잠시 생각해보고자 한다. 제임스 매카티가 떠나간 지 40여 년이 흐른 지금, 우리 시대에도 널리 퍼져 있는 죽음에 관한—죽음을 일종의 인간 삶에 주어진 마지막 도전으로 보는—일반적 관념에 가끔씩 도전하고 있는지 나 스스로 돌아볼 필요가 있을 것 같다. 그런 면에서 볼 때, 죽음이란 고도의 생체 임상의학 장비로든, 아니면 죽음을 우아하게 받아들이자는 공인된 묵계의식—마지막을 향해 황량하고 슬프게 달려가지 말고 대신 우아한 승리를 위해 존엄하게 죽음을 맞이하자는—으로든 반드시 이겨내야 하는 잔인한 적수인 것이다.

그러나 좀더 정확히 말하자면 우리가 대결해야 할 상대는 죽음 그 자체가 아니다. 죽음이란 자연의 연속성에서 나온 단순한 결과일 뿐이기 때문이다. 우리의 진짜 적, 즉 정작 맞서 싸워야 할 상대는 바로 험상궂게 다가서는 질병이다. 다시 말해 죽음이란 질병과의 치열한 접전 끝에 손을 들고 만 상태, 정지된 결과를 의미한다. 질병과의 싸움은 인류에게 떨어진 수많은 질환들이, 우리 각자에게 언제든 예고 없이 매정하게 파고들 수 있다는—육체적으로나 정신적으로나—개념 아래 이루어져야만 지속될 수 있다. 병상에서 이룬 승리는 아무리 크다 해도, 종말로 가는 길목에서 행진이 잠시 미뤄진 상태로 인식되어야 할 것이다.

의학의 발달은 과거에 불가능한 것들을 가능하게 만들었고, 인류로 하여금 치료받을 수 있는 행운을 허락했으며, 짧게 끝날 인생들을 좀더 연장시켜주었다. 그러나 그와 동시에 현대 생체 임상의학은 우리로 하여금 자신에게 주어진, 죽음이라는 운명을 무조건 부인하도록 만들기도 했다. 상당수의 병리연구 의사들이 반대 의사를 표명하고 있지만, 옛 그리스인들이 얘기했듯이 의술은 과거에도 그리고 미래에도 '예술'로 남게 될 것이다. 의사가 되기 위한 '예도' 중에서도 가장 어려운 것은 치료 과정 중에 희미하게나마 성공 여부를 확신, 가능, 불가능으로 구분해낼 수 있는 능력을 키우는 일이다. '어쩌면 가능할 것 같은 상태'와 '도저히 불가능한 상태' 사이의 애매모호한 구역에 서 있을 경우, 생각 있는 의사라면 누구나 방황할 것이다.

병을 앓고 있는 환자의 입장으로 돌아가 올바른 판단을 내리기 위해서는 자신의 생에 축적된 모든 경험을 동원해야 할 것이다.

제임스 매카티가 급작스럽게 생을 마쳐야 했던 당시의 상황을 돌이켜보면, 그의 심장은 도저히 손쓸 수 없는 상태였다. 1950년 초기에도 많은 의사들이 심장질환에 관심을 두고 있긴 했지만, 치료 기술은 극히 미비해, 심지어 부적합한 방법이 적용되기도 했다. 그러나 오늘날의 현대 의술은 매카티 같은 환자를 살릴 수 있을 뿐 아니라, 그의 운명을 어느 정도 연장시킬 수도 있다. 실험실 연구진들의 부단한 연구와 노력으로 최초의 심장발작을 이겨낸 환자의 비율이 약 80퍼센트에 이른다. 그들은 진보된 의료 기술에 힘입어, 조기에 발견된 자신의 질환을 오히려 '생의 은빛 갑옷'으로 여기고 있다. 비교적 손쉽게 치료될 수 있는 초기 단계에 병을 발견하지 못할 경우 졸지에 죽을 수도 있기 때문이다. 그들은 의술의 발달로 생을 덤으로 살고 있는 것이다.

실제로 심장질환에 관한 의술은 상당히 진보했다. 그러나 그렇다고 해서 발작 상태에 빠졌던 심장이 완벽한 건강 상태로 돌아갔으리라고 믿는 것은 금물이다. 발달한 의학 덕분에 많은 심장병 환자들이 최초의 고비를 넘기고 있긴 하지만, 미국인들 중 50만 명 이상이 매년 매카티처럼 죽음을 당하고 있고, 450만 명이 새로이 심장병 환자로 진단받고 있는 실정이다. 그 심장병 환자들 중 80퍼센트가 '이스키믹(허혈성) 심장병'(관상동맥질환 또는 관상심장병 등 여러 가지 병명으로 불린다)이라는 현대병에 걸려 숨을 거두고 있다. 산업화된 국가일수록 이러한 종류의 심장병 환자 사망률이 높게 나타난다.

제임스 매카티의 심장은 산소 공급 중단으로 박동을 멈출 수밖에 없었다. 즉 산소를 운반해주는 헤모글로빈의 부족으로 산소 공급이 이루어질 수 없었고, 피가 충분히 공급되지 못했기 때문에 헤모글로빈 역시 부족해진 것이었다. 그 이유는 심장의 생명선이라고 할 수 있는 관상동맥이 그동안의 동맥경화 증세(문자 그대로 관상동맥이 딱딱해진 상태를 말한다)로 굳어지고 좁아졌기 때문이다. 동맥경화 증세는 매카티의 무분별한 식탐증과 흡연 습관, 운동 부족, 고혈압 증세, 유전적인 요소 등이 골고루 혼합되어 일어난 것으로 볼 수 있다. 모르긴 몰라도 그런 증세에 응석받이 막내딸로부터 걸려온 전화 내용이 흥분을 일으켜 심하게 좁아진 관상동맥에 악영향을 주었을 것이고, 그 타격으로 대관상동맥과 연결된 어느 부분이 파열되거나 손상을 입었음이 분명하다. 그 후 그 손상 부위에 새로운 피가 집중적으로 응고되어 쌓이면, 결국 기존의 혈류는 끊길 수밖에 없다. 혈류가 완전히 막히게 됨에 따라 'Ischemia(이스키미야로 발음한다) 현상, 다시 말해 '혈액 부족 상태'가 되어 활력소를 얻지 못한 매카티의 심장 근육은 결국 비정상적인 수축을 일으킬 수밖에 없었던 것이다.

특히 예전에 한두 번 발작을 일으켰던 심장일수록 허혈(조직의 국부적인 빈혈 상태) 현상으로 심실 근육이 비정상적인 수축(심실세동)을 일으킬 확률이 높다. 그리고 아드레날린 같은 부신합성물은 일시적으로 강한 스트레스를 받은 몸에서 급하게 생성된다. 원인이 무엇이든 매카티의 심장이 균형과 규칙성을 유지하기 위해 필요한 전기적 통신 시스템은 일시에 깨져버렸고, 결국 그의 인생은 막을 내리고 말았다.

다른 종류의 의학 용어와 마찬가지로 '이스키미아' 역시 화려한 '전적'과 명성을 자랑한다. 의학계에서 널리 쓰이고 있음은 물론, 모르는 사이에 소리 없이 다가와 생의 에너지를 완전히 소진시켜버리는 까닭에, 죽음을 논하는 곳에서는 자주 튀어나오는 용어이다. 심근의 수축현상은 두려운 복병으로 산소와 영양 공급 부족으로 인한 질식으로 이어지는데, 이것은 죽음과 직결된 여러 사인들의 공통분모로 손꼽힌다.

이스키미아의 개념과 용어는 19세기 중엽 학술 연구의 '깜찍한 신동'으로 불리며 여러 연구에 참여하던 포메라니아(포메라니안이라는 단어는 지금 소개되는 신동 소년처럼 항시 팔딱거리며 재롱을 부리는 아주 작은 개 종류를 이르기도 한다) 지방의 천재 소년에 의해 처음으로 연구 및 소개되었다. 그로부터 60여 년 뒤 '독일 의학계의 교황'이라고 불리며 세계적으로 유명해진 루돌프 피르호(1821-1902)에 의해 인간의 신체 기관과 세포를 황폐화시키는 죽음에 관한 여러 가지 비밀이 벗겨졌다. 아마 피르호 만큼 죽음의 신비를 세밀하게 풀어낸 사람은 없을 것이다.

베를린 대학교의 병리학 교수로 거의 50여 년간 재직했던 피르호는 한평생 의학은 물론 인류학과 독일 정치학에 관한 저서와 연구서를 2천여 권이나 발표한 지식인이다. 의회 의원이기도 했던 그는 한때 독재자 오토 폰 비스마르크에게 도전장을 내밀기도 했다.

루돌프 피르호의 많은 연구 업적 중에서도 가장 뛰어난 것은 동맥과 정맥, 그리고 그 두 혈관을 채우고 있는 혈액의 오염 상태를 밝혀낸 연구이다. 색전증, 혈전증, 백혈병의 주요 원인을 파헤친 것 외에도 이들 질환에 관련된 의학 용어를 만들어내기도 했다. 혈액 공급을 받지 못한 세포와 조직의 메커니즘을 설명하기 위해 적당한 단어들을 찾는 과정에서 피르호는 인도 유럽어에 어원을 둔 '보유', '점유', 또는 '멈추게 하는 요인'이란 뜻의 '세이(segh)'에서 파생된 그리스어 '이스카노(ischano)'를 택했다. 그 단어를 혈액이란 뜻의 '아이마(aima)'와 조합시켜, 그리스인들은 '혈액의 흐름을 막는다'는 뜻으로 '이스케이모스(ischaimos)'라는 단어를 사용한 바 있었다. 여기서 힌트를 얻어 '이스키미야'라는 단어를 뽑아낸 피르호는 신체 조직 내에서—현미경으로 봐야 할 아주 작은 세포로부터 심장 근육에 이르기까지—혈액의 흐름이 부분적으로 감소되거나 완전히 끊겨버리는 현상을 이 단어로 총칭했다.

그러나 '감소'라는 단어는 상대적인 것이다. 신체 기관의 활동이 증가할 때 필요한 산소량은 늘어나기 마련이고, 그에 따라 자연히 혈액량도 비례적으로 증가하기 때문이다. 좁아진 관상동맥이 그러한 요구에 부합할 만큼 충분히 넓지 못하거나, 이런저런 이유로 동맥 내의 혈류를 더욱 막게 되는 강한 경련 현상이 일어날 경우, 기관 조직은 급속하게 이스키믹화(허혈화)되고 만다. 그러면 심장은 고통을 동반한 위험 경보를 보내는데, 그런 피맺힌 절규는 혈액이 수요량을 만족시킬 때까지 계속된다. 다시 말해 심장에 문제가 있는 환자가 심장 근육에 무리를 주는 행위를 중지할 때까지 심장은 이스키믹된 상태에서 계속 울부짖는 것이다.

예를 들어 1년 통틀어 4월의 따스한 하늘 밑에서, 그것도 주말에만 조깅을 하는 '반짝 운동가'의 장딴지 근육을 살펴보자. 건강하지 못한 근육이 필요로 하는 혈액량과 건강하지 못한 관상동맥이 공급하는 혈액량 사이에는 당연히 수요와 공급의 차이가 있을 수밖에 없다. 정도의 차이는 있어도 대부분 그곳에선 허혈 현상이 나타나게 된다. 산소를 공급받지 못한 장딴지 근육은 주인에게 근육 세포가 죽어버리는 경색 현상이 일어나기 전에 제발 뜀박질을 멈추라고 경고를 보낼 수밖에 없다. 과로한 장딴지가 보내는 경고를 우리는 '경련' 또는 '쥐'라고 부른다. 심장 근육에 일어난 쥐를 우리는 좀더 전문적인 표현으로 '협심증'이라고 한다. 협심증이 오래 지속될 경우, 환자의 병명은 심근경색으로 진단되기에 이른다.

협심증을 나타내는 명칭인 '앙기나 펙토리스(angina pectoris)'는 라틴어 문자 그대로 표시하면 '가슴의(펙토리스)' '질식(앙기나)'으로 풀이할 수 있다. 이 용어는 18세기 영국의 뛰어난 의학 문헌학자 겸 의사인 윌리엄 헤버든에 의해 처음으로 사용되었는데, 그는 협심증에 관한 징후를 자세하게 기록, 후세에 남기는 업적을 세웠다. 1768년, 여러 형태로 나타나는 심장병에 관한 기고를 통해 그는 다음과 같은 사실을 밝혔다.

매우 독특하면서도 두려운 질환으로 가슴 부분에 나타나는 이상 증세를 들 수 있다. 가슴이 옥죄는 듯한 느낌과 불안한 기분이 드는 것이 그 병의 주된 증세인데, 이것을 앙기나 펙토리스 현상이라고 한다.
이런 질환을 앓고 있는 환자는 걸을 때, 특히 식사 후 언덕 등을 오를 때

가슴 부분에 심한 통증과 불쾌한 느낌으로 고통을 받게 되는데, 그런 증상이 심하게 계속되면 환자는 마치 생이 완전히 소진되어버리지나 않을까 하는 두려움에 휩싸이게 된다.

협심증의 진행 과정을 연구하기 위해 헤버든은 이런 증상을 보이는 환자를 거의 1백여 명이나 진찰했다고 한다.

이 질환은 주로 남자들, 특히 쉰 살을 넘긴 중년 이후의 남성들에게 발병되기 쉽다. 발병 후 증상이 1~2년 동안 계속 이어지면 걸을 때뿐 아니라 왼쪽으로 침대에 길게 누워 있을 때도 통증이나 압박감이 느껴진다. 더 나아가 고질적 상태에 이르면 말을 타거나 마차를 탈 때도, 심지어 기침을 하거나 용변을 보러 갈 때, 말을 할 때도 고통을 느끼게 된다.

헤버든은 이 질환의 급속한 진행 속도에 놀라움을 표했다. "특별한 요소가 개입되지 않더라도 이 질환은 급속히 진전되어 환자를 완전히 파멸시켜버린다."

협심증의 특별한 징후도 없이 최초의 발작이 일어났을 때 세상을 떠나버린 제임스 매카티가 바로 그러한 경우이다. 심실세동 후 완전히 정지된 심장이 더 이상 혈액을 공급해주지 못하자, 그의 뇌는 결국 죽어버릴 수밖에 없었고, 자연히 모든 신체 기관들의 기능이 정지되었던 것이다.

몇 년 전 급성 심장마비로 사망 직전까지 갔다가 기적적으로 소생한 사람을 만난 적이 있었다. 체격이 크고 건장한 주식 중개인 어브 립시너는 취미로 오랫동안 달리기를 해온 사람이었다. 이미 오래전에 당뇨병에 걸린 그는 주기적으로 인슐린 주사를 맞았지만, 워낙 건강 체질이어서 별다른 증세 없이 활기찬 생을 즐기고 있었다. 그러나 1974년 그가 마흔일곱 살 되던 해—그의 아버지가 심장마비로 숨을 거둔 나이와 똑같은—립시너는 처음으로 약한 심장마비 증세를 느꼈다. 그로 인해 심장 근육이 조금 타격을 받았음에도 그는 조심하지 않고 늘 즐기던 운동을 계속했다.

그런데 그가 쉰여덟 살 되던 1985년 어느 토요일 늦은 오후, 예일 대학 실내 코트에서 복식으로 두 시간 넘게 테니스를 치다 두 사람이 빠진 뒤 다시 세 시간째 단식 시합에 들어간 립시너는 게임이 시작되자마자, 미리 어떠한 느낌이나 이상 증세를 느끼지 못한 채, 갑자기 코트 바닥에 쓰러져 의식을 잃고 말았다. 다행히 옆 코트에서 시합 중이던 의사 두 명이 뛰어와 그를 살폈는데, 눈동자는 의식불명에 빠져 이미 초점을 잃은 뒤였고, 심장박동도 완전히 멈춰 있었다. 심근이 심실세동 상태에 있음을 인지한 의사들은 구급차가 도착할 때까지 초조한 심정으로 인공호흡을 계속했다. 얼마 동안의 시간이 지난 후 놀랍게도 립시너의 심장이 규칙적으로 다시 뛰기 시작했고, 구급차에 실려 예일-뉴헤이번 병원 응급실로 옮겨진 그는 다시 살아나 "대체 여기가 어디냐"고 소리를 질렀다.

립시너는 2주일 후 완전히 회복되어 퇴원했다. 그로부터 몇 년 뒤 나는 승마장이 있는 립시너의 농장에서 그를 만났다. 사고 후에도 그는 하루도 빠짐없이 매일 업무시간에 짬을 내어 말을 타거나 테니스—그것도 더블이 아니라 싱글 매치로—를 친다고 했다. 어브 립시너는 테니스장에서 경험했던 급작스런 죽음의 순간을 다음과 같이 묘사했다.

기억나는 것이라곤 그저 고통 없이 그대로 순식간에 무너져 내리는 느낌뿐이었습니다. 그 다음엔 마치 아주 작은 방에서 전등 스위치를 내렸을 때처럼 불빛이 사라진 기분이 들었죠.

글쎄, 굳이 다른 점을 찾으라면 빛이 아주 천천히 사라졌다는 점일 겁니다. 다시 말해 이렇게(이 부분에서 그는 손가락을 소리나게 꺾었다) 뚝 부러져버리진 않았죠. 그 대신 이렇게(마치 활주로에 착륙하는 비행기를 그리듯 한 손을 높이 들어 천천히 반원을 그리며 밑으로 내렸다) 아주 천천히, 뭐랄까, 나선 모양이랄까, 그러니까(그는 표현을 제대로 하기 위해 잠시 생각에 잠겼다. 잠시 후 다문 입술 사이로 아주 천천히 숨을 길게 뿜어내며 빛이 빠져나가는 순간을 묘사했다) 이렇게, 단계적으로 느리게 사라지더군요. 빛과 어둠이 확연하게 구분되긴 했지만, 제 말은 그 과정이 아주 느리게 점진적으로 이루어졌다는 얘깁니다.

내가 무너져 내리고 있다는 것을 직접 느낄 수 있을 만큼 말이죠. 누군가가 나한테서 생명을 앗아가는 느낌이 들더라고요. 어떻게 표현하면 좋을까. 마치 바람 빠진 풍선처럼 느껴졌죠. 오그라드는 느낌, 그러니까 이렇게(풍선에서 바람 빠져나가는 소리를 흉내냈다) 퓨 하는 느낌 말입니다.

그의 표현대로 불빛은 그렇게 천천히 사라졌을 것이다. 정체된 혈액 내의 산소가 소진되면 뇌 역시 기능을 잃게 된다. 갑자기 전기회로를 끊어버리는 식이 아니라, 풍선에서 바람이 빠지듯 의식이 나가버리는 것이다. 천천히 죽음을 향해 무의식 상태로 들어가던 어브립시너는 인공호흡과 흉부 마사지로 산소가 공급되자 살아날 수 있었다. 다시 말해 혈액이 순환되었기 때문에 심장이 제 기능을 찾았다고 설명할 수 있다. 급성 심장마비로 사망하는 사람들처럼 어브립시너의 의식불명 역시 심실세동 때문이었다.

립시너의 경우에는 심장마비의 조짐인 질식 동반형 통증, 즉 이스키믹적인 현상이 없었다고 한다. 심근에 급격한 심실세동이 일어난 요인은, 1974년 처음으로 당했던 약한 심장마비 현상으로 손상되었던 심근에 일시적으로 가해진 화학적 자극이었다. 그런 자극이 무슨 이유로 심장 근육을 심실세동시켰는지는 정확하게 설명할 수 없다. 다만 토요일 오후에 가진 과도한 테니스 시합으로 지나치게 분비된 아드레날린이 관상동맥에 경련 현상과 불규칙한 리듬을 일으킨 결과라고만 짐작될 뿐이다.

경련을 동반한 고통 없이, 곧바로 심근의 심실세동을 일으킨 립시너의 심장질환은 아주 독특한 경우이다. 일반적으로 심장질환에 의해 생을 마무리하는 사람들은 대개 격심한 고통을 느끼는 것으로 조사되어 있기 때문이다. 종아리에 쥐가 나는 것과 같이 심장 경련 역시 갑작스럽고도 고통스럽게 발생한다. 이스키믹 현상을 경험해본 사람들의 표현을 빌리면, 그 고통은 마치 온몸을 바이스로 매정하게 죄어들어오는 듯한 아픔이라 한다. 가끔씩 그런 통증은 가슴 정면과 왼쪽 겨드랑이 부분, 그리고 목과 턱까지 심하게 눌러 으스러뜨리는 듯한 아픔으로 찾아오기도 한다. 그런 통증이 자주 찾아와 익숙해진 환자라고 할지라도, 매번 말할 수 없는 두려움을 느끼게 마련이다. 죽음이 눈앞에 바로 나타날 수 있다는 가능성 때문이다. 물론 사람에 따라 증세가 달리 나타날 수도 있으나, 대부분 심장 근육에 경직이 일어나면 식은땀을 흘리거나 구역질을 느끼게 되고, 심하면 그대로 구토도 한다. 그리고 호흡곤란 역시 자주 느끼게 된다. 심근의 경직이 10분 이상 지속될 경우, 산소 부족으로 근육은 부분적으로 죽어들어가는데, 그런 과정을 우리는 심근경색이라고 부른다. 심근경색이 일어나거나 심장이 지휘 체제를 잃어버릴 만큼 산소 공급이 끊어지게 되면, 환자들 중 20퍼센트가량은 응급실에 이르기도 전에 죽음과의 사투에서 손을 들어버리고 만다. 심장학에 종사하는 사람들이 흔히 얘기하는 '황금 시간(the golden time: 환자가 증세를 나타낸 후 5~6시간. 이 시간대에 병원에 도착하여 적절한 치료를 받으면 회복의 가능성이 높아짐)에 병원까지 환자 수송이 이루어진다면 이 수치는 적어도 반 이상 줄어들 수 있다.

통계에 의하면 허혈성 심장병 환자의 50~60퍼센트가 심장발작의 횟수를 막론하고 발생한 뒤 한 시간 안에 숨을 거두는 것으로 나타난다. 매년 150만 명의 미국인이 심근경색증으로 고통받고 있다는 통계를 보더라도(그중 70퍼센트는 집 안에서 경색 현상을 맞는다고 한다) 다른 산업국가의 경우와 마찬가지로 미국인의 사망 요인 중 심장병이 큰 부분이라는 것을 알 수 있다.

모든 자연적 요인을 감안할 때 미국인의 20~25퍼센트가 급사를 당한다는 통계가 있고, 그 급사자의 80~90퍼센트가 심장질환으로 인해 죽은 것이라고 한다. 나머지는 폐질환이나 중추신경 이상, 대동맥이나 좌심실로 이어진 기관 등의 이상으로 인한 죽음이다. 갑자기 순간적으로 다가오는 죽음은 대개가 허혈성 심장질환에 의한 결과로 볼 수 있다.

이스키믹 심장질환은 보통 흡연이나 비정상적인 식습관, 그리고 정상 혈압을 유지시키기 위한 최소한의 운동을 무시해버린 생활방식에서 파생된다. 어떨 땐 당뇨 등과 같이 혈통에 따른 유전인자 때문에 나타나기도 하고, 또 어떤 경우에는 오늘날의 심장학 박사들이 'type A' 성격으로 부르듯 급한 성격과 흥분된 마음 상태에서 기인하기도 한다. 어떤 면에서 볼 때 협심증 환자의 내부 상태는 선생님의 시선을 끌기 위해 공중으로 손을 높이 흔들며 "저요, 저요, 제가 할 수 있어요!" 하고 외치는 초등학생의 뜨거운 가슴으로 표현될 수 있다. 평온하게 가라앉은 심장에는 웬만해선 발작 현상이 일어나지 않기 때문이다.

콜레스테롤, 담배, 당뇨, 고혈압이라는 복병을 찾아내기 오래전에 이미 의학계는 심장마비로 사망한 사람들의 성격이 특출하다는 것을 보편적 이론으로 받아들이고 있었다. 1892년에 미국 최초로 의학 교과서를 집필했던 윌리엄 오슬러의 주장은 제임스 매카티를 그대로 표현했다고 할 수 있다. "온유하고 느긋한 성격의 소유자는 협심증에 걸릴 확률이 훨씬 적다. 문제는 육체적으로나 정신적인 면에서, 활동적이고 야망에 찬 사람들에게 있다. 엔진 계기판의 바늘이 항상 최고의 위치에 올라 있는 사람들 말이다."

의술의 획기적인 진보에도 불구하고 아직도 수많은 사람들이 최초의 심장마비 때 죽음을 맞이하고 있다. 예전에 입은 상처로 신체 조직 내의 지휘 체계상 비정상적인 리듬을 갖긴 했어도 운이 좋았던 립시너처럼 심실세동에서 탈출한 사람들도 적지 않다. 의학을 과학이라고 믿고 있는 실험실 의사들의 연구 덕분에, 적당한 기술과 타이밍이 만나야 환자를 치료할 수 있다고 하면서 의학을 예술이라고 주장하는 임상의들이 심장질환자들의 삶을 연장시켜주고 있는 것이다.

그럼에도 불구하고 미국에서만도 매일 1,500명가량이 급성 및 만성 심장질환으로 숨을 거두고 있다. 1960년 중반부터 현대 의술과 여러 진보된 치료기구 덕에 그 수가 줄어들고 있지만, 아직도 많은 현대인들이 심장질환으로 쓰러지고 있다. 심장 활동이 약화되어가는 상태를 보다 자세히 알기 위해서는 우선 건강한 심장이 벌이는 놀라운 수행 능력을 알아보아야 할 것이다.

2
밸런타인의 몰락

모든 어린아이들도 알고 있듯이, 심장은 사랑의 표시인 밸런타인 모양이다. 그래서 우리는 사랑을 나타낼 때 하트 모양을 그리곤 한다. 심근이라고 불리는 근육층 속에는 네 개로 분리된 방들이 중앙 부분을 차지한다. 즉 '격막'이라고 불리는 전후 수직벽이 중앙 부분을 크게 좌우로 나누고, 격막과 직각을 이루는 가로막은 각기 좌우 부분을 상하로 나누어 전체적으로는 네 부분으로 구분되어 있다. 수직 격막으로 나누어진 좌우 두 부분은 어느 정도 독립성을 유지하므로 각각 왼쪽 심장과 오른쪽 심장으로 불리기도 한다. 한편 좌우 심장은 가로 판에 의해 상부실(심방)과 하부실(심실)로 나뉘는데, 이 가로막에는 혈류가 심방에서 심실의 한 방향으로만 흐르게 하는 밸브인 판막이

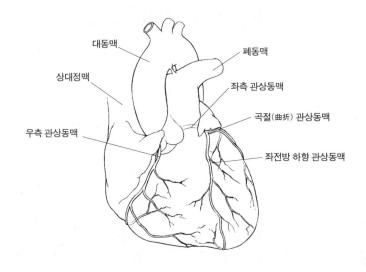

대동맥
폐동맥
상대정맥
좌측 관상동맥
곡절(曲折) 관상동맥
우측 관상동맥
좌전방 하향 관상동맥

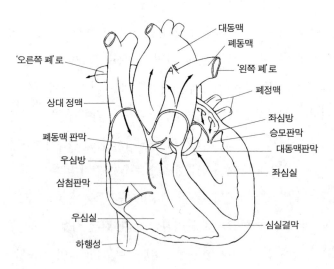

'오른쪽 폐' 로
대동맥
폐동맥
'왼쪽 폐' 로
폐정맥
상대 정맥
좌심방
승모판막
폐동맥 판막
대동맥판막
우심방
좌심실
삼첨판막
우심실
심실결막
하행성

심장의 구조

붙어 있다. 건강한 심장이라면 심실에 혈액이 충분하게 공급될 경우, 심방으로의 역류 현상을 막기 위해 자동적으로 판막이 닫히게 된다. 심방은 심장의 밖으로부터 피를 받아들이는 역할을, 심실은 내보내는 역할을 담당하는 것이다. 따라서 심장 윗부분을 둘러싸고 있는 심근 육은 아랫부분(심실)을 이루는 근육만큼 강하고 두꺼울 필요가 없다.

다시 한 번 간단히 정리해보면, 심장은 격막에 의해 좌우 두 부분으로 나뉜다. 좌우 두 심장은 피를 받아들이는 역할을 하는 심방과 펌프질을 하는 심실을 하나씩 가지고 있다. 두 개의 심장은 독립적으로 기능하며, 각기 하는 일도 다르다. 오른쪽 심장은 신체를 일주하고 되돌아온 '이미 사용된' 혈액을 받아들여 폐 쪽에서 산소를 재충전시키는 일을 하고, 왼쪽 심장은 폐를 거쳐온 산소가 풍부한 혈액을 받아들여 힘차게 신체 각 부위로 내보내는 일을 담당한다. 이와 같은 분업화를 두고 의학자들은 부순환로와 주순환로라는 기능적 이름하에 혈액의 두 가지 흐름을 식별해냈다.

순환의 첫 단계는 두 혈관이 신체 내의 위아래를 돌고 들어온 산소없는 적갈색 혈액을 받아들이는 것으로 시작되는데, 2,500년 전 그리스 의학자들은 이 두 푸른색 혈관을 면적과 상대적 위치 등을 고려하여 각기 상대정맥과 하대정맥으로 이름지었다. 상대 및 하대 정맥이 받아들인 혈액은 밸브식으로 된 통로(삼첨판)를 통과해 우심실로 모이게 된다. 우심실은 높이 35밀리미터가량 되는 수은 기둥의 무게와 동일한 압력으로 혈액을 폐정맥이라는 대형 혈관 속으로 힘껏 펌프질해 보낸다. 폐포(라틴어로 '알베올리'라는 이 부분은 자그마하면서도 섬세한 여과막으로 되어 있으며, 혈액에 포함된 산소와 이산화탄소를 교환해주는 폐의 가장 작은 단위이다)를 통과해, 산소에 의해 허파 속에서 새로이 재생된 선홍색 혈액은 폐정맥을 경유해 좌심방 쪽으로 들어가게 되는데, 좌심방과 승모판으로 연결된 좌심실은 각 신체 세포가 필요로 하는 혈액을 뿜어낸다.

수은주 120밀리미터의 무게에 해당하는 압력으로 강하게 펌프질을 해올려야 하는 까닭에 좌심실의 근육은 반 인치가량 더 두껍다. 따라서 좌우 심방, 좌우 심실 네 곳 중 가장 두껍고 강한 부분이라고 할 수 있다. 한 번 수축으로 혈액 70밀리리터가량을 밀어내는 강력 펌프 체제는 하루 평균 10만 번의 박력 있으면서도 규칙적인 운동을 통해 7천 리터 이상의 피를 뿜어낸다. 원기왕성한 심장의 메커니즘은 한마디로 자연의 걸작품이라고 하지 않을 수 없다.

이러한 일련의 순환은 우심실 상부에 붙어 있는 한 작은 기관이 보내는 신호 체계에 따라 완벽한 조화를 이루며 수행된다. 심장과 허파를 순환하는 혈액 여행의 출발점이라고 할 수 있는 그 자그마한 섬유막(sinoatrial: SA 결절 또는 동방결절)은 심장박동을 조절하는 일종의 맥박 조정기다. 일련의 섬유판은 SA 결절이 내보낸 명령을 두 개의 심방과 두 개의 심실 사이에 있는 '연락 사무소(atrioventricular: 심실과 심방 사이에 연결되어 있다는 뜻. AV 결절 또는 방실결절)로 보내고, 그곳에선 다시 '히즈(His) 뭉치'(라이프치히 대학교에서 한평생 연구 활동을 했던 19세기 스위스의 해부학자 히즈의 이름에서 따옴)라는 별명의 그물식 섬유망을 통해 심실 근육 조직으로 전달된다.

SA 결절은 심장 자체가 지니고 있는 내부 조절기다. 외부로부터의 흥분감이 박동수에 영향을 끼치게 될 때도, 심장은 나름대로의 절대 리듬을 지키려는 SA의 명령을 따라야만 한다.

심장 내로 들어온 혈액은 그대로 다시 뿜어져나간다. 즉 심근세포에 자양분이나 산소를 공급하지 않고 통과해버리는 것이다. 심근세포는 관상동맥이라고 불리는, 주순환과는 분리된 별도의 순환 과정을 통해 자양분과 산소를 공급받기 때문이다. 주관상동맥의 가지는 심장의 끝부분으로 길게 내려와 지맥을 따라 심근육 전체를 신선한 피로 가득 채워준다. 건강한 체내의 관상동맥은 심장의 절친한 친구로 남아 있지만, 그 반대의 경우에는 180도 돌변해 심장을 공격한다.

미국인 사망률의 절반은 바로 그러한 관상동맥의 돌변한 태도 변화에 기인한다. 친구가 적으로 돌변하는 상황은 부드러운 섹스보다 사냥이나 낚시를 자주하는 사람들에게서 더 많이 나타난다. 여성에게 심근경색이 일어나는 평균 연령대는 60대 중반으로, 남성들은 결국 여성들보다 10년 먼저 죽음을 걱정해야 한다는 말이다. 심근육을 위협할 정도로 관상동맥이 좁아지는 현상은 보편적으로 나이가 들어갈수록 발생 빈도가 높아지지만, 그 혈관에 병이 들기 시작하는 시기는 환자가 젊었을 때로 봐야 한다. 한국 전쟁에 참전했다가 전사한 군인들에 관한 의학 연구서에 의하면, 그들 중 4분의 3가량이 관상동맥 내에 일어난 경화증세, 즉 동맥경화증을 보였다고 한다. 그러한 통계는 일반 미국 성인에게도 적용되며, 대다수의 국민들이 사춘기 이후부터 나이가 들어감에 따라 점점 동맥경화에 빠져들고 있다는 사실을 말해준다.

관상동맥 내의 경화 증세를 일으키는 물질은 동맥 줄기 안쪽 부분에 황백색 덩어리 형태로 촘촘하게 흡착, 결과적으로 혈류를 막게 된다. 이는 '플라그(plaques)'라 불리기도 한다. 이 물질은 '지방' 또는 '기름'으로 해석될 수 있는 라틴어 리포스(lipos)에서 파생된 리피드(lipid: 지질)라는 지방체와 신체 내의 갖가지 찌꺼기가 합성되어 이루어진 기름 덩어리들이다. 성분 자체가 그런 만큼, 플라그는 아데로마(atheroma)라는 특수 용어로 불리기도 하는데, 이는 그리스어 아데르(athere: 묽은 죽이나 미음)와 오마(oma: 종양 또는 종기)의 합성어이다. 아데로마의 형성은 동맥경화의 주요 원인으로 손꼽히고 있는데, 혈관 내부에 이러한 돌기가 흡착되어 크게 자라남에 따라 동맥이 점차 좁아져 혈류를 방해하기 때문이다.

크기와 상관없이 일단 아데로마가 형성되면 그 돌기는 혈액 성분 중 칼슘을 흡수하며 주변의 플라그 지질을 흡수, 유착하여 더욱 크고 단단하게 자라난다. 딱딱해진 아데로마가 차츰 주변의 돌기들과 합해지며 혈관벽을 따라 길게 큰 덩어리로 들러붙게 되면, 혈관이 완전히 막혀버리는 결과를 초래할 수도 있다. 동맥경화에 걸린 혈관은 내부에 쇳녹과 침전물이 층을 이루며 두껍게 끼어 있는 낡은 수도관에 비유될 수 있다.

관상동맥이 좁아짐에 따라 협심증과 심근경색이 일어난다는 사실이 밝혀지기 전, 몇 명의 의학자들은 동맥경화 증세로 사망한 환자들의 심장을 집중적으로 조사한 바 있었다. 1798년 천연두 예방백신을 개발한 에드워드 제너는 치료하던 환자가 세상을 뜰 때마다 가능한 한 그 사체들을 매번 검시대 위에 올렸던 의사였다. 요즘과 달리 부검 담당의가 따로 없던 시대였으므로 담당 환자를 직접 해부해야 했던 제너는, 그와 같은 검시 과정을 통해 관상동맥 안에 붙어 있는 종유석 같은 돌기들이 환자의 심장사와 직접 관련이 있다는 사실을 밝혀냈다. 의학계 동료에게 보낸 편지에서 제너는 사체 해부를 통해 알아낸 심장 내의 이상을 다음과 같이 설명했다.

칼로 그 위에 눈금을 새길 수 있을 만큼 단단하고 두꺼운 덩어리였네. 처음엔 마치 오래된 천장 위에 붙은 낡은 회반죽처럼 단순하게 보였지만, 좀더 자세히 들여다본 결과 그런 덩어리들로 인해 관상동맥이 뼈로 된 도관처럼 심하게 굳어 있다는 것을 알아냈네.

이처럼 혈관 내에 생긴 장애물로 심장이 차츰 무너져 내리고 있다는 사실이 제너에 의해 밝혀진 뒤로도 한참 후인 1878년, 한 의학자에 의해 심근경색증에 관한 정확한 논문이 발표되었다. 1848년 당시 혁명의 불발에 따른 탄압을 피해 독일을 탈출한 애담 해머 박사는, "Ein Fall von thrombotischem Verschlusse einer der Kranzarterien des Herzens(심장 내 관상동맥 폐색에 따른 혈전 증세)"라는 긴 제목의 연구 보고서를 오스트리아 빈의 의학 잡지에 기고했다(관상동맥이란 뜻의 독일어 Kranzarterien의 Kranz는 화관, 즉 꽃의 왕관을 이르는 말로 심장을 시적 정서로 표현한 것이다). 동료 의사들의 요청으로 죽음이 눈앞에 다가와 있던 서른세 살의 심장병 환자를 진료했던 해머 박사는 환자의 사후, 심장 근육이 죽어버린 원인이 관상동맥의 폐색에 있다고 주장하며 사체 해부를 동료 의사들에게 권유했다. 비탄에 잠겨 있던 망자의 가족들을 설득해야 하는 어려움에도 불구하고 노련한 해머 박사는 언제나 대체로 잘 통하는 해결책, 즉 '상당한 뇌물'을 주고 가족들을 회유했다. 그는 잡지에 기고한 논문에서 금력을 이용하여 검시에 성공할 수 있었다는 내용을 솔직하게 밝히기도 했다. "세계 어느 곳에서나 통용될 수 있는 그러한 '보상책'은 극한의 비탄이나 고뇌 속에서도 통하기 마련이다." 어쨌든 해머의 끈질긴 설득과 노력에 의해 그의 이론은 여실히 증명되었다. 사체 해부를 통해 완전히 폐색되어버린 관상동맥 줄기와 황갈색으로 변해버린 심근(창백한 황갈색은 바로 경색을 의미한다)을 찾아낼 수 있었던 것이다.

그 후 몇십 년 동안 이스키믹 심장병과 경색증에 관한 이론은 차츰 기존의 것에 새 이론을 보완하고 추가해가며 발전되었다. 1903년 심전도가 개발됨에 따라 의학자들은 심장 내 섬유 조직의 지휘 체제를 알아낼 수 있었고, 혈액의 공급 미비로 심근육이 타격을 입을 때 발생하는 자극 변화 등을 추적해냈다. 또한 심근육이 타격을 깊게 입을수록 혈액 내의 유용한 화학물질이나 효소 등이 유실된다는 사실도 밝혀졌다.

경색은 주행이 좌심 전방으로 이어져 심근육으로 차츰 좁게 구획되어 들어가는 좌하행 관상동맥과 이어진 근육 부분에서 일어나는데, 반 정도가 좌심실 전방과 관련되어 있다. 다시 말해 우관상동맥과 연결된 후방 부분에서 30~40퍼센트가, 그리고 나머지 15~20퍼센트가량은 좌순환 관상동맥과 이어진 부분에서 일어난다.

체내 조직과 모든 기관에 산소와 영양을 공급해주는 강력한 펌프인 좌심실은 심장마비, 흡연, 버터, 육류, 관상동맥의 경직 등으로 인해 혈류가 저지되어, 고혈압으로 상처받게 된다.

관상동맥이 폐색 과정의 후반에 이르면 자연히 산소 공급이 차단된다. 산소 부족 현상이 지속되면 협심증의 고통이 뒤따른다. 심근이 한 번 타격을 입으면 그 근육은 허혈 현상을 나타내며 죽어가게 된다. 죽어버린 근육의 범위가 극히 작거나 심실세동까지 발전되지 않을 경우, 근육 조직은 상흔을 남긴 채 어느 정도 회복될 수도 있다. 하지만 일단 손상된 부분은 나머지 건강한 근육 조직이 벌이는 활동에 정상적으로 협조할 수 없기 때문에 완전한 회복은 기대하기 어렵다. 정도에 관계없이 일단 심장마비가 일어나면 해당 환자의 심근에는 상흔이 매번 남게 되며, 심실의 펌프질도 그만큼 힘을 잃게 된다.

또한 동맥경화가 진행되면 심실은 심장마비 같은 뚜렷한 증세 없이도 차츰 약해질 수 있다. 주혈관에서 파생된 가늘고 작은 혈관 내에서도 폐색은, 마비 증세처럼 눈에 띄는 현상 없이 차츰 심장 수축 운동을 방해하는 원인으로 자리잡아간다. 이런 과정을 통해 심장은 점점 힘을 잃게 되는 것이다. 제임스 매카티의 급작스런 죽음과는 달리 만성질환인 심부전증은 관상동맥 이상으로 인한 희생자 중 40퍼센트를 차지한다.

심장의 손상 정도와 내용에는 여러 경우가 있을 수 있다. 어떨 땐 폐색된 관상동맥에서 경련을 동반한 혈전 증세가 일어나기도 하고, 또 어떤 경우에는 심장이 멈춰버릴 만큼 신호 체계에 문제가 생겨 아주 느리게 신호와 명령을 전달함으로써 손상을 주기도 한다. 심지어 심방에서 흘러들어온 혈액을 뿜어 올릴 수 없을 만큼 심실이 약해질 때도 있다.

심장병 환자 중 매카티처럼 급성 심장마비로 사망한 20퍼센트에, 발병 후 몇 주 내지 1년 만에 죽은 수를 더해보면, 허혈성 심장병 중 50~60퍼센트가 갑자기 세상을 떠난다는 통계가 나온다. 나머지 환자들은 천천히 그리고 아주 불편하고 고통스럽게 다가오는 만성 충혈성 심부전증으로 죽어간다. 지난 10~20년 동안 심장마비로 인한 사망률이 30퍼센트가량 줄어들었다고는 하지만, 만성 충혈성 심부전증으로 인한 사망률은 3분의 1가량 더 높아졌다. 의학의 발달로 급성 심장마비로 죽는 비율이 낮아지자 만성으로 인한 사망률이 상대적으로 높아졌다고 볼 수 있다.

만성 충혈성 심부전증은 심장 근육이 필요로 하는 충분한 혈액을 공급받지 못하는 데서 일어난다. 즉 상처받은 근육이 자꾸만 약해지기 때문이다. 심장이 기존 시스템에 따라 혈액을 완벽하게 펌프질해내지 못하면 남은 혈액의 일부가 허파와 기타 조직의 '역압에 의해 다시 정맥으로 돌아간다. 일단 이러한 충혈 현상이 일어나면 조직에 부종이 생기고, 미세 혈관 밖으로 혈액이 조금씩 흘러나오게 된다. 결과적으로 신장과 간 같은 기관이 임무 수행을 제대로 하지 못하게 되는 것이다. 기능이 약화된 좌심실이 산소가 가득한 혈액을 제대로 뿜어내지 못해 부종으로 팽창된 조직에 산소와 자양분을 공급해주지 못하면 상태가 점점 악화된다. 즉 심장 내에서 혈액 순환이 제대로 이루어지지 못하면 다른 신체 조직으로 오가는 혈액량도 줄어들수밖에 없다는 얘기다.

역압으로 인해 역류된 혈액은 심방과 심실을 압박하게 되고, 심실근육은 약해진 기능을 보강하기 위해 점차 두꺼워진다. 이러한 부작용이 심화될 경우, 심장은 부족한 혈액을 분출해내기 위해 더욱 빨리 뛸 수밖에 없다. 팽창되고 두껍게 변한 심장은 좁아진 관상동맥이 날라온 산소량에 만족할 수 없게 되어 심근육은 더욱 심한 타격을 받는다. 결국에는 심장에 불규칙한 리듬이 나타나게 되는데, 이러한 비정상적 리듬은 환자에게 치명적인 결과를 초래한다. 심실세동과 교란된 리듬은 심장마비 환자 중 거의 절반 이상의 생명을 빼앗는다. 혈액 부족으로 인한 기능 약화를 보완하기 위해 심장은 반사적으로 확대되지만, 확장된 근육 역시 산소 및 자양분의 부족을 겪게 되고, 그 부족분을 메우기 위해 심장 근육이 더욱 두꺼워지고 맥박수가 빨라지는 식의 악순환이 계속되는 것이다. 내 동료 중 한 심장학 박사는 이런 악순환을, "심장마비는 새로운 심장마비를 낳는다"라고 표현했다.

심장질환에 걸린 환자들은 조금만 움직여도 호흡곤란을 느낀다. 심장이나 허파가 운동량에 따라 늘어나야 할 호흡량에 제대로 반응을 해주지 못하는 까닭이다. 심지어 어떤 환자들은 오래 누워 있지도 못한다. 사람이 서 있거나 앉아 있을 경우에는 중력의 도움을 받아 허파에 좀더 많은 공기가 흡입되는데, 누워 있을 경우에는 그렇지 못하기 때문이다. 결국 그런 상태가 되면 잠잘 때도 베개를 몇 개씩 포개어 머리와 팔의 위치를 높여주어야 하고, 심할 땐 잠자다가도 호흡곤란으로 인한 발작 증세를 일으키기도 한다.

심장병 환자들은 만성 피로와 무력감에 시달리기도 하는데, 그 원인 역시 펌프질을 제대로 해내지 못하는 좌심실에 있다. 혈액 부족에 따른 산소량 저하와 약화된 조직으로 인해, 환자는 심한 무기력과 피로감을 느끼게 되는 것이다. 정맥으로 역류된 혈액은 보통 발목과 발등을 붓게 만들며, 환자가 누워 있을 경우에는 중력 때문에 피가 허리 뒷부분과 넓적다리로 모이게 된다. 현대에 와서는 거의 보기 드물 정도로 줄어들었지만, 내가 의대생이었을 때만 해도 복부와 다리가 심하게 부어오른 환자가 침대 위에 드러눕지도 못한 채 앉아서 생명을 놓치지 않으려고 마지막 안간힘을 다하며, 어깨에 이는 경련과 함께 힘겹게 숨을 들이마시는 모습을 흔히 볼 수 있었다. 죽지 않으려고 입을 크게 벌린 채 헐떡거리며 숨을 들이마시는 환자의 입술과 혓바닥은 산소 부족으로 늘 푸른색을 띠었고, 온몸은 바싹 말라 있었다. 죽음의 소리로 들릴 만큼 심하게 헐떡거리는 환자의 거친 숨소리를 듣고 죽음의 공포로 불거져 나온 눈동자를 보기란 의사에게도 여간 고통스러운 일이 아니었다.

흔치는 않지만 지금도 가끔은 그런 장면을 볼 수 있다. 최근 심장학 교수로부터 받은 편지가 생각난다. "생을 며칠 남긴, 아니 몇 시간밖에 남기지 않은 심장병 환자들이 고통과 좌절로 허덕일 때, 진통제로 모르핀만 투여해줄 뿐 속수무책으로 지켜볼 수밖에 없는 현실이 안타깝기만 합니다. 진통제가 탈출구는 아닐 텐데 말입니다……." 심장 자체의 이상뿐 아니라 혈액의 부족 상태로 들어간 신체 조직이 서서히 죽어감에 따라 환자의 사투는 더욱 심해진다. 신장염과 요도염 같은 합병증이 나타나면 심장병 환자는 황달 증세를 보이며 즉시 추락하고 만다.

심장은 계속 부풀어 올라 헛된 운동만 되풀이한다. 팽창된 심장은 다른 신체 조직에 헛된 구조 요청을 보내기도 한다. 심장에 가해지는 부담을 덜어주기 위해 신장은 혈액 내에서 수분과 염분을 충분히 제거해줘야 하는 역할을 맡고 있지만, 충혈 현상이 생기면 그 임무를 수행하기가 불가능해진다. 역압에 따른 충혈로 정상치보다 혈액량이 줄어들면, 신장은 즉시 이미 걸러진 염분과 수분을 재흡수하게 만드는 호르몬을 생산해서 결국 심장에 더욱 큰 부담을 주게 된다. 서로 좋은 친구가 되어야 하는 두 조직이 심장의 반란으로 적이 되고 마는 것이다.

혈액의 느린 순환으로 무겁고 축축해진 허파는 박테리아와 염증 인자가 서식하기에 알맞은 은신처로 변한다. 많은 심장병 환자가 폐렴으로 죽는 이유가 바로 여기에 있다. 그러나 폐가 타격을 받게 되는 것이 박테리아 때문만은 아니다. 갑자기 폐가 수분을 많이 머금게 되는 상태를 폐부종이라고 하는데, 이런 증상은 만성 심장질환 말기에 자주 나타난다. 심장 근육이 새로이 손상을 입었다거나, 예상 밖의 흥분감이나 운동량으로 인해 업무량이 일시적으로 과중하게 부과되었을 때, 또는 염분을 너무 많이 섭취했을 때 허파는 한마디로 '침수'되고 만다. 그러면 즉시 심한 호흡곤란이 뒤따르고, 혈액 내의 산소 부족은 결코 되돌아갈 수 없는 길목으로 들어서게 된다. 즉 뇌 기능 정지 내지는 심실세동 또는 비정상적인 체내 리듬을 유도한다. 지금 이 순간에도 이런 증세로 고통스럽게 눈감는 사람이 수없이 많다.

여기서 이런 환자들 중 전형적인 예를 하나 들고자 한다. 호레이스 기든스의 병세는 만성 심장질환에 관한 모든 증세를 설명해주는 예일 것이다.

내가 마흔다섯 살의 은행가 기든스를 처음으로 만난 것은 1980년대 말이었다. 그가 볼티모어의 존스홉킨스 병원에서 퇴원해 고향집으로 돌아온 직후였다. 말이 퇴원이지 사형선고나 마찬가지였다. 협심증과 심장근육 마비 증세가 되도록 느리게 진행되기만을 바랄 뿐, 담당 의사도 손을 들었다는 얘기였다. 사이가 좋지 않았던 아내와의 결혼생활로부터 벗어나고 싶은 생각도 있었겠지만, 어쨌든 병을 치료하기 위해 볼티모어 병원에 입원했던 기든스는 치료 시기를 놓쳐 헛된 결과만 얻었다. 어떤 약이나 수술로도 회복될 수 없다는 진단 결과를 앞에 두고, 홉킨스 병원의 의사들은 조심스럽게 그에게 퇴원을 권유했다. 심장이식 수술로도 건질 수 없는 생명이었다. 기든스가 사형선고를 안고 돌아온 날 저녁, 나는 그를 찾아갔다.

기든스가 퇴원해 집으로 돌아오는데도, 그의 아내는 그런 사실을 전혀 모르고 있는 듯했다. 아니 아예 관심조차 없는 것 같았다. 기든스가 현관문을 열고 들어오는 순간, 거실 소파에 앉아 있던 나는 그의 가족들이 얘기하는 것을 건성으로 흘려듣고 있었다. 집 안으로 들어서는 그의 모습은 안타까울 정도로 무너져 있었다. 기든스는 호흡곤란으로 심하게 헐떡거리며 좁은 어깨를 가정부의 팔뚝에 내맡긴 채 온 인상을 찌푸리고 있었다. 피아노 위에 놓인 액자 속의 인물은 이미 그가 아니었다. 사진 속에서 웃고 있는 강인한 체격의 잘생긴 남자를 도저히 지금의 그와 연결시킬 수가 없었다. 사형선고를 받고 나타난 회색빛 얼굴은 피로와 고통에 지쳐 무너진 모습 바로 그것이었다. 비틀거리며 거실 쪽으로 한 발자국씩 옮긴 끝에 그는 힘겹게 의자에 몸을 의지할 수 있었다.

직접 그를 진단해보지 않았으나, 나는 담당 의사를 통해 기든스가 협심증과 심근경색증의 말기에 있다는 것을 알았다. 호흡할 때마다 발작적으로 좁은 어깨를 흔들며 힘들게 숨을 들이켜는 것으로 보아, 나는 그의 심장 상태와 그를 무너뜨린 요인을 짐작할 수 있었다. 의사로서 수많은 환자들을 대하며 40여 년을 살아왔기 때문에, 나는 환자들을 대할 때마다 그런 식으로 미리 진단을 내려보는 버릇이 생겼다. 자신도 모르게 내려지는 머릿속의 진단은 어떤 면에선 자기 테스트라고 볼 수도 있으나, 또 다른 면에서 보면 일종의 감정이입일 수도 있다. 대부분의 의사들이 그런 무의식적인 습관을 가지고 있을 것이라고 생각된다.

마음의 눈으로 호레이스 기든스의 가슴속을 들여다본 결과, 그곳에는 거대하게 부풀어 헐떡이고 있는 낡은 펌프가 보였다. 거의 8센티미터 두께로 자란 심근육 벽에는 크고 흰 상흔이 뚜렷이 남아 있었고, 그 주변에도 자그마한 상처들이 누더기처럼 덮여 있었다. 겨우 박동을 유지하고는 있었으나 심실의 기능 약화로 인해 경련을 동반한 불규칙한 수축 운동은 금방이라도 끊겨버릴 듯 위태로웠다. 기든스의 맥박 조정기인 SA 결절은 종말을 향해 나아가는 심장을 붙잡기 위해 심실에 안타까이 명령을 내리고 있었다. 하지만 이스키미야 상태는 그 규칙적인 시스템을 파괴시키려 했다. 맥박 조정기를 잃어버린 심실은 결국 혼자서라도 박동을 유지하려 하지만, 그런 상태는 오래가지 못한다. 아무리 열심히 뛰어도 필요 혈액량을 채우지 못해, 심실의 빈박(박동수가 분당 100회 이상일 때를 빈박, 빈맥이라고 한다)과 경색증이 뒤따르게 된다. 기든스의 부자연스런 움직임을 보고 나는 그가 죽음을 향한 마지막 정점에 도달했음을 직감했다.

상대 및 하대 정맥과 폐정맥은 크게 팽창되었고, 심장의 약화로 인해 혈압도 크게 떨어져 있었다. 부종으로 인해 수분을 흠뻑 머금은 채 청회색 스펀지로 변해버린 허파 역시 힘겨워했다. 산소 부족으로 질식해버린 혈액은 언젠가 목매어 자살한 사람—크고 보라색으로 팽창된 얼굴은 인간의 모습이 아니었다—을 해부했을 때를 기억나게 했다.

기든스는 내조는커녕 자신에 대해 무관심하고 심술만 부리는 아내의 독설과 비난을 견디며 성실하게 생활해온 은행가였다. 그는 자신을 잘 따르는 열일곱 살짜리 딸에게 모든 사랑을 쏟아붓고 살아왔으며, 평소 은행 업무를 정직하고 성실하게 수행해 사람들로부터 크나큰 존경과 신뢰를 받고 있었다. 하지만 결국 냉엄한 죽음 앞에 두 손을 들고 빨려들어가고 있었다.

어렵게 숨을 빨아마시는 그의 코끝은 여린 푸른색으로 변했다. 입술 역시 푸른색으로 변해갔다. 이 증세는 허파가 제대로 산소 공급을 해주지 못한다는 증거였다. 넘어질 듯 위태하게 발을 질질 끄는 걸음걸이도 부풀어 오르다 못해 신발 속에서 짓물러지다시피 한 발과 발목 때문이었다. 마치 물이 가득 담긴 풍선이 출렁거리듯 침수된 신체 조직이 부종으로 허덕이는 모습이었다.

협심증에 뒤따르는 강한 통증을 알고 있는 기든스에게, 한 걸음 한 걸음 아주 힘겹게—의도적이든 아니든—걸을 수밖에 없는 부담감까지 짓눌러오고 있었다. 조금만 움직여도 입이 벌어질 만큼의 질식 섞인 통증이 따랐다. 머리카락보다 더 가늘어진 관상동맥이 운동량 증가에 따른 혈액 요구량을 충족시켜주지 못하기 때문이었다.

아주 천천히, 그리고 힘겹게 안락의자에 몸을 의지한 기든스는 내가 와 있는 것을 모르는 듯 가족들과 가볍게 얘기를 나누었다. 그리고는 피곤에 지친 몸과 마음을 달래려고 침실을 향해 힘겨운 걸음을 옮기기 시작했다. 계단 아래를 내려다보며 아내에게 무슨 말을 하려는 듯 기든스는 몇 번씩 걸음을 멈추었다. 그 모습을 지켜보며 나는 심장병 환자들에게 공통적으로 나타나는 현상을 확인했다. 걸을 때 가슴에 통증이 올 때면 그들은 고통이 사라질 때까지 걸음을 멈춘 채, 공연히 관심도 없는 가게 유리 진열장을 들여다보거나 마음에도 없는 잡담으로 그 순간을 타인에게 들키지 않고 넘기려 한다는 통설이 있다. 그렇게라도 자존심(어느 면에선 생명 그 자체지만)을 지키려는 경향이 있다는 것이다. 이러한 심장병 환자들의 심리 상태를 최초로 파악해냈던 베를린 출신의 한 의사는, 내게 그 상태를 독일어로 Schaufenster schauen, 즉 '윈도 쇼핑'이라고 표현했다. 침실로 올라가던 기든스 역시 심각한 상태를 순간적으로나마 넘겨보려고 '윈도 쇼핑'적인 태도를 보였다.

호레이스 기든스는 그로부터 2주일 후, 어느 비 오는 날 오후에 눈을 감았다. 그가 괴로워하는 모습을 보면서도 나는 그를 위해 손가락 하나 어떻게 할 수 없는 무력한 존재였다. 갑자기 확산된 협심 증세로 기든스가 목 부분으로 손을 올릴 때까지 나는 속수무책으로 그의 아내가 독설로 그를 후려치는 것을 구경만 하고 있었다. 백지장처럼 하얗게 질려버린 얼굴로 숨을 크게 몰아쉰 뒤 그는 부들거리며 휠체어 앞 탁자 위에 있는 니트로글리세린 병을 잡으려고 했다. 힘겹게 약병을 손가락으로 쥐긴 했지만, 관상동맥을 순간적으로나마 확장시켜 생명을 연장시켜줄 수도 있는 그 귀중한 약병은 그만 그의 손가락을 벗어나 거실 바닥에서 산산조각이 나고 말았다. 극심한 두려움과 식은땀으로 흠뻑 젖은 기든스는 아내 레지나에게 가정부를 불러달라고 애원했다. 아내 레지나 대신 가정부가 예비용으로 그 약을 보관해두고 있었다. 하지만 그의 아내는 꼼짝도 하지 않았다. 기든스는 흥분과 공포심이 뒤섞인 목소리로 가정부를 찾아달라고 소리를 질렀다. 하지만 그의 부르짖음은 목구멍에 걸려 나오지 못했다. 마지막 노력이 물거품되는 것을 느낀 듯 기든스의 얼굴에는 체념의 표정이 떠올랐다.

그런 상황에서 나는 마땅히 일어나 황급히 그를 도울 조치를 취해야만 했다. 하지만 그때 나는 무언가 설명할 수 없는 괴력에 막혀 그냥 멍하니 의자에 앉아 있었다. 그 누구도 그를 향해 손을 내밀어주지 않았다. 그러자 기든스가 휠체어에서 벌떡 튀어오르더니, 골인 지점을 향해 마지막으로 젖먹던 힘까지 다하는 마라톤 주자처럼 고통스럽게 계단 쪽으로 몇 걸음을 옮기기 시작했다. 그러나 난간을 잡고 침실로 오르던 그는 네 번째 계단 위에서 미끄러져 제대로 서지도 못하고 마지막 숨을 가까스로 끌어모으며 있는 대로 얼굴을 찌푸렸다. 나는 그때까지도 소파에 얼어붙은 듯 눌러앉아 계단 위에 무릎 꿇고 있는 그를 지켜보았다. 다리가 흔들린 순간 그의 육체는 계단 밑으로 단번에 굴러떨어졌다.

맥박은 약하게 뛰고 있었으나 그는 이미 죽은 사람이나 다름없었다. 노련한 암살자처럼, 차분하기 이를 데 없는 목소리로 레지나는 하인 두 명을 불러 그를 침실로 옮기게 했다. 기든스는 계단에서 굴러떨어진 후 몇 분 만에 숨을 거두고 말았다. 기든스 집안의 주치의가 연락을 받고 도착하기 전의 일이었다.

사망의 주요인은 심실세동이었으나 심한 폐부종과 증가하는 혈압을 감당해내지 못할 만큼 망가진 심실로 인해, 호레이스 기든스는 죽음을 맞이할 수밖에 없었다. 이스키믹 심장병 환자의 대부분은 한결같이 이 세 가지 증상을 보이고 생을 마감한다. 때로는 잠을 자다가 갑작스런 죽음을 당할 수도 있다. 운좋은 환자들은 죽기 몇 분 전

의료진의 도움으로 몇 년 정도 삶을 연장받기도 한다. 그러나 결국 덤으로 얻은 생명도 일시적인 것일 뿐 동맥경화 증세가 낫거나 멈춰지는 것은 아니다. 미국인들 중 매년 50만 명이 의학의 한계를 넘어선 자연의 명령에 따라 숨을 거둔다. 매우 역설적인 말이 될지도 모르지만, 나는 이러한 자연적 죽음이 오히려 인류를 영속시켜주는 역할을 하리라고 생각한다.

내가 불쌍한 기든스의 죽음을 우두커니 방관할 수밖에 없었던 것도 그런 이유 때문이었을 것이다. 마치 릴리언 헬먼의 연극 「작은 여우들」을 S석에서 느긋하게 관람하듯이 나는 호레이스 기든스의 비극을 꼼짝하지 않고 지켜보고 있었던 것이다. 1900년 이스키믹 심장병 환자의 죽음을 픽션으로 섬세하게 그려낸 헬먼의 작품은, 그 어떤 심장학 의사가 써낸 연구서보다 정확하다. 사실 내가 앞서 기든스의 죽음에 관해 묘사한 것들도 헬먼의 연극 대본과 너무도 흡사하다. 존스홉킨스 병원에서 기든스를 진찰했던 의사도 앞서 인용한 윌리엄 오슬러의 주장에 분명히 동의했을 것이다.

무려 1백 년 전이지만, 헬먼은 작품을 통해 관상동맥 질환으로 죽어가는 수많은 심장병 환자들을 초상화 그리듯 정확하게 그려내고 있다. 그런데 현대 의학이 심장질환과의 전쟁에서 잠정적 승리를 거두었고, 지금 이 순간에도 호레이스 기든스 같은 심장병 환자가 죽음과 사투를 벌이는 처절한 장면은 1백 년 전의 연극 장면과 너무도 닮아 있는 것이다.

이스키믹 심장병 환자들 중 많은 수가 제임스 매카티처럼 처음 날

아온 강편치에 숨을 거두고 말지만, 호레이스 기든스처럼 초기 경색과 함께 오래도록 진행되는 이스키미야 증세로 시달리는 사람들 역시 적지 않다. 후자에 속하는 환자들일수록 삶의 방식과 질에 따라 생명이 연장되기도 하고 줄어들기도 한다. 아마 기든스도 이상 증세를 발견한 즉시, 정신적 스트레스를 던져버리고 알맞은 생활 리듬을 찾고, 니트로글리세린으로 협심 증세를 완화시키고, 부드러운 진정제로 불안감을 다스리는 식의 적절한 조치를 취했더라면 생명을 훨씬 연장시킬 수 있었을 것이다. 한동안 대학 부설 연구진들은 일종의 니힐리즘적인 치료법이라며 심실의 수축을 강화시키는 강심제 사용을 거부한 바 있었다. 사실 기든스의 경우에도 강심제는 견디기 힘들 정도로 고통스러운 만성 충혈 심부전증을 일시적으로 완화시켜주었을 뿐, 심장발작을 제어해주지는 못했을 것이다.

현대에 들어와서 많은 것들이 바뀌고 있다. 심장질환의 치료 기술이 발전함에 따라 생의학적 현대 과학이 탄생했고, 이는 환자의 생활 패턴을 바꾸어주는 치료법에서부터 심장이식 수술에 이르기까지 폭넓게 관여하고 있다. 심장학에 종사하는 연구진들은 심근을 손상시키는 여러 요인들과 지금 이 순간에도 씨름하고 있다. 심장병을 치료하기 위해 담당 의사가 우선적으로 알아야 할 것은 '적에 대한 상세한 정보이고, 그 다음은 주어진 상황 아래서 최선의 전략을 짜내는 일이다. 그리고 환자의 심장과 관상동맥의 상태를 정확하게 진단해, 더 이상 병세가 진전되지 못하도록 적절한 조치를 취해야 한다. 탈륨 스트레스 테스트(Thallium stress test), MUGA, 초음파 검사, 홀

터모니터, 안지오그램 등 심장병 환자와 그 가족들 사이에 이루어지는 대화 속에서는 이런 생소한 이름들과 약어들이 자주 튀어나온다.

의사들은 이런 검진을 통해 객관적 사실들을 얻은 뒤에도 담당 환자의 인성과 사회생활(가정생활, 성장 과정 등)에 대해 충분히 알아내야 한다. 환자의 인생에 숨겨져 있을지도 모를 병인을 찾아내야만 정확한 치료 행위를 할 수 있기 때문이다. 심장이 수축할 때마다 심실의 기능 이상으로 역류되는 혈액량, 협소해진 관상동맥의 직경, 심근의 수축 상태, 심장의 출력도, 심장 내의 통신 시설이 어느 정도 민감하게 작용하는가 등의 객관적 요소만으로는 충분하지 않은 것이다.

환자 가문의 혈통, 식이요법, 흡연 정도, 미래에 대한 계획, 가족과 친지들의 헌신도, 환자의 인성 등 여러 종류의 비실험적 요소들은 치료 과정이나 장기적 예후 내용에 많은 영향을 끼친다. 사실 환자와 쉽게 가까워지고, 그에 대한 모든 것을 알아내는 능력이야말로 의사가 지녀야 할 기술이다. 환자와의 대화 없이 진단과 약물만으로는 치료의 한계에 부딪히기 때문이다. 바로 이런 면에서 의술이 예술이라고 불리기도 한다.

정확한 검진과 함께 환자와의 친밀하고 상세한 대화가 이루어진 다음, 실제 치료는 시간이 해결해준다. 결국 심장병에서 '치료'란 심장이 입게 되는 스트레스를 감소시키는 일로, 검진할 때 드러난 여러 이상 증세를 교정하며 인내심을 갖고 회복을 기다리는 과정이다. 이미 일어난 증세를 없앨 수는 없지만, 동맥경화의 속도를 최대한으로 늦추어야 한다. 아울러 무기력해진 심장이 원활한 펌프질을 할 수 있도록 도와주어야 한다.

월리엄 헤버든은 1772년 적절한 운동 프로그램이 심장의 능력을 강화시킨다는 내용의 협심증 환자들에 관한 논문을 발표한 바 있다. "운동삼아 매일 30분씩 톱질을 하던 한 환자의 심장질환이 거의 완치된 예가 있다." 현대에 들어와, 톱질이 고정된 자전거 운동 기구로 변했을 뿐 기본 이론은 몇백 년 전 것과 조금도 다르지 않다.

이스키미야 증세로 시달리는 심장 근육은 다양한 약물 치료법으로 조금이나마 회복될 수 있다. 동맥경화가 일어난 혈관 속의 덩어리들을 녹여내는 것, 심근의 수축 속도를 늦추고 박동을 강화시키는 대신 박동수의 증가를 억제하는 것, 역압 때 증가되는 수분과 염분을 낮추어주고, 혈액 내의 콜레스테롤 양과 저혈압을 조절하는 것 등 다양한 약품이 개발되었다.

의학자들과 과학자들의 연구에 힘입어, 정확한 진단 치료 기술이 발전함에 따라 많은 심장병 환자들이 생명을 연장받을 수 있게 되었다. 전자공학의 덕택으로 개발된 맥박 조절기(pacemaker: SA 결절의 기능을 대신해 인위적으로 박동 리듬을 조절해주고, 근육 수축을 막아주는 장치)는 심장 내의 불규칙한 흐름이 위험 수위에 도달하지 못하도록 조절해준다.

외과의사들과 심장학자들은 관상동맥 내의 장애물을 피해 혈류를 우회시키고, 풍선을 이용해 협소해진 혈관을 확장시켜주는 '캐비지(CABG: coronary artery bypass graft)' 시술과 혈관 성형술(angioplasty)도 개발했다. 약품이나 위에 열거된 수술로도 치료가 불가능한 환자들을 위해 심장 전체를 들어내고 건강한 심장으로 바꿔주는 심장이식 술도 개발되어 있다. 물론 이 경우에는 대상 선정에 각별히 주의해야 한다.

이 모든 수술과 약물 치료법에도 불구하고 동맥경화 현상은 계속 생을 끌어당기면서 진행된다. 풍선 확장술로 넓어진 혈관이 다시 예전처럼 납작해진다든가, 혈관의 막힌 곳을 피해 우회도로 식으로 곁가지를 붙인 새 혈관이 떨어져버리기도 하는 것이다. 동맥경화를 앓고 있는 중환자들이 의약품과 의술의 발달로 생을 연장받고 있는 것은 사실이다. 하지만 치료 중에 급작스럽게 생을 마감하는 환자의 수 역시 적지 않다. 일단 혈관 내에 이상이 생기면 심장의 회복은 거의 불가능해진다. 만성 심장병 환자의 절반 정도가 발병 후 5년 내에 죽음을 맞다는 통계가 있다. 제임스 매카티의 경우처럼 급작스러운 죽음보다 호레이스 기든스처럼 서서히 허물어져가는 죽음이 더욱 증가하고 있는 것이다.

이처럼 급성보다 만성질환자들이 많아지는 이유에는 여러 가지가 있다. 하지만 가장 큰 이유는 역시 진보된 의술로 무장한 의사들의 노련한 손놀림과 심근경색의 요인을 잡아내는 최신식 장비들일 것이다. 물론 발작 직후, 환자를 최초로 대면하게 되는 준의료 요원들의 신속하고도 효과적인 응급 조치, 또 병원 수송 뒤 응급실에서 이루어지는 즉각적인 조치 역시 무시할 수 없다. 전반적인 의료 기술의 발달로 나이든—심근의 노쇠 현상으로 펌프질이 원활하지 못해 충혈 현상이 나타나는 경우—환자들이 늘고 있다. 55세 이하의 나이에 죽는 환자들의 비율이 떨어지는 대신, 65세 이상 되는 고령자의 죽음이 급격하게 증가하고 있다. 현재 미국에는 행동에 불편을 느낄 정도의 심장병 증세를 가진 환자가 2백만 명 정도 있다. 그런데 이들 중 절반가량은, 어느 시점에 이르러 증상이 악화될 경우, 2년 내에 죽을 만큼 심각한 상태로 돌입하게 된다. 심장마비로 호흡곤란을 일으키는 51만 5천 명 중 3만 5천 명 정도가 매년 눈을 감는다. 과거에 비해 발작 즉시 죽는 환자의 수는 많이 줄었으나, 그것도 결코 적은 숫자라고 볼 수는 없다.

되풀이되는 얘기지만, 심실에 이상이 있는 심장은 결국 멈추기 마련이다. 심실의 펌프질이 원활하지 못하면 혈액에는 산소 부족 현상이 일어나고, 콩팥과 간 역시 더 이상 체내의 독성 물질을 제거해주지 못한다. 박테리아는 체내 여러 조직에 침투해서 만연하고, 그로 인해 정상 혈압이 유지되지 못할 때 결국 뇌까지 죽어간다. 심장이 멈추어버리고 폐부종이 일어난 마지막 상태의 환자가 병원으로 실려오면 응급대원들은 안간힘을 다해 죽음의 문턱에서 환자를 끌어내야만 한다.

초를 다투며 죽음과의 싸움을 벌이는 환자와 의료진들을 지켜보면서, 지난 세월 동안 그들 속에 섞여 전투를 지휘해왔던 나는, 고통받는 환자와 온 힘을 다해 싸우는 의료진 사이의 파트너십을 엿볼 수 있었다. 병원의 응급실에서 죽음을 물리치려고 안간힘을 다하는 장면은 마치 한 편의 숭고한 그림 같다.

광란의 전투 후 승리가 찾아오면, 그 이후에는 대부분 비슷한 패턴이 나타난다. 두뇌에 혈액이 제대로 공급되지 않아 거의 무의식 상태에 빠져 있던 환자는 갑자기 의식을 되찾게 된다. 이때 환자는 근육 수축이나 폐부종 또는 두 가지 합병 증세로 죽음의 문턱에 갔던 자신을 잠시나마 끌어내준 의료진들의 얼굴을 어렴풋이 보게 된다. 인공호흡기는 침수된 허파 속에 산소를 불어넣기 위해 구강을 통과해 깊이 박혀 있을 것이고, 심실세동이 있을 경우는 가슴 위에 금속이 부착되어 2백 줄(joule: 에너지와 일의 MKS 단위. 1뉴턴의 힘으로 물체를 1미터 움직이는 동안에 하는 일을 1줄이라고 함)의 에너지로 가슴을 때려 점점 느려지는 심장이 제 박자를 찾을 수 있도록 도와주고 있을 것이다.

박동수가 제대로 회복되지 않을 경우, 응급 팀은 초당 한 번씩 흉곽 맨 아랫부분에 규칙적인 압박 마사지를 하게 된다. 전방 흉골의 납작한 부분과 후방 척추 사이의 좌우 심실 두 곳을 강하게 압박하면 혈액은 뇌 기능과 체조직이 원활하게 돌아갈 수 있을 만큼 순환하게 된다. 이렇게 외부적인 심장 마사지가 효능을 보이면, 맥박은 심장에서 멀리 떨어져 있는 목과 사타구니에서도 감지된다. 심장 압박 마사지술은, 40년 전 내가 두려움에 떨며 제임스 매카티의 가슴을 절개, 직접 심장을 마사지했던 것보다 훨씬 더 큰 효과를 볼 수 있게 해준다.

흉곽을 절개하지 않고 외부 마사지만으로 맥박이 되살아나면 약물 주입을 위해 IV 튜브가 장착된다. 이러한 약물들은 심장박동을 조절하고 심실의 펌프질을 도와줄 뿐만 아니라 허파의 부종기도 빼준다.

심장 압박 마사지와 약물에 따른 반응은 환자마다 각양각색이다. 간호사, 의사, 간호조무사 등 응급실 의료진들은 '죽음'뿐만 아니라 '불확실성'에도 대항해 싸워야 한다. 환자를 살려내려는 처절한 싸움을 통해 그들은 대체로 두 가지 의문을 떠올린다. 정말로 우리가 지금 제대로 할 일을 하고 있는가? 이젠 더 이상 손쓸 일이 없는가?

두 가지 질문에 모두 "그렇다"라는 긍정적인 답을 보낼 경우도 있었지만, 심실은 갑자기 혁명을 일으키기라도 하려는 듯 도로 수축해버리고, 경색된 심근은 모든 약품에 반응을 보이지 않기도 한다. 압박 마사지 역시 먹혀들지 않는다. 그러면 구조 작업은 실패로 끝난다. 두뇌가 최소 2분에서 최대 4분까지 산소를 공급받지 못하면 영영 되돌릴 수 없는 극한 상황에 떨어지고 마는 것이다.

이러한 급격한 심장 쇼크를 무사히 넘기는 환자는 그리 많지 않다. 더군다나 병원에 오래 입원하고 있는 사람일수록 생존율이 떨어진다. 즉 심장질환이 초기 상태를 지나 병원 치료를 자주 받았던 사람일수록 고비를 넘기기가 힘들어진다는 말이다. 입원 치료를 받은 70세 이하의 환자들 중 15퍼센트를 제외한 나머지는 응급요원들의 처절한 싸움에도 불구하고 죽음 앞에 무릎을 꿇고 만다. 초기 환자일수록 응급 팀의 부산한 손길에 빠른 반응을 보인다. 응급실에서 반응을 보이지 않으면 생존 가능성은 거의 없다고 볼 수 있다. 어브 립시너처럼 응급 치료에 반응을 나타내는 부류는 대부분 심실세동 증세로 실려온 환자들이다.

의식이 없는 환자를 살려내려고 미친 듯이 손길을 놀리는 젊은 구급대원들의 노력은, 환자의 동공이 더 이상 빛에 반응을 보이지 않게 되는 순간 허사로 돌아가고 만다. 생동감 넘치던 분위기는 갑자기 어두운 영상으로 변해버린다.

환자는 낯선 이들 속에서 쓸쓸히 숨을 거두게 되는 것이다. 좋게 표현하면 자신의 생을 연장시키려고 필사적으로 땀을 흘렸던 고마운 의인들일 수 있으나, 낯선 사람들인 것만은 분명하다. 이러한 죽음에서는 인간의 '존엄성'이라든가 죽음의 '미학' 따위는 전혀 찾아볼 수 없다. 의료진들은 선한 사마리아인의 뜻을 따라 강도처럼 다가온 죽음과 사투를 벌이지만, 그런 싸움이 실패로 돌아가면 응급실에는 오래전 매카티의 죽음을 맛보았던 그날 밤보다 더 깊고 진한 고뇌가 쌓이게 된다.

유전에 의해서든 생활 습관에 의해서든, 아니면 두 가지가 뒤섞여 복합 요인으로 나타났든, 그러한 죽음의 직접적 원인은 관상동맥이 심장 근육에 필요한 혈액을 충분히 공급해주지 못한 데에 있다. 심장의 불규칙한 박동으로 인해 뇌가 산소 공급을 받지 못하면 그때부터 죽음이 찾아오는 것이다. 심장마비로 매년 35만 명의 미국인이 고통을 받고 있고, 그들 대부분은 죽음에 이르고 만다. 어떤 사람은 마지막 경고도 없이 급사를 당한다. 과거에 심장이 얼마나 자주 이스키미아 현상을 보였는지에 상관없이 죽음은 순서 없이, 그리고 예고 없이 닥쳐오기 때문이다. 심장병으로 고생하는 환자들 중 20퍼센트는, 립시녀처럼 질식을 동반한 고통 없이 쓰러진다. 죽음이 갖는 신비가 무엇이든 그러한 죽음은 살아남은 모든 사람들이 바라는 죽음일지도 모른다. 언젠가는 죽고 말 우리, 마지막 순간을 향해 한 걸음씩 서서히 나아가고 있는 우리들에게 있어, 자신의 생이 남들에게 흉한 모습을 보이지 않고 마감될 수 있다는 것은 진정 축복이다.

완전한 죽음에 이르는 과정에서 심장만이 멈춰지는 것은 아니다. 모든 신체 조직은 그 나름대로의 속도에 따라 죽음의 과정에 돌입하게 된다. 죽음이란 영혼이 빠져나갈 때처럼 '일순간에 일어나는 것이 아니라, 하나의 '과정'이다. 과거에는 심장이 박동을 멈추는 순간을 완전한 죽음으로 받아들였다. 그러나 심장의 침묵 뒤에도 완전한 죽음을 향해 진행되는 소리 없는 과정들이 있다.

모든 사람들이 다 동의하는 것은 아니지만, 현대에 와서는 많은 사람들이 뇌 기능의 정지를 죽음으로 정의하고 있다. 심장이 박동을 계속하고 골수가 새로운 세포를 만들어낼지라도, 뇌의 활동이 정지되면 그것은 결코 살아 있는 상태로 볼 수 없기 때문이다. 어브 립시너가 경험했던 것처럼 뇌는 서서히 죽어간다. 골수에서 신체 조직의 세포들에 이르기까지 모든 세포는 점진적으로 죽어간다. 공식적으로 죽음이 선포된 시점을 몇 시간 전후해서 각 신체 조직과 기관들이 서서히 생명력을 잃어가는 과정은, 죽음의 신비로운 생의학적 메커니즘이다. 다음 장에서 이 문제를 다루기 전에, 우선 늙음으로 인한 죽음의 과정을 살펴보자.

3
인생이란

나이가 많아 죽는 사람은 이 세상에 아무도 없다. 무슨 엉뚱한 말이
냐고 하겠지만 이것은 사실이다. 보험계리사들이 세상을 지배했다면
아마도 법을 그렇게 개정했을 것이다. 겨울 추위가 눈발과 함께 매섭
게 다가오는 매년 1월이면, 미국 정부는 「사망률에 관한 보고서」를
발표한다. 그 보고서는 우리 주변에서 사라져간 사망자의 숫자 대신
80~90의 연령대에 일어나는 질환과 임상학적 범위를 규정짓고 있
다. 그 나이대의 사람 중에서, 그 보고서의 1항에서 3항까지 쓰여 있
는 병명에서 완전히 제외될 수 있는 이는 거의 없다. 결국 모든 사람
은 미 보건위생국과 세계보건기구(WHO)가 밝힌 질환에 의해 죽을
뿐, 늙었다는 이유 하나만으로 숨을 거두지는 않는다는 말이다. 의

사로 35년간 일해오면서 나는 결코 한 번도 사망 진단서에 '노령'이란 단어를 올리지 않았다. 법을 어겼다는 짧은 메모와 함께 그 서류가 되돌아올지 모른다는 이유에서였다. 세계 어느 곳을 막론하고, 어떤 사람이 '노령'으로 죽었다는 것은 합법적으로 인정되지 않는다.

보험계리사들은 한눈에 구분되어 쉽게 등급화할 수 있는 죽음만을 받아들이려는 것 같다. 연방정부에서 매년 집계하는 사망 통계표는 매우 사실적이다. 그것이 실제 삶과 죽음을 투영하고 있지는 않더라도 어쨌든 매우 사실적인 것만은 분명하다. 개인적으로는 많은 사람들이 노령으로 죽고 있다고 믿는다. 비록 환자의 사망 진단서에는 인구통계청이 납득할 수 있을 정도의 내용만 써넣곤 했지만, 실제로 내가 알고 있는 내용은 훨씬 다양했다.

현재, 미국 내 노령층의 약 5퍼센트는 요양원 등에 장기 입원해 있다. 그곳에 입원해 6개월 이상을 지낸 환자들의 대부분은 살아서 그곳을 빠져나갈 수 없을 것이다. 그렇다면 그 노인들은 무엇 때문에 죽는 것일까? 그들을 마지막으로 지켜본 의사들은 사망진단서에 의무적으로 뇌졸중, 심장마비, 폐부종 같은 사인(死因)들을 기록하지만, 그들이 숨을 거두는 진짜 이유는 다 낡아빠진 신체 조직 때문이다. 물론 내 주장이 새로운 것은 아니다. 그것은 과학과 의술이 발달하기 전부터 모든 사람들이 알고 있던 사실이다. 1814년 7월 5일, 71세의 토머스 제퍼슨은 78세 된 존 애덤스에게 다음과 같은 글을 썼다. "쇠로 만든 기계라도 70~80년을 쉼 없이 쓴다면 축이며, 바퀴며, 톱니바퀴, 스프링 등이 낡아 바스러져버릴 겁니다. 우리 몸도 마찬가지예요. 체내 기계들이 낡을 대로 낡아버린 것은 당연한 일 아니겠소. 이제 곧 떨어져나가버릴 것들이긴 하지만, 그래도 우리는 마지막 순간까지 그것들을 어떻게든 고쳐보려고 애쓰죠."

대뇌에서 이상이 발견되든, 신체 조직이 노화(老化)로 비정상적인 현상을 보이든 일단 그 부분은 활력소를 잃어버린 상태라고 말할 수 있다. 생의학 분야에서 지금 이 순간에도 병리학 연구에 여념이 없을 연구원들에게 특별한 이견을 제시할 의도는 없다. 하지만 나는 가끔 그들이 핵심을 놓치고 있지는 않나 하는 생각을 하곤 한다.

인생을 어느 정도 의식할 수 있는 나이가 되자마자, 노령으로 인해 차츰 죽어가는 한 사람을 나는 오랫동안 지켜보았다. 그분은 바로 내 할머니였다. 내가 태어난 해에 할머니의 실제 나이는 78세였다. 하지만 누렇게 변한 이민증서에 적힌 숫자는 73이었다. 25년 전, 할머니는 엘리스 섬을 떠나 미국으로 들어오실 때, 금단추가 반짝이는 제복을 입고 까다롭게 여러 질문을 해대던 이민국 관리들에게 실제 나이인 54세 대신에 다섯 살을 줄여서 말해야 했다. 한 살이라도 젊은 사람이 입국 심사에 유리하다는 소문 때문이었다.

우리 가족 삼대—할머니, 결혼 안 한 이모 로즈, 그리고 부모님, 형, 나, 모두 여섯 식구였다—는 브롱크스에 있는 네 칸짜리 아파트에서 함께 살았다. 당시의 시대 상황으로서는 나이 든 분들을 요양원으로 보낸다는 일은 생각할 수조차 없었다. 지금으로부터 50년 전만 해도 피치 못할 사정이 아닌 한, 나이 든 어버이를 요양원으로 보내는 따위의 일은, 책임감을 무시해버리는 행위요 가족 간의 사랑을 완전히 부정해버리는 매정한 인간이나 저지르는 것으로 생각되었다.

나는 셋집에서 반 블록가량 떨어진 고등학교를 다녔으며, 대학까지도 그곳에서 도보로 20여 분의 거리를 걸어다녔다. 매일 아침 나는 할머니가 꾸려준 샌드위치와 사과 한 알이 든 갈색 봉투를 책과 함께 끌어안고 언덕 위 나무에 둘러싸인 학교를 향해 집을 나서곤 했다. 등교길에는 소꿉동무들이 길목 여기저기서 나타났다. 할머니가 손자에게 사랑과 함께 버터를 듬뿍 담아준 종이 봉투는 둘째 시간부터 번들거리는 기름종이로 변해버렸다. 그래서 나는 지금까지도 기름 밴 갈색 종이를 대할 때면 가슴이 뭉클할 정도로 옛 향수를 진하게 느끼곤 한다.

매일 이른 새벽이면 어김없이 로즈 이모와 아버지는 맨해튼의 의류 제조공장이 밀집해 있는 곳으로 출근하기 위해 지하철역으로 달려갔다. 내가 열한 살 때 돌아가신 어머니 대신, 할머니는 나의 실질적인 어머니셨다. 내가 맹장 수술로 병원에 입원했을 때와 부자 친척이 여름 캠프 비용을 대줘 두 달 반가량 캠핑을 떠나 있을 때를 제외하곤 나는 거의 할머니 곁에 붙어살다시피 했다. 내가 열여덟 살 되던 해, 나는 그렇게 가깝게 지내던 할머니가 죽음을 향해 내달려가는 것을 지켜봐야 했다.

자그마한 방 네 개짜리 아파트에서 여섯 명이 함께 살다보니 자연 비밀이란 것은 있을 수 없었다. 80세 후반부터 할머니는 이모 그리고 나와 침실을 같이 사용해야 했다. 대학을 졸업할 때까지도 나는 작은 거실 구석에 접이식 탁자를 펴놓고 숙제를 하며 내 주위 몇 피트 내에서 일어나는 모든 움직임을 보며 지냈다. 그렇게 숙제를 끝내고 나면 탁자를 접어 흔들거리는 낡은 의자와 함께 거실문 뒤편 벽에 바짝 붙여 세워두었다. 할머니는 일을 보면 참지 못하셨기 때문에, 주위에 사소한 것이라도 어지럽혀져 있을라치면 할머니가 보시기 전에 얼른 치우기에 바빴다.

할머니는 영어를 몇 마디밖에 모르셨으므로, 우리 형제는 '할머니'란 단어 대신, 이디시어(독일 등지에서 유대인들이 사용하는 언어)로 '부비라고 불렀다. 할머니는 우리를 허셸(형 이름은 하비였다)과 셸슬이라고 불렀다.

부비의 인생은 그야말로 험난한 여정이었다. 여느 동유럽의 이민자들처럼 할아버지 역시 아내와 어린 네 딸을 몇 년 동안 조그마한 벨라루시안 마을에 남겨둔 채, 두 아들만 데리고 미국 땅을 처음 밟으셨다고 한다. 뉴욕의 로어이스트 사이드에 있는 리빙턴 가의 터질 듯한 아파트(다른 친척들과 함께 살고 있었기에)에서 우리 가족들이 재결합한 지 몇 년 지나지 않아, 할아버지와 삼촌 두 분은 폐결핵인지 전염병인지 알 수 없는 병에 걸려 연이어 세상을 떠나버리고 말았다.

당시 네 딸들 중 셋이 봉제 공장에서 일하고 있어서, 부비는 유대인 후원회에서 나오는 장려금을 쓰지 않고 꼬박꼬박 모을 수 있었다. 그 돈으로 코네티컷 콜체스터 근처에 있는 2백 에이커 규모의 농장을 사들인 부비는, 자신과 비슷한 방법으로 땅을 매입한 고향 사람들과 단체를 조직했다. 다른 사람들처럼 부비는 고용인들—역시 당신처럼 영어를 구사할 줄 모르는 폴란드계 이민자들이었다—과 함께 직접 땅을 갈아 일구기 시작했다. 그러나 키가 148센티미터밖에 안 되는 '강철 여인'은 척박한 땅과 격심한 노동으로 뼛속 깊은 고통을 겪어야 했다. 맨해튼 외곽 지대에 만연하고 있던 결핵의 공포를 피해 잠시 농장에 머물고 있던 고향 친구들과 이웃해 있는 친지들이 땅에서 뽑아낼 수 있는 수입이래야 하루하루 소요되는 농장 운영비를 겨우 댈 정도였다.

미국의 혼란기에 부비는 튼튼한 후견인이자 피난처 역할을 해냈다. 불쌍하고 가난한 이민자들을 돌보아주곤 했던 부비는 이디시(Yiddish: 동유럽이나 러시아계 유대인들의 통칭)의 대부였다. 비록 영어를 구사하지는 못했으나 부비는 미국인의 생활양식과 규범을 이해하고 있었다. '존경스런 랍비'가 지금도 존재한다면, 농장 마을의 대부로 나타나 '탕트'로 불린 내 할머니 부비가 아닐까 싶다. '폴린 아주머니' 정도로 해석될 수 있는 '탕트 페슈'는 외로움과 가난에 찌든 유대계 이민자들을 조카와 조카딸—당신보다 약간 나이가 적기만 해도—로 부르며 그들에게 크나큰 격려와 힘을 불어넣어주었다.

농장이 매매되기 한참 전에 큰딸 아나는 20대의 젊디젊은 나이에 산욕열로 저세상 사람이 되었고, 젊은 남편은 새 인생을 찾아 농장을 떠나버렸다. 큰딸을 묻고 난 뒤에 부비는 딸이 남기고 간 어린 손자를 아들처럼 길렀다. 그 농장마저 하나 남은 딸의 결혼과 함께 남의 손에 넘어가게 되었다. 농장이 팔릴 무렵, 그 손자는 10대 후반으로 성큼 자랐고, 브롱크스에서의 삶은 그때부터 시작되었다.

내가 열한 살 무렵, 로즈 이모는 할머니에게 남은 유일한 자녀였다.

한 아이는 어릴 때 숨을 거두었고, 나머지는 꿈을 안고 찾아온 이 땅에서 모두 눈을 감아버린 것이었다. 당시 여든아홉 살의 고령으로 부비는 꺼져가는 불꽃을 세 손자들—형과 나, 그리고 열세 살인 사촌 아를린—을 위해 힘껏 잡아야 했다. 사촌 아를린은 자기 어머니가 신장병으로 사망하기 두 해 전부터 우리 집에 와서 살고 있었는데, 내 어머니가 내 열한 번째 생일 며칠 후에 암으로 쓰러진 뒤 자기 아버지가 새로 꾸민 가정으로 돌아가버렸다. 오랜 세월을 남편 없이 홀로 살아야 했던 부비의 인생은 고투와 질병, 그리고 죽음으로 점철된 삶이었다. 그분의 희망은 남편과 여섯 자녀들을 차례로 땅에 묻을 때마다 하나씩 사라져갔다. 그분에겐 로즈 이모와, 희망이 비탄으로 변해버린 이 땅에서 태어난 세 손자만이 남아 있을 뿐이었다.

내 어머니가 세상을 뜨고 나서야 나는 비로소 부비의 나이를 실감하게 되었다. 어린 시절 나는 부비의 탄력 없이 늘어진 손등이나 팔꿈치의 살가죽을 잡아당기며 놀곤 했다. 몇 번 했으면 싫증날 만도 하건만 나는 변함없이 부비 곁에 붙어 앉아 흐물거리는 살가죽을 길게 잡아당겨 당밀같이 천천히 제자리로 돌아가는 모습을 재미있게 구경했다. 그럴 때마다 내 손을 때리곤 했지만 부비는—내가 그분의 손길을 좋아했듯—내 손길을 사랑해 마지않았다. 그 뒤로도 나는 손가락 장난을 그만두지 않았다. 어떨 땐 손가락으로 부비의 정강이 부분을 힘껏 눌러 구멍을 만들고는 그 구멍이 천천히 없어지는 것을 바라보곤 했다. 오래 누를수록 그 구멍은 더욱 깊어졌고, 그럴수록 살가죽이 제자리로 돌아오는 시간이 길어졌다.

슬리퍼로 발바닥을 때리듯 이 방 저 방으로 힘차게 건너다니던 부비는 세월이 흐를수록 발바닥을 마룻바닥에 붙인 채 질질 끌며 걸음을 옮기기 시작했다. 언제부터인가는 아예 미끄러지듯 발바닥을 마룻바닥에서 전혀 떼지 않고 힘겹게 움직였다. 좀 빨리 움직여야 할 때나 역정이 날 때면, 부비는 마치 공기를 끌어들이기 위해 입을 크게 벌리듯 가쁘게 숨을 내쉬었다. 어떨 땐 혀끝으로 모자라는 숨을 빨아마시기라도 하시려는 듯 아랫입술 밖으로 혀를 길게 내놓고 있기도 했다. 물론 어린 나로서는 알 수 없는 일이었으나, 부비는 심장 이상으로 점차 무너져 내리고 있었던 것이다. 혈액이 낡은 허파 조직으로부터 공급받는 산소량이 너무 적어 무너지는 속도가 점차 빨라질 수밖에 없었을 것이다.

시력도 악화되기 시작했다. 내가 실을 끼워준 바늘로 해진 옷가지들을 고쳐주던 부비는 언젠가부터 시력이 크게 떨어지자, 아예 바느질을 포기하고 말았다. 결국 구멍난 양말과 셔츠를 꿰매려고 어설프게 바늘을 잡고 덤비는 내 모습을 보다 못한 로즈 이모는 모든 바느질을 자신의 몫으로 돌려야 했다. 구멍난 양말 하나 제대로 꿰매 신지 못하던 내가 외과의사가 되다니, 부비로서도 자랑스럽고 놀라운 일이었을 것이다. 그로부터 몇 년 후 부비의 시력은 설거지나 걸레질조차 하지 못할 정도로 약화되었다. 그렇지만 보이지 않는 눈으로도 부비는 접시가 어디 있고, 더러운 얼룩이 어디 있는지를 알아내려고 부지런히 손발을 놀리곤 했다. 그런 헛된 노력은 당신 스스로 점차 우리들로부터 고립되고 있다고 느낄 만큼, 매일 작은 실랑이를 불러일으켰다.

내가 10대 초반일 때부터 나는 부비가 고집을 버리고 성품이 지극히 양순하게 변화되어가는 것을 느낄 수 있었다. 물론 그분은 원래 상냥하고 친절한 성품이었으나, 그때 나타나기 시작한 양순함은 뭔가 좀 새로운 느낌을 주었던 것 같다. '승복'이나 '굴종', '양보'로부터 오는 양순함이 아니라, 우리와 삶으로부터 서서히 멀어지게 만드는 육체적 무력감을 조용히 인정하는 듯한 태도였던 것이다.

그 밖의 다른 변화도 있었다. 불안정한 움직임마저 맘대로 할 수 없었던 까닭에 부비는 한밤중에 화장실 출입을 제대로 할 수 없었다. 그 때문에 부비는 침대 밑에 커다란 맥스웰 커피통을 두고 잠을 자곤 했다. 한밤중이나 새벽녘에 나는 부비가 컴컴한 침실에서 손을 더듬어 깡통을 찾는 소리와, 깡통 속으로 떨어지는 약한 물줄기 소리에 잠을 깨곤 했다. 그럴 때마다 침대 옆에 엉거주춤 서 있는 부비를 보곤 했다. 부들거리는 손으로 잠옷 속에 깡통을 집어넣고 휘청거리는 몸을 바로잡기 위해 다른 손으로는 침대 매트리스를 잡은 자세로 매일 밤 볼일을 보는 것이었다.

나이가 들면 방광의 용적이 줄어든다는 사실을 배울 때까지 나는 부비가 왜 그렇게 자주 커피통을 부여잡고 소변을 보는지 이해하지 못했었다. 물론 내가 알지 못하는 부분도 있었겠지만, 어쨌든 내 눈에 비친 부비는 다른 노인네들과는 달리 대소변을 절제할 줄 아는 분이었다. 숨을 거두기 몇 개월 전부터는 가끔 실수를 하긴 했지만, 그때도 가까이 다가가 포옹을 할 때에야 겨우 냄새를 맡을 수 있을 정도였다.

내가 사춘기에 접어들 무렵 부비는 마지막 남은 치아를 잃었다. 이가 빠질 때마다 그것들을 정성껏 닦아 작은 지갑에 모아둔 부비는, 그 지갑을 로즈 이모와 함께 사용하던 옷장 맨 위 서랍 뒤쪽에 감추 어두었다. 그 시절 비밀스런 추억의 하나로, 나는 그 옷장 서랍을 몰 래 열어 한참 동안 서른두 개의 하얗고 누르스름한 돌들을 신기하게 바라보았었다. 정말 신기하게도 같은 크기와 모양은 한 쌍도 없었다. 그것들은 내게 할머니가 그만큼 늙으셨다는 현실적인 징표였고, 동 시에 우리 가문의 역사를 보여주는 것이기도 했다.

치아 없이도 대부분의 음식을 가리지 않고 드시던 부비였으나 나중 에는 씹는 운동마저 할 수 없을 만큼 쇠약해졌다. 자연히 영양 상태가 떨어질 수밖에 없었다. 기존의 쇠퇴 현상과 영양 부실로 근육은 눈에 띄게 위축되었고, 약간 뚱뚱하다 싶을 정도의 체격은 풍선에 바람이 빠지듯 갑자기 줄어들었다. 주름살은 더욱 깊게 골이 패였고, 안색은 더욱 창백해졌다. 피부도 더욱 늘어져 아흔 살까지만 해도 지니고 있 던 부비 나름대로의 아름다움은 어디에서도 찾아볼 수 없게 되었다.

내가 지켜본 할머니의 노화 과정을 의학적으로 설명하자면 아주 간단한 일이겠지만, 어떻게 보면 그러한 설명만으로는 부족하다고 할 수 있다. 뇌 순환 기능 감퇴라든가 뇌세포의 노쇠화 같은 요인들은 전 자현미경으로 들여다보고 나서야 확인될 만큼—즉시 사고하고 때로 는 과감한 의견을 낼 수 있도록 해주던 조직이 죽었다는 사실을 생 의학적인 면에서 밝히는 방법—미묘하고 난해한 것들이다. 전자현미 경을 이용한 실험 외에도, 한 사춘기 소년이 관찰했던 노화의 과정을 좀더 자세히 설명하자면 생리학자, 내분비 학자, 정신신경 학자, 그리고 최근 새로운 연구 분야로 대두된 노인병 학자들의 의견서가 필요할 것이다. 그러나 정말로 중요한 것은 현재 우리의 삶 한가운데에서 일어나고 있는 '진행 과정'이다. 그런데 대부분의 사람들은 나이가 들어감에 따라 일어나는 신체적 변화 과정을 제대로 느끼지 못한다. 우리는 나이 많은 노인들을 통해 눈으로 직접 확인하면서도, 우리의 육체가 노쇠와 죽음을 향해 끊임없이, 그리고 민감하게 나아가고 있다는 사실을 자신의 일로 현실감 있게 받아들이지 못하는 것이다.

부비의 뇌세포는 할머니가 사망하기 한참 전의 어느 시점으로부터 서서히 죽어가기 시작했다. 물론 그렇게 치자면, 내 뇌세포 역시 지금 죽어가고 있다. 독자 여러분들의 뇌세포 역시 마찬가지다. 단지 당시 부비의 행동 변화가 두드러져 보였던 것은, 할머니의 나이가 지금의 내 나이보다 훨씬 더 많았고, 줄어든 뇌세포와 반응에 민감치 못한 감각 등이 행동에 직접적인 영향을 끼쳤기 때문일 것이다. 대부분의 노인들처럼 부비 역시 차츰 쉽게 망각했고, 그것들을 깨우쳐 줄 때마다 화를 내곤 했다. 대인관계에서 솔직담백한 분으로 알려졌던 부비는 신체적인 노쇠와 함께 신경질적으로 변해갔다. 물론 우리 가족 외의 사람들에게도—그동안 잘 지내왔던—자주 화를 냈다. 심지어 지난 세월 동안 자신을 보호자로 여기며 살아온 사람들에게도 자기방어적인 태도를 보이며 곧잘 흥분하곤 했다. 그러나 어느 시점부터 부비는 갑자기 조용해지기 시작했다. 누가 옆에 있어도 말없이 앉아 있을 뿐, 꼭 필요할 때에만 아무 감정 없이 입을 열었다.

부비의 생에서 가장 중요하다고 여겨졌던 것들도 삶 속에서 천천히 빠져나갔다. 내가 꼬마였을 때, 아니 10대 초반까지도 부비는 성축일마다 유대 교회로 가서 기도문을 외우던 열성적인 교인이었다. 집에서 다섯 블록 떨어져 있어 보행이 불편한 부비로서는 정말 대단히 먼 거리였으나, 할머니는 혹시 땅에 떨어뜨려 죄지을까 두려워하는 모습으로 겨드랑이에 낡은 유대 경전을 품은 채 브롱크스 거리를 걸어 교회를 찾아갔다. 물론 그때마다 나는 할머니를 따라다니며 부축해드려야 했다. 당시에는 그 일이 싫어서 불평을 해댔는데, 요즘에 와서는 그것이 얼마나 후회스러운지 모르겠다. 부비와 함께 교회에 갈 때면, 나는 부비가 머리에 검은 너울을 쓰고 다니는 것을 남들이 볼세라 얼마나 창피해했는지 모른다. 그 일 역시 후회스럽기는 마찬가지다. 다른 집 할머니들은 부비보다 훨씬 더 젊어 보이고, 영어도 잘하고, 독립적이고 활동적이건만 우리 할머니는 왜 그렇게 옛것에만 애착을 느끼는지, 낡아빠진 동유럽의 유대 문화와 관습을 여전히 고집하는지, 나로서는 불만스러울 따름이었다. 물론 세월이 흐른 지금이야 아주 사소한 것까지도 모두 다 아련한 향수와 추억으로 다가오지만, 그때는 정말이지 부비의 고집이 불만스럽기만 했다.

집에서 교회까지 가는 길 내내 부비는 한순간도 내 팔을 놓으려고 하지 않았다. 느릿느릿한 걸음에 짜증이 나서 나도 모르게 빨리 걸을 때면, 부비는 내 소맷자락을 힘껏 잡아당기기까지 했다. 유대 교회 안의 성구실(우리 가족들에게 배당된 좌석은 가장 저렴했는데, 그것마저도 우리는 겨우 지불할 정도로 가난했다)로 가는 계단을 내려가 노부인들—부비만큼 초췌하고 특이하게 보이는 할머니는 거의 없었다—

이 앉아 있는 좌석에 이를 때까지 부비는 내 팔을 놓아주지 않았다. 부비가 소녀 시절부터 사용해왔던 낡고 얼룩진 경전에 고개를 떨굴 때에야 비로소 나는 할머니로부터 해방될 수 있었다. 히브리어와 이디시어로 쓰인 기도문식 경전을 펼친 채 부비는 자신이 유일하게 알고 있는 언어인, 이디시어로 된 기도문을 읽었다. 그러나 가는 세월과 함께 부비로서는 그런 기도 의식조차도 힘들어질 수밖에 없었다. 돌아가시기 5년 전부터, 부비는 두 손자들이 양쪽에서 부축해도 유대 교회를 찾지 못할 지경이 되었다. 부비는 아파트 침실 창가에 앉아 옛 기억을 되살려가며 혼자서 예배를 보곤 했다. 그러나 그런 예배 의식조차 1, 2년 뒤에는 불가능한 일이 되었다. 글씨를 볼 수 없게 되자 어린 시절부터 몸에 익혔던 기도문만이라도 외우려고 했으나, 그것마저도 기억 속에 남아 있지 않았다. 결국 부비는 그렇게 중요하게 여기던 기도 생활마저 포기해야만 했다.

부비는 식사도 하는 둥 마는 둥, 거의 하루 종일 창가에 조용히 앉아 죽음에 관해 얘기하곤 했다. 그렇다고 특별한 질환의 증세가 나타난 것도 아니었다. 그러나 의사가 부비를 진찰했다면, 분명히 만성 심장질환과 동맥경화 증세를 지적하면서 몇 가지 강심제를 처방해주었을 것이다. 관절염과 만성적 쇠퇴 현상 때문에 노화가 더 급격하게 진행되었다는 진단도 있을 수 있지만, 내가 보기에는 오랜 세월의 무게로 신체의 톱니바퀴와 스프링들이 닳아 망가졌다는 표현이 더 정확할 것 같다. 할머니는 이전에 한 번도 앓아누우신 적이 없었기 때문이다.

정부의 통계학자들이나 임상의들은 낡은 심장과 둔화된 순환 체계를 정확한 용어로 표현하려고 애쓴다. 생의학적으로 자연적인 상태를 연역적으로 무조건 질병이라고 간주하지 않는 한, 구태여 그들의 주장에 이의를 달고 싶지는 않다. 심근세포는 신경세포처럼 재생될 수 없다. 낡으면 그냥 죽어버린다는 얘기다. 일반적으로 재생되는 조직은 더 이상 제 기능을 해낼 수 없는 죽은 세포들을 새 세포로 대체시키는 작업을 평생 동안 끊임없이 되풀이하고 있다. 세포 내의 조직과 세포막의 죽어버린 부분과 더 이상 제 기능을 하지 못하는 부분을 새롭게 바꾸어주는 메커니즘이 있기 때문이다. 오랜 세월에 걸쳐 신경세포와 심근세포의 원기 회복력은 점차 떨어진다. 나이가 들면 치아가 하나둘씩 빠져나가듯 심근세포들이 계속 죽게 되며, 심장은 그만큼 힘을 잃게 된다. 더러는 뇌나 중추신경계에서도 같은 현상이 일어난다.

처음에는 단순히 생물학적으로 세포 내에서 일어나던 이러한 변화는 차츰 전체 조직으로 확산된다. 심장 박출량이 점점 감소함으로 인해 급격한 운동이나 강한 격정으로 심장이 스트레스를 받게 될 때, 여러 신체 조직이 필요로 하는 산소 요구량을 제대로 맞춰주지 못하게 된다. 건강한 심장이 최대로 가동할 수 있는 박동수는 대략 일 년에 한 박동씩 자연적으로 감소하는데, 그 수치는 220에서 자신의 나이를 뺀 값이 된다. 예를 들어 50세 된 심장은 분당 170회 이상은 뛸 수 없다. 심리적으로 아무리 격한 상태에 있거나 격심한 운동을 할지라도 그 이상으로는 박동수가 오를 수 없는 것이다.

혈액의 순환 속도 역시 나이를 들어감에 따라 떨어진다. 심근이 점차 경직되어감에 따라, 좌심실이 혈액을 채우고 다시 밀어내는 시간이 길어지고 혈액 박출량도 줄어든다. 혈액의 부족분을 채우기 위해 혈압이 다소간 상승하기도 하는데, 60~80세가 되면 혈압은 대략 20mmHg(혈압 단위)가 올라간다. 결론적으로 말해서 60대 이상의 연령층의 3분의 1은 고혈압 증세를 보인다.

심근뿐만 아니라 심장의 지휘 체계도 세월과 함께 죽어간다. 75세 무렵이면 SA 내의 심장세포는 90퍼센트가량 소진되고 만다. 크기로 볼 때, 원래의 절반 정도로 줄어버리게 되는 것이다. 이러한 심근과 신경 조직의 쇠퇴는 심전도 검사를 통해 쉽게 육안으로 확인할 수 있다.

펌프가 낡으면 내부에 녹이 슬 듯, 심근에도 리포푸신(lipofuscin)이라고 불리는 황갈색의 그림물감 같은 것이 침착된다. 나이가 들면 얼굴에 주름이 잡히듯 심장 역시 낡아 제 기능을 발휘하지 못하게 되는 것이다. 심장 기능의 저하는 45~65세의 연령층보다 75세 이상의 연령층에서 보통 열 배 이상 높게 나타난다. 옛날 내가 부비의 피부를 손가락으로 눌렀을 때 그 자국이 오래 남아 있었던 것도, 부비의 호흡이 점차 빨라졌던 것도 모두 다 그런 이유 때문이었다. 나이든 심장병 환자들에게 있어서 가슴에 강한 통증을 나타내는 전형적인 심장병 증세보다는 위와 같은 증세들이 흔하게 나타나는 것도 똑같은 이유에서 비롯된다.

심장과 함께 혈관도 나이가 들어감에 따라 타격을 입는다. 동맥의 벽은 나이에 비례해 두꺼워지고 탄력성을 잃어버려, 수축도 이완도 할 줄 모르는 경직된 혈관으로 바뀐다. 그러면 근육과 각 신체 조직에 필요한 혈액을 공급하는 메커니즘에 이상이 생긴다. 게다가 동맥경화는 세월과 더불어 끝없이 진행되는데, 콜레스테롤, 흡연, 당뇨병 등의 특별한 요인이 없다고 하더라도 동맥의 벽은 몇십 년을 두고 점차적으로 아데로마(atheroma)로 인해 좁혀지는 것이다.

그 과정은 다음과 같다. 심장의 기능 저하로 혈액 공급량이 줄어들면, 각 기관은 영양실조에 걸리게 된다. 예를 들어 신장으로 들어가는 혈액량은 40세 이후 매 10년마다 10퍼센트씩 감소된다. 물론 주요인은 심장의 박출량 감소와 좁아진 혈관에 있지만, 어쨌든 이런 요인들은 신장 자체의 노화를 촉진시킨다. 40세에서 80세에 이르는 동안 정상 신장은 총 중량의 20퍼센트가량을 잃어버리고, 남아 있는 조직도 힘을 잃게 된다. 신장 내의 실핏줄이 두꺼워질수록 혈액행량은 비례적으로 감소하고, 소변 내의 불순물을 제거해내는 주 여과 장치의 50퍼센트가 파괴된다.

이처럼 기능이 약화된 신장은 초과된 나트륨량을 제거해내지 못한다. 노인의 신체 조직 내에서 염분과 수분의 평형이 이루어지지 못할 경우, 심장 사고나 탈수 현상이 일어나게 된다. 그런 이유로, 나이든 환자들을 맡고 있는 심장 전문의들은 '나트륨 과잉'과 '탈수증' 사이에 있는 좁은 경계선을 빠져나가기 위해 몇 배의 신중함을 보여야 한다.

젊었을 때와는 달리, 노인 환자의 경우 신장 기능이 약간만 손상을 입어도 회복이 어려워지며, 경우에 따라서는 다른 심각한 상황을 불러오기도 한다. 간질환이나 암 말기에 처해 쇠약해진 노인 환자들에게 신장 이상은 가장 흔하고도 치명적인 병리 현상이다. 혈액 내의 불순물이 충분히 제거되지 못하면 기타 신체 조직들, 특히 뇌조직이 위협을 받게 되고, 요독증이 필수적으로 뒤따른다. 경우에 따라서는 혼수상태가 일정치 않게 선행되기도 한다. 말기 요독증 환자는, 신장이 혈액 내 칼륨의 과잉분을 제거해내지 못함으로 인해, 대부분 심장박동이 불규칙하게 나타나는 증세를 보인다. 이는 신장병 환자의 대부분이 피할 수 없이 겪게 되는 증세로, 그 뒤부터는 언제 갑자기 숨을 거둘지 모르는 상태로까지 악화된다. 물론 평정을 잃은 심장 때문이다. 이런 유형의 환자는 거의 급사하고 만다.

나이가 들어감에 따라, 요도기관의 중추적 역할을 맡고 있는 신장의 기능이 퇴행하는 것처럼 방광도 영향을 받는다. '방광'은 일종의 신축성 있는 근육으로 만들어진 두터운 풍선이다. 그런데 나이를 먹어가면서 방광은 신축성과 팽창성을 잃으므로, 전과는 달리 소변을 많이 담지 못하게 된다. 이런 이유로 노인들은 자주 소변이 보고 싶어지는 것이다. 나의 할머니가 매일 밤 꼭 한두 번씩 일어나 커피 깡통을 찾았던 이유도 바로 여기에 있다.

또한 노령은 방광 근육과 소변이 새어나오지 못하게 하는 일종의 셔터 메커니즘 사이의 조화를 깨어버린다. 이 때문에 일부 노인들—전립선 이상이나 정신에 이상이 있는 사람일수록 더욱 심하다—은 방광의 소변 조절 기능에 곤란을 겪게 된다. 이러한 방광의 조절 능력 상실은 노쇠한 환자들에게 최대의 적인 요도 감염의 주된 원인이다.

심근세포처럼 뇌세포도 재생되지 않는다. 수십 년에 걸쳐 수많은 뇌세포가 죽어가지만 그래도 뇌는 존재한다. 고배율 현미경으로나 찾아낼 수 있는 구조들이 죽을 때마다 다양한 구성 요소들이 그 기능을 대신해주기 때문이다. 세포학자들은 그것을 오르가넬(세포기관), 엔자임(효소), 미토콘드리아 같은 난해한 용어들로 표현하지만, 간단히 말하면 자동차 엔진에 고장이 나거나 기능이 떨어지면 즉시 부품을 교환해주어야 하듯이 인체의 경우도 마찬가지라는 것이다. 인체의 모든 세포들과 마찬가지로 낡은 것을 새것으로 바꿔주는 메커니즘이 망가지면, 신경세포나 근육세포도 더 이상 살아남을 수가 없는 것이다.

교체 작용시에는 세포 내 분자 구조의 도움이 필요하다. 그러나 생물학적 시스템 내의 분자들은 대부분 한정된 수명을 지니고 있다. 예정된 수명이 지나고 계속 다른 분자들과 충돌하면, 그 분자들은 특색을 잃고 결국 새로운 부분을 재생산해내지 못한다. 이처럼 분자들이 마멸되는 과정 중에 수명을 다하게 되면, 자연히 재생되지 않는 뇌세포의 수명에도 한계가 생긴다. 이러한 일련의 생화학적 과정을 과학자들은 '세포의 노화(cellular aging)'라고 부른다.

50세 이후가 되면, 뇌는 매 10년마다 전체 무게의 2퍼센트가 줄어든다고 한다. 이 계산대로라면 97세로 세상을 떠났던 부비의 뇌는 처음 이 나라에 도착했을 때보다 10퍼센트나 무게가 줄어들었다는 계산이 나온다. 하느님이 만들어낸 수많은 다른 피조물들과는 달리, 유독 우리 인간만이 '생각'하고 지식을 받아들일 수 있게 만드는 비비 꼬인 나선 모양의 뇌조직은 세월에 따라 퇴화되고, 점차 그 기능을 잃어버린다. 그 외에 부수적으로 심장 내 심실에 피가 차 있듯이, 뇌의 돌기 사이에 있는 계곡—전문 용어로 설씨(Sulci: 구)라고 한다—은 점차 깊어지면서 뇌조직 내 깊은 곳에 액체로 채워진 공간으로 자라게 된다. 리포푸신은 회백색 세포에 얼룩을 만드는데, 뇌는 노령화에 따라 무게가 줄어들 뿐만 아니라 색깔도 노란 크림색으로 변한다.

현미경을 통해 보면 노화에 따른 뇌의 변화가 더욱 뚜렷하게 나타난다. 노인들의 갑작스런 졸도나 의식불명은, 앞서 설명한 대로 신경세포가 재생산되고 교체되지 못해 일어나는 수적 감소에 기인한다. 뇌피질 내에서 일어난 이러한 현상은 대단히 표본적인 것이다. 전두부에서 운동 능력을 담당하고 있는 부분은 신경세포의 20~50퍼센트를 잃어버리고, 뒤편 시신경 쪽은 약 50퍼센트, 양옆의 감각신경 역시 50퍼센트를 잃어버리게 된다. 다행히도 대뇌피질 중 가장 중요한 고위지각 조절 영역이 여러 겹으로 포개어져 기능이 겹쳐져 있는 까닭에, 세포의 사멸화 정도가 상대적으로 낮다. 남아 있는 뇌세포가 자체적으로 활동력을 증가시키는 쪽으로 그 이유를 생각해볼 수도 있으나, 어떤 이유에서건 두뇌가 이성적으로 생각하거나 판단하는 지적 수용 능력은 노화 과정이 거의 끝나갈 때까지 대체적으로 줄어들지 않는다.

흥미를 끌 만한 최근의 연구 자료를 소개해보면, 뇌의 성장이 끝나도 뇌피질 중 어느 신경세포는 더욱 원숙해지는 경향이 있어, 사고를 많이 할수록 그 부분이 발달한다는 이론도 있다. 알츠하이머(노인성 질환의 하나로 나타나는 치매 현상의 일종) 병에 걸리지 않은 건강한 노인들에게서 수많은 신경지부(신경의 수지상돌기)가 계속 자라나고 있다는 확실한 실례 위에 이 새로운 이론을 적용해보면, 상당히 신빙성 있는 주장이라고 생각된다. 이것은, 사람이 나이를 먹어갈수록 더욱 지혜롭게 생각할 줄 아는 사고력의 원천을 신경학자들이 찾아낸 것으로 생각된다.

어쨌든 지적 능력을 담당한 부분만을 제외하면, 뇌피질은 나이와 함께 세포를 잃어간다. 세포 간의 교체율이 차츰 떨어짐에 따라 나이를 들어가는 조짐이 점점 더 심하게 나타나며, 뇌가 작아지면 당연히 기능 면에서도 현저한 차이가 난다. 우리가 일상에서 흔히 목격하는 노인들의 둔한 사고력과 행동이 그 증거이며, 언젠가는 우리에게도 그런 증세가 찾아올 것이다.

기능 면에서 현저한 둔화 현상이 나타날 때 혈액 공급에도 이상이 생기면 뇌는 극히 위험한 상태에 빠지게 된다. 뇌의 특정 부분에 혈액 공급이 갑자기 차단되면 뇌 기능이 정지되거나 신경세포가 죽어버리는데, 이런 상태를 의학 용어로는 '뇌졸중(stroke)'이라고 한다. 뇌졸중의 원인에는 여러 가지가 있으나, 노인층에 나타나는 가장 빈번한 원인은 뇌의 혈액 공급원인 두 동맥—좌우 경동맥—의 가지를 차단시키는 경화 현상에 있다. 뇌졸중으로 쓰러져 입원한 환자의 약 20 퍼센트는 발작 후 바로 숨을 거두며, 30퍼센트는 사망에 이르기 전까지 장기적이면서도 체계적인 치료를 요한다.

뇌졸중으로 죽은 사람의 사망 진단서를 보면 사인란에 대부분 '뇌맥관성 이상(cerebrovascular accident)'이라든가 '뇌혈전증(cerebral thrombosis)'이라는 병명이 기재되고 있으나(요즈음에는 간단히 뇌졸중으로 표기된다), 그러한 학술 용어보다 더욱 의미 있는 것은 '연령'란에 기재된 숫자일 것이다. 거의 예외 없이 그 수치는 대단히 높게 나타난다. 남녀 구별 없이 75세를 넘긴 노인들에게서는 55~59세 사이의 연령층에서보다 뇌졸중 사고율이 열 배 이상 크다.

내 할머니의 사망 진단서에 적힌 사인 역시 '뇌맥관성 이상'이었다. 그러나 그런 용어 하나로 부비의 죽음을 설명할 수 있을까? 당시 담당 의사가 서류에 휘갈겨 쓴 용어들의 의미를 설명해주긴 했어도, 그의 진단 내용들은 내게 확실히 와 닿지 않았다. 나는 지금도 그 느낌을 떨쳐버릴 수가 없다. 물론 부비의 CVA(뇌맥관성 이상의 약자)를 '종착역'이나 또는 그와 비슷한 뜻으로 표현하고자 했던 의사의 의도를 이해하지 못했던 것은 아니지만, 내가 18년 동안이나 지켜보아왔던 과정을 단 한 단어로 표현한다는 것이 왠지 이치에 맞지 않는 일처럼 느껴졌다.

이는 단순한 용어상의 문제는 아니며, 실제로 CVA를 종말의 상태로 보는 시각과, 그 자체를 사망 요인으로 보는 시각이 팽팽히 맞서고 있다. 나는 결코 러다이트(Luddite) 운동가(산업 혁명 당시 영국 북부의 수공업자들이 실업을 두려워해 일으킨 기계파괴 폭동)가 아니다. 오히려 나는 현대 과학의 찬란한 업적을 찬양하는 부류에 속한다고 할 수 있다. 다만 여기서 내가 주장하고 싶은 것은, 모든 학식이나 지식이 좀더 현명하게 이용되어야 한다는 것이다. 17, 18세기의 초기 실험주의론자들은 동물, 더 나아가 자연의 이법(理法)에 관한 이론을 펼친 바 있었다. 그들의 이론이란 자연법(natural law)에 따라 지구 환경과 생태계가 보존된다는 내용이다. 내가 보기에 자연법은 다윈의 '종의 기원론'(생물은 자연계에서 순리에 따라 환경에 가장 잘 적응하는 것이 살아남도록 자연적 선택이 행해지고, 그것이 되풀이되어 결국엔 조상과는 다른 새로운 종이 생겨난다는 이론)과 직접 연결되는 것으로 생각된다. 이러한 자연법에 따른다면, 인간은 제아무리 수를 써도 자연의 평형 혹은 질서를 깨뜨릴 수 없다는 결론이 나온다. 식물이나 동물 할 것 없이 모든 생물이 소생—재생이라 해도 좋다—하기 위해서는 죽음이 선행되어야만 하는 것이다. 이것이 바로 자연의 순환 과정인 것이다. 이러한 연속회로 상에서 보면, 사실 '질병이라든지 '질환이라는 개념은 존립할 수가 없다. 어떤 질병에 이름을 붙이는 행위는 그것을 치료하고자 하는 첫 시도일 것이다. 그러나 결국 그 시도는 자연의 법칙을 거스르는 행위이며, 우주의 질서와 체계를 보존하고자 하는 노력을 위협하는 첫 단계라고 할 수 있다.

부비는 그러한 이유로 세상을 떠났다. 여러분이나 나 역시 언젠가는 죽어야 한다. 그것은 자연의 법칙이다. 할머니 신체의 하향 곡선을 오랫동안 지켜보던 중, 나는 그 곡선의 끝부분을 선명하게 집어낼 수 있었다. 매일매일 모든 것이 변함없이 진행되던 어느 날 아침이었다. 아침 식사를 끝내기 몇 분 전 『데일리 뉴스』지 스포츠난에 눈을 붙이고 있던 나는, 식탁 위를 닦던 부비의 손길이 왠지 평소와 다르다는 것을 느꼈다. 주방 일은 물론 모든 가사 노동이 부비로서는 감당하기 힘들었기 때문에 우리 가족 모두가 말렸으나, 할머니는 한 번도 고집을 꺾으려 들지 않았다. 결국 우리는 설득을 포기한 대신, 부비가 눈에 보이지 않는 곳으로 힘겹게 걸음을 옮겨 나간 뒤 재빨리 부엌 여기저기를 뒷손질해야 했다. 그날 아침 신문에서 눈을 돌린 순간, 나는 부비가 행주로 식탁을 닦는 모습이 평소와 다르다는 것을 눈치챘다. 도무지 방향 감각이나 목적의식이라고는 없어 보이는 부비의 휘젓는 듯한 팔 동작은 그냥 무의식적으로 움직이는 것일 뿐이었다. 힘없는 손에서 빠져나온 행주는 식탁을 닦아내지 못하고 공중에서 표류하듯 그대로 너덜거렸다. 무의식적으로 행주를 든 손목을 돌리고 있었으나, 부비의 얼굴은 식탁을 보지 않고 꼿꼿하게 정면을 향하고 있었다. 부비는 내가 앉아 있던 의자 뒤편 창밖을 바라보는 듯했다. 얼굴은 무표정했고, 초점을 잃은 눈빛은 멍해 보였다. 완벽하다 싶을 만큼 텅 비어버린 모습. 바로 그 모습에서 나는 할머니의 죽음을 직감했다. "부비? 부비!" 하고 외쳤지만 할머니는 내 목소리에 아무 반응이 없었다. 그런 상태가 몇 초 지난 뒤, 부비는 소리 없이 마룻바닥으로 쓰러졌다.

나는 의자에서 벌떡 일어나 부비 곁으로 다가가 무릎을 꿇고 소리쳤지만, 나의 부르짖음은 소용없었다. 나는 할머니를 일으켜 침실로 옮긴 다음 침대에 눕혔다. 숨결은 몹시 거칠고 높았다. 입으로 길게 들어간 공기는 목구멍 깊은 곳까지 들어갔다가 마치 젖은 돛을 때리는 강풍처럼 두 뺨을 불룩하게 만들며 입술 사이로 새어나왔다. 왼쪽이었는지 아니면 오른쪽이었는지 잘 기억나지는 않지만, 얼굴 한쪽이 이미 흐물흐물해져 있었다. 나는 다급히 전화를 걸어 가까운 곳에 있는 의사를 찾았다. 7번가의 의류 공장에서 일하고 있던 로즈 이모도 불렀다. 아침부터 대기실에 몰려든 환자들을 치료하느라 늦게 도착한 의사보다 이모가 먼저 달려왔다. 설령 의사가 좀더 일찍 왔다고 해도 상황은 마찬가지였을 것이다. 뒤늦게 온 의사는 부비가 뇌졸중을 일으켰으며, 며칠밖에는 더 살 수 없다는 진단을 내렸다.

그러나 부비는 의사를 조롱하듯 선고된 사망일을 훌쩍 뛰어넘었다. 우리 역시 부비를 보내지 않으려고 안간힘을 썼다. 우리는 내 침대에 누워 있는 부비를 옮기지 않으려고—부비는 로즈 이모와 함께 더블 침대를 사용했다—하비 형은 아버지와 함께 쓰던 침실에서 자기가 쓰던 접이식 침대를 내게 내줬다. 그 후 형은 열나흘 밤을 거실 소파에서 자야 했다.

부비가 쓰러지고 난 뒤 48시간 동안, 우리는 부비의 삶이 마감되어가는 과정을 가슴 아프게 지켜보았다. 부비의 약해진 면역 체계와 녹슨 허파는 온 전신을 위협하며 다가드는 미생물들과의 싸움을 이겨내지 못했다. 면역 조직이란 우리 눈에 보이지 않는 힘으로서, 역시 눈에 보이지 않는 강력한 적들을 막아낼 수 있도록 해주는 무기다. 우리가 의식하지 못하고 있을 뿐, 면역세포와 미분자들은 우리 일상의 환경과 그 환경에 부수된 여러 위험 인자들을 끊임없이 물리쳐주고 있는 것이다. 우리에게 있어 강력한 방패이자 강력한 적인 자연은, 우리로 하여금 자신이 내린 시련을 통과하여 살아남을 수 있게 도와주기도 한다. 하지만 나이가 들수록 자연이 허락해준 방패는 낡아간다.

'노인학'에서의 주요 연구 과제는 바로 이러한 면역 체계의 하향 곡선을 자세히 살피는 일이다. 노인학 연구자들은 외부적 병인(病因)에 의해 노인들의 방어 체계가 훼손되며, 그 사실과 병인을 감시하는 메커니즘이 마비되어간다는 사실을 밝혀냈다. 이 지경이 되면 적군은 나이든 파수꾼을 피해 쉽사리 침투할 수 있는데, 일단 침투만 하면 약해빠진 수비수들을 무너뜨리는 것은 시간문제다. 부비의 경우, 면역 수비수들이 무너진 결과가 '폐렴'이라는 형태로 나타났던 것이다.

월리엄 오슬러는 노령층에 나타날 수 있는 폐렴을 두 가지 관점으로 보았다. 그는 자신의 저서 『의학의 원리와 실천(The Principles and Practice of Medicine)』 개정판에서, 폐렴을 '노인 최대의 적이라고 했다. 또 그는 다른 책에서, "폐렴은 나이 든 사람들의 친구이기도 하다. 폐렴은 견디기 힘든 모든 종류의 질환에 종지부를 찍고 우리를 고통으로부터 완전히 해방시켜주기 때문이다"라고, 어찌 보면 상반된 듯한 주장을 펼치기도 했다.

부비를 담당했던 의사가 페니실린을 투여했는지는 확실치 않지만 내가 보기에 그랬던 것 같지는 않다. 극히 이기적인 생각일지는 몰라도 나는 부비가 죽지 않기를 바랐다. 가족들 모두 같은 생각이었다. 어찌 보면 부비를 끝까지 붙잡으려고 했던 우리들보다 그 의사가 더 지혜롭고 현명했을지도 모를 일이다.

혼수상태에 빠져 있었던 까닭에, 반사적 기침을 하지 못했던 부비의 숨통에는 자연히 점액질의 분비물이 끈끈하게 점착될 수밖에 없었다. 하비 형은 부비의 허파로부터 올라온 화농성 점액을 빨아들일 기구를 급히 약국에서 사왔다. 그것은 가래를 빨아올릴 가늘고 긴 고무관 두 개가 달린 병이었다. 하비 형은 고무관 한쪽을 부비의 기도 속으로 들여보내고, 다른 쪽을 입으로 빨아 누런 가래를 끌어올렸다. 부비의 하나밖에 없는 딸인 로즈 이모도 선뜻 하지 못했던 일을—나도 한두 번밖엔 하지 못했다—하비 형은 부비에게 사랑의 선물을 보내듯 싫은 내색도 없이 계속 반복했다.

형의 헌신적인 간호 탓인지 아니면 죽음의 사자가 마음을 바꾸어 먹었는지는 모르지만, 부비는 폐렴을 이겨냈을 뿐 아니라 뇌졸중 증세도 견뎌냈다. 어쩌면 약하게나마 살아남아 있던 부비의 면역 체계보다는 우리의 눈물어린 간호와 기도가 더 주효했을지도 모른다. 그 이유가 무엇이든 부비는 혼수상태를 이겨냈고, 약간씩 움직이며 우리 가족들과 많은 대화를 나누었다. 그리고 자신보다는 나머지 가족들을 위해 예상보다 훨씬 더 긴 시간을 끌다 돌아가셨다. 부비의 몸에서 영혼이 완전히 빠져 나가버리던 그날, 2월의 차가운 금요일 새벽, 부비는 두 번째로 찾아온 뇌졸중에 결국 승복하고 말았다. 유대 관습에 따라 시신은 그날 오후 늦게 매장되었다.

'사진 같은 추억'이라는 말이 있듯이, 내 머릿속에는 뚜렷이 남아 있는 몇 장의 기억이 있다. 내가 그것들을 현상하고 싶을 땐 가끔씩 흐리게 나타나기도 하지만, 그 기억들은 내 인생의 기록 중에서도 가장 진한 자국으로 찍혀 있다. 영원히 잊혀질 것 같지 않은 영상 중에는 소열여덟 나무관 옆에 홀로 서 있는 열여덟 살 소년의 모습이 들어 있다. 열두 시간 전, 싸늘히 식어버린 뺨에 눈물어린 키스를 남겼음에도 소년의 눈에는 관 속에 누워 있는 노인이 낯설게만 느껴졌다. 아무 장식도 무늬도 없는 관 속의 시신은 부비와는 전혀 다른 모습이었다. 양초처럼 하얀색으로 탈색된 시신은 생으로부터도 쪼그라들어 있었다.

요즘의 의사들은 삶과 그 삶을 위협하는 질병만을 생각하도록 훈련받고 있다. 시신을 해부하는 의사들 역시, 궁극적으로는 살아 있는 사람들에게 도움이 될 만한 단서를 찾기 위해 애쓴다. 환자에게서 나머지 생을 훔쳐가는 범인들을 일제히 소탕하기 위해, 심장박동이 남아 있을 때 그들은 몇 시간이고 며칠이고 시곗바늘을 되돌릴 수 있는 방법들을 찾아 헤맨다. 사실 죽음에 대해 가장 정확히 알고 있는 사람은 의사가 아니라 철학자나 시인일 것이다. 하지만 의사들 중 몇몇은 죽음의 본질을 이해하고 있으며, 죽음의 여파가 인간 조건의 한계선을 넘어선 데 있는 것이 아니므로 치료자의 관심을 끌 만한 값진 존재라고 믿고 있다.

그러한 생각을 가진 사람들 중에 토머스 브라운이 있다. 그는 귀납법적 이성론과 과학론이 지식층들에게 영향을 끼치며 기존 학문에 논점을 제기하기 시작했던 17세기의 저명한 현자이다. 1643년 간행된 수상록『의사의 종교(*Religio Medici*)』를 통해, 그는 '나 자신에게 돌아가는 혼자만의 연습에 대해 묘사했다. 이 유명한 수상록은, 죽어가는 한 인간의 고뇌가 그려진 「친구에게 보내는 글」이란 제목의 부록과 엮여 출판되었다. "그는 거의 미완성인 상태로 이 세상에 왔다가, 완전한 것을 남기고 무덤으로 들어갔다." 그동안 나는 임종에 이른 환자들을 수없이 대하면서, 그들이 눈앞에 나타난 현실을 부정하려는 듯한 태도를 보이는 것을 지켜보았다. 그들은 왜 내가 죽어야 하며, 왜 하필 자신이 이런 힘든 고통을 겪어야 하는지를 납득하지 못했다. 생전과는 너무도 다른 모습으로 소나무관에 누워 있는 부비를 보았을 때, 나도 그런 종류의 고통을 맛보았다. 그건 아주 특별한 고통이었다.

살아 있다는 것은 우리의 신체 조직에 견디기 힘든 고통을 주는 동시에 살아 있다는 자신감을 각각의 조직 속에 가득 채워준다. 그런 삶의 상태가 급성 심장마비를 일으켰던 어브 립시너처럼 어느 순간에 갑자기 끊어져버리든지, 아니면 부비의 경우처럼 천천히 빠져나가든지 간에, 뒤에 남는 것은 형편없이 위축되어버린 물체뿐이다. 영국의 유명한 희극배우였던 R. W. 엘리스턴의 시신을 본 찰스 램은, "어찌 그리 작아 보이는가, 친구. 우리들 역시, 왕이든 황제든 모두 다 마지막 여행을 위해 발가벗겨지겠지"라는 유명한 조문(弔文)을 남긴 바 있다. 그는 또한, "나는 죽음을 그다지 두려워하지 않는다. 남에게 부끄러울 만큼 죽음을 두려워하는 것은 우리의 본성을 무시하고 깎아내리는 것이다. 우리 스스로를 그렇게 훼손시키다 보면 가까운 친구들이나 아내, 그리고 자녀들까지도 두려움에 떨게 되는 것이다"라고 말 했다.

내가 부비의 시신을 보았을 때 토머스 브라운과 찰스 램의 말을 알고 있었다면, 사람이 죽게 되면 육신이 수축된다는 것을 알고 있었다면, 그날의 고통은 분명 덜어질 수 있었을 것이다. 육신에서 영혼이 빠져나가면 삶을 지탱시키는 근본 요소도 달아나버리고 만다. 그러면 생기 없는 시신만 남게 되는 것이다.

인생의 마지막 부분을 재점검하는 의미로, 브라운의 수상록 앞부분에 있는 죽음이 갖는 공통성을 인용해볼 수도 있을 것이다.

"투쟁과 고통을 치르며 미지의 세계로 들어오긴 했으나, 그 세계를 빠져나가는 것은 결코 쉬운 일이 아니다."

4
늙음과 죽음

토머스 브라운의 표현대로, "죽음의 세계로부터 빠져나가기 위해" 나의 할머니가 택한 길이 결코 특별하지는 않을 것이다. 세계보건기구(WHO)의 보고에 따르면, 뇌졸중은 경제 선진국에서의 사망 요인 중 대략 세 번째로 꼽힌다. 미국에서 뇌졸중으로 고생하는 환자들의 3분의 1에 해당하는 15만 명가량이 매년 부비와 같은 증세로 사망하고 있다. 나머지 3분의 1은 숨을 완전히 거둘 때까지 장애인으로 남게 된다. 사망 요인의 수위를 다투고 있는 심장질환과 암을 제외하면 뇌졸중은 그 어떤 질환보다 위협적이다. 과거에 비해 뇌졸중으로 인한 사망 증가율이 제자리걸음하고 있지만, 그래도 매년 인구 1천 명당 대략 0.5~1명이 뇌졸중으로 숨지고 있다. 나이를 먹을수록 뇌졸중이 발생할 가능성이 높다. 적절한 운동도 없이 앉아 있기를 좋아하고, 거의 1백 년 동안 유대 교리에 맞는 음식—콜레스테롤의 함유도가 굉장히 높다—만을 섭취해온 유대 여성들의 뇌졸중 발병 가능성이 상대적으로 얼마나 높은지는 아직 조사되지 않았다. 하지만 미국과 서부 유럽의 75세 이상 된 노인들이 매년 1천 명당 20~30명꼴로 뇌졸중 증세를 보이며 쓰러진다는 포괄적 통계는 나와 있다. 70세 이상의 노인층은 그 이하 연령층보다 뇌졸중으로 쓰러질 위험성이 30배 이상이나 높다.

뇌졸중을 뜻하는 '스트로크(stroke)'는 별로 특별할 것이 없는 단어로, 가끔씩 애매모호한 용도로 쓰이기도 한다. 의사에게 '스트로크'는 뇌로 들어가는 동맥에 피가 모자랄 때 신경기능에 이상이 오는 현상을 의미한다. 좀더 정확히 표현하자면, 신경 기능 이상, 그러니까 혈액 공급에 이상이 생겨 24시간 정도 지속되는 상태를 말한다. 그 외 다른 상태들은 일시적인 이스키믹 현상 또는 TIA(transient ischemic attack, 일과성 허혈발작)로 분류된다. TIA는 간혹 좀더 오래 지속되는 경우도 있으나, 보통 한 시간 내에 증세가 사라진다.

이러한 뇌졸중, 일시적 이스키믹 현상, TIA 등은 똑같은 메커니즘에 의해 발생하기 때문에 하나의 큰 고리로 묶여질 수 있다. 심장이 부실해지면 각각의 동맥들은 필요한 혈액을 제대로 운반하지 못한다. 혈류가 막히고 조직이 말라 시들어버리게 되는 이스키미아 현상은 해당 체조직 내의 수많은 세포들을 죽게 만든다. 제임스 매카티나 부비의 죽음 역시 그 때문에 일어났고, 어떤 형태가 될지는 모르지만 현재 살아 있는 우리들도 결국에는 세포들의 질식 때문에 죽음을 맞이하게 될 것이다. 따라서 심장 내의 관상동맥이 막히는 현상은 그만큼 치명적이다. 일단 아데로마가 형성되어 계속 커지면 경동맥 가지는 점차 막혀간다. 폐색(閉塞)은 혈관 자체에서 일어난 경화가 심해져 일어날 수도 있고, 대동맥의 내벽에서 떨어져 나온 부스러기들이 혈류를 타고 뇌까지 올라가 이미 약해져 있던 혈관에 침착되어 혈류를 차단시킴으로써 일어나기도 한다.

높은 혈압이 지속되면 오랫동안 압박받아오던 혈관벽이 약화되고, 그중 제일 약한 부분이 터지게 되며, 그 구멍으로 분사된 혈액은 뇌조직 사이로 흘러들어간다. 이것이 바로 뇌출혈로, 전체 뇌 사망 환자의 20퍼센트를 차지한다. 뇌출혈이 뇌졸중 원인의 25퍼센트를 차지하고, 나머지는 혈관 폐색증에 기인하고 있다.

뇌의 기능이 효율적으로 지속되기 위해서는 상당량의 에너지가 필요하다. 이러한 에너지의 대부분은 뇌조직이 포도당을 이산화탄소와 물로 분해시킬 때 얻어지는데, 이러한 생물학적 분해 과정에서는 다량의 산소가 소비된다. 포도당을 비축해두지 못하는 뇌세포는 동맥을 통해 올라오는 혈액으로부터 그때그때 포도당을 공급받는다. 산소 역시 마찬가지다. 따라서 혈관이 막힐 경우 뇌 속에 들어 있던 산소와 포도당은 불과 몇 분 만에 완전히 바닥나고 만다. 신경세포는 이스키미야에 무척이나 민감하다. 질식해버린 혈관 속에서 걷잡을 수 없는 파괴 현상이 나타나게 되는 것은 포도당과 산소가 바닥난 뒤 15~30분 사이이다. 이스키미야가 시작된 이후로 1시간이 경과하면 뇌조직의 경색은 되돌릴 수 없는 파국을 맞게 된다.

경색의 정도는 혈관 폐색으로 인해 파괴되는 세포의 양에 따라 달라진다. 대뇌중앙동맥(MCA)은 혈액을 공급하고, 감각 기능을 맡고 있는 곳과 손과 눈의 기능을 맡고 있는 운동 신경, 특히 청각 기능을 맡고 있는 부분에 영양을 공급한다. 또 대뇌중앙동맥은 인지 능력, 사고 능력, 임의적인 행동력, 그리고 이런 모든 능력을 조절할 수 있는 통제력 등 '고도의 정신적 기능'을 수행하는 부분에 자양분과 산소를 날라다주는 중요한 혈관이다. 뿐만 아니라 MCA는 언어 감각과 운동을 맡고 있는 부분(약 85퍼센트에 해당하는 사람들은 왼쪽에 있으나 왼손잡이는 오른쪽에 있다)에도 필요한 영양분과 산소를 공급하는데, 뇌졸중으로 쓰러진 환자들의 대개가 언어 능력—듣고 말하고 쓰는—을 잃어버리는 까닭이 바로 여기에 있다.

MCA는 자체적인 요인에 의해 망가지기보다는, 중앙내부경동맥 (main internal carotid artery) 내에 침착되어 있던 아데로마 부스러기나 심장에서 혈관을 타고 올라온 응고물 때문에 망가지는 경우가 많다. 이처럼 혈류를 타고 돌아다니는 찌꺼기들이 뭉쳐져 혈전 (embolus)으로 형성된다. 쐐기(plug)들이 혈류를 따라 돌아다니다가 좁은 혈관에 박혀 혈류를 방해하는 것이다. 하지만 혈전 자체가 혈류를 차단하는 경우는 거의 없고, 혈전이 박힌 곳에 아데로마가 자라나 크게 응고되면서 혈류를 차단한다. 혈액 공급이 끊기면 뇌조직은 산소와 포도당의 수급로를 잃어버려 불과 몇 분 뒤면 부분적으로 경색되어 죽는다.

지구상에서 일어나고 있는 거의 모든 죽음에는 궁극적으로 '산소 부족이라는 용어가 공통분모로 들어간다. 뉴욕 시 의료검사관장으로 20여 년간 봉직했던 밀턴 헬펀 박사는, 죽음과 산소의 관계를 다음과 같이 일목요연하게 표현했다. "죽음은 수없이 많은 질병과 신체의 기능 이상에서 올 수 있다. 그러나 모든 죽음 밑에 깔린 생리학적인 근본 요인은 체내의 산소 부족에 있다."

산소 부족으로 인한 타격이 적어 외적 증상이 즉시 나타나지 않는다고 하더라도, 시간과 발작 횟수가 쌓이게 되면 증세가 점진적으로 나타난다. 1세기 전 시카고의 유명한 임상학자 월터 앨버레즈는 환자를 치료하면서, 천천히 그들을 덮쳐오는 죽음의 그림자를 임상일지에 정확히 묘사했다.

현기증이나 졸도 등의 증상이 찾아올 때마다 그녀는 자신이 조금씩 노쇠해지고 피곤해지는 것을 느꼈다고 한다. 걸음걸이도 점차 불확실해지고, 기억력이 감퇴될 뿐 아니라 매번 공격이 찾아들 때마다 삶에 대한 애착도 줄어들었고, 사물과 상황에 대한 판단력도 점차 떨어졌다. 그녀는 10여 년 동안 줄곧 자신이 무덤을 향해 한 걸음씩 나아가고 있음을 알았다.

대뇌조직 내의 순환 체계가 뒤틀린 사람들을 두고 윌리엄 오슬러는 "성장할 때와 똑같이 오랜 시간을 두고 죽어간다"라고 표현했다.

앨버레즈는 치매에 걸렸던 아버지의 경우를 예로 들어, 치매로 진단받은 노인의 10퍼센트가량은 최초 가벼운 뇌졸중, 즉 현기증, 실신, 혼동으로 인해 치매로 진행되었다는 이론을 1946년 발표했다. 다발성 경색 치매(multi-infarct dementia)는 갑작스럽고 불규칙하게 일어나는 일련의 '약화 현상'들이 누적되어 일어난다. 이처럼 대뇌에 나타나는 동맥경화 증세는 1899년 알로이스 알츠하이머(Alois Alzheimer)에 의해 처음 연구, 발표되었다. 그로부터 8년 뒤, 또 다른 종류의 지적 능력 저하 현상을 소개했는데, 그것이 바로 오늘날 그의 이름을 붙여 일컫는 알츠하이머 질환이다.

뇌의 경색 과정은 10여 년에 걸쳐 진행되는데, 경우에 따라서는 좀더 오래 지속되면서 뇌 기능을 서서히 마비시키기도 한다.

MCA에 경색이 일어나면 타격을 받은 뇌조직의 반대편의 사지(상·하지)와 타격받은 뇌조직 쪽의 얼굴이 감각을 잃게 된다. 이러한 경색은 실어증을 유발하기도 한다. MCA 혈관에 일어난 폐색은 다양한 병변을 일으키는데, 폐색의 정도와 주변 상황에 따라 증세의 차이가 있다. 언어와 시력 장애, 기능 마비, 감각 상실 등은 뇌에 생긴 병이 공통적으로 나타내는 증세들이다.

증세가 심할 때는 혼수상태에 빠지기도 한다. 혈압이 떨어지거나 심장 기능의 약화로 혈액 박출량이 감소하면, 허혈 현상에 빠지는 부분이 확산되고 회복 가능성은 더욱 떨어지게 된다. 뇌졸중의 상태가 심각할수록 뇌조직은 부종을 일으키기 쉽다. 부풀어 오른 뇌는 두개골의 벽면에 눌려 심각한 손상을 입게 되고, 그럴 경우에는 자동적인 메커니즘을 가진 자율신경계의 지배를 받는 심장, 호흡기, 소화기, 방광 등의 기관에 기능 이상이 나타난다. 부종이 심해져 부풀어 오른 뇌가 받는 압박이 클수록, 심박과 호흡을 조절하는 뇌의 중추신경계는 큰 손상을 입는다.

뇌조직의 생체 기능이 일부분만 붕괴되어도 환자의 20퍼센트가 사망에 이르는데, 고혈압에 의한 출혈이 있을 경우 사망률은 더욱 높아진다. 뇌 손상이 클 경우, 모든 기능이 궤도에서 완전히 벗어나 이미 잠재해 있던 당뇨 증세가 걷잡을 수 없이 악화되고, 혈중산도는 생명을 위협할 정도로 급상승한다. 폐 기능 역시 흉곽 근육의 마비와 함께 저하되고, 혈압은 위험수치를 초과해버린다.

그 외에도 부비의 경우에서처럼 폐렴이 뒤따르기도 한다. 나이 많은 사람들에게 허파는 피부를 제외한 신체 조직 중 오염된 환경에 가장 예민하게 반응하고 영향받는 기관이다. 환경오염에 의해서건 아니면 노령화에 따른 변화에서건, 일단 허파의 탄력성이 떨어지면 수축과 팽창 작용은 완전히 이루어질 수 없게 된다. 점액을 청소하는 메커니즘은 약해지고, 이미 좁아진 기도에는 더러운 찌꺼기들이 쌓여간다. 이러한 상태는 가늘어진 기관지 가지에 적절한 습도와 온도가 유지되지 못할 경우, 더욱 심해질 수 있다. 면역성을 잃어버린 노인의 체내에 항독 물질이 적어질수록 이런 현상은 더욱 심해진다.

폐렴균은 인체의 방어 체계가 약화되거나 마비되기만을 기다렸다는 듯 재빨리 모습을 드러낸다. 거의 완벽한 시기라고 할 수 있는 때가 바로 혼수상태다. 혼수상태는 폐렴이란 괴물과 대항할 수 있는 모든 힘을 앗아갈 뿐만 아니라, 반사적 기침 작용 같은 기초적인 대응 수단조차 파괴시킨다. 기관지 속의 이물질을 외부로 토해내지 못함에 따라, 각종 세균이 이물질에 달라붙어 승승장구 호흡기 내로 입성, 폐포라는 미세한 공기주머니들을 무차별적으로 공격한다. 속수무책으로 당하던 폐포들은 부풀어 오르고, 결국 염증에 의해 파괴되고 만다. 결국 혈중의 이산화탄소를 내보내고 산소를 받아들이는 교환 작업 자체가 불가능해지는데, 심할 경우 혈중 산소는 생체 기능이 마비될 정도까지 떨어진다. 산소량이 위험수위를 넘어 감소하면 뇌세포는 자연히 줄어들고, 심근육에도 이상 수축 현상(심실세동)이 일어난다.

폐렴균의 진격 작전은 여기서 그치지 않는다. 허파를 점령한 '부패 정부'는 살인적 유기체들이 혈류를 타고 들어가 몸 전체에 퍼질 수 있도록 중앙본부의 역할을 한다. 의학 용어로는 '패혈증', 일반인들에겐 '혈독 상태라고 알려진 이 증상은 위험수치로 떨어진 혈압과 더불어 심장, 허파, 혈관, 신장, 간 등 주요 신체 기관들을 동시에 붕괴시킨다. 패혈증하에서는 아무리 강력한 항생 물질을 투여해도 세균들의 괴멸적인 공격을 막아내지 못한다.

뇌졸중의 특징은 폐렴, 심장마비, 당뇨로 인한 산독증 등 말기적 상태가 그 어느 것으로 나타나든, 모두가 서로 친한 친구처럼 함께 나타나기 쉽다는 것이다. 이들은 노인을 쓰러뜨리는 살인자들이다. 뇌졸중은 '대뇌혈관 질환의 말기 증상'이라는 폭넓은 현상의 일부분으로서, 정해진 길대로 나아갈 뿐 도중에 멈추는 일은 거의 없다. 헨리 가드너는 토머스 브라운의 1845년 수상록 개정판의 부록에서 17세기 문인 프란시스 쿠알스의 문구를 인용, 소개했다. "오히려 서둘러 끊어질 뿐 인생의 한계점은 절대로 연장되지 않는다. 가느다란 심지를 길게 연장시키는 것보다는, 주어진 기회를 최대로 이용하는 것이 현명하다." 세월의 흐름과 그에 따른 인체의 노화를 막을 사람은 아무도 없다. 우리가 승리하는 인생을 영위하기 위해서는 인생의 양보다는 질을 추구해야 할 이유가 바로 여기에 있다.

앞서 내가 부비가 죽어가는 과정을 통해 피력했듯이, 노령으로 인한 필연적인 사망론에 대해 몇몇 병리(病理)의사들은 통계학자들과 마찬가지로 이의를 제기하며, 85세 이상의 사람들에게서 가장 공통적인 사인은 동맥경화증에 이어 나타나는 폐렴과 경색증이라고 주장한다. 사실 고령의 부비도 그런 요인으로 사망했으니 그러한 주장이 나올 법도 하다. 하지만 내게는 그들의 주장이 과학적이라기보다는 궤변으로밖에 받아들여지지 않는다.

물론 생을 연장시킬 수 있다는 그들의 믿음과 노력, 관점을 무시하려는 것은 아니지만, 지금 이 순간에도 '생이라는 것이 원래 그 속성상 유한할 수밖에 없다'는 명백한 증거들이 발견되고 있다. 삶이 한계점에 이르면 특별한 질환이나 사고를 당하지 않아도 그냥 흩어져버리게 마련인 것이다.

다행히도 현장에서 환자들을 치료하는 임상의들은 이러한 사실을 체험으로 느낄 수 있으므로 내 생각에 대체적으로 수긍한다. 노쇠로 인해 육체가 서서히 무너져 내리며 고통받는 환자들의 이상 증세를 밝혀내는 노인병 학자들은, 그 업적 외에도 연구할 때 환자들에 대한 사랑과 연민을 보여줌으로써 더욱 큰 갈채를 받고 있다. 최근 나는 우리 의대의 노인병학과 교수 레오 쿠니 박사와 이러한 주제로 얘기를 나눠본 적이 있는데, 그는 다음과 같은 말로써 자신의 관점을 표명했다.

노인병 학자들은, 노력 여하에 따라 생을 연장시킬 수도 있다고 믿는 사람들로부터 손가락질을 받고 있다. 고령에 이른 노인들을 끊임없이 분해하는 신장 전문가들, 전혀 생존 가능성이 없는 환자의 기관지에 튜브를 삽입하는 폐 전문가들, 심지어 그대로 놔두는 것이 평화로운 죽음일 수도 있는 복막염 환자에게 메스를 갖다대는 외과의사들, 이런 유의 의사들로부터 끊임없이 도전을 받아야 하는 이들이 바로 노인병 전문의들이다.

우리의 희망은 노인들의 삶의 질을 높이는 데 있을 뿐, 그 길이를 연장하는 데 있지는 않다. 우리는 노인들이 자립적이고 존엄한 삶을 가능한 한 오래 누릴 수 있기를 희망한다. 대소변을 조절하지 못하는 신체적인 무능력 상태와 뒤죽박죽으로 엉겨버리는 정신적 혼돈을 이겨낼 수 있도록 도와주는 한편, 알츠하이머 같은 파괴적 질환과 맞서 싸우는 가족들도 도와주는 것이 바로 우리가 해야 할 일이다.

노인병 학자들은 노인들을 치료하는 여러 의사들 중 첫손가락에 꼽히는 치료자이다. 그들은 환자의 질환 및 증세뿐 아니라 극히 사적인 사항까지 모든 것을 알아야만 한다. 노인병에 관한 전문가라면 노인에 관한 모든 것을 완전히 알고 있는 사람이어야 하는 것이다. 1992년 말의 통계에 따르면, 미국에는 노인병 전문의로 등록된 의사가 4,084명인 것에 비해 심장병 전문의는 약 1만 7,000명인 것으로 나타나 있다.

인간이 제아무리 노력해도, 개개인의 삶에는 자연적인 한계점이 있다는 나의 주장에 이의를 제기하는 사람도 있을 것이다. 사실 몇 가지 눈부신 의학적 연구는 노인들의 삶을 전반적으로 연장시켜주었다. 하지만 그것은 노인들의 '기능적 나이'가 연장된 것일 뿐, 노령화가 중단된 것은 아니다. '노령화'라는 것은 독립적인 개념일 수도 있고, 종속적인 개념일 수도 있기 때문이다. 그런 의미에서 볼 때 '나이를 먹는 것' 자체가 병을 불러온다고 할 수도 있고, 반대로 병에 의해 노령화가 더욱 빨리 진행될 수 있다고 할 수도 있다. 하지만 무엇보다도 중요한 것은 질병에 걸리지 않았어도 육체는 계속 나이를 먹어간다는 사실이다.

노인들의 생리 기능을 연구하는 병리 의사들은 일단 어떤 이상 증세를 발견하면 즉시 이름을 부여한 뒤, '치료'라는 궁극적 목표를 위해 매진한다. 그러한 불굴의 의지에 힘입어, 현대 의학자들은 제각기 자기 분야에서 전문가가 될 수 있었다. 하지만 병리의든 임상의든 전문의들이 그토록 집요하게 실험과 연구에 매달리는 진짜 이유는, 인간의 고통을 덜어주어야 한다는 명제 때문이라기보다는 그 병에 대한 수수께끼에 흠뻑 빠져들어 그것을 완전히 풀어보려는 욕망에 있을 것이다.

병을 진단하고 원인을 찾아 제압하려는 탐색 과정은, 그 어떤 것이든 자신의 힘을 보태고자 하는 전문의들의 도전장이다. 전문의라면 누구나 병리학에 심취되기 마련이다. 하지만 해당 질병을 치료할 수 없을 것 같은 판단이 설 경우, 연구자는 포기해버리지 않을 수 없다. 수수께끼가 고집스럽게 실마리를 감추면 여간 집요한 추적자가 아닌 다음에는 대부분 그곳에서 손을 들고 마는 것이다. '노령화야말로 끈질기게 풀리지 않는 수수께끼이다. 노인 환자들의 질환을 연구하는 전문의들은, 현대 의학의 힘을 빌려 새로운 질환이 나타날 때마다 하나하나 이름을 붙여가며 열정적으로 수수께끼를 풀고자 한다. 결국엔 무너질 희망임에도 불구하고, 그들은 자신들이 환자들에게 희망을 주고 있다고 믿는다. 어쨌든 요즘 세상에서 '노령으로 죽는다'는 말이 잘 받아들여지지 않는다.

어차피 노령화는 피할 수 없는 필연적인 것이고, 그에 따른 신체적 변화로 인해 점차 죽음에 가까워질 수밖에 없다는 사실에, 그 어떤 의심을 할 수 있단 말인가? 우리의 주변 곳곳에서 끊임없이 서성이며 틈만 나면 달려드는 치명적인 적들과의 싸움에서, 대항할 힘조차 점점 없어진다면 어찌 그들을 이겨낼 수 있단 말인가? 점차 다가오는 무기력이 신체 조직과 기관의 쇠약에서 기인한다는 사실을 어떻게 부정할 수 있단 말인가? 사람이든 기계든 부속품이 닳고 낡으면 기능이 저하되어 결국 정지할 수밖에 없다.

중국은 물론이고, 전 세계를 통틀어 현존하는 의학 서적 중에 가장 오래된 『황제내경소문(黃帝內經素問)』이라는 3,500년 전의 고서에는, 신화적 존재인 황제가 기백(岐伯)이라는 의사에게서 노령에 관해 배우는 내용이 들어 있다.

사람이 나이가 들면 뼈는 말라 지푸라기같이 부서지게 되고[골육종], 피부는 탄력을 잃어 늘어지며, 가슴에는 공기가 많아지고[폐기종], 위장에는 통증이 오고[만성 소화불량], 심장에는 답답한 기운이 돌게 되며[협심증이나 만성 심부전증), 목덜미와 어깻죽지가 죄어드는 동시에 뜨거운 열기가 전신을 흐르고[요도경색], 피골이 상접해지고 [근육손실], 눈은 부풀어 처지게 된다. 눈이 옷솔기조차 보지 못하게 되면[백내장] 죽음이 뒤따른다. 사람이 병을 이겨내지 못할 때 그의 삶에는 종지부가 찍히는데, 그렇게 되면 죽음이 찾아온다.

여기서 무엇보다 중요한 것은 "정말로 '노령화'가 신체의 쇠약을 가져오고 질병을 막아낼 수 없도록 만들어서 죽음에 이르도록 하는 것인가?"가 아니라, "왜 나이가 드는가?"이다. 서양의 전통적 사회에서 격언처럼 널리 인용되던 「전도서」의 한 구절을 인용해본다. "범사에 기한이 있고 천하 만사가 다 때가 있나니 날 때가 있고 죽을 때가 있으며 심을 때가 있고 심은 것을 뽑을 때가 있으며……." (3장 1~2절) 모든 사물에 주어진 '한계'라는 주제는 인류 전 시대 문학에서 공통적인 소재로 등장한다. 「전도서」의 전도자보다 앞서, 호메로스(Homeros)는 다음과 같이 말했다. "인간이란 나뭇잎과도 같다. 무성함의 뒤에는 반드시 쇠퇴가 따른다." 제퍼슨이 그의 인생 말년에 존 애덤스에게 쓴 편지를 보면 한 세대가 반드시 물러나야 할 이유가 잘 나타나 있다. "우리 모두에겐 죽음이 무르익어 찾아올 때가 있소. 우리가 죽음으로써 또 다른 성장을 이루어야 할 바로 그때가 말입니다. 우리에게 주어진 시간을 다 산 뒤에 남의 것을 탐할 수는 없겠죠."

'남의 것을 탐하지 않는 것이 자연의 순리라면, 호메로스의 나뭇잎처럼 필연적 순리를 요구하는 자연의 속성에 따라, 우리는 위대한 농부인 제퍼슨의 말처럼 언젠가는 '죽음으로써 또 다른 성장을 이룰' 시기에 다다르게 될 것이다. 자연과학자들이 이러한 자연의 순리를 따르는 모든 생물체의 메커니즘을 밝혀내려 애쓰고는 있으나, 아직도 우리는 그것을 알지 못한다.

노령화의 과정을 설명하는 이론에는 크게 두 가지가 있다. 첫째는 평범한 일상의 '환경에서 제 기능을 수행해내던 세포와 기관이 극히 일상적이고도 연속적인 과정에 의해 파괴된다는 설이다. 이 이론은 일명 '마모설(Wear and tear theory)'로 불린다. 두 번째는 각 세포뿐만 아니라 기관과 모든 조직이 타고날 때부터 유전적으로 설정된 시계에 따라 노령화되어간다는 주장이다. 후자의 이론을 살펴볼 때, 죽음의 시간과 죽음의 패가 돌기 시작하는 시점 등이 이미 정해진 프로그램에 따라 진행된다는 '유전적 결정론(genetic tape)'이 표상처럼 떠오른다. 즉 암세포가 발생한 계란의 경우, 그 계란이 수정될 때 이미 암세포가 처음으로 세포 분열을 일으킬 시점이 결정되었다는 것이다.

'마모설에 나오는 '환경이란 용어가 가리키는 것은, 지구의 환경일 수도 있고 세포 자체를 둘러싼 내 외부의 환경일 수도 있다. 태양에서 오거나 인공적 방사성 배경 복사와 산업화에 따른 오염 물질, 세균, 독소 같은 인자들이 천천히 인체의 유전자가 가진 유전정보를 바꾸어버림으로써 해를 입힐 수도 있고, 외부 환경과는 상관없이 수송 체계의 착오로 발생할 수도 있다. 그 원인이 무엇이든 DNA 속에 축적된 유전정보의 변동은 세포 기능에 교란을 일으켜 결국 그 세포를 죽음으로 이끈다. 바로 이 현상이 체조직 전반에서 일어나는 것을 우리는 흔히 '나이를 먹는다'고 말하는데, 이런 식으로 세포가 죽어가는 과정은 '기능 교란에 의한 파국'이라고 할 수 있다.

위험한 환경은 체조직이나 세포 내에도 존재한다. 앞에서 이미 분자의 기본 속성에 영향을 주는 요인들을 살펴봤지만, 그 밖에도 다른 요인이 더 있다. 건강한 조직을 유지하기 위해 세포는 물질대사 때 발생되는 독소를 끊임없이 제거해야만 한다. 만일 이 메커니즘에 구멍이 뚫리면 제거되지 못한 독소가 계속 쌓여 세포의 정상적인 기능을 저해할 뿐 아니라, DNA 자체를 파괴시키기까지 한다. 그 요인이 환경에 있든 수송 체계의 혼란에 있든, 아니면 물질대사 때 나오는 독소에 있든, DNA 내의 교란 상태는 노령화의 주요 인자로 많은 학자들의 주목을 받고 있다.

이제 우리는 알데히드, 유리산소기(遊離酸素基) 등의 어려운 말들이 생화학 연구가들에 의해 처음 사용되었을 때처럼, 무조건적으로 이런 용어들에 거부감을 느껴서는 안 된다. 원형질을 파괴하고 노쇠시킬 수 있는 인자들을 면밀하게 살펴보아야 한다. 유리기(遊離基)란 외곽 궤도의 전자가 홀수인 미분자를 뜻하는데, 이러한 구조는 매우 불안정하므로 평형을 유지하기 위해서는 전자를 하나 잃어버리든지 아니면 하나를 얻든지 해야 한다. 따라서 유리기는 지극히 민감한 반응을 보이게 되는데, 이러한 민감한 반응력은 생명의 기원으로부터 시작해 노화의 메커니즘에 이르는 모든 분야에 걸친 여러 생의학적 이론들을 '참' 또는 '거짓'으로 갈라놓는다. 생을 연장시킬 수 있다고 믿는 이들은 베타카로틴이나 비타민 E, 비타민 C를 다량 복용하는 식이요법으로 유리기의 산화 작용으로부터 체조직을 구해낼 수 있다는 주장을 펴고 있으나, 불행히도 명백한 근거는 아직 없다.

유전인자들에 의해 노령화의 전 과정이 미리 결정되어 있다는 이론에는, 유전적 프로그램에 따라 각 생물체의 정상적 생리 기능과 삶 자체가 약화되어간다는 내용이 들어 있다. 사람들은 제각기 다른 방법과 모습으로 노화되어간다. 면역성 상실, 피부 노화, 초기 치매 증상, 혈관의 탄력성 상실 등, 제각기 다른 노쇠 현상을 보이며 늙어가는 것이다.

유전적 이론은 약 30년 전 레너드 헤이플릭 박사에 의해 발표된 이후 크게 부상했다. 실험실에서 인간 세포를 배양하던 중 헤이플릭은 실험 중인 세포가 세포 분열을 서서히 중지하더니, 어느 순간이 되면 죽어버린다는 사실을 발견했다. 실험을 여러 번 반복해보았지만 매번 세포 분열의 횟수는 최고 한계치인 50회 정도를 넘지 못하고 끝났다. 실험에 이용되었던 소재는 체조직의 기본 구조를 이루는 '섬유 조직 구성세포(fibroblast)'라는 흔한 세포였다. 다른 세포를 이용한 실험에서도 마찬가지 결과가 나타났고, 끝없이 불어날 듯 보이는 암세포도 예외는 아니었다.

헤이플릭의 연구는 생물 분류상의 각 종이 각기 다른 수명을 갖는 이유와, 같은 종이더라도 각 개체의 수명이 해당 어버이의 수명과 상호 연관되어 있는 이유를 설명해준다.

노화의 요인을 설명하는 수많은 이론들은 결과적으로 과학 발달에 지대한 영향을 끼쳤으며, 그 이론들은 각기 나름대로의 근거가 있다. 역설적으로 말해 '노화라는 것은 그 이론들이 한꺼번에 조화를 이루어낸 결과일지도 모른다. 물론 우리 각 개인의 모습과 체질이 다르듯, 여러 이론들 중에는 각자에게 더욱 적합한 이론이 있을 것이다. 하지만 몇 가지 요인들은 모든 생물체에 공통으로 작용한다. 바로 그 공통 요인들이 미분자와 세포에 변화를 불러오는 것이다. 세포와 조직, 그리고 기관에 일어나는 변화는 생물의 종에 따라 다른 양상으로 나타날 수 있다. 헤이플릭 박사 역시 그 가능성에 관해 동의한 바 있다. "생물학적 특성에 따라 노령화의 요인은 다양하게 나타날 수 있다."

유전적 프로그램, 유리기의 반응력, 세포의 수명도, 미분자의 특질, 원활치 못한 신진대사 등으로 노화가 진행된다는 이론 외에도 과학의 발달은 다른 몇 가지 요인들을 더 이끌어냈다. 리포푸신을 주요인으로 보는 이론과 호르몬을 주요인으로 보는 연구자들도 있고, 면역체계에 일어난 이상 변화를 눈여겨보는 연구자들도 있다.

'콜라겐(collagen)'이라는 교원질(膠原質)이 서로 엉겨 붙어 영양 공급을 막아버리는 동시에 생체 물질이 활동할 수 있는 공간을 줄여간다는 이론도 있다. 엉겨버린 콜라겐은 DNA를 손상시켜 세포를 죽이고 돌연변이를 일으킨다는 것이다. 생리학적 체계와 해부학적 구조가 세월이 지남에 따라 조금씩 해체되어 체내의 모든 기본 체계에 악영향—위에 설명된 모든 요인을 유발할 만큼—을 미친다는 학설도 있다.

모든 생물체에 해당되는 세포의 사멸 과정은 많은 연구가들로부터 끊임없는 관심을 끌고 있다. 아폽토시스(apoptosis: '~로부터 떨어지다'라는 뜻의 그리스어에서 유래) 과정은 비정상적인 환경에서 강력한 유전자적 반응을 보이는 'myc 유전자'라는 단백질의 움직임으로부터 시작된다. 자양분이 특정 세포군으로부터 제거될 경우, myc 유전자는 25여 분에 걸쳐 세포가 생명으로부터 '떨어지는' 과정을 진행시킨다. 이러한 예정된 죽음은 유기체의 성장에서 대단히 중요한 과정으로, 늙어 불필요해진 세포는 다음 세대에게 자리를 내줘야 한다는 이론이다.

세포의 사멸이 유전자의 지시에 직접적으로 영향을 받는 아폽토시스 과정임을 고려할 때, myc 단백질 등속의 요소가 '사멸 인자(death gene)'의 기능을 할 것이라고 추측하는 연구자들도 있다. 이러한 유전자의 직접 지시에 의한 죽음은 다양한 생리학적, 환경적 요소에 의해 유발되며, 앞서 소개된 여러 노화 요소들 사이에 조화를 부여해줄 수도 있다.

이러한 연구 방법은 myc 단백질과 max 단백질이라는 또 다른 단백 조직의 결합을 보여줌으로써 더욱 공고해질 수 있다. 이 두 가지가 결합될 때 세포는 성장, 분열, 아폽토시스에 의한 자기 사멸의 세가지 일들 가운데 하나를 진행하도록 지시받는다. myc와 max 두 단백질이 어떤 작용으로 이런 진행을 유발시키는지, 그 원인을 확실히 분석해내지는 못했지만, myc가 성장과 자가 분열 외에 세포의 사멸에서 핵심적인 요소인 것만은 확실해졌다. 이러한 연구는 신체의 노화 과정뿐만 아니라 병리학, 특히 암 치료에 큰 도움을 준다.

몇몇 의학자들은 앞서 나열된 것들과는 다른 관점에서 세포의 사멸을 연구하고 있다. 그 내용은, 유전정보의 오류가 신경 체계의 이상을 야기하고, 그 신경 체계가 잘못된 명령을 내려 호르몬 분비에 이상을 일으킴으로써, 그 결과 면역 체계에 이상이 생기거나 혹은 그 반대 과정도 있을 수 있다는 것이다. 모두 다 일리 있고 근거 있는 이론들이다. 그러나 이 모든 이론들과 자료, 그리고 추측들은 결국 한 곳으로 집중된다. 그것은 바로 세포의 노화는 피할 수 없으며, 모든 생명에는 한계가 있다는 사실이다.

그렇다면 죽음을 목전에 둔 노인들이 주로 앓고 있는 질환들은 어떤 것들인가? 지금까지 수백 가지 질환이 의학계에 보고되었으나, 그것들은 몇몇 그룹으로 분류될 수 있다. 노인층의 85퍼센트가량은 다음 7가지 요인에 의해 숨을 거두고 있음이 밝혀졌다. 동맥경화증, 고혈압, 당뇨, 비만, 알츠하이머를 비롯한 여러 종류의 치매와 같은 지력 쇠퇴, 암, 감염에 대한 면역 기능 약화가 그것이다. 물론 이 7가지 질환은 일반 사람들에게도 무서운 적이다. 대형 병원의 진료 통계를 보면 사형선고를 받은 환자들의 병명이 대부분 이 7가지 범주를 벗어나지 못함을 알 수 있다. 이 일곱 악당들이 '추격대'를 구성해 노인 사냥에 나서고 있는 것이다. 중년을 넘긴 사람들 대다수에게 이 추격대는 죽음의 사신이다.

몇십 년 전과 달리 이제 특별한 경우를 제외하고는 시신을 부검하는 일은 없다. 환자가 죽기 전에 이미 정확한 사인이 밝혀질 수 있기 때문에 임상의가 눈으로 확인하는 것으로 부검을 대신한다. 또 요즘의 임상의들은 병리학 연구에도 많은 노력을 기울이기 때문에 과거보다 오진율이 많이 줄어들었다. 오진으로 인한 사망보다는 정확한 병명을 알고서도 그 병을 이겨내지 못해 사망하는 경우가 절대적으로 많아진 것이다. 지난 10여 년 동안 우리 병원의 부검률도 약 20퍼센트 수준으로 감소했는데, 그 전에는 약 40퍼센트를 상회할 정도였다. 요즘 미국전체의 부검률은 13퍼센트 정도로 조사되고 있다.

'검시'가 일상적으로 이루어지던 시절, 나는 보호자로부터 승낙을 얻은 다음 사망자의 시신을 거의 빠짐없이 부검하곤 했었다. 물론 지금도 예전처럼 자주 부검하지는 못하지만, 꼭 필요할 때에는 미처 눈으로 밝혀내지 못한 것들이 없는지 병리학자들과 함께 자세히 살피곤 한다. 레지던트 6년에 개업의 생활 30여 년을 보내며 나는 수많은 시신을 해부해왔다. 나이가 들어 사망한 환자의 시신에서는 공통적으로 넓게 퍼진 동맥경화증과 그로 인한 퇴화 상태가 나타난다. 본래 체조직과 기관 등을 유심히 살피는 해부학자와 외과의들에게는 매번의 메스질로 캐내는 낯익은 노화의 증거물들이 그냥 지나쳐버릴 정도로 평범한 것들일지도 모른다.

하지만 나는 검시 보고서가 몇 주 뒤 날아올 때마다 해부학자들이 집어낸 사실들을 확인하며 새삼스레 놀라곤 한다. 그들과 함께 시신을 해부해놓고도 나는 항상 검시 보고서를 통해 뒤늦게야 내가 맡았던 환자의 죽음을 전체적이고도 정확하게 판단할 수 있었다.

시체 해부 과정에서 나타난 사항들 중에는 죽음과 직접 관계가 없는 것들도 섞여 있다. 그러나 노화 과정에서 나타난 이런 평범한 결과들도, 그것들이 비록 사망의 직접적인 요인은 아닐지라도 사망의 배경 역할을 하고 있는 인자들이다.

최근 나는 예일-뉴헤이번 병원의 동료로부터 부검 자료에 관한 도움을 받은 적이 있었다. G. J. 워커 스미스 박사는 부검실을 맡고 있는 책임자로, 지금으로부터 2백여 년 전 부검학을 창시한 이탈리아의 해부학자 조반니 바티스타 모르가니가 던진 '병이 어디에 있는가?(Ubi est morbus?)라는 질문의 답을 찾기 위해 혼신의 힘을 다하는 부검실 최고의 베테랑이다. 전 세계 대부분의 부검실 벽에는, "여기는 죽음이 기쁜 마음으로 삶에 도움을 주는 곳이다(Hic est locus ubi mors gaudet succurso vitae)"라는 문구가 걸려 있다. 부검실은 이 숭고한 문구 아래에서 병리학자와 마지막 숨을 내쉰 사자(死者)가 한 팀을 이루어 위대한 임무를 수행하는 장소이다.

나의 활동 영역이 수술실이라면 부검실은 워커 스미스의 활동 영역이다. 당시의 어느 날 내가 나이 들어 죽은 환자에 관한 연구 보고서에 관심이 있다고 말하자, 그는 흥미를 보이며 자료를 추적하는 데 많은 도움을 주었다. 우리는 1970년 12월에서 1972년 4월 사이의 16개월 동안, 차례로 사망한 84세 이상의 남자 12명과 여자 11명에 관한 검시 보고서를 집중적으로 살폈다. 이들 23명의 평균 연령은 88세로 최고령자가 95세였다.

동맥경화 증세라든가 중추신경계에 일어난 이상 증세 등의 병리 현상이 다양하게 나타났으나, 그것이 모든 대상에게 공통적으로 나타난다는 점이 매우 인상적이었다. 23명 모두에게 '영양 부족'과 '산소 부족'으로 인한 원기 상실이 공통적으로 드러난 점 역시 인상적이었다. 즉 동맥이 지나치게 좁아져 혈액 공급이 부족해지자 자연히 영양분과 산소 공급이 끊겨, 결국 마지막 원기가 소진될 때까지 녹과 때가 쌓일 수밖에 없었던 것이다. 우리가 '마지막 발작(terminal stroke)'이라든지 심근경색증 혹은 패혈증이라 부르는 것들은, 아직 현대 의학이 명확히 해독하지 못한 생리화학적 요소로 인해 나타난 결과임에 틀림없다. 어쨌든 그러한 증세가 나타나면 환자는 죽음을 향해 한 걸음 더 성큼 다가서게 된다.

심근경색으로 숨을 거둔 80세 노인의 경우, 그 사람의 사인을 단순히 심장질환으로만 볼 수는 없을 것이다. 본인도 모르게 진행된 노화가 근본적인 원인이며, 심근경색은 단지 그 총체적 진행의 일부분으로, 다른 요인보다 두드러지게 나타났기에 주된 사인으로 꼽혔을 뿐이다. 23명 중 7명의 공식적인 사인은 심근경색이었고 4명은 뇌일혈로, 세균 감염으로 죽은 8명 중 3명은 '노인의 영원한 친구'라는 폐렴이 사인이었고, 말기 암 증세로 고통받던 세 사람은 각기 폐렴과 뇌일혈로 세상을 등졌다. 하지만 예상대로 아테로마는 23명 모두의 심장이나 뇌혈관에서 발견되었고, 심장과 뇌 두 곳에서 돌기가 발견되었다. 다만 그들이 사망할 때까지 그 지방 덩어리들이 치료를 받아야 할 만큼 뚜렷한 징후를 내보이지 않았을 뿐이었다.

사망에 직접적인 영향을 끼치지는 않았을지라도 함께 적혀 있는 여러 질환들이 우리의 눈길을 끌었다. 병리학자의 보고서에는 그런 질환들이 '부수적(incidental)'이라고 표기되어 있었다. 세 사람은 각기 폐, 전립선, 가슴 등에 암을 안고 있었고, 여성 2명과 남성 1명은 대동맥 팽창 증세가 있었으며, 동맥류(動脈瘤, aneurysm)라고 불리는 혹을 복부 쪽에 가지고 있었다. 뇌조직검사를 받은 20명 중 7명에서 만성 경색의 징후가 발견되었으나, 그중 한 사람만이 뇌졸중으로 졸도한 병력을 갖고 있었다. 4명은 신장에 동맥경화 증세를 보였고, 여러 명이 요도염을 앓고 있었다. 위암으로 죽은 한 사람의 다리에는 괴저 증세가 있었다.

젊은 사람이라면 충분히 견뎌낼 비교적 가벼운 질환에도 고령자들은 무릎을 꿇고 만다. 연구 대상이었던 사망자들 중 1명은 탈장으로, 세균 감염으로 사망한 2명 중 1명은 담낭 수술에 따른 감염으로, 나머지 1명은 소화성 궤양과 게실(憩室: 방광·식도·장 따위의 관상管(狀)인 장기 벽의 일부가 밖으로 나와 주머니 모양으로 확장된 곳. 음식물이 이곳에 괴는 경우가 있다) 파열로 인한 합병증으로 사망했다. 동맥경화증은 특히 85세 이상 노인층의 주된 사인인 감염을 촉진한다. 그 외에도 십이지장궤양과 골반 골절로 인한 출혈로 사망한 사람도 각각 1명씩 있었다. 이들의 차트를 자세히 살펴볼 때, 7명 정도는 50대 중반에만 수술을 받았어도 살아남을 수 있었을 것으로 생각된다.

워커 스미스가 내놓은 23명 중 단 두 사람만이 뇌조직의 손상 없이 사망한 것으로 나타났다. 그 둘 중 한 사람은 뇌와 심장 쪽에 나타난 동맥경화 증세를 어느 정도 이겨낸 것으로 보고되었다. 그는 89세에 사망했는데, 관상동맥 내의 경화도는 혈행에 큰 영향을 주지 않을 정도로 미약해서 검시관의 보고서에는, "연령에 비해 대뇌의 기능 저하가 적다"라는 문구가 있었다. 대신 신장에 경화가 나타나, 장박테리아가 요도관을 위협하는 신우신염 외에도 좌우신장 모두 여과 장치 및 미세 혈관이 상흔을 남긴 채 파괴되어 있었다. 하지만 그가 숨을 거두게 된 결정적인 이유는 만성 신장질환에 있지 않았다. 그 역시 다른 조사 대상자들과 마찬가지로, 7가지 주요 사인들 중의 하나인 폐렴에 의한 합병증세와 골수종에 굴복하고 말았다.

대뇌의 노쇠 현상이 미약했던 두 사람 중 한 사람은, 전 예일대 학감이자 라틴어학과 교수인 87세의 환자였다. 그는 생전에 특별히 심장질환을 진단받은 적도 없었고, 항상 기운차고 건강해 보였다. 하지만 그는 부검 후, "관상동맥의 심한 경화증에 대뇌 혈관이 미세한 영향을 받았음"이라는 검진 결과와 함께 심근경색증 환자였음이 판명되었다. '파이프 줄기(pipe-stem)'로 묘사된 관상동맥의 한 줄기는 완전히 폐색되어 있었다. 심장은 노쇠로 인해 갈색으로 변색되었고, 신장 역시 노색을 띠었다. 어느 12월의 추운 겨울밤, 교수는 심한 복통으로 인해 잠에서 깨어났다고 한다. 병원 응급실로 실려간 그는 소화성 궤양으로 인한 천공(穿孔)이라는 진단을 받았다. 결국 그는 면역성 저하와 쇠약한 심장 기능으로 인해 잇따라 일어난 복막염을 견뎌내지 못했고, 결국 입원한 지 4일 만에 부검실로 옮겨졌다. 그의 뇌는 나이에 비해 상대적으로 건강했으나 다른 조직이 위협받고 있는 상황에서는 생명의 연장에 아무런 도움도 되지 못했다.

23명의 검시 자료를 통해, 나는 평소의 생각을 다시 한 번 확인할 수 있었다. 신체가 단번에 급작스럽게 생화학적인 무정부 상태에 돌입했든, 아니면 유전인자들이 오케스트라처럼 조화를 이루며 서서히 죽음을 향해 나아갔든, 우리는 결국 노령 때문에 죽는다. 우리의 몸속에는 세월의 흐름에 따라 서서히 마모되어 결국은 함몰되도록 짜여진 프로그램이 들어 있기 때문이다. 그러므로 고령자들이 눈을 감게 되는 것은 죽음에 굴복하는 것이 아니라, 영원으로 이어진 각자의 길을 찾아가는 것이다.

노인들의 주된 사인이 7가지 정도로 국한된다는 사실과, 또 그 질환들이 서로 긴밀하게 연계되어 있다는 사실을 놓고 볼 때 참으로 궁금한 점은, 한 가지 질환이 나타날 때 어떻게 다른 질환들이 따라오는가 하는 것이다. 그건 각각의 질환들이 공통 요소를 지니고 있기 때문일까? 그래서 우리가 나이를 먹을수록 그 공통 요소가 점차 활기를 띠게 되는 것일까? 이러한 추론은 '노화'를 논하고 있는 여러 이론들을 통합한 것이다. 그 다양한 이론들 중 하나는 인간의 성장 과정이 시상하부(뇌의 안쪽에 위치한 부분으로 호르몬 분비를 조절한다)가 이루어내는 신진대사의 결과라고 주장한다. 바로 이 메커니즘이 우리의 생이 시작되는 순간부터 작동, 신체로 하여금 외부 환경에 적응할 수 있도록 만드는데, 이러한 외부 환경에 대한 적응이 '발달', '성장', '노쇠'의 형태로 나타난다는 것이다. 만일 이 주장이 사실이라면 노인들에게 일어나는 각종 질환은 체조직이 내외적으로 일어나는 환경의 변화에 적응하기 위해 치른 산물이라고 할 수 있다.

인간이 태어나서 죽음에 이르는 순간까지의 모든 과정이 하나의 마스터플랜에 의해 지휘 감독된다는 이론은, 토머스 브라운의 수상록 뒷부분에 있는 문구를 그대로 반영한다. 19세기의 유명한 사학자 A. 팰그레이브 경의 『상인과 수도사』라는 책으로부터 인용된 그 문구는 다음과 같다. "섬유질이 형성되고 모든 기관에 생명이 부어지는 순간에 나타난 최초의 맥박 그 자체가 죽음의 근원이다. 신체 조직들이 채 형성되기도 전에 이미 그 조직들이 들어가 묻힐 무덤이 마련되는 것이다." 죽음은 생의 첫 출발과 함께 시작된다는 말이다.

　이러한 이론은 우리 인생에서 대단한 의미를 지닌다. 인생을 살아가며 내려야 할 중요한 결정들에 지대한 영향을 미칠 것이기 때문이다. 예를 들어 인생을 살 만큼 산 노인 환자의 경우, 설사 암의 진행 속도를 늦추고 어느 정도 치유될 가능성이 있다고 하더라도 과연 죽음보다 더 고통스러울지도 모르는 화학요법과 수술을 받아야만 할 것인가? 또 대뇌혈관의 경화로 내년이면 거의 죽을 수밖에 없는 환자가 그 고통스러운 치료를 받아야만 할 것인가? 대뇌혈관 경화증은 암이 진행됨에 따라 일어난 면역성 감소의 결과이기 때문에 완치의 가능성은 거의 없다고 해도 과언이 아닐 것이다.

　노쇠 과정에서 일어나는 다양한 증상들은 각기 다른 속도로 진행된다. 따라서 생의 마지막 순간이 언제가 되리라는 것을 정확하게 짚어내기가 쉽지 않다. 혈압치나 심장 상태 등에 따라 적절한 치료를 하면 기대보다 더 오래 생을 누릴 수도 있다. 그렇기 때문에 현명한 의사들은 노인 환자들을 진료하고 임상적 결정을 내릴 때, 주어진 상황과 조건을 최대한 이용해 최선의 결과를 얻어내려고 한다. 이는 현명한 환자에게도 해당되는 얘기다.

　체조직이 마모되든, 프로그램된 유전인자에 의해 진행되든 모든 생명에는 한계점이 있고, 각 생물의 종(種)은 각각 정해진 수명을 부여받았다. 인간에게 그 기간은 대략 100~110년이다. 즉 우리 인간에게 내려진 질환을 모두 다 정복하거나 예방할 수 있다고 해도, 결국 어느 누구도 1세기나 그 이상을 살 수는 없다는 결론이 나온다. "우리의 연수가 칠십이요"라고 노래한 구약성서 「시편」의 성가보다, "아이들은 백 살이 되는 해에 죽을 것이요"라고 천명한 이사야는, 좀더 나은 예언자였거나 인생에 대해 좀더 뛰어난 관찰자가 아니었나 싶다. 이사야는 질병과 유아 사망이 없는 새 예루살렘을, "거기는 날수가 많지 못하여 죽는 어린이와 수한이 차지 못한 노인이 다시는 없을 것이다"라고 노래했다. 우리가 이사야의 예언을 따라 매카티 같은 경우를 당하지 않고 가난을 타파해가며 이웃을 사랑할 수 있다면, 바로 그것이 선지자가 준비해둔 세계로 가까이 다가가는 길이 아니겠는가? 사실 의학의 발달과 향상된 생활 여건으로 우리는 과거보다 훨씬 더 그 길목에 가까이 다가서 있다. 서구 사회는 1백 년 전에 비해 아이들의 평균 수명을 두 배 이상으로 끌어올렸다. 이는 죽음의 양상을 바꿔놓은 결과이다. 현대의 인구 통계표를 볼 때, 우리 중 대다수는 적어도 노령화의 첫 관문에 들어와 있다고 할 수 있다. 이것은 우리 대부분이 노령화의 과정에 들어 있는 질환 중의 한 가지로 인해, 죽음 앞에 다가서 있다는 말이다.

　생의학의 발달이 인류의 '평균 수명'을 크게 끌어올렸다고는 하지만, 대다수의 사람들은 기록될 만한 수명을 누리지 못한 채 숨을 거둔다. 과학 문명이 발달된 국가에서도 100세 이상의 고령자는 1만 명당 1명 정도밖에 나오지 않는다. 세계 최고의 고령자라며 여러 사람들이 보고된 바 있으나 확실히 공인된 경우는 114세가 최고였다. 이 기록은 다른 국가에 비해 고령자들이 많이 사는 일본에서 나온 기록으로, 이 나라 국민의 평균 수명은 남자가 76.2세, 여자가 82.5세이다. 이에 비해 미국 백인의 평균 수명은 남녀 각각 71.6세, 78.6세로 나타난다.

모든 생물체가 종별로 제한된 삶을 부여받고 있다는 이론은 명백한 여러 증거를 갖고 있다. 그중 한 가지를 예로 든다면, 각 동물 그룹들의 수명에서의 변이성과 그것들이 각 종별로 나타나는 최고 수명이 맞아떨어진다는 점이다. 어떤 종류의 동물이든 자손의 수에 평균치가 있다는 점 또한 간과할 수 없다. 이 사실은 각 종별로 지닌 최고 수명과 역으로 연관될 수 있다. 즉 만물의 영장이라는 인간을 예로 들 때, 다른 동물과 달리 임신 기간도 길고 개체가 생물학적으로 완전히 독립할 수 있을 때까지 걸리는 시간도 길다. 그 까닭은 종이 완전히 존속할 수 있을 만큼의 충분한 시간이 필요하기 때문이다. 바로 그 시간이 현재 우리가 누리고 있는 수명이며, 인간은 포유류 중에서 가장 긴 수명을 누린다.

노화의 과정이 각자의 습관을 변화시키는 정도로도 지연될 수 있다면, 우리는 왜 굳이 그 가능성을 무시한 채 지금껏 헛된 삶을 살고 있는 것일까? 자연의 변함없는 패턴에 우리 자신을 맞출 수는 없는 것일까? 과거 몇십 년 동안 우리의 신체가 해부되고 이전 세대들이 상상도 할 수 없을 만큼 평균 수명이 길어졌음에도, 인간은 여전히 삶을 연장시킬 궁리를 하고 있다. 고대 이집트 사람들처럼―3,500여 년 전의 파피루스에는 회춘하는 방법이 적혀 있다―삶의 길이를 연장시키려는 노력들은 예나 지금이나 달라진 것이 없다.

심지어 과학의 여명이 밝아오기 시작하던 17세기 초, 그 시대를 대표하는 의학자로 이름을 날렸던 헤르만 부르하베(Hermann Boerhaave)조차도, 나이 든 환자에게 "젊음과 건강을 되찾아준다"는 명제 아래 다비드 왕이 헛되이 시도했던 것과 똑같이, 어린 처녀 둘을 양쪽에 끼고 자라는 권유를 했다고 한다. 회춘을 위해 모유를 먹고 주스를 갈아마시던 시대를 거쳐, 이제 우리는 비타민 세대라고 불릴 만큼 영양제 홍수에 밀려들어와 있다. 그러나 그로 인해 아직 생을 연장받은 사람은 아무도 없다. 최근에 성장 호르몬이 근육질과 골격을 회복시킨다는 발표가 몇몇 연구진에 의해 나온 바 있는데, 그래서 어떤 이들은 성장 호르몬을 이용하면 젊어질 수 있다고 주장하기도 한다. '유전자 치료법'이라 해서 DNA를 자르고 덧붙여 삶을 연장할 수 있다는 이론이 최근 논쟁의 초점이 되었다. 사실 '생의 젊음'을 찾거나 수명을 연장시키려는 사람들은 우리 주변에 수없이 많다.

그러나 이러한 노력은 모두 부질없는 짓으로, 결국 우리의 품위만 떨어뜨릴 뿐이다. 결코 명예로운 일은 될 수 없는 것이다. 인간은 한 번 태어난 이상 반드시 죽는다. 아니 죽음으로써 새로이 교체되어야만 한다. 죽음의 손을 뿌리칠 수 있다는 환상은 인류 발전의 영속성과는 양립할 수 없다. 더 정확히 표현해서 우리의 영생이 우리 자녀들의 권익과 양립할 수 없다는 얘기다. 테니슨도 이런 면에선 뜻을 분명히 했다. "나이 든 사람은 죽어야 한다. 그렇지 않을 경우 세상에는 곰팡이만이 자라나고 과거만이 되풀이될 것이다."

젊은이의 눈을 통해 모든 것들은 끊임없이 새로워질 수 있고, 이미 지나가버린 것을 배우고 이해함으로써 재발견이 이루어질 수 있다. 그때서야 비로소 그들은 우리들이 지나갔던 수렁에 빠지지 않게 된다. 새 세대들은 스스로를 개선하기를 열망하고, 바로 그 과정에서 인류를 위해 크나큰 공헌을 할 수 있게 되는 것이다. 무릇 모든 살아 있는 생물이 때가 되어 죽음으로써 생의 무대를 다음 세대들에게 물려주는 것은 자연의 섭리이다. 노령은 새로운 출발을 위한 준비요, 이 세상을 자손들을 위해 더욱 아름답게 장식해주는 삶으로부터의 부드러운 탈출 과정인 것이다.

나이가 많아도 얼마든지 진취적이고 가치 있는 삶을 살 수 있다. 그러한 삶을 폄하하고 싶은 생각은 추호도 없다. 미리부터 늙었다고 해서 아예 뒷전으로 물러나 앉으라는 얘기는 더더욱 아니다. 영과 육의 활달한 운동은 살아 있는 순간 순간을 강화시켜줄 수 있고, 나이보다 더 늙게 마음과 육체를 변화시키는 '이탈'로부터 우리 자신을 보호해줄 수 있다. 우리가 인간답기 위해서는 생물학적으로나 정신적으로나 반드시 필요한 요소들이 있다. 문제는 그러한 구성 요소들을 부정하고 물리치려는 헛된 시도이다. 죽음에 대한 불필요한 저항으로 사랑하는 사람들과 자신의 가슴을 해쳐선 안 된다.

생에 정해진 한계점이 있다는 사실을 담담히 받아들일 때 비로소 인생은 균형 있는 조화를 이룰 수 있다. 모든 즐거움과 성취감, 그리고 고통까지도 받아들일 수 있는 인생의 틀이 완성되는 것이다. 자연이 내린 한계를 억지로 뛰어넘으려는 사람은 자기 인생의 틀을 잃어버리게 된다. 그러면 자신보다 나이 어린 사람들과의 정상적인 교감과 교제 감각을 잃어버리고, 젊은이들의 자원과 진취적 기상을 침범해 그들로부터 원망만을 듣게 된다. 인생을 살아가는 중 스스로 보람 있고 남들로부터 칭송받을 수 있는 일을 할 시간은 사실 별로 길지 않다. 이 사실을 받아들이면, 어떤 일을 하더라도 결코 소홀히 할 수는 없을 것이다. 어떤 시인이 수줍어하는 정부(情婦)에게, "시간이 없어요! 시간이 마차를 탄 채 가까이 달려오고 있어요"라고 노래했듯 우리 가까이에 다가와 있는 죽음을 직시할 때, 세상은 한층 더 빠르게 진보될 수 있고 시간은 더없이 소중한 것으로 여겨질 것이다.

우리가 '수필'이라고 부르는 문학 장르는 16세기 프랑스의 철학자 몽테뉴가 처음으로 소개한 양식이다. 몽테뉴는 인간을 완전히 발가벗긴 채 직시하고 회의론적인 방식으로 인간의 자기기만을 고찰한 사상가로도 유명하다. 인간 이성의 오류와 지식의 상대성을 강조하고 예지에 찬 인생철학을 설파한 그는, 59세에 여러 가지 모습으로 다가오는 죽음을 자연스럽게 받아들여야 한다는 글을 남겼다. "그대의 죽음은 우주 질서의 한 부분이고, 세상 삶의 일부분으로, 창조의 근원을 이룬다." 그는 또 『철학 연구는 죽는 것을 배우는 것이다』라는 제목의 에세이집을 통해, "타인이 그대에게 자리를 내준 것처럼 그대 역시 타인에게 자리를 내주라"는 교훈을 준다.

　몽테뉴는, 불확실성과 격정이 난무하는 시대 속에서 평생을 사색하며 살아온 사람이라면, 예고 없이 찾아올 무엇인가를 항상 대비해둔 것처럼 죽음 역시 쉽게 받아들일 수 있을 것이라고 믿었다. 곧 죽음이 다가올 것이라는 생각을 항상 마음속에 지니고 있으면 매사에 더욱 부지런하고 뜻있는 삶을 영위할 수 있을 것이다. 또 그래야만 '조용하고 침착하게' 죽음을 견딜 수 있다는 것이 그가 펼치는 죽음론이었다. "삶의 가치는 그 길이에 있지 않고 그 순간순간을 얼마나 알차게 유용했느냐에 있다. 아무리 오래 살았다고 해도, 내용과 결과에 따라 실제로는 얼마 살지 못했을 수도 있다"라고 한 그의 철학 사상을 통해, 우리는 바른 삶과 죽음의 의미를 다시 한 번 정립할 수 있을 것이다.

5
알츠하이머

모든 질환은 원인 및 증세로 기술될 수 있다. 환자가 호소하는 이상 증세와 검진을 통해 알게 된 신체적 증상은 세포, 조직, 기관상에 나타나는 특징적 병리 현상이요, 생화학적 과정 중에 일어난 일종의 무질서이다. 일단 근본적인 이상 증세가 확인되면, 그 질환들은 의료진의 정확한 검진하에 하나둘씩 베일을 벗게 된다. 의료진들은 드러난 이상 증세를 단서로 하여 원인을 찾아내는 데 전력투구한다.

예를 들어, 심근에 양분을 공급하는 동맥에 경화가 나타나면 협심증과 경색을 유발하고, 인슐린의 공급 과잉을 유도하는 종양은 뇌조직으로 가는 영양분을 차단해 혼수상태로 이끌며, 혈당량을 급격히 감소시킨다. 척추 내의 운동 신경에 침입한 병원체는 근육 마비를 일으키고, 내장에 구멍이 뚫리면 수술 후에도 상처 주변에 뒤틀림이 있고, 결과적으로 복부 팽만, 구토, 탈수, 혈액의 화학적 불균형까지 초래해 심근경색으로 이어질 수 있다. 탈장은 복부에 고름을 가득 채우는데, 뒤따르는 복막염은 고열과 패혈증 그리고 졸도를 유발하는 박테리아를 혈류 속으로 끌어들이게 된다. 그 밖에도 원인과 결과가 한 고리로 된 예는 몇 권의 두꺼운 의대 교재를 써낼 만큼 다양하다.

의사를 찾아오는 환자는 대부분 한두 가지 이상의 증세를 호소하는데—협심증, 혼수상태, 다리 마비, 구토 증세, 복부 팽만, 고열을 동반한 하복부 통증 등등—그때부터 본격적인 검진이 시작된다. 의사가 병리생리학(Pathophysiology) 용어를 사용하며 임상시험을 통해 일련의 신체적 징후를 주의 깊게 관찰해나가기 시작하는 것이다.

병리생리학은 질환을 풀어낼 수 있는 열쇠다. 이 용어는 주로 철학과 시학(詩學)의 합성어로, '철학적인 사고와 시적 감각'이란 뜻을 지닌 그리스어 'Physiologia(자연성에 관한 것을 캐낸다)'에 어원을 두고 있다. '고통받다' 혹은 '질병'이라는 뜻을 가진 'Pathos'는 접두어로서 'Physiologia' 앞에 붙어 병의 속성과 고통의 종류를 캐내는 의사의 탐문 과정을 암시하고 있다.

질병의 요인이 생화학적인 것인지 자연 발생적인 것인지, 세균 때문인지 호르몬 분비 때문인지, 생화학적인 것인지 기계적인 것인지, 유전인자 탓인지 아니면 환경 때문인지, 악성인지 양성인지, 선천적인지 후천적인지 등등, 궁극적인 결과를 캐낼 때까지 의사는 병의 요인을 순차적으로 찾아간다. 이러한 탐문 수사는 범인이 체내에 남긴 뚜렷한 단서를 근거로 진행된다. 일단 범죄 현장과 정확한 내용이 파악되면 악의 고통으로부터 환자를 구해내기 위한 치료 작전이 다각도로 개시된다.

그런 의미에서 의사들은 모두 다 병리생리학자요, 징후를 따라다니며 병인을 찾아내려는 수사관이라고 할 수 있다. 너무도 당연한 얘기지만, 일단 수사가 완결되어야 적합한 치료법이 따를 수 있다. 치료 목적이 병인을 제거하는 데 있든—약품이나 엑스레이로 그 요인을 파괴시키거나 해독제를 이용해 상쇄시키는 등—아니면 체조직이 스스로를 방어해낼 수 있도록 병인을 단순히 붙잡아두는 것에 있든, 모든 작전은 환자가 그 병인을 제압해낼 수 있도록 구성되어야 한다. 죽음으로부터 환자를 구해내기 위해 일단 환자와 함께 연합군으로 전쟁에 참가한 이상, 그 의사는 병인과 징후를 잘 이용해 가장 효과적인 무기를 선택해야 한다.

지난 세기 동안 이루어진 생의학 연구는, 대다수 질환에 드리워져 있던 베일을 하나씩 차례로 벗겨내, 병인 자체를 없애버리거나 예방하지는 못해도 효율적인 치료만큼은 가능하게 했다. 그러나 아직도 병인과 징후의 관계가 분명하지 않은 질환들이 있는데, 그중 몇 가지는 현대 사회에서조차 천벌로 여겨진다. '알츠하이머 타입 노인성 치매'라고 불리는 질환도 그중 하나이다. 이 질환이 1907년 의학계에 최초로 정식 보고된 이래 많은 의학자들이 다방면으로 연구하고 있다.

알츠하이머 타입 노인성 치매의 기본적 병인은, 점진적인 노쇠와 소위 뇌의 '고기능(高機能)'이라고 부르는 기억력, 학습력, 판단력 등을 담당하는 뇌조직 내의 신경세포 수가 감소하는 데 있다. 환자의 치매형태와 강도는 타격을 입은 세포의 수와 위치에 따라 좌우된다. 신경세포의 감소는 그 자체만으로도 기억력 감퇴와 지각 상실을 가져오며, 그 외 신경 전달에 관여하는 화합물인 '아세틸콜린(acethylcholine)의 감소를 유도하는 것으로 알려져 있다.

위에 설명한 것들은 지금까지 알츠하이머 질환에 대해 널리 알려진 사항들로, 환자에게 나타나는 특정 증세들과 구조적이고 화학적인 발견물들을 직접 연관시키기에는 너무나 부족하다. 비밀에 묻혀있는 생리적 병인들이 너무나 많아, 의료진들의 치료 방향이 분산되거나 아예 엉뚱한 곳에 맞춰지기도 한다.

알츠하이머 질환으로 환자가 죽어가는 과정을 묘사함에, 이러한 '병인' 때문에 그러한 '결과'가 나타난다는 식의 서술은 불가능하다. 그렇기 때문에 듣는 사람들로 하여금 혼돈에 빠지게 하고 이해하기도 힘들게 만든다. 그래도 몇 가지 정도는 거론할 만한 사항이 있어 소개하려 한다. 그것은, 뇌조직에 일어나는 기본적 병리와 병인을 밝혀내려는 의료진들의 연구 방법과 알츠하이머 환자들의 주변에서 고통받고 있는 가족들의 심적 상태, 그리고 이 질환에 시달리는 환자의 내 외부적 변화와 죽음에 이르기까지의 과정이다.

"결혼 50주년 기념일을 바로 열흘 앞둔 그날, 모든 것이 무너져버리고 말았어." 알츠하이머 질환의 마지막 단계로 6년째 접어들어가던 남편을 두고 재닛 위트닝은 과거를 회상했다. 재닛과 남편 필은 내가 어린 시절부터 오랫동안 알고 지내던 사람들이다. 우리 가족이 그들의 아파트를 처음 방문했던 1930년, 스물두 살인 필과 스무 살의 재닛은 아주 매력적인 신혼부부였다. 사십 줄에 들어 평범하게 보일 수밖에 없던 우리 이민 부모들에 비해 위트닝 부부는 마치 영화배우처럼 화려해 보였고, 눈부시도록 깨끗하게 꾸민 아파트에서 아무 하는 일도 없이 그저 재미나게 숨바꼭질이나 하고 있을, 그런 어린애 짝꿍처럼 보였다.

그 이유는 재닛과 필의 서로에 대한 사랑과 정열을 의심해서라기보다는 마치 소꿉동무처럼 즐겁게 노는 어린 커플이 과연 어른처럼 결혼생활을 할 수 있을까 하는 의구심 때문이었을 것이다. 내가 보기에 그들도 그런 의구심을 풀어보려고 애쓰는 것 같았다. 보통 부부들과는 달리, 그들의 애정은 유별난 데가 있었다. 마치 서로에게 완전히 미쳐버린 듯, 위트닝 부부의 애정과 그 표현 방법은 뭔가 특별했다.

그들의 열정적인 사랑은 이후에도 별반 달라지지 않았다. 내 나이가 남녀 간에 존재하는 감정을 이해할 수 있을 정도가 되자, 나는 그들의 결혼생활 중에 끊임없이 커가는 부부 간의 부드러운 시선을 볼 수 있었다. 그들의 공공연한 애정 표현도 줄지 않았다. 세월이 흘러 부동산 사업으로 성공을 거둔 필은 브롱크스 아파트를 떠나 세 아이들과 아내를 데리고 코네티컷의 웨스트포트에 있는 아름다운 저택으로 보금자리를 옮겼다. 아이들이 성장한 후 재닛과 필은 스타포드의 호화 콘도로 이사했다. 주당 64시간 일하던 직장을 완전히 은퇴할 무렵, 필은 사랑스런 아내와 성공한 아이들, 남부러울 것 없는 재산 등 밝은 미래를 손 안에 쥔 채 행복한 나날을 보내고 있는 모범 가장처럼 보였다.

23년간 위트닝 부부와 연락이 두절되긴 했으나, 1978년 나는 뉴헤이번의 집 가까이에 있는 그들의 콘도를 찾은 일이 있었다. 그들과 저녁을 함께 하면서, 나는 사소한 대화와 눈길에도 변함없는 존경과 애정을 표현하는 그들의 숭고한 사랑에 일종의 경외감을 느꼈다. 그들의 사랑은 신혼에 나누었던 열정보다 더 성숙해져 있었고, 모든 생활에는 희망과 애정이 가득 차 있었다. 은퇴 후 시작한 파트타임 일까지 완전히 끝내야 했을 무렵, 필은 아내 재닛과 함께 마지막 보금자리를 플로리다의 델레이 해안가로 잡았고, 결국 나와 내 아내는 섭섭한 마음으로 소중한 두 친구를 떠나보내야 했다. 당시까지만 해도 우리는 필의 신상에 일어나고 있는 조그마한 이상 징후를 전혀 눈치채지 못했었다.

플로리다로 가기 전, 업무 서류를 처리하는 데만 온 정신을 쏟고 있던 필은 오래전부터 책을 읽지 않았다고 한다. 남편의 병명이 알츠하이머 질환이라는 진단을 듣고 나서야 비로소 재닛은 과거에 필이 보였던 몇 가지 이상 증세를 더듬어 기억해냈다. 좀처럼 화를 밖으로 드러내지 않는 성격이었던 필은 재닛이 일을 보기 위해 혼자 외출 준비를 할 때마다, "난 혼자 집이나 지키려고 은퇴한 게 아냐!"라며 투덜대는 등 자주 화를 냈고, 스타트포드에 살던 때에는 폭발적으로 분을 터뜨리기도 했다고 한다. 말꼬리까지 물며 딸 낸시를 공연히 비난하기도 해서, 그녀는 매번 눈물을 뿌리며 돌아가곤 했다고 한다.

플로리다로 옮긴 뒤에는 설명하기 곤란한 일들이 혼돈 상태에서 더 자주 일어났는데, 그럴 때마다 필은 마치 다른 사람의 실수인 양 분노와 불신감을 감추지 않았다. 예를 들어, 단골 이발소를 두고 다른 곳을 잘못 찾아간 필은, 죄 없는 이발사한테 분명히 단골 이발사에게 해두었을 예약 날짜를 운운하며 호통을 쳤다. 또 어떨 땐 주유소에서 어떤 사람이 연료 주입구에 손을 댔다는 이유로 그에게 주먹을 휘두르기도 했다. 필은 평소 아무리 화가 나도 폭언을 하거나 폭력을 휘두른 일이 한 번도 없던 사람이었다. 그런 그가 너무도 이해하기 힘들고 어처구니없는 일들을 하고 다녔던 것이다.

은퇴 후, 그것도 평범한 은퇴가 아니라 훌륭한 일과 직장에서 물러나야 했기에 생기는 실망감과 분노이겠거니 하고 가볍게 여겼던 재닛의 생각은 점차 무너져갔다. 어느 날 저녁, 재닛은 몇 년 동안 만나지 못했던 친구 루스와 헨리 워너 부부를 식사에 초대했다고 한다. 필은 결혼 이래 내내 아내의 음식 솜씨를 칭찬하는 노련한 주빈으로서, 포도주에 관한 해박한 지식으로 손님들의 미각을 돋우곤 했었다. 청년 시절부터 약간 통통한 체격이어서 멜빵을 즐겨 착용하던 필의 통통한 배와 둥근 얼굴에서 풍겨나오는 미소는 상대의 마음까지도 훈훈하게 녹여주는 매력 덩어리였다. 누구나 쉽게 친숙해질 수 있는 느긋한 성격으로, 필은 항시 주변의 분위기를 편안하게 주도했고, 초대를 하든 초대를 받든 간에 손님들을 최고로 환대하려는 마음 넉넉한 여인숙 주인처럼 행동하곤 했다.

그날 저녁의 분위기도 평소와 다름없이 화기애애했다. 재닛의 요리는 맛깔스러웠고, 필이 선택한 포도주는 최고급이었다. 음식과 술이 어우러지는 가운데 정다운 대화가 오고 간 그날 저녁 모임은 위트닝 특유의 전형적인 만찬이었다. 우정을 새삼스레 확인한 워너 부부는 너무나 만족해서 한참 동안 뜨거운 악수와 포옹을 나눈 후 돌아갔다.

문제는 다음 날 아침에 일어났다. 필이 전날 밤의 일을 하나도 기억해내지 못했던 것이다. 재닛이 자세히 설명했음에도 필은 워너 부부와 나눈 이야기는 물론, 그들이 왔었다는 사실조차 떠올리지 못했다. "그때 얼마나 놀랐는지……." 재닛은 그 순간을 정확히 기억하고 있었다. 그날 아침 이후 며칠 동안은 별다른 일이 없어, 재닛은 "하긴 나도 중요한 걸 잊어버릴 때가 자주 있는데, 어쩌면 그이도 나중에 기억해낼지 모르지" 하는 안일한 마음으로 그동안 자주 나타났던 남편의 이상한 행동을 더 이상 의심하지 않았다. 나이가 들어 기억력이 갑자기 감퇴된 것이겠지 하며, 재닛은 가슴 깊은 곳 으로 파고드는 두려움을 애써 물리치려 했다.

그러나 그로부터 몇 주일 뒤, 재닛이 자신을 위로하기 위해 만든 방어벽은 눈앞에서 벌어진 '일대 사건'으로 인해 일시에 무너져내리고 말았다. 오후에 잠깐 외출하고 돌아온 재닛에게 느닷없이 다른 사내를 만나고 왔다며 펄펄 뛰는 필의 어처구니없는 모습에, 재닛은 온몸에서 힘이 빠져나가는 것을 느꼈다. 더욱 어이없는 것은 그가 주장하는 '다른 사내'의 정체였다. 그 남자가 바로 이미 수년 전 세상을 떠나버린 필의 사촌 월터라는 것이었다. "그때만 해도 알츠하이머 질환이 뭔지 알기나 했나요, 어디? 그저 무섭고 떨리기만 했죠. 뭔가 무서운 일이 필한테 일어난 것만은 분명한데, 그걸 어떻게 설명하고 처리해야 될지 도무지 모르겠더라고요."

논박의 여지가 없는 물증이 그토록 많이 나타났지만, 재닛은 여전히 의학적인 검증을 주저했다. 필의 격분이 차츰 식을 것이라고, 아니면 그의 비정상적인 언행이 그쯤에서 끝날 것이라고 믿으면서. 그녀는 시간이 지나면 필이 전처럼 깨끗한 정신 상태로 돌아갈 것이라는 희망을 지녔음이 분명했다. 치매 환자를 처음 대하게 된 가족으로서는 당연한 반응이었으리라. 더군다나 그 이상한 언행이라는 것도 매번 짧게 끝났고, 그때마다 필은 그 일들을 기억해내지 못했다. 얼굴의 혈관이 터질만큼 격분했다가도 그 순간만 지나면 자신이 무슨 소리를 해댔는지, 무슨 행동을 했는지 도무지 기억하질 못했다. 재닛은 셀 수 없을 만큼 스스로에게 거짓말을 했다고 한다. 끝없이 밀려드는 불안감과 공포를 물리치려고, 세상이 끝나버릴 것 같은 의학적 진단을 조금이라도 더 늦게 받아들이려고 재닛은 자신을 수없이 속여야만 했던 것이다.

필의 정신이 무너져내리고 있다는 명백한 증거 앞에서도 그녀는 계속 혼자만의 고통을 참아내려고 했다. 하지만 시간이 지날수록 필의 상태는 더 나빠졌다. 나중에는 한밤중에 자주 깨어나 옆에서 자고 있던 재닛에게 침대 밖으로 나가라며 고함치기 시작했다. "도대체 여기서 뭣하고 있는 거야? 언제부터 누이동생이 오빠와 함께 잠자리를 하게 됐냐고?" 매번 필이 소리를 지를 때마다 재닛은 인내심을 보이면서 그의 분노가 가라앉을 때까지 남은 밤을 거실 소파에서 보내곤 했다. 아내를 침대 밖으로 쫓아낸 뒤 필은 침대를 독차지하고선 곧바로 평화롭게 잠이 들었고, 이튿날이면 아무 일도 없었던 것처럼 맑은 정신으로 자리에서 일어났다.

더 이상 버틸 수 없다고 결심한 재닛은 워너 부부와의 저녁 모임이 있은 지 2년이 흐른 어느 날, 적당한 핑계를 만들어 필과 함께 병원을 찾아갔다. 그동안 있었던 자세한 상황을 듣고, 필을 검진해본 의사는 필의 병명을 알아냈다. 재닛은 처음과는 달리 알츠하이머 질환에 대해 조금은 알고 있었지만, 의사의 입을 통해 직접 확인하게 되자 밀려드는 절망감과 충격은 너무도 컸다. 그녀는 의사와 의논한 끝에 필에게는 그 사실을 말하지 않기로 했다. 말해준다고 하더라도 별반 달라질 것은 없을 것이며, 이미 증세가 심각했기 때문에 그 애기를 듣는다고 해도 곧바로 잊어버릴 것이기 때문이다.

재닛이 필에게 그의 병명을 알려준 것은 그로부터 몇 달 후의 일이었다. 비정상적인 언행이 점차 잦아지고 기억력도 더욱 감퇴해감에 따라 재닛도 가끔씩 본의 아니게 분통을 터뜨렸다. 그러나 이내 후회가 잇따랐다. 그토록 사랑하는 남편, 그도 정상이 아닌 사람에게 분노와 혀채찍을 휘둘렀던 자신이 부끄러웠다. 언젠가는 하도 참기 어려워 필에게 소리를 버럭 지르기도 했다. "당신 지금 어떤 상태인 줄이나 알아요? 알츠하이머라는 걸 아냐고요?" 그때를 회상하며 그녀는, "그 말을 내뱉은 다음 얼마나 후회했는지 몰라요. 나 자신이 그렇게 미울 수가 없었어요"라고 말했다. 그러나 후회와 자책은 스스로의 일일 뿐 필은 아무것도, 자신의 병세조차도 의식하지 못했을 것이다. 오랜만에 잠시 만나는 친척이나 친지들에게 필 휘트닝은 여전히 마음씨 좋은 멋쟁이 노인으로만 비쳐졌고, 그 역시 자신을 그렇게 여기고 있었다.

재닛은 자신과 똑같은 고통을 겪고 있는 사람들이 하듯, 할 수 있는 한 힘껏 필을 돌보기로 작정하고, 알츠하이머 질환자들의 정신 상태를 알고자 관계 서적을 뒤지기 시작했다. 책이 여럿 있었으나 『36시간』이라는 제목이 시선을 끌었다. 그 책에서 재닛은 며칠 전 의사로부터 들었던 얘기들을 다시 한 번 확인할 수 있었다. '이 질환은 천천히 진행되지만 끊임없이 계속된다.' '알츠하이머 질환은 발병에서 사망까지 통상 7~10년이 걸리나 더 빨리 진행될 수도 있고(3~4년) 더 오래 걸릴 수도 있다(14년까지).' 혹시 알츠하이머 질환이 일반적인 노쇠 현상일지도 모른다는 기대는 다음의 문장으로 완전히 깨어지고 말았다. "치매는 노쇠의 자연스런 결과로 볼 수 없다."

결국 재닛은 남편의 알츠하이머를 무서운 질환으로 받아들이고 맞서 싸워야 한다는 것을 깨달았다. 증세가 가속화되면 반드시 죽음을 불러오는 무서운 질병이었다. 『36시간』과 그 밖의 서적을 통해 재닛은 필에게 나타날 정신적, 육체적 변화를 예상할 수 있었고, 견디기 힘든 스트레스와 고통이 따르게 되는 긴 세월 동안 자신이 맞닥뜨려야 될 상황들도 대충 짐작하게 되었다. 두려웠지만 결국 그녀는 "책에 담긴 내용은 어디까지나 이론일 뿐, 직접 부딪혀보지 않고는 알 수 없다"며 결의를 다졌다. 여러 서적을 통해 정보를 얻고, 다가올 가능성들에 대비해나갔다. '치매 환자들은 대부분 주변의 물건을 잘 집어던지거나 사람을 때린다……' 등등. 그러나 1987년 3월 어느 날 저녁에 일어난 일만큼은 전혀 예상하지 못한 일이었다. 그때는 재닛 홀로 필을 헌신적으로 돌봐온 지 1년이 조금 지난 무렵이었다. 앞서 "결혼 50주년 기념일을 바로 열흘 앞둔 그날, 모든 것이 무너져버리고 말았어"라고 회상했던 바로 그날이었다. 다음은 재닛이 그로부터 5년 뒤 내게 들려준 얘기를 정리한 것이다.

그는 내가 누군지 전혀 알아보지 못했다. 아마 물건을 훔치려는 도둑으로 생각했는지 날 보자마자 쫓아내듯 밀면서 손에 잡히는 대로 물건을 던졌다. 그중에는 평소 내가 아끼던 골동품도 여럿 끼어 있었다. 물건을 있는 대로 던진 뒤, 그는 낸시에게 전화를 해서 도둑이 들어왔다고 말하겠다며 소리쳤다. 필은 정말로 낸시에게 전화를 했고, 그 아인 무슨 일이 벌어졌는지 이내 알아챘다. "그 여자한테 전화를 넘겨주세요"라는 딸아이의 말에 필은 내 쪽으로 전화기를 밀었다. "자, 내 딸이 얘기하고 싶다니까 받아보라고! 틀림없이 당장 나가라고 할 테니까!" 내가 수화기를 받아들자마자 낸시는 소리를 질러댔다. "엄마, 지금 당장 밖으로 나가세요, 즉시 경찰을 부를게요." 전화를 끊자마자 필은 수화기를 낚아채더니 경찰을 불렀다.
하지만 나는 바보같이 집 안에 그대로 주저앉아 있었다. 잠시 후 그가 다시 물건을 던지기 시작하자 나는 하는 수 없이 경찰을 불러야 했다. 각기 신고를 받고 달려온 경찰차 석 대가 문 앞에 나타난 순간, 나는 적잖이 당황했다. 문 안으로 들어선 경찰에게 내가 상황을 설명하자, 필은 "이 여잔 내 아내가 아냐, 이리 와봐요, 아내 사진을 보여줄 테니까"라고 경찰들에게 말했다. 필은 경찰 한 사람의 손을 잡아 침실로 이끌고 가서는 결혼사진을 보여주었다. 경찰은 사진을 보자마자, "이 신부하고 저기 서 계신 분하고 똑같은데요, 뭘"이라며 더 이상 말할 필요도 없다는 듯 대꾸했다. 그러나 필은 고개를 강하게 흔들었다. "아냐, 저 여잔 내 아내가 아니라고!"

그런 소란이 계속되는 동안 이웃집 여자가 안으로 들어왔는데, 신기하게도 필은 그녀를 알아봤다. 돌아가는 상황을 알아차린 그녀는 필을 아주 부드럽게 리드했다. "필, 내가 얼마나 필을 좋아하는지 알죠? 나 거짓말할 줄 모르는 것도 알죠? 여기 이 여자는 재닛이에요. 뒤로 한 번 돌아섰다가 다시 보세요, 틀림없이 재닛이지." 필은 순순히 그녀의 말대로 뒤로 돌아섰다가 다시 몸을 돌려서 나를 보고는 여태껏 방 안에 없다가 나타난 사람을 본 것처럼 반갑게 맞았다. "재닛, 도대체 어디 갔다 이제 왔어! 어떤 여자가 당신 옷을 훔쳐가려고 여기 들어왔었다고!"

경찰 중 한 사람이 지혜롭게 필을 구슬려서 차에 태웠다. 필이 "이웃 사람들이 내가 체포당하는 걸로 생각하면 어쩌지"라고 말하자, 경찰은 "아, 아닙니다. 우리랑 드라이브한다고 생각할 텐데요, 뭘. 걱정 마세요"라고 가볍게 받아넘기며 그를 안심시켰다. 그 후 요양원에 자리가 마련될 때까지 필은 집 근처의 병원에 입원해 있었다.

뉴욕에서 달려온 낸시는 재닛과 함께 매일 병원을 찾아갔다. 입원 생활에 쉽게 적응한 듯한 필을 보며 내심 놀라워했던 모녀는, 얼마 못 가 그 생각이 잘못되었음을 인정해야 했다. "필이 병동의 직원들을 우리한테 소개하더라구요. 자기 비서들이라면서 말이에요. 그리고 병원은 자기가 운영하는 호텔이라고 했죠." 필은 재닛을 용케 알아보았지만 낸시는 알아보지 못했다. 그래서 매번 그녀와 함께 나타난 젊은 여인을 당신의 딸이라고 소개해주어야 했다. 그러나 그것도 잠시뿐, 며칠 뒤에는 재닛마저도 알아보지 못하게 되었다. 재닛을 아내가 아닌 여자친구로 생각했던 필은 결국 그녀가 누구인지 전혀 모르는 상태로까지 악화되었던 것이다.

병원에 입원한 지 1주일 만에 필은 요양원으로 이송되었다. 그 후 며칠 뒤 재닛은, 자신이 찾아오는 이유를 알았다가 또 몰랐다가 하는 남자와 함께 요양원에서 결혼 50주년을 기념했다. 필은 가족이 겪는 고통과 슬픔도, 스위치가 나간 자신의 정신 상태도 느낄 수 없었다. 그에게는 예전과 똑같은 필 위트닝만이 존재할 뿐이었다.

그 후 2년 반 동안 재닛은 자녀들의 불같은 성화에 못 이겨 며칠 쉬었을 뿐 모든 시간을 필과 함께했다. 자녀들은 심신이 쇠진할 대로 쇠진해진 어머니를 단 며칠만이라도 요양소 밖으로 끌어내어 쉬게 하려고 했다. 가끔씩 입 밖으로 튕겨져 나오는 필에 대한 분노와 원망 또한 이해하고 받아들여주었다. 재닛의 희생적인 뒷바라지에도 불구하고 연인이자 최고의 친구였던 필은 그녀를 끝도 없는 구렁텅이로 잡아당기고 있었다.

재닛은 물리치료실에서 자원봉사자로 근무하는 한편, 없는 시간을 쪼개어 알츠하이머 환자 가족들을 후원하는 단체 활동에 참여했다. 그러나 수많은 사람들에게 도움을 주기에는 역부족이어서 후원 단체는 환자 가족들에게 그리 큰 도움을 줄 수는 없었다. 재닛은 알츠하이머 환자를 둔 가족들의 고통을 눈여겨보았다. 그녀의 세 아이들은 사랑하는 아버지가 파괴되어가는 모습을 될 수 있는 한 멀리하려고 했다. 그건 오히려 잘된 일이었다. 대신 아이들은 어머니의 영혼을 위로해주었다. 가족을 대표해서 아버지의 질환과 정면으로 맞서 싸우는 어머니를 위해, 아이들은 정신적인 자양분을 공급해주었던 것이다.

그러나 막내 조이는 용기를 내서 필이 요양소에 입원해 있는 동안 두 번이나 찾아왔다. 필은 자신의 아들인 조이를 알아보지도, 기억하지도 못했다. 솔직히 조이의 방문은 실망감만 불러일으켰을 뿐, 필에게 아무런 도움이 되지 못했다. 대신 가족이나 친지들이 재닛의 일을 도와주는 것은 큰 힘이 되었다. 그것은 정말로 필요하고 실제적인 도움이었다. 후원 단체나 관련 서적에서 나온 도움이 아니라, 사랑을 나누었던 사람들로부터 나온 헌신적인 후원이기 때문이었다.

"가슴으로 해야만 이루어낼 수 있다"는 신념하에 재닛은 오직 자신만이 할 수 있는—간호사도, 의사도, 자원봉사자도 할 수 없는—일을 온 가슴으로 해냈다. 재닛을 아내로 알아보진 못했으나, 깜박거리는 정신으로도 필은 재닛이 자신의 보호자요, 후원자라는 것을 느끼고 있었던 듯하다. "내가 병실에 들어갈 때마다 손을 흔들었지만 그는 내가 누군지 알아보진 못했어요. 아마 매일 찾아와 자기와 함께 있어주는 사람 정도로 알았겠죠." 처음에 재닛은 남편의 증세가 점차 악화되어가는 것을 차마 지켜볼 수 없었다고 한다. 하루하루가 공포의 연속이었을 것이다. 그러나 남편과 함께 시간을 보내며 그녀는 차츰 평정을 되찾았다. 필의 몰락을 현실로 받아들이기도 힘들었지만, 정작 두려운 것은 필을 사랑했던 사람들이 느낄 충격과 좌절이었다. 재닛은 모든 사람들이 남편을 옛 모습 그대로 기억해주길 바랐다. 그녀 역시 그를 개성과 존엄성을 지녔던 좋은 사람으로 내내 기억하고 싶어 했다. "절대 친구들을 집으로 초대하지 않았어요. 그렇게 된 필을 보여주고 싶지 않았거든요."

초기에 필의 증세는 책 내용 그대로 나타났다. "천천히 그러나 끊임없이 진행되는 식으로……." 기억력은 점차 감퇴되어갔지만 사교성을 잃지 않았던 그는, 마치 자신이 아픈 사람들을 책임지고 있는 것처럼 환자들을 돌보아주곤 했다. 감독관이라도 된 듯 정장 차림으로 환자 한 사람 한 사람을 대할 때마다 필은 항시 밝고 명랑한 인사말을 잊지 않았다. "오늘은 좀 어때요? 괜찮아요?" 가끔씩 재닛과 간호사가 한눈을 팔고 있을 때면 필은 현관 앞에서 밖으로 나가려는 환자들의 휠체어를 밀어주기도 했다. 거리에서도 친절과 여유 있는 미소는 연신 흘러넘쳤다. 차량과 인파가 붐비는 교통 혼잡 속에서도 친절은 어김없이 발휘되었다.

병세가 중반으로 접어들 무렵부터 표현하려는 생각과 실제 입 밖으로 튀어나오는 말이 달라지기 시작했다. 이런 부조화는 가끔씩 뇌졸중 환자에게도 나타나지만, 그들은 자신의 이상 증세를 의식할 수 있다. 하지만 필은 그런 상태를 전혀 의식하지 못했다. 재닛은 필과 산책하면서 그런 증세를 확연하게 느끼게 되었다. "기차가 맨날 늦게 달린다고! 왜 그래 도대체!"라며 소리치는 필에게 재닛이 기차가 어디 있느냐고 묻자, 필은 이해할 수 없다는 듯한 표정으로 화를 냈다고 한다. "도대체 눈이 어떻게 된 것 아냐? 저게 안 보여?" 필이 풀어져 있는 구두끈을 손가락으로 가리킬 때야 비로소 재닛은 상황을 이해했다. "구두끈이 풀어졌다는 소리가 그런 식으로 둔갑해서 나온 거였어요, 글쎄. 뭘 얘기하고 싶은 것까진 알고 있는데 그 말이 제대로 나오지 않는 거죠. 필은 그걸 모르더라구요."

꽤 나가던 몸무게에서 20킬로그램이 더 늘어날 만큼, 요양소에 들어온 뒤로 필의 몸무게는 증가하기 시작했다. 그러나 어느 순간부터 그는 아무것도 먹지 못했다. 먹는 방법, 즉 씹는 방법조차 잊어버렸기 때문이었다. 재닛은 결국 질식사를 막기 위해 필의 입 안에 손가락을 넣어 남아 있는 음식물을 끄집어내곤 했다. 그 무렵에 필은 자신의 이름조차 기억하지 못하는 심각한 상태에 빠져 있었다. 그 뒤에 씹는 감각이 되돌아오긴 했으나 자신이 누구라는 것은 계속 기억 저편에 숨어 있었다. 말하는 것을 완전히 멈춰버릴 때까지 그는 매일 한 번씩 잠깐 동안 부드러운 노인의 눈길로 재닛을 바라보곤 했다. 지난 반세기 동안 셀 수 없이 입 밖으로 내보냈던 부드러움과 애정어린 목소리로, 그는 "사랑해, 당신 정말 아름다워, 사랑해"라는 말을 재닛에게 중얼거리기도 했다. 그러나 그것도 잠시, 그 말을 쏟아내놓고는 곧바로 다시 깊은 망각의 세계 속으로 빠져들어갔다.

어느 시점이 되자 모든 노력과 '교신'은 끝나버렸다. 필이 완전한 무능력 상태에 빠져든 것이었다. 그러나 본인은 예전과 마찬가지로 상황 변화를 의식하지 못했다. 더 정확히 표현한다면, 의식은 있으나 자신의 신변에 무슨 일이 일어나는지 전혀 모르는 것이었다. 소변이 흘러 옷을 축축이 적셔도 그는 아무런 반응이 없었다. 마지막 인간성에 묻어 있는 오물을 없애버리려고 재닛은 매번 필의 옷을 갈아입혔다. "예전에 그 사람이 어떤 사람이었는데요. 자신만만하고 위엄 있게 보이길 그리도 원했건만……. 고상한 체하기까지 했다고요. 그러던 사람이, 전혀 모르는 사람들이 발가벗겨서 씻겨주고 옷을 갈아입히는데도 전혀 의식하지 못하는 거예요. 그걸 바라보는 심정이……." 눈가에 이슬이 맺히자 재닛은 잠시 말을 멈췄다. "세상에 그런 몹쓸 병은 없을 거예요. 한 인간을 완전히 깎아 먹어버리는 병 말이에요! 자신한테 무슨 일이 일어난 건지 알았다면 그인 분명 더 이상 살려 하지 않았을 거예요. 오히려 그게 다행이지, 그 사람이 아무것도 몰랐던 게 말이에요. 알았다면 얼마나 기막혀 했겠나."

재닛은 자신의 고통뿐 아니라 남편이 의식하지 못하는 그의 고통까지 모두 다 짊어졌다. 아이들을 가끔 만나기도 하고, 자신과 똑같은 슬픔을 지닌 환자 가족들과 만나 서로를 위로하기도 했다. "같이 앉아서 울기도 했죠. 기운이 좀 날 땐 다른 이들을 위로하기도 했어요. 다른 사람을 위로하다보면 나 자신도 위로가 되더라고요." 대부분 인생 말기에 나타나는 질환이지만, 재닛은 알츠하이머가 훨씬 젊은 층에서도 발병할 수 있다는 사실을 알게 되었다. 요양소에는 한 40대 환자가 있었다. 그는 눈만 겨우 움직일 정도로 증세가 심했다.

말기에 들어 필의 몸무게는 급속하게 줄어들기 시작했다. 숨을 거둔 해에 필의 피부는 완전히 뼈에서 이탈된 듯 늘어져 있었다. 5센티미터나 줄어든 발 크기에 맞춰 재닛은 신발을 새로 사야 했다. 몸무게가 줄어든 필은 더욱 초췌하고 늙어 보였다. 한창 때 46호 사이즈의 옷을 입던 건장한 사람이 이제는 겨우 63킬로그램이 나갈 만큼 몸무게가 급격히 줄어든 것이었다.

그런 와중에서도 산책만큼은 멈추려고 하지 않았다. 마치 강박관념에 싸인 사람처럼 필은 하루도 쉬지 않았다. 그의 걸음걸이를 늦추려고 몇 번이나 시도했지만 결국 포기하고 말았다. 가만히 서 있을 수조차 없을 만큼 약해진 체력으로도 필은 병실 주변을 부지런히 돌아다녔다. 지칠 대로 지쳐 쓰러질 정도가 되어야 재닛은 간호사와 힘을 모아 그를 의자에 앉힐 수 있었다.

그렇게 의자에 일단 앉고 나면 필은 항상 좌우 옆으로 기울어졌다. 앉아 있을 힘조차 남아 있지 않았던 것이다. 결국 바닥으로 떨어지지 않게 의자 등받이에 필을 묶어둬야 했다. 그런 상태에서도 필은 다리를 쉴 새 없이 움직였다. 허리가 의자에 끈으로 묶여 숨을 헐떡거리면서도 그는 빠르게 다리를 움직였다. 산보할 때와 같은 동작이었다. 그것은 잃어버린 무엇인가를 찾으려고 안간힘을 쓰는 행동일 수도 있었고, 내면에서 뭔가가 알츠하이머 질환이 마지막 국면에 다다른 것을 알아차리고 그것으로부터 도망치려는 반사작용이었는지도 모른다.

숨을 거두기 전, 한 달 동안 필은 밤새 침대에 묶여 있는 신세가 되었다. 자다가 갑자기 일어나서는 끊임없이 다리 운동을 하려고 했기 때문이었다. 알츠하이머 질환으로 판명된 지 6년이 지난 1990년 1월 29일 저녁, 필은 그 걷기 운동을 고집하다 의자에 다리가 걸려 바닥으로 쓰러지고 말았다. 의료진이 달려와 응급조치를 취했지만 맥박은 되살아나지 않았다. 그는 즉시 병원으로 이송되었다. 필은 숨을 거두었고, 심실세동으로 인한 심장마비가 사인이라는 것을 알리기 위해 응급실의 의사는 재닛에게 연락을 취했다. 재닛은 필이 죽음으로 이어진 마지막 다리 운동을 시작하기 10분 전에 하필 요양소를 떠나 있었던 것이다.

그가 눈을 감았다는 소식을 들었을 때 나는 기뻤다. 남편이 죽었다는데 기뻐하다니 끔찍한 얘기로 들리겠지만, 실제로 나는 그가 그런 추악한 병으로부터 해방되었다는 사실에 너무도 행복했다. 그 사람이 자신의 처지를 전혀 모르고 숨을 거뒀다는 것이 얼마나 감사한 일인지 모른다. 그것은 불행 중에 내린 작은 축복일 것이다. 그 축복은 몇 년 동안 나를 지탱해준 힘이 되었다.

사랑했던 사람이 그토록 참혹한 모습으로 변해가는 것을 지켜보는 것은 정말로 참기 힘들었다. 필의 사망 소식을 전화로 통보받고 병원으로 달려갔을 때, 의료진들은 그를 마지막으로 보겠느냐고 물었다. 나는 단연코 싫다고 했다. 나와 동행해준 가톨릭 신도인 친구는 내 대답을 이해할 수 없다는 듯 의아해하는 표정을 지었으나, 나로서는 눈을 감은 필의 얼굴을 기억 속에 담아두고 싶지 않았다. 그건 나를 위해서가 아니라 필을 위해서였다.

필 위트닝의 파괴 과정은 결국 그렇게 끝을 맺었다. 필의 심장이 동맥경화된 대뇌 쪽으로 어렵게나마 피를 흘려보내고 있을 때에도 그의 가족은 이미 한 인간의 종말을 눈앞에 두고 있었다. 보통, 말기

160

에 이른 환자들은 죽음으로 끌려가면서 온몸이 경직되거나 수축되는 등 기괴한 모습을 갖게 된다. 그러나 그 변화보다 가족들을 괴롭히는 것은 환자의 24시간을 감독하는 일이다. 전혀 예측할 수 없는 방향으로 파괴되고 쓰러지는 상황을 막기 위해서 간병인은 항시 신경을 곤두세우고 있어야 한다. 『36시간』의 저자가 제목을 그렇게 정한 이유도 바로 거기에 있을 것이다. 작은 방심으로도 환자나 제삼자에게 더욱 큰 불행이 따를 수 있다. 환자끼리의 충돌도 크나큰 화를 부를 수 있다. 기운이 빠져 지치고 인내심이 한계에 달하면 아무리 마음을 굳게 먹은 아내나 남편일지라도 끝까지 견뎌낼 수 있을까 하는 의심을 갖게 된다. 간호진들의 노련한 손놀림과 수많은 경험 역시 헛수고로 끝나기 일쑤다.

일생 동안 사랑했던 사람을 믿고 맡길 수 있는 시설을 찾는 것 또한 쉬운 일이 아니다. 그 이유야 여럿 있겠지만, 무엇보다도 환자들의 수가 너무 많아 더욱 힘들어지지 않았나 생각된다. 조사된 통계를 보면, 65세 이상의 미국인 중 11퍼센트 이상이 알츠하이머 질환에 시달리고 있다. 65세 이하의 환자 수를 포함한다면 미국 전체의 환자 수는 4백만 명 정도로 추정되며, 이 수치는 계속 증가할 것으로 보고되었다. 2030년에 이르면 65세 이상의 미국인 환자는 6천만 명 정도가 될 것으로 예상된다. 알츠하이머 질환뿐 아니라 모든 종류의 치매 환자를 위해 직간접으로 드는 경비가 이미 연간 4백 억 달러에 이르므로—대부분은 알츠하이머 환자들에게 들어간다—이런 비율로 늘어나는 환자를 적절히 수용할 수 없을 것이다.

아직 수적으로 많이 부족하지만, 다행히도 재닛 위트닝이 찾아냈던 장기 요양소들이 미국 전역에 흩어져 있다. 그중 몇 군데는 휴식 프로그램이라는 것을 마련해서, 피곤에 지친 가족들을 대신해서 며칠이나 몇 주 동안 환자를 대신 돌보아주기도 한다. 그 밖에도 호스피스 프로그램이 몇 군데 운영되고 있다. 가족들의 의지나 희생할 각오가 어떻던, 장기 요양시설은 환자 가족들에게 충분한 휴식과 평온함을 허락하는 유일한 해결책일 수 있다.

시간이 흘러갈수록 환자는 점차 전혀 자립할 수 없는 상태로까지 빠져들게 된다. 예정된 증세, 예를 들어 심근경색이라든가 뇌졸중 등에 즉각 무너지지 않는 환자들은 식물인간이 되기 쉽다. 지각과 운동 신경 등, 뇌의 고등 기능이 무너진 상태라고 할 수 있다. 그러나 뇌 기능이 완전히 마비되기 전부터 이미 씹거나, 걷거나, 심지어 침을 제대로 삼키지 못하는 환자들도 있다. 억지로 음식을 입 속에 집어넣을 경우 토하거나 질식하기도 하는데, 이럴 경우 마음 약한 간병인은 겁을 먹게 된다. 상태가 이 정도에 이르면 튜브를 통해 영양을 공급해주어야만 한다. 그렇게 하지 않을 경우, 환자는 굶어죽게 되기 때문이다. 어떻게 보면 아무 의식도 없는 환자, 뭐가 어떻게 돌아가는지 전혀 모르는 환자에겐 그것이 편안한 선택일 수도 있다. 기능 마비와 영양 부족 등으로 튜브를 통해 수동적으로 목숨을 연장받아야 할 환자들에겐 굶어죽는 것이 가장 좋은 대안일지도 모른다. 저절로 흐르는 대소변에 손가락 하나 스스로 움직일 수 없는 상태에서 혈액 순환 또한 원활하지 못하면 욕창은 피할 수 없게 된다. 욕창으로 환자의 몰

골은 점점 흉하게 변하고, 고름과 죽어버린 피부 조직에 덮인 근육은 힘줄과 심지어 뼈까지 드러내게 된다. 이런 상태에 이르면 가족들이 받는 마음의 상처는 너무도 크다. 다만 환자가 자신의 상태를 모르고 있다는 사실 하나에 위로를 받을 수 있을까, 가족들은 모든 것을 포기하는 마음이 되기 쉽다.

대소변의 조절 불능과 부동 자세로 인한 대비책으로 카테터 (catheter: 방광에서 오줌을 뽑아내는 도뇨관)를 삽입하기도 하는데, 그럴 경우 요도에 감염이 생기기 쉽다. 침이나 가래를 본능적으로 삼키거나 내뱉지 못하면 점액이 기도에 차게 되고 폐렴에 걸릴 가능성이 커진다. 그렇게 되면 의료진과 가족들은 다시 한 번 심각한 결정을 내려야 하는데, 이 순간은 개인적인 도의심은 물론, 종교적인 믿음, 사회통념, 의학적 도덕론까지 대두되는 아주 중대한 시점이다. 어떨 때는 아무 결정도, 조치도 취하지 않고 그저 방치해두는 것이 가장 좋을 수도 있다.

어떤 결정이든 일단 내려지기만 하면 그 이후의 일은 순식간에 진행된다. 식물인간 상태로 들어간 알츠하이머 말기 환자들은 대부분 요도나 허파, 또는 욕창이 생긴 부분의 감염으로 사망한다. 박테리아가 혈류를 통해 온몸으로 퍼지는 패혈증은, 쇼크 상태 및 심근경색을 일으키고, 결과적으로 신장과 간을 무너뜨리며 환자를 죽음으로 이끈다.

이런 과정을 처음부터 끝까지 경험하면서, 가족들은 환자에게 사랑과 미움의 이중 감정을 느끼게 되고, 인간의 무력함과 덧없음을 절감한다. 눈앞에 보이는 현실도 두렵지만 앞으로 보게 될 일에 대해 더 무서워한다. 현실을 있는 그대로 담담히 받아들이려고 수없이 다짐하지만, 왜 하필 내가 이런 고통을 받아야 하는지 반문하게 된다. 성급한 변호사로부터 유언장 얘기가 나오기도 하지만, 고뇌의 바다에 빠진 아내나 남편, 자녀들은 미처 그곳까지 고개를 돌리지 못한다. 결단을 내려야 하는 고통은 이미 내려진 결정을 헤쳐나가는 어려움으로 인해 더욱 무겁게 다가온다.

알츠하이머 질환은 인간 인내의 한계를 시험하기 위해 생겨난 병이라고 해도 과언이 아니다. 재닛 위트닝이 보여준 성실성과 희생 정신은 그녀에게만 국한된 것이 아니다. 돌아올 수 없는 길목에 들어선 가족을 위해 성심껏 간병하기로 결심한 사람은, 항상 자신의 역할에 대한 의문을 갖지 않도록 노력해야 한다. 결과가 어떻게 나오든 최선을 다한 뒤에는 그만한 가치가 돌아오게 마련이기 때문이다. 그러나 그 과정은 너무도 고통스런 길이다. 정신적인 면에서, 환자를 돌보느라 자신의 인생을 희생시킨 면에서, 친구 간의 교제는 물론 예금 계좌에 들어 있는 돈까지 다 바닥이 나야 하는 상황에서 볼 때, 가족에게 주어지는 손실은 이루 말할 수 없이 크다.

알츠하이머 환자를 둔 가족들은 몇 년씩이나 삼면이 포위된 막다른 길목에 들어가 태양이 찬란히 빛나는 대로를 옆에 둔 채, 컴컴한 미로를 헤매는 것처럼 보이기도 한다. 단 한 가지 탈출구가 있다면, 그것은 사랑하는 사람이 죽어주는 길뿐이다. 설사 그렇게 된다고 해도 완전히 그 미로에서 탈출할 수 있는 것은 아니다. 가슴속에 새겨진 무서운 추억과 그동안 몸과 마음이 입은 상처 때문에 그 탈출은 부분적인 것일 수밖에 없다. 행복했던 인생, 승리와 환희로 가득 차 있던 인생이 불과 몇 년간에 걸쳐 일어난 불행으로 뿌연 거울 속을 들여다보듯 더럽혀지고 마는 것이다. 너무나 사랑하면서도 미워할 수밖에 없었던 환자를 영영 떠나보내고 현실로 다시 돌아오더라도 자신이 존재하고 있는 공간은 이미 과거의 것이 아니다. 왠지 어둡고 좁아 보일 수밖에 없을 것이다.

악마가 가져오는 두려움과 공포를 줄이기 위해서는 그 악마에게 이름을 붙여 정체를 드러나게 하고, 거기에 초점을 맞추어야 한다. 가끔씩 나는 특수한 질환들의 정체를 캐고 그 성질을 규명하려는 의학 연구진들의 진정한 의도가 질환 자체를 이해하는 데 있지 않고, 그것들을 물리치고자 하는 데 있다는 생각이 든다. 아마도 그들의 잠재의식 속에 그런 반응이 내재되어 있는지도 모른다.

일단 어떤 대상에 꼬리표를 붙이면 그것과의 대결은 한층 쉬워진다. 이러한 대결 과정을 통해 잔인하게 다가드는 괴물을 잡아 앉혀 얌전하게 길들일 수도 있고, 공포감도 이겨낼 수 있는 것이다. 어떤 질환이든 우선 정체를 밝혀 이름을 붙이고 나서야 그것을 정복할 수 있다. 그래야만 우리 식대로 그 질환과 게임을 벌일 수 있는 것이다.

질병에 이름을 붙이는 작업은 그 질병을 물리치기 위한 가장 기본적인 전략 단계이다. 그 전쟁에는, 의학과 의료 관계자뿐만 아니라 환자 자신과 그 가족, 자원봉사자들 모두가 합심해 싸워야 한다. 사실 몇십 년 전부터 이 문제에 대한 논의와 대책이 강구되어왔고, 치료에

드는 자금도 미국 소아마비재단, 전미 암협회, 전미 당뇨병협회 등의 도움을 받고 있다. 과거 천벌로만 여겨지던 질환을 앓고 있는 환자들과, 그 환자를 돌보고 있는 가족들은 이젠 결코 혼자가 아니다.

알츠하이머 환자가 자신을 간병해주는 사람이 누구인지를 알아보고 그에게 감사를 표하는 일은 거의 없다. 하지만 허물어져가는 환자 옆에서 같이 고통받고 있는 가족들에게, 협력 단체와 자원봉사자들의 손길과 위로가 큰 도움이 된다. 미국의 경우, 알츠하이머 질환 및 그와 유사한 정신장애자를 위한 협회(ADRDA)가 2백여 개의 지부와 1천 개 이상의 협력 기구들을 산하에 두고 있다. 물론 다른 나라들에도 이와 유사한 기구들이 있다. 이들 단체는 봉사의 손길 외에도 의료장비의 개선과 연구에 필요한 자금을 거두어들인다. 뭉치고 조직할 때 비로소 큰 힘이 생길 수 있는 것이다. 가만히 앉아 환자 가족의 얘기를 들어주는 것만으로도 그들의 고뇌와 좌절이 한결 가벼워질 수도 있기 때문이다.

사람에게 '고뇌'는 여러 가지 이유로 인해 나타난다. 그중 어떤 것은 다정하고 신뢰감 있는 사람들에게 털어놓기만 해도 해결된다. 알츠하이머 환자를 둔 가족들이, 주어진 몇 년 동안 분노와 좌절만 안고 사는 대신 현실을 수용하고 긍정적으로 살아갈 수 있도록 도와줄 방법은 없을까? 사랑했던 가족이 인간으로서의 존엄성을 잃고 부패되어가는 것을 지켜보면서도, 용기를 갖고 그 난관을 좀더 쉽게 극복할 수 있도록 도와줄 수는 없을까?

환자뿐 아니라 그 환자와 함께하는 모든 사람들을 가차 없이 짓

밟아대는 질환을 극복하기 위해서는 그 가족들을 도와주어야 한다. 어떤 식으로든 그들의 고통을 덜어주어야만 끝까지 견뎌낼 수 있을 것이기 때문이다. 따뜻한 가슴으로 환자 가족의 분노와 좌절에 귀를 기울이고 공감함으로써 여과시켜주어야 할 것이다. 그렇게 해야만 사랑했던 환자에게 분노를 느꼈다는 부당한 죄책감을 덜어주고 외로움도 해소시켜줄 수 있을 것이다.

고뇌의 늪에서 탈출하는 첫 단계는 '알츠하이머'라는 병명을 입 밖으로 내뱉는 순간부터 시작된다. 그 병에 걸렸음을 시인해야만 같은 환경에 처한 수백만 명의 사람들과 동조해서 적의 도전을 정면으로 물리칠 수 있다. 알츠하이머 질환은, 증세와 진행 과정이 비슷한 여타의 질병과 함께 몇백 년 전부터 '노쇠'라는 큰 그룹에 속해 연구되어왔을 뿐, 그 명칭은 1백 년 전까지만 해도 이 세상에 존재하지 않았다.

공식적인 의학 용어로 '알츠하이머 타입의 치매(Dementia of the Alzheimer type)'라고 불리는 이 질환은 미국인 수십만 명을 매년 새로운 환자로 끌어들이고 있다. 65세 이상의 치매 환자 중 알츠하이머 타입은 약 50~60퍼센트를 차지한다. 미 정신과협회는 이 질환을, "전반적으로, 인식하지 못할 정도로 천천히 진행되며, 정확한 원인은 체조직 검사 및 실험실 연구를 통해서도 확실하게 밝혀지지 않았다. 치매는 기억력, 판단력, 추상적, 사고력 등 뇌의 고등 기능을 저하시키고 인성과 행동 자체를 파괴시킨다"라고 기술하고 있다.

'치매'의 원뜻은 "말씨나 행동이 민첩하지 못하고 생각하는 것이 어딘지 모르게 덜됨"이나, 이는 현실과는 너무나 거리가 먼, 불분명하고 추상적인 설명이다.

우리가 현재 '노인성 치매(senile dementia)'라고 부르는 질환과 관련된 여러 자료들은 수천 년 전 서구 문명을 노래한 역사서나 문학 관련서에서도 기록되어 있다. 고대 의학자들 역시 노인성 치매와 관련된 사항을 서술했고, 내과의사들은 노인뿐만 아니라 젊은 사람들에게서도 가끔씩 판단력과 지각력 감소 증세가 나타난다는 것을 알아냈다. 그러나 '치매'라는 단어는 1801년에야 비로소 필립 피넬에 의해 정식 의학 용어로 채택되었다.

수백 명의 정신병자들과 함께 수천 명의 만성 불치환자들이 입원해 있던 파리 르 살페트리에르 병원의 수석의사 피넬은 정신병의 종류별 분류와 서술뿐만 아니라, 이전까지 쇠사슬에 꼼짝 못하고 묶여 있어야 했던 정신질환자들의 치료에 인간성을 부여한 업적으로, '현대 정신질환 치료의 아버지'로 칭송받고 있다.

피넬은 정신의학계의 고전으로 알려진 「「정신병에 관한 의학적 고찰론」」이라는 논문을 통해, 1801년 정신질환의 개념을 체계화시켰다. 이 논문에서 그는 '정신 기능의 부조화'를 '데망스(demence)'로 명명(dementia), 이 질환의 특성을 정확하게 묘사했다. "특수한 종류의 치매"라는 제목으로 간략하게 알츠하이머를 소개한 피넬은, 환자 가족이라면 누구나 쉽게 증세를 알아차릴 수 있을 정도로 자세히 서술했다.

현실과 격리된 사고가 반복되고, 감정 표현이 두절됨. 과장된 행동 양태가 계속 일어나고, 무엇이든 이전의 것은 완전히 잊어버림. 표현력 저하와 판단력 불능이 찾아오고, 신체를 끊임없이 반복해서 움직임.

필립 에드워드 위트닝을 그대로 그린 묘사라고 할 수 있다. 뇌세포 망과 명령 전달 체계에 나타난 교란 상태를 '부조화(incoherence)와 '접속불량(unconnected)이란 단어로 설명한 피넬은, 노령화 과정에서 나타나는 일반적인 노쇠 현상으로부터 치매를 완전히 분리해서 설명했다.

치매의 유사 의학 용어로 많은 의학자들은, '부조화'를 사용하곤 했다. 영국 브리스톨 병원의 수석의였던 제임스 프리처드는, 1835년 간행된 「정신병에 관한 논문」을 통해, 질환의 진행 과정에 따라 환자들이 단계적으로 변화되는 상태를 소개했다. 그 과정을 '부조화의 여러 등급'이라고 명한 그는 대략 네 가지로 분류했다. 앞뒤가 맞지 않는 기억력, 지각력 저하에 따른 비이성적 사고, 몰이해, 그리고 본능과 임의적 행동력 저하가 그것이다. 이 분류 단계는 지금까지도 개개 환자의 점진적인 궤도 이탈 과정을 확인하는 데 대단히 중요한 잣대로 이용되고 있다. 현대 의학자들도 이 질환의 진행 과정을 단계적으로 묘사하고 있는데, 그들의 이론 역시 프리처드의 4단계 분류법과 아주 흡사하다.

필립 피넬의 수제자로, 몽펠리에 시의 유서 깊은 의대를 졸업한 장 에티엔 도미니크 에스키롤이 있다. 그는 1838년 「정신병」이란 제목의 치매에 관한 고찰을 통해, 현대의 임상치료 과정에서 흔히 볼 수 있는 치매 증상을 낱낱이 소개했다. 다음은 에스키롤이 환자들을 통해 살펴본 치매 증상들이다.

그들에게는 특별히 좋아하는 것도 싫어하는 것도 없다. 미움과 증오 역시 마찬가지다. 발병 전에 열렬히 사랑했던 대상에게조차 철저한 무관심을 보인다. 친척과 친지를 봐도 기쁨을 못 느끼고, 그들과 헤어질 때도 섭섭한 감정을 느끼지 못한다. 주변에서 무슨 일이 일어나든 그들에겐 흥미나 관심이 없다. 기억이나 희망을 둘 수 없는 까닭에 삶의 변화 역시 중요하지 않다. 모든 것에 철저하게 무관심한 그들에겐 어떤 것도 영향을 미칠 수 없다. 별것도 아닌 일에 화를 잘 내는 그들은, 지적인 면에서도 제한된 기능만을 보인다. 분노를 쉽게 나타내는 만큼 쉽게 가라앉기도 한다.

치매 증상에 빠진 환자들은 거의 대부분 '우스꽝스런 버릇과 열정'을 보인다(에스키롤은 이 부분을 강조했다). 어떤 환자들은 마치 뭔가를 찾고 있는 사람처럼 쉼 없이 걷는 동작을 하는데, 그 모습이 느리고 위태해 보이나 끝까지 멈추지 않으려고 한다. 어떤 환자들은 하루, 이틀, 몇 달, 몇 년 동안 내내 침대나 바닥 위에 앉아 뭔가를 끄적거린다. 일종의 의사 표시라고 할 수 있지만, 의미를 갖고 연계되는 것은 하나도 없다. 그냥 단어들만 계속 나열되는 식이다.

감정 표현이나 지적 기능의 마비 외에도 신체적 변화가 따른다. 안색이 창백해지고 동공이 확대된 눈은 멍하며, 항상 눈물로 축축이 젖어 있다. 확실치 않은 표정에 인상도 무덤덤해 보인다. 체중이 감소함에 따라 체격도 계속 줄어든다. 마비 증세가 나타나면 치매의 정도는 점점 심해진다. 명확한 발음을 할 수 없게 된 뒤로 보행 능력이 급격히 저하되고, 팔을 올릴 때에도 고통을 느끼며……다른 질환과 달리 치매 환자는 자신의 이상 증세를 전혀 자각하지 못한다. 아무 생각을 할 수 없기 때문에, 환자는 의지력이나 판단력 없이 뇌가 죽어가는 대로 이끌려간다.

당시 프랑스에서 존경을 받던 고명한 의대 교수들처럼 에스키롤 역시 환자의 사후에 사체를 해부하곤 했다. 정밀도가 요즈음에 비해 형편없이 떨어지는 현미경을 쓰지 않고, 에스키롤은 대부분 직접 눈으로 검시했다. 그럼에도 불구하고, 그는 놀라운 사실들을 발견했다.

둘둘 말려 있는 뇌질이 노화되어 군데군데 잘려나간 부분도 있고, 바람이 빠져나간 것처럼 납작하게 축소된 곳도 있었다. 손상은 뇌의 앞부분이 특히 심했다. 나선을 그리며 말려 있는 뇌질이 압축되거나 파괴되어버린 빈 공간에는 혈청이 속을 채우고 있었다.

에스키롤은 위와 같은 검시 결과를 통해, 뇌조직이 퇴화하면 지각력도 퇴화된다는 사실을 설명했다. 그의 예증은 훗날 다른 연구가들에 의해 재차 입증되었다. 그러나 현미경을 통한 정확한 분석은 알츠하이머에 이르러서야 체계적으로 이론화될 수 있었다.

에스키롤의 업적으로부터 알츠하이머에 이르기까지 70여 년 동안 의학계는 여러 면에서 심오한 발전을 거듭했다. 그중에서도 높은 배율과 고해상력을 지닌 현미경이야말로 의학 발전에 가장 큰 공헌을 했다고 할 수 있다. 우수한 성능의 광학기기를 이용할 수 있었던 독일 의대의 과학자들은 19세기 말에서 20세기 초에 걸쳐 문자 그대로 엄청난 발견을 이룩했다. 알로이스 알츠하이머가 치매 연구를 수행해나간 과정 역시 독일식의 치밀한 현미경 분석법에 의해서였다.

알츠하이머는 처음 신경 및 정신 질환자들을 치료하는 임상의로 의학계에 발을 들여놓았으나 실험실 연구에도 각별한 관심을 갖고 있었다. 노인성 치매의 권위자로, 미시적이고도 확실한 병리 서술로 명성을 쌓아가던 그는 실험 정신의학계의 선구자인 에밀 크래펠린의 요청으로 1902년 하이델베르크 대학교에서 연구를 시작했다. 다음 해 뮌헨 대학교 초청으로 새로운 연구 분야의 책임을 맡게 된 크래펠린은 39세의 알츠하이머를 합류시켰다. 세포 조직에 염료로 착색을 하는 새로운 실험 방식을 통해 알츠하이머는 매독, 헌팅턴 무도병 (신경병의 일종. 안면, 수족, 혀 따위에 빠르고 불수의적인 운동이 일어남), 동맥경화, 노쇠 현상 발생시 일어나는 세포의 구조 변화를 밝혀냈다. 알츠하이머식 연구의 가장 뚜렷한 특징은 환자를 치료할 때 눈여겨보았던 징후를 환자의 사후 현미경을 이용한 검시 결과와 반드시 서로 연관시켜 본다는 점이다. 이러한 접근법은 질환의 요인과 증세를 추적하는 데 절대적으로 필요한 요소이다.

1907년 알츠하이머는 「뇌피질에 나타난 특수 질환」이라는 논문을 통해, 정신병원에 입원한 어느 여성 환자에 대한 관찰을 자세히 기록했다. 그 내용을 보면 표현만 조금 다를 뿐, 에스키롤의 관찰과 매우 흡사하다. 또 프리처드의 주장과 달리, 알츠하이머는 '부조화의 네

가지 단계를 명확하게 구분하지 않았다. 알츠하이머가 연구 대상으로 삼았던 51세의 여성 환자는 질투심과 기억력 쇠퇴, 편집증, 지각력 저하, 몰이해, 인사불성 증세를 차례로 보인 뒤, 발병 4년 반 만에 숨을 거두었다. 마지막 단계에 이르러서는 전신마비로 침대 위에서 꼼짝 못하게 되어 욕창 증세를 보였다고 한다.

알츠하이머가 그 논문을 발표한 것은 알츠하이머 질환에 대한 임상 과정을 소개하기 위해서가 아니었다. 사실 알츠하이머 증세는 피넬과 에스키롤 두 프랑스 의사에 의해 '치매의 새로운 영역'으로 분류되었을 뿐, 두 사람 이전에도 이미 여러 번 보고된 바 있었고, '중년층에 나타나는 치매'를 따로 구분하기 위해 '전로기 치매(presenile dementia)'라는 용어가 이미 알츠하이머 한참 전인 1868년 초에 소개된 적도 있었다. 그는 육안으로 봐도 노쇠한 것이 분명한 뇌조직을 되풀이해서 묘사하려고 했던 것이 아니라, 단편으로 얇게 잘라낸 뇌조직에 특수 염료를 착색한 뒤 현미경으로 조사한 전혀 새로운 결과를 발표했던 것이다.

알츠하이머는 현미경 실험을 통해, 뇌피질 세포 속에 머리카락처럼 생긴 원섬유(fibrils)가 점차 밀집화되어가는 것을 밝혀냈다. 질환의 마지막 단계에 이르면 핵(nucleus)을 포함한 세포 전체가 와해된 채, 원섬유 뭉치만이 그 자리를 채우고 있었다. 알츠하이머는 원섬유가 생긴 세포가 정상 세포보다 안료를 훨씬 잘 빨아들이는 사실에 유의, 신진대사 때 쌓이는 침적물과 원섬유 생성의 인과관계를 찾으려고 시도했다. 환자의 뇌피질 세포의 4분의 1에서 3분의 1가량이 원섬유로 가득 차 있거나, 완전히 사라져버린다는 사실도 알아냈다.

세포의 파괴 과정을 밝혀낸 뒤, 알츠하이머는 뇌피질 전체에 흩어져 있는 미세한 덩어리들과 판상물질(板狀物質, plaques)들을 찾아냈는데, 몇 년 후 이것들이 축색돌기(신경섬유의 중축을 이루는 돌기) 내의 상호 연락 체계를 파괴하는 요소로 밝혀졌다. 이러한 원섬유 덩어리와 노화를 일으키는 미세물질들은 오늘날에도 알츠하이머 질환을 진단하는 표준 척도로 사용된다.

그러나 신경 원섬유 뭉치나 아밀로이드 판상물질이 알츠하이머 환자들에게서만 발견되는 것은 아니다. 뇌피질의 노쇠 상태에 따라 둘 중의 하나 혹은 둘 다 나타나기도 한다. 소량이기는 하지만 알츠하이머 질환과는 전혀 관계없는 정상적인 노화 과정에서 발생하기도 한다. 그러면 여기서 원섬유 뭉치와 판상물질이 형성된 후, 어떻게 뇌피질이 노화되어가는지 그 과정을 살펴보자.

알츠하이머가 이 '특별한 질환에 맞서 싸우기로 작정한 이래, 그의 스승 크래펠린은 1910년 자신의 여덟 번째 저서 간행에 맞춰 그 질환을 '알츠하이머의 질환이라고 명명했다. 어쨌든 그는 알츠하이머의 실험 대상(예의 그 여성 환자)이 노인성 치매에 속한다고 생각했기 때문에 상대적으로 나이가 적은 그 환자의 연령에는 특별한 관심을 두지 않았던 것 같다. 그는 저서에서, "알츠하이머 질환의 임상시험이 나타내는 의미는 아직 분명치 않다. 사체 해부 때 밝혀진 내용으로 볼 때, 이 질환은 노인성 치매로 판단될 수도 있으나, 몇 가지 사실이 일반적인 노인성 치매와 다른 양상을 보인다. 이 질환이 50대

후반이라는 비교적 이른 나이에도 발병할 수 있다는 사실로 보아 나이와의 관련성이 그리 크지 않다면, 이 질환은 '조발성 치매(senium praecox)라는 용어로 나타낼 수 있을 것이다"라고 서술했다. 크래펠린은 정신의학계의 위대한 대부로 인정받던 영향력 있는 사람이었으므로, 많은 의학자들이 그가 사용했던 용어 '조발성 치매'를 그대로 논문 등에 사용했고, "연령과 연계되어 있지 않다"는 그의 추론 역시 여과 없이 받아들였다. 이런 연유로 인해서 조발성 치매로 명명된 알츠하이머 질환은 그 후 반세기 넘게 의학 용어로 사용되었다.

알츠하이머의 연구 보고서가 발표된 지 몇 년 뒤, 다른 연구진들도 그와 비슷한 사례를 소개했다. 각각의 임상적 조사 과정 역시 알츠하이머의 경우와 동일했고, 사체 해부 때 밝혀낸 내용 역시 같은 결과를 보였다. 현미경 검진을 통해 환자들의 뇌피질 속에서는 노화된 아밀로이드 판상물질과 원섬유 뭉치들이 다량으로 발견되었다. 1911년까지 이런 종류의 연구 보고는 12건을 웃돌았다.

판상물질과 원섬유 덩어리들을 머릿속에 가득 담고 있다가 숨을 거둔 환자들은 노인들뿐만 아니라 다양한 연령층에서 나타났다. 1929년까지 40대 이하의 환자 4명이 이 질환으로 판명되었고, 그중 한 사람은 일곱 살 때부터 증세를 보였다고 한다. 물론 이 수치를 곧이곧대로 받아들일 수는 없다. 연구할 때 특정 사례만을 뽑아서 보고했을 수도 있고—의학자들은 일반적인 것보다 유별난 것을 골라 연구하려는 경향이 있다—부검이 의무적인 나라들이 아니었기 때문에, 자신들의 '관심의 대상'이 된 환자들만을 골라 검시했을 수도 있기 때문이다. 하지만 왜 나이 든 환자들보다 젊은 환자들이 연구자들의 관심을 끌었을까? 1920년대 말까지 의학계에 보고된 알츠하이머 환자들은 나이가 대략 50~60세로, 상대적으로 젊은 그룹이었다.

몇몇 의사들이 조기 발병 문제를 설명해보려고 애썼음에도 불구하고, 그 증후군은 지난 수십 년 동안 변함없이 '알츠하이머의 조발성 치매(Alzheimer's presenile dementia)'로 불려왔다. 내가 의대를 다니던 시절인 1950년대의 의학 교과서에도 그 명칭으로 실려 있었고, 나 역시 그렇게 배웠다.

알츠하이머의 조발성 치매가 '알츠하이머 타입의 노인성 치매(senile dementia of the Alzheimer type)'라는 명칭으로 바뀔 때까지의 과정은, 20세기 중반까지의 생의학 발달 과정을 나타내는 전형적인 모델로서, 과학과 정부 차원의 협조가 조화를 이루어 일구어낸 결과라고 할 수 있다. 알츠하이머가 첫 연구 발표를 한 이래 60여 년 동안, 현미경 검진에 따른 조발성 치매와 노인성 치매 사이에는 아무런 상이점이 없다는 것이 명백해졌다. 그 후 1970년, 알츠하이머 질환 및 그와 연관된 상태에 관한 의학협의회는, 조발성 치매와 노인성 치매 사이에 임의적으로 상이점을 두려는 행위 자체가 잘못이며 오판에 불과하다고 못박았다.

그 결과 수많은 노인 환자와 그 가족들이 진료 혜택을 받을 수 있었고, 의료진들은 더욱 연구에 박차를 가하게 되었으며, 정부에 연구기금 지원 요청이 쇄도했다. 미국의 경우 국립보건위원회(NIH)가 적극적으로 연구에 개입했고, 정치적 영향력을 가진 나이 든 변호 그룹이 형성되었다. 국립노화연구소(NIA)는 이 과정에서 탄생한 기구이다. 연구진들의 노고에 힘입어 NIA와 간병인들은 ADRDA의 발족시켰다. 의대 시절, 허구한날 밤을 새워가며 연구해야 했던 특수 질환이 이제는 세계보건기구 통계표상의 주요 사인으로 손꼽히고 있는 것이다. 결국 여러 사람들의 노력의 결과로 1989년 미국 내의 알츠하이머 질환 연구비로 책정된 금액은, 10년 전에 비해 무려 8백 배나 높았다.

지난 수년 동안 급속히 이루어진 연구 성과에도 불구하고, 이 질환의 치료 및 예방법은 물론, 정확한 발병 원인조차 밝혀지지 않았다. 알츠하이머의 유전적 소인을 꼽기도 하지만, 그 이론은 노인 환자들과는 달리 젊은 층에는 적용되지 않는 것으로 알려졌다. 몇몇 환자들의 경우 염색체의 결손을 보이고 있으나, 유전적 소인은 상대적으로 나이가 아래인 환자들에겐 아직 완벽하게 들어맞는 설명이 되지 못하는 것이다. 알루미늄이나 바이러스, 두부 타박상, 감지 기능 저하 등과 같은 외부 인자들도 일관성이 없어 특정 병인으로 보기에는 미흡하다. 인과관계가 애매모호한 여타 질병과 마찬가지로, 면역 체계의 변화와 만병의 근원인 담배 역시 발병인자로 꼽히고 있으나, 아직 확실하게 밝혀진 것은 아무것도 없다.

다만, 발병 후 병이 진행되는 과정에서 몇 가지 중요한 생화학적 변화가 조사된 바는 있다. 예를 들어 환자의 뇌피질 생체 조직검사를 통해, 신경전달의 필수 요소인 아세틸콜린의 숫자가 60~70퍼센트나 감소된다는 사실 등이다. 이 사실을 근거로, 파괴된 신경전달 시스템을 회복시키기 위한 여러 가지 약물 치료법이 시도되기도 했다.

또 아세틸콜린의 양이 떨어질 때 반대로 아밀로이드의 양이 증가하므로, 아세틸콜린이 신체 내의 아밀로이드 생산량을 조절할 수 있다는 조사 연구가 최근에 발표된 바 있다. 이러한 사실은 질환의 생화학적 성격과 현미경 상에 나타난 병리 관계를 직접 연계시켜주는 동시에, 새로운 치료술의 개발을 가능케 해줄 것이다. 특히 베타 아밀로이드가 신경세포의 독소로 작용한다는 설만 실증된다면, 효과적인 치료법 개발에 청신호가 될 수도 있을 것이다. 아밀로이드가 신경세포를 파괴시키는 것인지, 아니면 신경세포를 약화시키는 데 불과한 것인지에 관한 논쟁은, 확실한 과학적인 논증이 이루어질 때까지 신경생리학자들 사이에 끊임없이 지속될 것이다.

원섬유 뭉치와 노화된 판상물질 외에도, '액포(vacuoles)'라는 해마 모양의 빈 공간이 또 다른 실체로 떠오르고 있다. 이것은 해마상융기(海馬狀隆起, hippocamus: 바다의 해마와 흡사하다고 해서 이름붙인 것으로 알려져 있다)라고 불리기도 하는데, 내측면에 생긴 가늘고 긴 돌기를 뜻한다. 이 해마상융기의 기능은 기억의 저장과 관련이 있다고 알려졌으나, 정확한 기능은 아직도 수수께끼로 남아 있다. 또 액포와 그것을 둘러싼 작은 입자들 역시 어떤 기능을 갖고 있는지 밝혀지지 않았다.

지금 이 순간에도 연구진들은 실험실에서 이러한 비밀을 캐내기 위해 땀을 흘리고 있다. 그동안 수많은 연구가 진행되어 중요한 진척이 이루어졌음에도, 여전히 그 실체조차 파악하지 못한 실정이다. 하지만 작은 시냇물들이 모여 큰 강을 이루듯, 작은 발견들이 거듭 쌓이고 모이면 언젠가는 큰 발견을 이룰 수 있을 것으로 믿어 의심치 않는다. 20세기 말의 과학 연구는 과거와는 달리 한꺼번에 크게 도약하는 대신 천천히 조립식으로 이루어지고 있기 때문이다.

뇌의 생체 조직검사 같은 극단적인 방법을 동원하지 않고서도 요즘 내과의사들은 질환의 85퍼센트 정도를 정확하게 진단해낸다. 초기 검진의 중요성이 강조되는 이유는, 알츠하이머 질환이 치매와 유사한 징후를 나타내는 질환으로 경시될 경우 치료 적기를 놓칠 수도 있기 때문이다. 유사 증세를 보이는 질환에는 우울증, 빈혈증, 양성 뇌종양, 갑상선종 등이 있고, 그 밖에 혈액 응고질 등이 뇌에 압박을 가하는 것처럼 뇌조직에서 일어나는 비정상적인 변화를 들 수 있다.

알츠하이머 질환을 통고받은 환자나 그 가족들에게는, 사실 그 어떤 위안도 소용이 없을 것이다. 다만 훌륭한 간호 시설과 후원 단체의 손길, 친구와 가족들 간의 유대관계가 고뇌를 다소 완화시켜줄 수 있을 뿐이다. 모든 것이 파국을 향해 달려가는 동안, 어둡고 괴로운 계곡에 빠져 허덕일 환자를 돕기 위해, 그를 사랑했던 가족과 친지들은 사랑으로 하나가 되어야만 할 것이다. 알츠하이머 질환은 자연의 상궤를 제멋대로 벗어나 인간성에 도전장을 내민 극악무도한 질병이다. 그에 맞설 수 있는 유일하고도 위대한 진리가 있다면, 인간의 사랑과 충의가 육체적인 부패와 눈물로 얼룩진 영혼을 달래고도 남을 만큼 강하다는 사실을 다시금 깨닫는 것이 아닐까 싶다.

6
살인과 평화

"인간은 산소성 생물이다." 이것은 히포크라테스의 많은 명언들 중에서도 인간의 비밀을 극히 간단하면서도 가장 명료하게 나타내는 문구이다. 인간을 포함한 모든 육상 동물이 공기 없이는 살 수 없다는 사실은 원시 시대에도 널리 알려진 진리였다. 미분자를 연구하는 최첨단 과학이거나 현대 문학이거나 예외 없이 모든 지식은 결국 원을 그리며 출발점으로 되돌아오는 것 같다. '인간이 살아가기 위해서는 공기가 필요하다.' 이것은 지극히 간단한 진리이기도 하다.

생명에 필요한 요소를 '공기' 대신 '산소'로 규명한 것은 18세기 말엽의 일이다. 산소 없이는 세포가 죽고, 세포가 없이는 우리 역시 존재할 수 없다는 결론이 내려진다. 산소가 체내로 흡수되면 혈액의 빛깔이 달라진다. 즉 허파를 통과하는 동안 피곤에 지친 검붉은 색의 혈액은 선명한 붉은빛으로 되살아난다. 비유적으로 표현하자면, 신체를 일주하고 고향으로 돌아온 피는 긴 여행에 지쳐서 맑은 공기를 마시고 싶어 한다. 그런 까닭에 산소는 살아 있는 많은 생물들의 삶을 근본적으로 허락해주는 요소인 것이다. 산소는 살아 있는 생물체를 연구할 때 빼놓을 수 없는 핵심 요소로서, 몇백 세대 아니 몇천 세대를 걸쳐 수천, 수만의 연구진들에 의해 연구되어왔고, 또 각종 언어로 표현되었다.

이처럼 긴 세월 동안 수많은 연구가 수행되었지만, '인간은 산소성 생물이다'라는 문구만큼 인간 생존의 요소를 단정적으로 잘 표현한 것은 없는 듯하다. 『미국 외과의사 협의보』에 실린 '의술의 신기원 1992'란 기사를 보면 최근에 선보인 특수 분야가 소개되어 있다. 그것은 숨을 빼앗기느냐 아니면 빼앗느냐 하는 생사의 기로에서, 바람 속의 촛불처럼 깜박거리는 환자의 호흡을 지켜내는 새로운 전문 팀의 활약상에 관한 것이었다.

이 특수 치료 팀의 주요 방어 전략은 체내 세포에 산소를 끊임없이 공급해주는 것이다. 전쟁에서 전사한 사람들을 해부실로 옮겨 실험했던 밀턴 헬펀은, 그 '죽음으로 가는 수만 개의 문'을 조사할 때마다 '산소 부족'이라는 똑같은 답을 얻어내곤 했다.

산소의 여행 경로는 들이켠 공기로부터 시작해 호기성 세포, 즉 종착역까지 곧장 한 길로 이어진다. 허파세포의 얇은 벽과 그 벽에 붙어 있는 모세혈관망을 통과해 침투한 뒤, 산소 분자들은 헤모글로빈이라는 적혈구의 색소단백질과 결합, 옥시헤모글로빈이 된다. 이 산소 화합물들이 허파로부터 좌심으로 옮겨져 대동맥을 통과한 뒤 체내 전체 조직, 신체 말단부의 모세혈관에 이르기까지 수송된다. 그리고 관상동맥 내의 대로와 좁은 오솔길들을 따라 순환한다.

일단 목적지에 도달하면 산소는 여행길에 같이 올랐던 친구, 헤모글로빈과 작별한다. 열차에서 내리는 승객처럼 적혈구를 떠나 세포의 정상 기능을 위해 각 세포 조직으로 들어가게 되는 것이다. 이러한 일련의 순환은 생명이 붙어 있는 한 지속되는 '교환 작업'이라고 생각하면 이해가 빠를 듯하다. 온갖 체세포들이 정상적인 기능 수행의 결과로 생성하는 이산화탄소는 산소와 교환되고, 노폐물 등은 허파, 간, 콩팥 등 다기능적인 정화 기관을 통과해서 걸러지고 파괴되는 것이다.

여타의 운송 체계와 마찬가지로 이러한 교환 작업 역시 교통의 흐름, 즉 혈행에 좌우된다. '진탕증' 혹은 '마비'라고 풀이되는 '쇼크 (shock)'는 바로 체조직이 필요로 하는 충분한 양의 혈액이 공급되지 못하는 상태를 뜻한다. 물론 쇼크는 다양한 메커니즘에 의해 일어날 수도 있으나, 대부분 심장의 펌프질이(심근경색으로 인해) 약화되거나 순환 중인 혈액량이 급속히 감소될 때(출혈로 인해) 일어난다. 또 다른 요인으로는 패혈증을 들 수 있는데, 혈액 전체가 일시에 감염되기 때문에 쇼크사를 불러일으킨다. 패혈증에 의한 쇼크는 세포 기능에 심각한 파국을 초래한다. 앞으로도 다룰 내용이지만, 먼저 한 가지만 예를 들어보면 혈액의 재분산화를 유도, 내장 기관 같은 넓은 정맥관으로 혈액이 빠져나가도록 만드는데, 그러면 전반적으로 혈액량이 줄어든다. 그 원인이 무엇이든 간에 모든 쇼크는 비슷한 유형으로 나타난다. 생화학적 교환 체계에서 이탈된 세포는 결국 산소 부족으로 죽게 되는 것이다.

쇼크 상태가 얼마나 지속되는가에 따라 세포의 사멸 정도와 환자의 생사가 결정된다. 쇼크 상태가 오래 지속되어 세포의 사멸 정도가 너무 크다면 죽음은 불가피해진다. 물론 '오래 지속된다'는 말은 상대적일 수 있다. 그렇다면 어느 정도 오래 지속된다는 말인가? 그 시간은 상궤를 벗어난 혈류가 어느 정도의 압력으로 떨어졌느냐에 달려 있다. 심장마비처럼 흐름이 완전히 멈춘 경우에는 죽음은 단 몇 분 만에 찾아올 수도 있다. 다만 혈류가 돌긴 하되 생존 가능 수준 이하로 느리게 돌아간다면, 사망 시간은 해당 세포가 요구하는 산소량에 따라 달라질 수 있다. 특히 뇌조직은 다른 조직보다 산소와 포도당 부족에 민감한 반응을 보인다. 두 가지 모두 양이 감소하면 그 즉시 뇌는 파괴되거나 마비되어 복구 불능의 상태에 빠진다. 뇌의 활성도는 모든 체조직의 기본 척도이기에 뇌조직에 공급되는 산소량이 감소하면 다양한 종류로 죽음이 다가들게 된다.

요즈음 뇌의 생존 여부가 '사망'을 가르는 합법적인 기준이 되었지만, 임상의들에게 삶과 죽음을 가르는 기준은 예전부터 따로 있었다. 임상적인 의미에서의 '죽음'은 심장이 완전히 멈추고 난 뒤 혈류도, 호흡도, 뇌 기능도 모두 다 멈춘 상태를 말한다. 심장마비나 다량의 출혈로 인해 이러한 상태가 급작스럽게 일어났을 경우, 세포들이 생명력을 잃어버리기 전 아주 짧은 시간(길어야 4분) 내에 심폐소생술

(CRT) 같은 신속한 응급조치를 취하면 환자가 소생하기도 한다. 이러한 극적인 장면들은 우리가 책이나 텔레비전을 통해서 수시로 접해왔던 내용들이다. 물론 실패로 끝날 경우가 더 많지만 가사 상태에서 회생하는 사람들도 꽤나 많기 때문에 응급요원들의 손길은 항상 바쁘게 움직인다. 임상적인 사망을 쳐부수고 다시 돌아오는 환자들을 보면, 그들은 모든 신체 기관이 전반적으로 건강하고 말기 암, 치매, 만성 동맥경화증과는 관계없는 사람들이다. 일단 자력으로 호흡할 수 있을 만큼 체력이 회복되면, 그들은 다시 돌려받은 인생으로 사회에 무언가를 이바지할 수 있는, 아니 적어도 무언가 이룰 수 있는 능력을 갖게 되었다고 볼 수 있다. 그런 이유 때문에 많은 봉사대원들과 관심 있는 사람들이 인공호흡 같은 응급조치법을 배우는 것이 아닐까 싶다.

임상적인 죽음은 가끔씩 그 본래의 의미에 앞서 단말마적인 국면일 때 선고될 수 있다. 임상의들에게 단말마의 고통이란, 더 이상 견뎌내지 못하고 생이 원형질로부터 빠져나가는 순간을 의미한다. 죽어가는 환자야 의식하지 못하겠지만 우리는 보통 '단말마의 고통'이란 표현을 사용한다. 마지막 몸부림이라고는 하지만 사실 산소 결핍으로 인한 근육 경련은 소리 없이 이루어진다.

죽지 않으려고 마지막 사력을 다하는 모습은 마치 원초적인 본능으로부터 솟아오르는 강렬한 저항처럼 보인다. 서둘러 떠나려고 하는 영혼을 향해 일으키는 분노라고도 할 수 있다. 몇 달, 아니 몇 년 동안이나 질환으로 고통받고 시달려왔으면 떠날 준비가 되었을 법도 하건만, 우리의 체조직은 영혼과의 결별에 끝끝내 저항하고 화를 낸다. 단말마의 고통이 마지막에 이르면 호흡이 중지되거나 아주 높게 심호흡을 하는 상태가 되면서 무의식이 함께 찾아온다. 흔한 예는 아니지만 제임스 매카티처럼 급작스런 발작과 함께 숨을 거둔 후, 후두 근육이 때늦게 공포어린 소리를 내기도 한다. 동시다발적으로 가슴과 어깨가 한두 번씩 요동을 치면서 마치 세상을 등지기 싫다는 듯, 짧은 고뇌를 보인다. 이러한 단말마의 고통은 임상적인 사망 기준에 포함되며, 그 이후에는 영면의 상태에 들어간다.

생을 잃어버린 얼굴은 무의식 상태로 들어간 얼굴과는 완전히 다르다. 심장이 박동을 멈춘 후 몇 분만 지나면 얼굴은 죽음의 빛이 완연한 회백색으로 변하는데, 이전에 시체를 전혀 대하지 못했던 사람들조차 확연하게 알아볼 수 있을 만큼 사체의 형상을 띤다. 몸에서 정수(精髓)가 빠져나간 뒤의 육신은 마치 바람 빠진 타이어 같다. 사체는 사망 후 몇 시간 내에 수축되어 거의 본래 크기의 절반으로 줄어든다. 어브 립시너의 예에서도 설명했듯이, 사체는 마치 바람 빠진 풍선처럼 수축되어버린다.

임상적인 사망시에는 그 징후가 뚜렷이 나타난다. 따라서 심장마비나 다량 출혈로 쇼크 상태에 들어간 환자의 경우, 응급진은 몇 초 내에 적절한 응급조치 여부를 결정해야 한다. 이때 환자의 눈동자는 판단의 척도가 된다. 처음 몇 초간 불투명하고 멍한 눈동자는 응급조치를 취하지 않을 경우 4~5분 만에 완전히 광택을 잃어버리는데, 동공이 확대되고 불빛에도 아무런 반응을 보이지 않는다. 엷은 회색

막이 눈동자 위를 덮게 되면 이미 혼이 날아가버린 상태라고 할 수 있다. 동그랗고 통통하던 안구는 겨우 알아볼 수 있을 정도로 완전히 납작해진다.

혈액 순환이 멈추면 당연히 맥박도 느껴지지 않는다. 목이나 사타구니의 동맥 부위에서도 맥박이 감지되지 않으면, 그 육체는 정육점 진열대에 걸린 고깃덩어리와 별반 다를 게 없어진다. 피부 조직은 탄력을 잃어버리고 자연스러운 삶의 빛깔 역시 사라진다. 이 시점에 이르면 생은 완전히 끝났으며, 그 어떠한 노력으로도 가버린 생을 다시 되돌릴 수 없게 된다.

법적으로 사망 진단을 내리기 위해서는 뇌 기능이 완전히 멈추었다는 사실이 인정되어야만 한다. 의료진 사이에 통용되는 뇌사 기준과 뇌상의 종류는 아주 명확하고 특정적이다. 반사 기능 저하와 외부 자극에 대한 반동 마비, 그리고 뇌의 전기적 활동이 중단되어 뇌전도 그래프에 몇 시간 동안 아무 변화가 나타나지 않는 상황 등을 모두 고려해 최종 판결이 내려진다. 이러한 기본 요소들이 합쳐져야만(심한 두부 부상이나 뇌졸중으로 인한 뇌사일 경우) 모든 인공적인 생명 연장 장치들을 끄며, 아울러 심장도 조용히 마지막 운동을 그만두게 된다.

혈액 순환이 정지되면 세포도 자체적으로 파괴되기 시작한다. 중추신경계가 제일 먼저 죽고, 이에 연결된 근육과 섬유 조직들이 뒤따른다. 의료진들은 전기자극을 주어 사망 후 몇 시간 후에도 근육 수축을 유도해내기도 한다. 혐기성, 즉 산소 없이도 생존할 수 있는 몇몇 기관은 사망 후에도 그 기능의 일부가 계속 작용하는데, 간세포가 알코올을 분해하는 기능 따위가 바로 그것이다. 그러나 사망 후에도 머리카락과 손톱이 계속 자란다는 속설은 사실이 아니며, 사망 후 성장하는 것은 아무것도 없다.

대부분의 죽음에서, 심장박동은 뇌 기능이 멈추기 전에 그친다. 뇌진탕처럼 심하게 머리를 부딪쳐 급사한 경우에도, 심장박동이 멈추게 되는 이유는 과다 출혈로 인해 혈액량이 급격히 줄어들었기 때문이다. 우리가 흔히 '출혈(hemorrhage)'이라고 부르지만, 외과의들은 이러한 과다 출혈 상태를 전문 용어로 '사혈(exsanguination)'이라고 한다. 이 상태는 주동맥이 파열되거나 비장, 간, 허파처럼 혈액으로 가득 찬 기관들이 찢어질 때, 그리고 심장 자체가 파열될 때 일어난다.

체내 혈액의 2분의 1 내지 3분의 2가량이 급속히 빠져나갈 경우, 심장은 대부분 박동을 멈춘다. 총 혈액량이 체중의 약 7~8퍼센트라는 사실을 감안해볼 때, 몸무게 77킬로그램인 남성이 3.8리터의 혈액을, 59킬로그램의 여성이 2.8리터를 잃을 경우 임상학적인 사망은 불가피하다. 대동맥이 파열될 경우 그 과정은 불과 1분도 걸리지 않지만, 비장이나 간에 상처를 입으면 몇 시간 내지 며칠까지 이어지기도 한다.

혈액량이 몇 파인트(0.47리터)만 떨어져도 혈압이 급강하는데, 심장은 그 부족분을 메우기 위해 박출 속도를 올리게 된다. 그러나 심장이 아무리 고군분투해도 부족분을 따라가지 못할 정도로 출혈이 심하면, 뇌로 들어오는 혈액량이 줄어들어 결국 환자는 코마 상태에 빠질 수밖에 없다. 뇌피질은 그 즉시 무너지나 골수 같은 부분은 무너진 체계 속에서도 어느 정도 견뎌내며 호흡을 계속한다. 심장이 완전히 멈추면—그전에 심근 수축이 일어나기도 한다—단말마의 고통이 시작되는데, 그 시점이 바로 생 자체가 소멸되는 순간이다.

위에 설명한 죽음의 과정, 즉 출혈, 사혈, 심장마비, 단말마의 고통, 임상적인 사망, 그리고 완전한 죽음이 그대로 '재현'된 예가 있다. 몇 년 전 내가 근무하던 병원으로부터 멀지 않은 코네티컷 시에서 살인 사건이 일어났다. 야시장과 도심 축제를 즐기러 나왔던 시민들 앞에서 공공연하게 벌어진 살육전의 희생양은 이제 아홉 살 난 어린 소녀였다.

근처 읍에서 엄마 조앤과 여섯 살짜리 여동생 크리스틴과 함께 도심으로 산책을 나온 캐티 메이슨은 화려하게 벌어지던 거리 축제를 한참 구경하고 있었다. 조앤과 함께 온 친구 수전 리치도 캐티 또래의 로라와 티미를 데리고 왔는데, 캐티와 로라는 세 살 적부터 발레를 함께 배운 친한 사이였다. 인도에 늘어선 장사하는 사람들을 구경하면서 장터를 돌아다니던 중, 꼬마 크리스틴이 건너편 거리에 있던 회전 목마를 태워달라고 엄마를 졸라댔다. 캐티를 친구에게 맡겨놓고 조앤은 막내를 데리고 길을 건너갔다. 도로를 가로질러 반대편 인도 위에 오르던 순간, 갑자기 등 뒤에서 왁자지껄한 소음 속에 섞인 어린아이의 비명 소리를 들은 조앤은, 잡고 있던 크리스틴의 손목을 놓고 소리가 난 쪽으로 돌아섰다. 문제의 현장에는 땅에 쓰러진 꼬마아이를 발로 밟고 무섭게 오른팔을 휘두르는 괴한이 있었고, 그 험상궂은 사내를 피하려는 듯 사람들은 사방으로 흩어지고 있었다.

상당한 거리였으나, 조앤은 그 괴한의 발아래 누워 있는 소녀가 자신의 딸 캐티라는 것을 직감했다. 언뜻 보기엔 늘어진 팔목뿐이었으나, 사내의 팔 밑엔 핏물이 흐르는 길이 20센티미터 짜리 긴 사냥칼이 번들거리고 있었다.

사내는 있는 힘을 다해 마치 피스톤 동작을 하듯 위, 아래, 위, 아래로 계속 캐티의 얼굴과 목을 찔러대고 있었다. 근처에 붐비던 사람들은 순식간에 모두 다 도망가고 넓은 장터에는 살인자와 희생양만이 남아 있었다. 아무런 제지를 받지 않고 계속 칼을 내리꽂던 사내는 길게 누워 있는 아이 옆에 자기 몸을 눕힌 후에도 끊임없이 칼질을 해댔다. 아이의 피가 아스팔트 위를 붉게 물들였으나, 조앤은 공포와 도저히 믿기지 않는 엄청난 현실을 주체하지 못해, 어찌할 바를 모른 채 홀로 우두커니 서 있었다. 나중에 그 순간을 회상했던 조앤은 주변에 있는 공기가 너무 짙고 두터워서 도저히 앞으로 나아갈 수 없었을 뿐 아니라, 뜨거운 열기로 전신이 완전히 마비되어 꼼짝할 수 없었다고 회상했다.

아무런 저항도 못 한 채 축 늘어진 아이 위에서 계속 상하 반복운동을 하는 공포의 칼질만 있을 뿐, 주변의 공기조차 완전히 흐름을 멈춘 것 같았다. 상상할 수조차 없는 극악한 살상이 벌어지고 있었으나, 가게 안쪽에서도 골목길에서도 움직이는 사람은 아무도 없었다. 마치 아무도 침범하지 못할 그림 속의 살인 장면 같았다.

그 끔찍한 장면 앞에서 조앤은 몇 번씩이나 눈을 감았다. 잠깐씩 눈을 뜰 때마다 아이의 얼굴과 상체를 파고드는 긴 칼에 자신의 가슴이 갈기갈기 찢기는 듯했다. 바로 그때, 두 사람이 고함을 지르며 레슬링을 하듯 살인마를 향해 뛰어들었다. 그러나 미친 사내는 전혀 개의치 않은 채 꼼짝하지 않고 계속 캐티를 찔러댔다. 두 사람 중 한 사람이 사내의 얼굴을 향해 매섭게 발길질을 해댔으나, 날아오는 구둣발에 머리통만 좌우로 흔들릴 뿐 사내는 아무 의식이 없는 듯 칼만 기계적으로 내리꽂고 있었다. 신고를 받고 달려온 경찰 1명이 괴한의 칼 든 손을 잡고 나서야 세 사람은 힘을 합해 미치광이를 땅바닥에 눕힐 수 있었다.

살인마가 캐티로부터 떨어져나가자마자 조앤은 앞으로 달려가 딸아이를 두 팔로 끌어안았다. 등판을 부드럽게 손바닥으로 받친 채 조앤은 찢겨진 딸의 얼굴을 내려다보며 요람 속의 갓난아이를 어르듯 '캐티, 캐티'라고 속삭였다. 아이의 얼굴과 머리는 피로 범벅이 되었고, 옷도 피에 흠뻑 젖었으나 눈빛만큼은 유난히도 맑았다.

나를 바라보는 눈빛에는 따스함이 배어 있었어요. 뒤로 꺾인 머리를 약간 들어올린 순간, 아이가 숨을 쉬는 것처럼 보였습니다. 나는 몇 번씩이나 아이의 이름을 부르며 사랑한다고 얘기했지요. 그때서야 비로소 나는 아이를 안전한 곳으로, 그 악당에게서 떼어내야 했다는 것을 깨달았습니다. 너무도 뒤늦게 제정신이 돌아온 것이었어요. 하지만 후회하기엔 너무나 엄청난 일이 벌어진 다음이었습니다.

아이를 두 팔로 안아 올려 몇 걸음 발을 옮겼으나 도무지 어떻게 해야 할지를 몰랐어요. "내가 지금 뭘 하고 있는 거지? 어디로 이 아일 데려가야 하지?" 나는 다시 무릎을 꿇어 아이를 천천히 바닥에 눕혔어요. 아이의 가슴이 높게 뛰어오르며 피가 입 속에서 분수처럼 솟구쳐 올랐습니다. 믿기지 않을 정도로 많은 피였어요. 나는 사람의 몸속에 그렇게 많은 피가 들어 있는 줄은 그때 처음 알았습니다. 그 순간에도 나는 어찌해야 할지 몰랐습니다. 제발 도와달라고 고래고래 악을 썼지만, 피를 토해내는 아이를 어떻게 해볼 방법은 없는 것 같았습니다.

좀 전만 해도 캐티의 눈엔 반짝거림이 있었으나, 땅에 아이를 눕힌 뒤에 보니 눈빛이 완전히 달라져 보였어요. 출혈이 지속되자 눈빛이 점점 더 멍해져갔죠. 처음 안아 들었을 때만 해도 분명히 살아 있다는 느낌을 받았는데, 이젠 더 이상 그 기운을 느낄 수 없었습니다. 아이의 눈엔 고통 대신 충격의 빛이 어려 있었고, 잠시 뒤엔 그런 눈빛조차 없어졌어요.

그때 한 여자가 우리에게 다가왔습니다. 간호사인 듯한 그 여자가 캐티에게 인공호흡을 시작했어요. 그때 난 아무 말도 할 수 없었지요. 그저 그녀를 바라보며 스스로에게 물었습니다. 지금 도대체 이 여자가 뭘 하고 있는 거지? 이제 캐티 몸 안엔 아무것도 없는데 말야. 캐틴 지금 틀림없이 저 위에서 우릴 내려다보고 있을 거야, 이미 저 공중에 붕 떠 있다고. 여기 있는 건 빈 껍데기뿐이야. 그 순간 나는 모든 것이 변했음을 알았지요. 캐티는 내가 처음 끌어안았을 때와는 전혀 달랐어요. 그때서야 내 딸이 죽었다는 사실을 알 수 있었죠. 지금 내 팔 안에 있는 것은 빈 껍데기일 뿐, 캐티는 영영 먼 곳으로 가버렸다는 사실을 분명히 느낄 수 있었습니다.

요란한 소리를 내며 구급차가 달려왔고, 응급요원들이 피 웅덩이 밖으로 캐티를 들어 올렸습니다. 그리고 재빨리 아이의 허파 속으로 산소를 주입시키려 했죠. 놀란 듯 크게 떠진 두 눈동자에는 여전히 멍한 빛이 어려 있었어요. 마치 "지금 무슨 일이 있었어, 엄마?"라고 묻고 있는 듯했지요. 큰 충격을 받은 표정이었지만, 공포와 두려움 그리고 고통을 찾을 수는 없었습니다. 그 사실에 나는 무슨 구원을 받은 듯, 위안이 되었어요. 두려움과 고통 없이 죽었으리라고 믿는 것만이 그 순간 나의 유일한 위로였기 때문이죠.

그 뒤로도 나는 몇 달간이나 스스로에게 되물어야 했습니다. 그 애가 얼마나 아파했을까? 도무지 그걸 알고 싶어 못 견딜 지경이었어요. 몸 안에 들어 있던 진액을 다 빨아내듯 캐티는 온몸의 피를 입 밖으로 토해내버렸어요. 가슴과 얼굴은 온통 깊게 패인 상처로 알아 볼 수 없을 정도였죠. 사내가 칼날을 꽂을 때마다 아이는 틀림없이 좌우로 고개를 돌려 피하려고 했겠죠. 나중에 들어 안 사실이지만 사내는 어느 곳에서 불쑥 튀어나와 옆에 있던 로라를 캐티 옆에서 밀어냈다고 해요. 그리곤 캐티의 머리카락을 움켜쥐더니 곧장 아이를 땅바닥에 내동댕이 쳐버렸다고 합니다. 그때 내가 들은 비명은 캐티가 아니라 로라가 지른 것이었어요. 나로서는 캐티가 그때 어떤 상태였고, 어떤 심정이었을까를 알아내야 했습니다.

그때 아이의 몸은 갈기갈기 찢겨졌으나, 나는 아이의 표정에서 마치 어떤 구속에서 풀려난 듯한 평온함을 느낄 수 있었습니다. 적어도 그 표정에는 고통이 들어 있지 않았어요. 아마 고통을 느끼기도 전에 쇼크 상태로 들어가버렸지 않았나 하는 생각이 들기도 합니다. 물론 큰 충격을 받은 것 같긴 했죠. 그러나 내가 받았던 정도의 공포와 경악을 느끼진 못한 채 숨을 거둔 것 같았어요. 내 친구 수전도 똑같은 생각을 했습니다. 마치 모든 걸 포기한 듯한, 무언가로부터 해방된 듯한 표정이었다고 얘기하자, 수전은 "그래, 맞아, 바로 그랬어!"라고 맞장구를 쳤어요.

내겐 캐티가 죽기 전에 자기 얼굴을 그린 자화상이 있었는데, 마지막으로 본 아이의 얼굴은 바로 그 자화상의 표정, 그 눈빛 그대로였습니다. 크게 벌어진 눈동자 속에는 공포가 아니라 완전한 해방감이 들어 있었죠. 딸아이가 피범벅이 된 채 끔찍하게 죽어가는 현장을 지켜보았던 엄마에게, 아이의 그런 평온한 눈동자는 그나마 큰 위안이 아닐 수 없었죠. 나는 캐티의 영혼이 육체로부터 빠져나와 위에서 날 내려다보고 있는 것을 분명히 느꼈습니다. 아이는 무의식 상태에 빠져 있었으나, 자신이 죽어가는 것을 엄마가 지켜보고 있다는 사실을 알았으리라고 굳게 믿고 있어요. 그아이를 이 세상으로 데려왔을 때처럼 떠날 때에도 나는 그렇게 그 애와 함께 있었죠. 공포와 두려움이 물결치던 그 공간 속에서도 나는 내 아이가 떠나가는 것을 똑똑히 지켜보았습니다.

구급차는 살인 현장에서 몇 분 정도 떨어진 병원으로 캐티를 급히 옮겼다. 도착할 때쯤엔 이미 맥박과 뇌가 확실히 죽어 있었음에도, 응급 팀은 캐티를 이 세상으로 되돌리기 위해 모든 수단과 방법을 다 동원했다. 결국 모든 것을 포기해야만 했을 때, 응급요원들의 분노와 좌절은 크나큰 고뇌로 변해버렸다. 의사 한 사람이 눈물을 흘리며, 이미 예상하고 있던 조앤에게 결과를 천천히 얘기해주었다.

캐티 메이슨을 살해한 자는 서른아홉 살의 피터 칼키스트라는 사람으로 밝혀졌다. 그는 심한 편집증 환자로, 2년 전 난방 장치에 독가스를 주입했다고 주장하며 룸메이트를 칼로 찔러 죽이려 했음에도 정신병자라는 이유로 감옥에 가지 않았다. 친누이를 비롯하여 고등학교 동창생 여럿을 이유 없이 칼로 찌르기도 했던 그는, 일찍이 여섯 살 때 정신과 의사에게 지옥으로부터 올라온 악마가 자신의 몸에 들어 있다고 주장했을 정도로 심각한 환자였다. 어쩌면 그의 말이 맞을지도 몰랐다.

룸메이트에게 칼을 휘두른 뒤, 칼키스트는 범죄인들만을 다루는 정신병원에서 감호 조치를 받아왔다. 그가 수용되어 있던 병동은 캐티 메이슨이 살해당한 그 도시의 외곽, 시립 정신병원의 한 귀퉁이에 있었다. 그 끔찍한 사건이 일어나기 며칠 전, 병원 측은 상태가 호전된 정신병자들을 따로 수용하는 병동으로 칼키스트를 옮겼고, 규정에 따라 몇 시간의 외출을 허락했다. 그날 아침 시 외곽에 있는 병원으로부터 버스를 타고 도심으로 나온 그는, 철물점으로 가서 사냥용 칼을 한 자루 구입했다. 그리고는 곧장 축제 겸 야시장이 벌어진 곳에 모습을 드러냈던 것이다. 혼잡한 인파 속에서도 눈에 띄는 옷을 차려입은 예쁘장한 두 소녀를 찍은 칼키스트가 금발의 로라 대신 검은 머리의 캐티를 희생물로 고른 이유는 지금도 그만이 아는 비밀로 남아 있다. 달음박질을 하듯 앞으로 달려가 캐티를 잡아챈 그는 아이를 땅바닥에 내동댕이친 뒤 살인 행위를 벌이기 시작했다.

캐티 메이슨의 사인은 과다 출혈로 인한 하이포볼레믹(hypovolemic) 쇼크사였다. 상체 여러 곳에 자상을 입었지만, 가장 큰 출혈을 일으킨 요인은 파열된 경동맥에서 나온 피가 찢겨진 식도로 흘러 들어가 위장을 통해 입 밖으로 솟구쳐 나온 데 있었다.

출혈에 의한 사망은 단계적인 순서로 진행된다. 보통 처음에는 혈중 탄산가스 농도를 감소시키기 위해 호흡이 증대된다. 즉 혈액량의 감소로 인해 줄어든 산소를 보충하기 위해서 심장은 민감한 반응을 보이며 바삐 뛰기 시작하는데, 이때 심박수가 최고도로 오르게 된다. 혈액량이 더욱 줄어들면 혈압이 급속히 떨어져 관상동맥으로 들어오는 혈액량도 감소한다. 심전도를 통해 본다면, 이 상태에서는 심근육이 질식했음을 확인할 수 있다. 심근육이 질식한 원인은 간단히 말해 산소를 제대로 공급받지 못한 데 있다. 혈압이 떨어지고 맥박이 천천히 뛰면 뇌에 공급되는 산소와 포도당량도 감소하기 마련인데, 이렇게 되면 무의식 상태에 빠지고 곧이어 뇌사가 진행된다. 그 다음에는 질식한 심장이 서서히 멈추게 되는데, 보통은 심장세동 (fibrillation: 심장이 불규칙한 간격과 세기로 박동함) 없이 멈춰버린다. 호흡이 정지되고 모든 순환이 작동을 중지할 때, 잠깐 동안의 단말마가 따르게 되면 임상학적인 죽음이 선고된다. 경동맥이 크게 손상될 경우, 이 과정은 단 1분 안에 끝을 맺고 만다.

이상이 캐티 메이슨의 사인과 사망의 과정이다. 그러나 캐티의 어머니 조앤이 아이의 얼굴에서 확실히 느꼈다는, 아니 두 눈으로 분명히 보았다는 그 표정은 따로 설명해야 될 줄로 믿는다. 조앤의 얘기는 그와 비슷한 상황을 목격했던 진술자들의 얘기와 너무나도 일치하기 때문이다. 흉기를 든 살인마가 갑자기 나타나 달려들었는데도, 왜 아이의 얼굴에는 공포감이 아닌 평온함과 해방감 같은 표정이 깃들어 있었을까? 극히 짧은 순간이겠지만, 어쨌든 의식이 있을 때 바로 눈 위에서 칼날을 받았을 게 아닌가? 분명히 자신에게 무슨 일이 일어났는지를 알았을 텐데도, 왜 고통이나 두려움의 흔적이 나타나지 않았던 것일까?

사실 조앤 메이슨이 진술했던 내용은 몇백 년 전부터 신비로운 화젯거리로 전해져오는 얘기다. 치명적인 부상을 입은 군인들이 공포와 고통을 느끼는 대신 마지막 순간까지, 오로지 싸우겠다는 생각 말고는 다른 감정을 느끼지 못한다는 경우와 똑같은 것이다.

「습관은 완벽을 만든다」라는 에세이를 통해 몽테뉴는 평생 죽음을 준비하는 자세로 마지막 순간을 쉽게 받아들이자며 다음과 같이 역설한 바 있다.

죽음을 낯설지 않게 받아들일 수 있는 확실한 길이 있다니, 이 얼마나 행복한 일인가. 한 번 시도해볼 만한 일이다. 미리 직접 경험해보면—완전무결할 수는 없겠지만 일부라도 분명 가치 있는 일일 것이다—더욱 자신만만하고 성숙한 태도로 죽음을 맞이할 수 있을 것이다. 육체적으로 직접 경험해볼 수 없다면 정신적으로나마 다가올 것을 숙고해보는 자세를 가지자. 생각만큼 멀리, 그리고 깊게 나아가진 못한다고 해도 다가올 죽음과 조금은 더 친숙해질 수 있을 것이다.

몽테뉴는 전속력으로 달리던 말에서 굴러떨어진 경험을 자세히 서술한 바 있다. 상처에서 피가 철철 흐르는 것을 보았을 때, 처음으로 떠오른 것은 머리에 총알을 맞은 듯한 느낌이었다. 하지만 놀랍게도 그는 극도의 침착함을 유지할 수 있었다. "나는 사람들의 물음에 일일이 대답했음은 물론, 길 바깥쪽에서 공포에 떨고 있던 아내에게 주변사람들을 시켜 내 말을 끌어가라는 말까지도 했다."

그는 그때 느꼈던 '극도의 평온함에 대해 얘기했다. "그때 나는 뇌에 치명적인 부상을 입었다고 생각했다. 쑤시거나 결리는 곳은 아무 데도 없었다. 그냥 편안하고 느긋했다. 아무 해를 입지 않은 듯했다. 다만 극도의 무기력과 느긋함이 온몸을 감싸고 돌았다." 죽음이 눈앞에 있었으나 그는 두세 시간 동안 지극히 평화로운 순간을 맛볼 수 있었던 것이다. "아주 부드럽고 달콤하게 어딘가를 향해 미끄러져 가는" 느낌이었다고 한다. 그러나 어느 순간에 이르자, 평온함 대신 참기 힘든 고통이 뒤따랐다. "갑자기 참기 힘든 고통이 찾아들었다. 팔다리가 잘려나가는 듯한 고통을 2, 3일 동안이나 겪으면서, 나는 또다시 내가 죽을 것이라는 생각을 했다. 그건 처음 것과는 다른 끔찍할 정도로 아픈 죽음이었다."

죽음에 이를 정도의 큰 부상을 입었던 몽테뉴의 가슴에 어떤 존재가 있어 고요함을 불러일으켰든 간에, 그 존재는 두세 시간 만에 어디론가 자취를 감춰버렸다. 평온함과 무기력감에 싸여, 그저 편안한 죽음을 느긋하게 맞아들이겠다는 의식이 일시에 사라진 뒤로, 참기 힘든 고통과 두려움이 엄습했던 것이다.

몽테뉴의 경험과 비슷한 내용은 사실 무척 흔하다. 그런 얘기들은 대부분 논리적으로 이해하기 힘든 부분이 많아서 꾸며낸 이야기처럼 들리기도 한다. 그러나 외과수술을 받아야 할 자연적 외상 환자나, 지금 시대가 만들어낸 폭력에 희생되어 수술실로 들어온 환자들의 얼굴에서 외과의들은 가끔씩 극도의 평안함과 느긋한 무기력을 읽을 수 있다. 그러한 모습은 주로 마취제나 진정제 투여 후에 나타난다. 약효가 제대로 발휘되거나 또는 투여량이 많을 경우 두려움은 사라지고, 상처나 수술로 인한 고통 역시 뿌옇고 부드러운 구름에 싸여 물러가게 된다. 많은 환자들이 행복감 같은 것을 증언하고 있고, 실제로 나 역시 모르핀 계통의 마약을 투여한 후에는 느긋할 정도의 여유로움이 찾아옴을 경험한 바 있다.

다소 우습게 들릴지도 모르겠지만, 인간의 신체 조직은 모르핀의 존재와 그 약이 들어올 경우 어떻게 반응해야 할지를 처음부터 정확히 알고 있는 것 같았다.

신체의 외부로부터 주입된 마취제 외에도, 신체 조직 내에서 자체 생산되는 엔도르핀(endorphine)이라는 마취 성분이 있다. 연구진들에 의해 약 20년 전 이 물질이 보고될 당시 붙여진 이름은 두 단어, 즉 'endogenous(내생적인)'라는 형용사와 'morphine(모르핀)'이라는 명사로 이루어진 합성어이다. 지금으로부터 1세기 전쯤에야 겨우 의학 사전에 올랐던 endogenous는 '신체 내에서 우리가 직접 만들어낸 물질'을 의미한다. 물론 모르핀은 익히 알다시피 로마 신화에 등장하는 잠과 꿈의 신 모르페우스(Morpheus)에서 유래된 용어이다.

중뇌와 간뇌 사이의 부분과 전두엽과 뇌하수체 등의 뇌조직은 스트레스에 반응해 엔도르핀을 분비해낸다. ACTH(뇌하수체에서 뽑아낸 호르몬)와 함께 엔도르핀 미분자는 다른 마취제처럼 수용체(일련의 신경세포 표면)에 초점을 맞춰 일반적인 감지 능력을 변화시킨다. 뿐만 아니라 엔도르핀은 감정 변화에도 작용하며, 부신수질에서 분비되는 호르몬인 아드레날린과 상호작용하는 것으로도 밝혀졌다.

스트레스도 없고 부상도 당하지 않은 정상인에게 엔도르핀이 고통을 줄여준다거나 기분을 바꾸어준다는 증거는 아직 찾을 수 없다. 외상 정도가 심한 경우, 육체적으로나 정신적으로 상처가 클 경우에만 작용하지만, 외상의 특질이라든가 정도에 관한 기준은 아직 확실치 않다.

하지만 침 한 대로도 엔도르핀을 가득 불러내는 경우는 본 적이 있다. 연수차 중국의 의대들을 몇 년 돌아보는 동안, 나는 큰 수술을 할 때에도 마취제 대신 침술로 환자를 마비시키는 것을 보고 큰 관심을 가지게 되었다. 1990년 상하이 의대 부설 '침술 마취 및 무통각 연구'의 대표로 있던 신경생의학자 차오샤오딩 교수를 방문했을 때, 나는 30여 명의 연구진이 각각 신경약리학, 신경생리학, 신경형태학, 신경생화학, 임상심리학, 컴퓨터과학 분야에서 연구하고 있는 기관을 견학했다. 차오샤오딩 교수 팀이 수많은 실험을 통해 끌어낸 연구 결과에 의하면, 침을 진동시키거나 돌려줌으로써 엔도르핀 분비를 더욱 활성화시킬 수 있다는 것이었다. 침술로써 엔도르핀의 분비를 촉진시키려는 연구는 중국뿐만 아니라 여러 서구의 연구실에서도 활발히 진행되고 있으나, 신경학적인 면에서 볼 때 정확한 내용은 아직 베일에 싸여 있다.

1970년 말 엔도르핀은 패혈증이나 과다 출혈로 인한 쇼크 상태에서 분비되는 것으로 알려진 이래, 모든 종류의 신체적 외상을 입었을 때에도 엔도르핀의 수치가 올라간다는 사실이 의학 문헌에 등장하고 있다. 아직까지는 성인에 대한 엔도르핀 작용이 주로 조사되어 왔으나, 최근에는 피츠버그 의대 연구진에 의해, 부상을 심하게 당한 아이들에게서도 마찬가지 현상이 일어나는 것으로 밝혀졌다. 심지어 가벼운 찰과상을 입은 아이에게서도 엔도르핀 수치가 상승하는 경우가 있었다.

캐티 메이슨이 미치광이의 공격을 받았을 당시, 그 아이의 엔도르핀 수치가 어느 정도까지 올라갔는지는 알 수 없지만, 평온함을 느낄 정도의 충분한 '자연의 진통제'가 주어졌으리라고 생각한다(그 수치가 상당히 높았을 것으로 생각한다). 엔도르핀의 상승은 육체적으로나 정신적으로 다가오는 고통과 공포로부터 인간을 보호해주는 신체 내부의 메커니즘으로 생각된다. 그것은 인간이 살아남기 위한 방편일 수도 있기 때문에, 인간의 삶을 위협하는 요소가 많아진 선사시대부터 존재했을 것이다. 물론 동물에게도 이와 유사한, 아니 똑같은 메커니즘이 있는지도 모르지만, 인간이 갑자기 들이닥친 공포에도 불구하고 평온해질 수 있다는 축복, 그 축복 아래 많은 생명이 위로를 받을 수 있다고 나는 믿는다.

캐티의 어머니인 조앤 메이슨 역시 자신의 몸속에 내재해 있던 엔도르핀에 의해 보호받은 존재로 보인다. 그녀는 당시를 회상하며, 내게 하늘이 내린 듯한 따뜻한 평온함과 모든 것과 절연된 듯한 느낌이 없었다면 분명히 심장마비로 딸 옆에서 숨을 거두고 말았을 것이라고 말했다. 야수가 저지르는 만행을 눈앞에서 목격하고도 충격으로 쓰러지지 않도록 조앤을 부축해준 것은 인간의 내면에 원초적으로 존재하는 힘이었던 것이다.

사실 이런 유형의 얘기는 얼마든지 찾아낼 수 있다. 그러나 대부분 체계적으로 연구되지 못한 채 이야기로만 전해지고 있을 뿐이다. 몽테뉴의 철학적인 교훈, 군인에 관한 얘기, 절벽 위에서 떨어지는 동안 상상할 수 없을 정도의 평온을 느꼈다는 등반가 등 수없이 많다. 이 책을 읽는 독자들 중 이런 상황을 직접 경험해본 사람도 있을 것이다. 물론 엔도르핀의 효력으로 극적인 평온함을 느낀 뒤에는 말할 수 없는 고통이 뒤따르며, 부상의 정도에 따라서는 죽음을 맞이하기도 한다.

신체 조직과 정신에 관여하고 있다는 엔도르핀의 역할을 좀더 자세히 알아보기 위해, 인간의 육체와 영혼 두 가지를 치료하는 데 일생을 바친 한 영웅의 이야기를 예로 들어보자. 위대한 탐험가 데이비스 리빙스턴이 의료 선교사였다는 사실을 우리 대부분은 알면서도 잊고 있다. 아프리카 탐험 시절 수없이 생사의 기로에 서야 했던 리빙스턴의 생애 중 한 가지 일화를 통해, 우리는 육체와 영혼이 분리되기 바로 직전 서로 가까이서 교합해 일을 하게 된다는 사실을 알 수 있다.

1844년 2월, 서른 살 되던 해 리빙스턴은 함께 있던 원주민 부족을 구해내기 위해 상처 입은 사자와 격투를 벌였다. 왼쪽 상체를 사자에게 물린 채, 바닥으로 질질 끌려가던 리빙스턴은 사자의 이빨이 더욱 깊게 박혀오며 온몸이 무섭게 흔들리는 것을 느꼈다. 상박골이 쪼개지고 톱니 모양으로 찢겨진 상처에서는 피가 솟구쳐 올랐다. 리빙스턴과 함께 있었던 원주민 개종자 메발위가 급히 라이플을 들어 두 발을 쏘아대자, 먹이를 포기하고 달아나던 사자는 얼마 못 가 쓰러지고 말았다.

부러지고 으깨진 뼈와 심한 출혈 외에도 세균 감염으로 인해 고름이 심하게 흘러나오는 고통을 두 달 넘게 이겨내면서, 리빙스턴은 사자 입에 물려 끌려갈 당시를 곰곰이 떠올려보았다. 자신이 살아났다는 사실이 놀랍기도 했지만, 사자 이빨에 물려 있을 당시 느꼈던 평온감이 그로서는 더욱 기적 같은 일로 생각되었다. 그는 사자와 마주했을 때의 상황과 그때 느꼈던 신비로운 평화를 1857년 간행된 자전적 작품 『선교 여행과 남아프리카 탐험』을 통해 다음과 같이 소개했다.

내 귓바퀴 속으로 포효를 내지르며, 사자는 마치 쥐를 갖고 노는 고양이처럼 날 계속 흔들어댔다. 고양이가 내민 첫 발톱에 일격을 당한 쥐처럼 나는 충격에 온몸이 완전히 마비된 듯한 느낌이었다. 무슨 일이 일어나고 있는지 알 수 있을 정도로 의식이 분명했는데도, 일말의 고통이나 공포감 같은 것은 느껴지지 않았다. 마치 무슨 꿈을 꾸는 것 같은 그런 기분이었다. 국소마취를 한 환자가 수술 과정을 지켜보면서도 메스가 들어오는 아픔을 전혀 느끼지 못하는 경우와 흡사했다.

신비스럽기조차 한 그때 그 기분은 결코 정신적 작용으로 나타난 현상은 아니었다. 이빨로 나를 물고 전후좌우로 흔들어대는 사자의 머릿짓에 정신없이 온몸이 흔들렸는데, 그 뒤로 갑자기 두려움이 사라졌다. 사자가 바로 눈 위에 있는데도 공포감이 전혀 느껴지지 않았다. 이 이상하리만치 평온한 감정은 사나운 짐승에게 죽임을 당해야 하는 모든 동물들에게 존재할지도 모른다. 만약 그렇다면 그것은 우리의 창조주께서 죽음의 고통을 덜어주기 위해 내리신 축복 중의 하나일 것이다.

병리 연구가 임상의학과 어깨를 같이해 겨우 첫발을 내디디던 시절이었으니, 극도의 평안함을 나름대로 풀이했던 리빙스턴의 설명은 사람들의 공감을 얻을 수 있었을 것이다. 현미경을 이용한 화학적 분석 작업이 태동할 시절, 생리학에 도움이 되는 것은 불행하게도 예지나 통찰력 아니면 기존 이념에 대한 거부 정도가 전부였다. 어쨌거나 리빙스턴이 의식 있는 상태에서 자신의 몸에서 일어나는 생화학적인 변화를 직관할 수 있었다는 사실은 매우 놀라운 일이다.

나 역시 나름대로 이와 유사한 경험을 한 적이 있다. 원래 천성적으로 겁이 많은 사람은 아니지만, 나한테도 병적으로 무서워하는 것이 두 가지 있다. 그것은 높은 곳에 올라서 아래를 내려다보는 일과, 깊은 물에 잠수하는 일이다. 둘 중 하나를 상상하는 것만으로도 뱃살에 경련이 일 만큼 뻣뻣해진다. 깊은 물을 두려워해서라기보다는 나도 모르게 그냥 무기력해진다. 완전히 병적으로 겁쟁이가 되는 것이다. 아널드 슈워제네거 같은 근육질의 건장한 청년들이 주변에 있어, 만의 하나 무슨 불상사가 일어나도 쉽게 구조받을 수 있는 풀장에서조차 나는 내가 물에 빠져 죽는 느낌을 몇 번씩이나 느끼곤 했다. 내 키보다 겨우 몇 센티미터 깊을 정도의 물속에서도 그런 느낌은 어김없이 공포를 동반해 찾아든다.

그토록 물에 무력한 내가 미국인 동료 1명과 중국 창사(長沙) 시 남부 지역에 있는 후난(湖南) 의대 교수진 여섯 명과 함께 관사 옆 식당에서 근사한 저녁 식사를 한 뒤(두 시간가량 걸린 식사 시간 동안 내가 마신 술이라곤 칭타오 맥주 단 한 잔뿐이었다), 일행들과 함께 담소를 나누며 반짝거리는 풀장 옆에 곡선으로 길게 이어진 보도블록을 걸어갈 때였다. 정장 차림에 어깨에는 무거운 가방을 메고 있었다. 2년 전에 한 번 묵었기에 그 부근이 어느 정도 익숙했던 탓에, 별빛도 없는 깜깜한 밤에 불빛과 떨어져 있는 보도를, 그것도 직선이 아니라 둥글게 돌아간 폭 좁은 길을 염두에 두지 않았던 듯싶다. 뒤에서 따라오던 중국인 교수에게 반쯤 몸을 돌린 상태에서 이야기를 나누다 어느 순간, 갑자기 나는 오른쪽 발밑이 허전해진 것을 느꼈고, 곧바로 검은 물속으로 순식간에 가라앉고 말았다. 수직으로 계속 가라앉고 있다는 생각이 들면서 나는 상당한 충격을 받았다. 하지만 그 충격은, 계획했던 대로 일이 이루어지지 않았을 경우에 느낄 수 있는 그런 종류의 놀라움이었지, 두려움은 전혀 아니었다. 후난으로 와서 그동안 성공적으로 수행해왔던 업무가 끝에 가서 엉뚱한 방해물을 만난 것처럼 여겨져 공연히 화가 나기도 했다. 심지어 풀장 맨 밑바닥 너머가 뉴헤이번으로 곧장 돌아가는 통로처럼 여겨지기도 했다.

짧은 시간에 그런 느낌들이 떠올랐지만, 이렇게 물속에 빠져 죽고 마는구나 하는 두려움이나 공포심 같은 것은 전혀 느끼지 못했다.

의식하지는 못했지만 어느 순간 발이 바닥에 닿았는지 나는 본능적으로 노련한 수영선수처럼 바닥을 찬 뒤 물 표면이 나올 때까지 곧장 수직으로 솟아올랐다. 내 비명에 놀란 표정으로 손을 내민 일행의 손목을 붙잡고 나는 풀 밖으로 기어올랐다. 얼굴에 쓰고 있던 안경과 중국인들이 '미안지'라고 부르는 체면만이 달아났을 뿐, 우습게도 가방은 어깨에 그대로 매달려 있었다. 얼빠진 모습으로 몇 초 동안 멍청하게 보도 위에 서 있던 나는 오싹한 한기를 갑자기 느꼈다.

물속에 들어가 있던 시간이래야 길어봤자 겨우 몇 초 정도, 엔도르핀이 나왔다는 명백한 증거도 없었다. 그러나 평소 물을 무서워하던 내게 그 상황은 대단히 급박하고 위험한 것이었음에도 공포심은커녕 강한 평온함을 느꼈다는 사실은, 무언가 나의 내부에서 변화가 있었음을 확신케 해준다. 심리상의 쇼크가 있었는데도 위험하다는 생각과 공포심을 느끼지 못하게 해주는 엔도르핀이 흘러나와 그 스트레스를 막아냈던 것이다. 그렇지 않았다면 분명 나는 주체할 수 없는 공포심으로 물속에서 뻣뻣하게 경직되었을 것이다. 두 팔을 쓸데없이 허우적거리고 물까지 들이마시긴 했어도, 어쨌든 나는 굳어버리지 않고 밖으로 나올 수 있었다.

그 별것 아닌 에피소드가 리빙스턴이나 몽테뉴가 경험했던 위험과 비교될 수는 없을 것이다. 꼬마 캐티 메이슨이 치른 비극적 사건과는 더더욱 거리가 먼 얘기다. 그러나 앞에 소개된 내용은 그 농도만 다를 뿐 모두 다 같은 현상을, 즉 공포를 느끼는 대신 평온함을 보이며 체념하는 모습을 보여주는 사례이다. 이러한 현상을 두고 수많은 의문들이 꼬리를 물고 있으나, 그에 관한 답은 심령계와 과학계의 거리만큼이나 각양각색이다. 하지만 정확한 요인이 무엇이든, 인간과 여러 동물들이 갑자기 다가오는 죽음의 공포로부터 보호받고 있음은 분명한 것 같다.

죽음의 문턱에 갔다 돌아온 얘기는 오래전부터 논란의 대상이 되어왔다. 경험자들을 직접 인터뷰한 믿을 만한 내용도 많다. 그러한 실례들을 과학적으로 풀어보고자 한 시도를 통해, 정신의학적인 것에서부터 생화학적인 것에 이르기까지 그럴듯한 요인이 다양하게 쏟아져나오기도 했다. 어떤 이들은 종교적인 신앙이나 초심리학에서 그 원인을 찾기도 하고, 또 어떤 이들은 그러한 실례들이 사후의 지상낙원을 경험하고 돌아온, 명백한 사실로 받아들이기도 한다.

심리학자 케네스 링은 상해나 질환 등으로 생사의 기로에 올랐다가 생환했다고 주장하는 102명과 면담한 바 있다. 그중 49명은 죽음을 경험했던 사람들이었고, 53명은 그의 표현을 빌리면 '무경험자들'이었다. 질환에 시달렸던 대다수 피면담자들은 돌발적인 신체적 쇼크를, 예를 들어 관상동맥 경색이라든가 과다 출혈을 경험했다고 한다. 링 박사는 면담을 통해 일련의 순차적인 기본 요소들을 발견했다. 그것에 따르면, 처음에는 평화와 극도의 행복감을 느낀다. 육체가 영혼으로부터 분리된 뒤, 어둠 속으로 들어간다. 그 다음에는 빛이 보이고, 그 속으로 들어간다. 그 밖에 죽었던 사람을 그곳에서 만나고 돌아온 사례도 있었다. 102명 가운데 임상학적인 죽음을 선고받을 만큼 의학적으로는 이미 한계선을 넘어간 사람들도 있었으나, 대부분은 단지 생명이 위태로운 지점에서 서성이다 돌아온 환자들이었다.

'죽은 나사로의 부활(Lazarus syndrome)'이라고 불리는 이러한 현상을 어떻게 설명해야 할지, 나로서는 구체적인 이론을 내세울 수는 없다. 다만 사후세계를 경험하고 돌아온 사람들이나 또 그런 세계를 경험해보고자 하는 사람들이 주장하는 것보다는, 관찰된 사실에 좀더 주의를 기울이는 입장에 있다. 그러기 위해서는 이런 생물학적 현상이 각 개체와 종의 보존에 어떤 도움을 줄 수 있을 것인가를 집중적으로 연구해야 한다고 생각한다.

임사체험(臨死體驗)은 몇백만 년에 걸쳐 진행되어온 생물학적 진화의 소산이며, 생명을 지키고 종을 번식시키기 위한 자연의 섭리인지도 모르기 때문이다. 설사 다가온 죽음을 지연시키거나 고통과 스트레스를 해소시켜주는 것이 엔도르핀의 작용이 아니라고 할지라도, 분명 이와 비슷한 생화학적 메커니즘이 존재할 것이다. 그것은 일종의 '심리학적인 방어 시스템'이라고 할 수 있는데, 예를 들어 자아감 상실, 공포의 환각 효과, 뇌 측엽두의 일시적 기능 정지, 뇌조직의 산소 부족 같은 신체적 변화가 예고 없이 날아드는 살인적인 공격을 막아내고 있는 것인지도 모른다. 물론 그 외에도 다른 요인이 있을 수 있다. 죽음의 문턱을 드나드는 환자가 마취 주사라든가 질환 자체가 생성해내는 독소로 인해 그런 현상을 체험할 수도 있을 것이다.

신비롭고 신화적인 것으로까지 보이는 불분명한 현상에 대해, 이렇듯 다양한 생화학적 설명들이 나올 수 있는 것처럼, 종교적인 관점에서도 이 문제를 살펴볼 수 있을 것이다. 심오한 방법으로 일을 수행해나가는 하느님의 오묘한 능력에 감탄하거나, 그런 현상을 하느님이 화학적으로 이루어내는 기적이라고 얘기하는 사람들도 많다. 철저한 회의론자인 나는 우리가 모든 일에 대해 의문을 갖듯, 모든 일에 대한 가능성 또한 배제하지 말아야 한다고 생각한다. 골수 회의론자들이 영원불멸한 회의론 속에 빠져서 자기만족하고 있는 동안에도, 우리 중 누군가는 확신할 수 있는 무엇인가를 찾는 데 눈을 돌려야만 한다. 나의 이성적인 사고는 초심리학적인 설명이나 종교적 이론을 거부한다. 그렇다고 하느님께 속한 세계를 부정하고자 하는 것은 아니다. 내게 있어서 하느님의 존재를 확인하고, 그 천국세계를 경험해보는 것만큼 기쁜 일은 없을 것이다. 그러나 불행히도 나는 아직 그 세계를 직접 경험해보지 못했다.

죽음 앞에 이르러 경험했다는 그 세계와, 죽음과 함께 나타난 독특한 평화로움을 부정하는 것은 아니지만, 갑자기 닥쳐온 죽음에서 그런 현상이 자주 나타나는 점에 강한 의문을 두고 있다. 세상을 떠나야 하는 마지막 시점에서 나타난 평화나 평온함이, 특히 의식할 수 있는 안락감이, 실제보다 훨씬 과장스럽게 표현되지 않았을까 하는 의문도 남는다. 우리 인간이 원래 기대 밖의 현상에 익숙한 존재가 아니기 때문에, 그런 과대평가가 나오지 않았나 싶다.

7
사고, 자살, 그리고 안락사

빈번히 인용되는 1904년 하버드 대학교의 '인간의 죽음에 대한 강연에서, 윌리엄 오슬러는 5백 명의 임종을 그린 「죽음의 양태와 임종시 감성에 관한 고찰」을 소개했다. 그에 의하면 5백 명 중 90명만이 고통이나 고뇌를 보였을 뿐 대다수 환자들은 그들이 태어날 때처럼 조용히 눈을 감았다고 한다. 또 "헛소리를 하는 등 정신이 오락가락하긴 했지만 대체적으로 무의식적이면서 느긋하게 죽어갔다"고 기술하고 있다. 루이스 토머스는 한 발 더 나아가, "광견병 환자가 고통스럽게 죽음을 맞이하는 경우는 단 한 번밖에 구경하지 못했다"며, 일반적으로 죽음에는 고통이 따르지 않는다는 설을 오슬러보다 더욱 강조했다. 당시 오슬러와 토머스는 의학도들에게 가장 존경받는 인물로 손꼽히던 전문의였다.

그럼에도 불구하고 나는 그들의 의견에 강한 의문을 갖고 있다. 나의 경우엔 고통 속에서 죽어가는 사람들을 더 많이 보았기 때문이다. 나는 죽음과의 사투를 벌이는 환자와 그 앞에서 괴로워하는 가족들을 바라보면서, 내가 내린 임상적 소견이 오판이 아니었음을 다시 한 번 확인하곤 한다. 오슬러가 예증했던 수보다(다섯 명 중 한 명꼴로) 훨씬 더 많은 환자들이 죽기 전에 자신의 죄과를 치르듯 고통스러워했고, 나는 매번 며칠씩 아니면 몇 주씩 그 모습을 속절없이 지켜보곤 했다. 토머스의 시각이 달랐던 것은 그가 임상의가 아니라 대부분의 시간을 연구실에서 보내는 병리의였기 때문일 수도 있고, 무려 5백 명을 대상으로 연구했던 오슬러의 보고 역시, '세상은 우리가 생각하는 것보다 훨씬 더 좋은 곳'이라고 생각했던 그의 유명한 낙관론에서 유래되었을 가능성이 짙다. 의학계의 두 거목이 그러한 견해를 내게 된 동기가 무엇이든, 나로서는 결코 동의할 수 없다.

물론 그들의 견해를 완전히 부정하는 것은 아니다. 어쩌면 오슬러나 토머스 스스로도 자신들의 '이상에 의견을 달리하면서도, 그것을 굳이 입 밖으로 표현하지 않았을지도 모른다. 두 사람 다 의문점들을 논하다가 중도에 포기한 채, 인위적으로 의견을 굳혔을 가능성이 없지 않기 때문이다. 인간이 세상을 떠날 때에 고통이 없다는 사실을 주장하면서, 그들은 확실하게 말할 수 있는 지극히 마지막 순간만을 의도적으로 그린 경향이 있다. 물론 힘겹고 고통스러운 사투를 벌인 끝에, 마지막으로 다가오는 코마 상태에 이르게 되면—심장이 멈추게 되면—그 순간에는 평온해질 수도 있을 것이다. 하지만 육체적으로나 정신적으로 마지막 순간에 이르기까지, 아니 그 마지막 순간에도 고통을 느끼며 죽는 사람들이 수없이 많다. 빅토리아 시대의 두 의사가, 죽음에 이르는 길목이 고통스럽지 않다고 말해버림으로써 지금도 많은 사람들이 행복한 죽음을 꿈꾸고 있다. 그러나 평화와 존엄성을 유지하면서 죽을 수 있다는 착각 때문에 많은 사람들이, 혹은 우리 의사들이 그동안 믿고 있었던 사실들을 의심하면서 눈을 감게 될 것이다.

오슬러는 평화로운 종말을 입증하고자 노력했다. 그러나 자타가 인정하던 그의 낙관주의적 기질도 엄청난 고통에는 뒤흔들릴 수밖에 없었다. 그래도 오슬러는 자신의 이론을 몸소 실천해 보이고자 노력했다. 유행성 감기로 시작해 폐렴으로 이어진 두 달간의 병상 생활 동안, 그는 나름대로 힘겹게 고열과 발작적인 기침을 견뎌내긴 했지만, 오슬러의 아내와 친구들은 그의 유명한 낙천성이 도대체 어디로 갔나 하고 의아해할 정도로 고통스러워했다. 죽음을 눈앞에 둔 채, 그는 전 비서에게, "정말 지옥 같은 시간들이야! 기침이 나올 땐 정말 참을 수가 없다네. 그것도 6주째 침대에 꼬박 누워서 이 고통을 받아들여야만 하다니 말일세! 간밤엔 늑막염 때문에 더욱 힘들었네. 처음에는 숨을 크게 쉬거나 기침을 할 때만 한두 군데 바늘로 찌르듯 아프더니만 열두 시간쯤 지나고 나니까 온몸의 마디마디가 찢어지는 듯한 고통이 찾아드는데……모든 요법이 무력하더구먼. 별별 수를 다 써봐도 소용없었어. 진통제나 모르핀에 매달릴 수밖엔……"

이라는 내용의 편지를 남겼다.

오슬러의 정신이 흔들림에 따라 모든 것을 낙관적으로 바라보려는 그의 의지도 육신과 함께 무너졌다. 폐부에 가득 찬 고름을 뽑아내기 위해 두 번씩이나 수술을 받았지만 근본적인 치료는 되지 못했다. 참기 힘든 고통으로, 그는 15년 전 자신이 "무의식적이고 평온하다"라고 묘사했던 죽음이 빨리 와주기만을 갈망했다. 결국 종말이 다가오자 오슬러는 죽음으로 가는 고통과, 그 고통이 빨리 끝나길 바라는 염원을 고백하고야 말았다. "견딜 수 없는 고통과 그 고통이 끝나길 바라는 마음, 둘 다 혐오스럽기만 하다. 일흔한 번째 인생은 저 멀리서 보내야 할 것 같다."

그로부터 2주 후, 오슬러는 일흔 살의 나이로 숨을 거두었다. 성경 「시편」에 기록된 것과 마찬가지로 인생 칠십을 보내고 퇴장한 것이다. 그의 폐렴은 몇십 년 전 그가, "짧고 순간적이면서도 고통스럽지 않다"라고 표현한 내용과 전혀 달랐다. 그가 폐렴으로 쓰러지기 전 건강했던 시기에 내내 믿어왔던 '폐렴은 노인들의 친구'라는 표현도 그에게는 해당 사항이 아니었다. 오랜 신념과는 달리, 자신의 궤도에서 밀려난 오슬러의 죽음은 우리 대다수가 경험하게 될 그런 고통스러운 죽음의 모습이었다.

전반적으로 볼 때, 죽음은 '혼란에 빠진 경제'라고 할 수 있다. 많은 사람들이 반가사 상태나 완전한 코마 상태에서 "무의식적이면서도 편안하게" 죽음을 맞이한다. 또한 정말로 운이 좋은 사람들은 생의 마지막 순간까지 또렷한 의식 속에서도 평온한 모습으로 숨을 거둔다. 그러나 수천 명의 사람들이 비명 한 번 못 지르고 즉사하거나, 치명적인 외상을 입어 마지막 공포에서 해방된 채 편안히 눈을 감는다. 그러나 이 모든 것을 다 감안한다고 해도, 다섯 명 중의 한 사람보다는 적은, 훨씬 적은 수만이 축복 속에 눈을 감을 수 있다. 그리고 그런 행운아들조차 영혼과 육신이 분리되는 순간에만 고요함과 평온함을 느낄 수 있을 뿐, 죽음의 순간에 도달하기까지는 며칠 혹은 몇 주씩 정신적 고뇌와 육체적 고통으로 몸부림을 친다.

환자들과 그 가족들은 허황된 꿈을 꾸곤 한다. 의술과 의학에 대한 기대가 클수록 거기에 따르는 실망과 좌절도 크며, 죽음 역시 받아들이기 힘들게 된다. 헛된 시도는 환자나 그 가족들은 물론 어느 누구에게도 이로울 것이 없다. 죽음을 평화롭게 맞이하고자 하는 대다수의 염원에 따라, 의술은 가끔씩 불치의 병으로 죽어가는 환자—수술, 화학요법 등 모든 수단 방법을 다 동원해도 빠져나갈 구멍이 보이지 않을 경우—를 인생의 마지막 문으로 빨리 다가갈 수 있도록 만들어주기도 한다.

죽음의 과정이 무섭지 않다고 주장하는 사람들조차도 막상 죽음 앞에 서면 대부분 두려움을 느끼게 된다. 눈앞의 것을 그대로 받아들일 수밖에 없는 현실 감각은 급습하는 두려움과 공포에 일단 저항감을 보인다. 모든 병마는 각기 짜여진 틀에 맞춰 독특한 양태로 파괴 공작을 진행시킨다. 만약 병마의 전술에 익숙해질 수만 있다면 아직 다가오지 않은 것에 대한 쓸데없는 공포를 느낄 필요가 없을 것이다. 다시 말해 각각의 질병이 어떤 식으로 우리를 죽이는가를 알고 있다면, 비록 죽음과 맞싸워 패배하는 순간이 올지라도 불필요한 공포로부터는 일단 벗어날 수 있다. 그렇게 되면 다가올 마지막 순간을 위해 좀더 잘 준비하고 여행의 종착역까지 숙고할 시간을 더 많이 가질 수 있을 것이다.

사실 아무것도 준비할 여유 없이 갑자기 끝을 맺는 죽음은 그리 바람직한 것이 아니다. 여러 면으로 볼 때, 폭력에 의한 사망은 대부분 젊은 층에서 발생한다. 죽음에 이를지도 모른다고 아무리 경보음을 울려대도 청년들은 그 경고를 무시해버리기 일쑤다. 미국 내 44세 이하 그룹의 사인 중 1위가 외상, 즉 신체적 부상이나 상해에 있다는 통계를 보여주어도 그들에게 전혀 먹혀들지 않는다. 미국에서는 매년 15만 명 정도가 피끓는 젊음의 혈기 때문에 입은 부상으로 숨을 거두고, 40만 명 정도가 영원한 장애를 입는다. 그 사망자의 60퍼센트는 상해당한 지 하루 만에 숨을 거두는 것으로 나타났다.

미국 내 상해 사고의 주범은 자동차이다. 대형 상해 사고의 35퍼센트는 자가운전자들에 의해 일어나고, 7퍼센트는 오토바이족에 그 원인이 있다. 교통사고로 인한 상해는 고의가 아닌 경우가 거의 대부분이지만, 총상(전체 상해 건수의 10퍼센트)과 자상(총상과 거의 같은 비율이다)의 경우에는 고의성이 짙다. 걸어다니다 생기는 사고가 7~8퍼센트를 차지하고, 17퍼센트가량은 노인들과 유아들에게서 흔히 나타나는, 높은 곳에서 떨어지거나 넘어질 때 입는 외상들이다. 나머지 15퍼센트는 자전거로 인한 부상, 자해로 인한 외상 등 다양한 형태로 일어난다.

미국 자동차 사고의 시작은 1899년 늦여름의 어느 날 뉴욕 시내 전철에서 68세의 부동산 중개인이 굴러떨어져 지나가던 자동차에 치어 사망한 사고로, 그의 이름은 아이러니컬하게도 헨리 블리스였다(Bliss는 '천국'이라는 뜻을 담고 있다). 이런 종류의 사고 원인에는 술이 끼어 있는 경우가 많다. 미국에서 일어나는 교통사고 사망 중 50 퍼센트는 그 원인이 술이라는 통계가 나와 있는데, 그중 3분의 1가량이 음주운전으로 나타났다.

생물학적 체계를 유지하기 위해, 인간의 죽음이 필수적이라는 이론을 차치하더라도, 자연은 이런 종류의 사고에는 절대로 도움의 손길을 뻗치지 않는다. 아마 인간들이 서로 죽이고, 심지어 스스로를 죽이는, 불필요하고 무가치한 모습을 보고 외면해버렸는지도 모른다. 외상은 자연의 자손을 빼앗는 행위이며, 체계적인 발전을 가로막는 일이다. 상해로 인한 죽음은 절대 그 어느 것에도 도움이 되지 않는다. 뒤에 남는 가족뿐 아니라 우리 인간이라는 종(種)이 견뎌내야 할 비극일 뿐이다.

그럼에도 불구하고 상해를 예방하고 치료하려는 우리 사회의 관심과 생의학적 노력은 미흡하기 그지없다. 폭력에 의한 사고는 최근에 이르러서야 겨우 공중위생상의 주요 문제로 대두되고 있다. 미국 내의 총기 사고에 의한 사망률은 인구수로 나누어볼 때, 영국의 7배를 차지한다. 또 자살은 지난 30년간 어린이들과 청소년들 사이에서 2배의 비율로 급증했는데, 이는 폭력의 극치라고 하지 않을 수 없다. 이 비율은 소형 화기(장총 및 권총)의 보급 증가로 계속 늘어나는 추세이다. 자살은 현재 청소년 그룹에서 일어나는 세 번째 사인으로 꼽힌다.

반면 자살률이 크게 떨어졌다고 주장하는 사람들도 있다. 그러나 그들이 만들어낸 표본에는, '만성적이자 습관적인 자살 행위'인 자기 박탈적인 행위가 포함되어 있지 않다. 청소년들은 젊음의 혈기로 인해 마약, 술, 과속, 극도로 위험한 섹스 행위 외에도 기존의 사회 체제에 도전하는 여러 비정상적인 행위들을 저지름으로써 자신들을 서서히 죽여가고 있다. 일종의 현대병이라고도 할 수 있는 만성 습관성 자살은, 생을 중도에서 잘라버린다는 면에서뿐 아니라 생의 특질을 극도로 제한하는 행위이다. 그로 인한 개인과 사회의 손실은 너무도 크다. 또 자살은 우리로부터 재능과 열정을 송두리째 앗아가는 행위이며, 인류 문화를 서서히 파괴해나가는 가장 경계해야 할 대상이다.

외상으로 인한 사망을 순차별로 분류하는 용어로 'trimodal'이란 단어가 있는데, 이는 세 가지 종류, 즉 'immediate,' 'early,' 'late'로 구분된다. '즉사(immediate death)'란 문자 그대로 상해를 당한 뒤 몇 분 이내에 숨을 거두는 것으로, 외상으로 인한 사망의 반 이상을 차지한다. 주로 척수, 심장 및 주혈관에 심각한 상해가 있을 때 맞게 되는 죽음으로서, 생리적 변화로는 사혈 또는 뇌조직 손상의 과정을 거친다. '조기 사망(early death)'은 초기 한두 시간 이내에 일어난다. 주요인은 두부, 허파, 내장 기관의 출혈에 있다. 사망은 뇌 손상, 혈액 감소, 또는 호흡곤란 등에 의해 다가온다. 결국 죽음이 다가오는 시간에만 차이가 있을 뿐, 외상에 의한 사망은 공히 뇌조직 파괴나 출혈을 동반한다. 의료진의 손길이 닿기도 전에 숨을 거두는 '즉사와는' 달리, '조기' 부류에 속하는 환자들 중 대다수는 신속하고 적절한 응급조치만 취하면 생명을 구할 수 있다. 신속한 수송, 고도의 기술로 무장된 외상 치료 팀, 그리고 전투 준비가 완료된 응급실이 서로 조화를 이룰 때 결과는 크게 호전될 수 있다. 하지만 불행하게도 이런 조화가 이루어지지 못하기 때문에 매년 2만 5,000명의 미국인이 죽음을 당하고 있다.

마지막으로 '후기 사망(late death)'이란 사고 후 며칠 또는 몇 주 뒤에 죽는 사람들을 일컬을 때 사용된다. 이 경우 사망자의 80퍼센트는 허파, 신장, 간부전증과 세균 감염이 합병되어 사망한다. 이 부류에 속하는 환자들은 과다 출혈과 뇌의 외상을 견뎌낼 뿐 아니라 장천공이나 비장 파열, 간 파열 또는 허파 파손 등도 어느 정도는 이겨낸다. 이럴 경우 긴급 수술이 시작되어 출혈을 막고, 복막염 등으로 발전되지 못하도록 손을 쓰게 된다. 손상된 기관이 회복 불가능으로 판정될 경우에는, 수술시에 제거되기도 한다. 그러나 이 경우, 대부분은 완전히 회복되지 않고 수술 직후부터 고열이 나고 백혈구 수가 급감하는 동시에, 장기 등 적합하지 못한 곳으로 혈액이 흘러들어가 결국 체내 혈액 순환에 이상이 온다. 또 패혈증이나 감염 증세를 보일 경우, 외부로부터 투입되는 항생 물질이나 기타 치료제들은 문전에서 강한 저항을 받게 된다.

패혈의 요인이 농양 또는 수술 절개 부분에서 일어난 세균 감염일 경우에는 배액 요법으로 손상 부위를 회복시킬 수 있으나, 대부분의 경우 오염 부위가 눈에 잘 띄지 않는 곳에 숨어 있어 증세는 순식간에 악화되기 쉽다. 상해 후 1주일 뒤부터는 보통 폐부종이나 폐렴으로 인해 호흡부전증이 나타나는데, 그렇게 되면 자연히 혈액 내 산소 농도가 급격히 떨어진다. 패혈증의 첫 공격 목표는 허파이며, 간과 신장이 뒤를 이어 차례로 무너진다. 이렇듯 주요 장기들이 연쇄적으로 혹은 동시에 무너지는 까닭은 세균 및 독소를 뿜고 있는 침입자들이 혈액에 침투했기 때문이다. 쉴 새 없이 순환하는 혈류에 섞여든 독소들로 인해 장기들이 잇따라 무너지는 것이다. 여기서 '침입자'는 박테리아일 수도 있고, 바이러스, 진균류, 심지어 미시 규모의 죽은 체조직도 있다. 보통은 비뇨 기관에서만 발견되는 세균들이 때로는 호흡기와 소화기에서도 나타나는데, 대부분의 발생 지점은 수술 부위에 있다. 독물로 변해버린 혈액을 받아들일 때, 허파 및 여타 장기들은 자체 반응으로써 일종의 화학적 물질을 생성하는데, 문제는 이 물질들이 해롭다는 데 있다. 이러한 해로운 물질들은 혈관이나 장기, 심지어 세포와 혈액의 성분까지 변형시킨다. 이렇게 되면 체조직 세포들은 헤모글로빈으로부터 충분한 산소를 얻지 못할 뿐 아니라, 혈류가 느려져 헤모글로빈의 양도 줄어든다. 심장 쇼크나 혈액량 감소로 인한 쇼크가 패혈 쇼크를 불러일으키는 연쇄 반응과 흡사하게, 패혈증은 모든 신체 기관들은 하나둘씩 무너뜨린다.

패혈증은 외상의 종류에 관계없이, 환자의 방어 시스템이 제대로 작동하지 않으면 어김없이 그 모습을 드러낸다. 해당 환자 40~60퍼센트의 생명을 앗아가는 당뇨, 암, 췌장염, 간경변, 열상과 같은 질환의 말기에는 마지막 비수를 꽂기 위해 패혈증이 찾아든다. 패혈 쇼 크는 미국 내에서 행해지는 응급조치 과정에서 발생하는 즉사의 원 인 중 수위를 달리고 있고, 이로 인해 매년 10~20만이 숨을 거두고 있다.

혈액 내의 산소량을 증가시키는 기능이 허파에서 제대로 수행되지 못하면 심근이 약해져 혈액의 흐름은 정상 궤도를 벗어나 내장에 불 필요한 혈액이 고이게 된다. 또 양분을 제대로 공급받지 못한 기관들 은 민감한 반응을 보인다. 대뇌 기능이 흔들리고, 간은 체조직이 필 요로 하는 것을 생산하고 불필요한 것을 제거하는 본연의 임무를 게 을리하게 된다. 간부전증은 면역 체계를 악화시켜 외부의 감염 요 소와 싸워낼 물질의 생산을 감소시킨다. 뿐만 아니라 혈액의 감소는 신장의 여과 기능에도 영향을 끼쳐 비뇨 기관이 제 기능을 잃게 되 고, 결국은 혈액 내에 독소 물질이 쌓이는 요독 증세를 초래한다.

위에 나열된 증세들은 장내 세포의 파괴에 따라 궤양과 내출혈이 유도되어 더욱 악화될 수도 있다. 쇼크, 신부전증, 장출혈 등은 장기 손상을 입은 환자들이 마지막 단계에서 보이는 종단 증세들이다. 여 기에 패혈증이 마침표를 찍듯 나타나는 것이다. 이와 같은 결과는 결국 신체의 여러 기관들이 독소에 무너졌기 때문에 일어난다. 생사 를 떠나 개개의 환자가 맞게 되는 마지막 결과는, 독소의 맹공에 쓰 러지는 장기의 수가 얼마나 되느냐에 달려 있다. 그 수가 3개를 넘을 경우, 사망은 거의 1백 퍼센트라고 해도 과언이 아니다.

체내에서 이루어지는 독소와의 공방전은 보통 2~3주, 어떨 땐 더 오래 지속되기도 한다. 췌장염과 패혈증으로 고생하면서도 몇 달 넘게 버틴 환자도 있었다. 결국 여러 기관이 부전 증세를 이겨내지 못해 숨을 거둬야 했지만, 우리는 외과의, 자문의, 마취의, 레지던트, 간호사, 의료기 기술자 등 대학병원 내에 있던 모든 인력과 수단을 총동원해서 그를 죽음의 문턱 밖으로 끌어내리려고 몇 달 동안이나 사투를 벌였다.

패혈 쇼크로 인해 숨을 거두는 환자가 겪는 고통은 차마 옆에서 눈뜨고는 보기가 힘들 만큼 지독하다. 패혈 증세가 나타나 목숨을 앗아가는 순서는 대체로 일정한 패턴을 가지고 있다. 우선 고열이 나고 맥박이 빨라진다. 다음에는 호흡부전증에 이어 혈액 분석시 산소 결핍이 나타난다. 기관 내로 튜브를 삽입시켜 호흡 조절을 도와줄 수는 있지만, 그 요법도 결국에는 아무 효과가 없다. 진정제가 효과를 발휘하지 못할 때, 환자의 의식은 이 시점에서부터 혼란기에 접어든다. 이렇게 되면 CT 촬영, 초음파 검사, 혈액 검사 등 감염 요인을 제거하려는 그 어떤 노력도 허사로 끝나기 십상이다. 환자의 침대 주위를 의료진들이 빙 둘러싸고 의견을 교환하지만, 대체로 불확실한 말만 오갈 뿐이다. 그때부터 의료진들은 응급실과 엑스레이실 등 이리저리 환자를 옮겨가면서 고름 주머니와 염증 부위를 찾아 숨바꼭질을 해야 한다. 환자를 침대에 싣고 해당 기기가 있는 방으로 옮겨다니는 과정은 마치 군대의 병참 업무처럼 보이기도 한다. 환자 가족들은 물론 의료진의 심리 상태와 마음가짐도 새로운 진단이 나올 때마다 고저를 달리하지만, 실제 침대에 누워 이리저리 떠밀려다니는 환자의 마음을 진정으로 알아주는 사람은 그리 많지 않다. 항생제가 투여되면, 혈류에 나타날 긍정적 인자를 기다리며 잠깐 동안 휴지 기간이 따른다. 그런 뒤에 항생제가 또다시 투여된다. 다기관 부전으로 사망하는 환자 혈액의 세균 감염 정도를 조사해보면 여러 실험에서 감염된 세균이 반 이상을 차지한다.

혈액 성분이 변하면 각종 이상 증세가 나타난다. 신장이 약해질 때 처음으로 나타나는 증세처럼, 간부전증은 황달 증세를 유발시킨다. 투석으로 얼마간 억제시킬 수는 있으나 효과는 그리 크지 않다. 만약 이때쯤에도 환자에게 의식이 남아 있다면, 그는 분명 분노를 느끼며 자신이 지금까지 제대로 된 치료를 받았는지 의심할 것이다. 하지만 그런 점에서는 담당 의사들도 마찬가지다.

그런 의구심에도 불구하고 의료진들은 최선을 다하는 자세를 잃지 않는다. 아직 전쟁에서 패배했다는 결론이 나지 않았기 때문이다. 그러나 이때부터 보이지 않는 기운이 수술대 주변을 맴돌기 시작한다. 싸우려는 의지는 있으되, 스태프들은 환자로부터 서서히 분리되기 시작한다. 다시 말해 비인간화, 탈인간화(depersonalization)의 과정이 시작되는 것이다. 날이 갈수록 환자에게선 인간성이 줄어들고, 대신 의료진들에겐 더욱 복잡한 집중 의료를 시행해야 하는 어려움이 주어진다. 이때는 그 병원의 '의료 전사'들이 얼마나 열성적이고 잘 싸울 수 있는지를 테스트받는 시점이기도 하다. 패혈증을 보이기 전부터 환자를 알고 지냈던 간호사들과 몇몇 담당의들에게는 그가 인간일 수 있을지 모르지만, 꺼져가는 생체를 통해 의학적 지식을 얻으려는 특수 연구진들에겐 한마디로 하나의 사례에 불과할 뿐이다.

운이 좋으면 마지막 숨을 거두기 전 잠깐 동안이나마 의식이 돌아오기도 하며, 마취제를 비롯한 약물이나 질환 자체가 야기한 코마 상태에서 잠시 빠져나와 미약한 반응을 보이기도 한다. 그리고는 마지막 길에 오르게 된다. 가족들의 반응도 근심에서 좌절로, 마지막에는 체념과 무기력 상태로 변해간다.

그런 점에서는 의사와 간호사들도 마찬가지다. 짙게 다가오는 좌절 속에서도 자문의들과 담당 의료진들은 매번 진료 과정을 낱낱이 재추적하는 동시에 혹시 있을지도 모를 해결책을 찾아보기 위해서 마지막 수색전을 벌인다. 실낱같은 희망에 얽매여 오판한 나머지, 이미 극한에 처한 한 인간을 더 고통스럽게 만들고 있지는 않은가 하는 자책어린 의문이 고개를 들 때마다, 의료진들은 괴로워한다.

환자로부터 분리되는 시점에 이르면 의료진들의 관심은 차츰 환자의 가족들에게로 돌려진다. 이미 코마 상태에서 죽어가는 환자가 위로를 받아들일 리도 없고, 설사 위로를 한들 무슨 소용이 있겠는가. 남은 슬픔은 온전히 가족들의 몫이기에 그들에게 애도의 뜻을 전할 수밖에……. 보내기 싫어서, 보내지 않으려고 애쓰는 사람들이 있건만, 가야 할 사람은 그냥 그렇게 가버리고 만다. 하지만 그 시점이 되면 모든 사람들은 긴 고통 끝에 다가온 평화에 한편으로는 위로받기도 한다. 중환자실에 있던 환자가 사망하자, 경험 많은 베테랑 간호사도 통곡하고, 중견 의사들도 후배들에게 눈물을 보이지 않으려고 얼굴을 돌린 적도 있었다. 나 역시 그럴 땐 뭐라 입을 열기 전에 갈라진 목소리와 마음을 추슬러야 했던 경험을 갖고 있다.

이런 모습은 중환자실뿐만 아니라 일반 병실이나 응급실에서도 흔히 볼 수 있다. 또 질병으로 인한 조기 사망이나 실수로 인한 상해사는 대부분 냉정히 처리될 수 있다. 하지만 '자살처럼 자기 파괴적인 행동으로 생을 다하지 못한 죽음은 그 분위기가 사뭇 다르다. 냉정하게 바라볼 수 있는 상황이 아닌 것이다. 죽음을 다룬 책들을 보면 자살은 완전한 패배와 탈선으로 표현되어 있다. 사실 우리 모두는 그동안 자살이라는 주제에 너무 무관심했었는지도 모른다. 그 무관심이 자살에 대한 방조로 이어진 것은 아닐까? 자살이란 무덤으로 직행하는 행위이다. 아무리 주위를 둘러봐도 실마리가 풀릴 곳이 없기 때문이다.

나는 언젠가 맏딸을 위로하는 과정에서, 자살에 관한 내 견해를 새삼스럽게 객관적인 눈으로 바라볼 수 있었다. 언젠가 우리 부부는 학교 때문에 집을 떠나 살고 있던 딸아이에게, 가장 친한 친구가 자살했다는 비보를 전해주려고 찾아갔다. 그해 대학 졸업반이던 딸에게 나는 이리저리 눈치만 살피다가 마침내 기회를 봐서 부드럽게, 그리고 간단명료하게 요점만 얘기했다. 내가 말을 마치자 딸아이는 붉게 물든 뺨 위로 눈물을 뚝뚝 흘리며 도저히 믿을 수 없다는 눈빛으로 우리를 한동안 뚫어져라 쳐다보았다. 그러다가 갑자기 발작이라도 하듯 버럭버럭 악을 써댔다. "바보같이! 도대체 어떻게 그런 짓을 할 수가 있어요?" 그건 맞는 말이었다. 사랑하는 가족들과 친구, 그리고 자신을 사랑하는 모든 사람들에게 어떻게 그런 짓을 할 수 있는가? 평소 그토록 똑똑했던 애가 어떻게 그런 바보짓을 해서 남은 사람들에게 아물지 않을 상처를 줄 수 있단 말인가? 자신에게 어떤 일이 벌어졌든, 무슨 이유가 있든 결코 '자살' 같은 자기 파괴적 행위가 벌어져서는 안 된다. 다른 사람들에게 자신의 심정을 털어놓았더라면, 아니 단 한 사람에게라도 마음을 열어보였더라면……. 왜 그렇게 사랑스러운 청춘이 그렇게 곧장 가버려야 했을까?

자살이 얼마나 무모하고 나쁜 일인가를 아는 사람들에겐 전혀 이해할 수 없는 질문들일 것이다. 꺼져가는 생명을 되살리기 위해 병마와 사투를 벌이는 건전한 정신의 소유자들에게는 더더욱 의문투성이로 보일 뿐이다. 때론 좌절과 실망을 보이고 때론 자신의 무능함을 안타까워하는 의료진들이지만, 자살로 생을 끝낸 사체에 대해서는 좀처럼 슬픔을 보이지 않는다. 물론 예외도 있겠지만, 그것은 아주 극소수에 불과하다. 자연스럽지 못한 죽음, 자기 학대적인 죽음에는 충격과 연민 같은 감정은 생길 수 있을지언정 절대로 고뇌의 감정은 따르지 않는 것이다.

자신의 생을 스스로 마감하는 자살이 대부분의 사람들에게 부당한 행위로 인식되긴 하지만, 그렇지 않게 받아들일 수 있는 상황도 두 가지 정도 있다. '불구의 노인이 도저히 '견뎌낼 수 없는' 고통에 처했을 때와, '질환의 말기에 처한 환자가 '마지막' 시점에서 유린당하고 있을 때가 그것이다. 중요한 것은 앞의 네 가지 형용사가 '거의'라든가 '비슷하다라든가 하는 단어와는 절대 타협될 수 없는 완전히 극단적인 상태여야 한다는 것이다.

오랜 삶을 살아오면서 로마의 대웅변가 세네카는 노령에 관한 자신의 생각을 글로 많이 적었다.

건강을, 내 최상의 모습을 유지할 수만 있다면, 나는 결코 노령을 포기하지 않을 것이다. 그러나 그 노령이 내 정신을 흔들어 혼돈시키고, 육체를 조금씩 갉아먹어 '살아 있음'이 아닌 '호흡'만을 남겨놓게 된다면, 나는 휘청거리고 부패한 껍데기로부터 미련없이 떠날 생각이다. 치료가 가능한 질병이라면, 또 내 영혼을 절름발이로 만들지 않는 질병이라면 그것으로 인해 죽음을 맞게 되더라도 피하지는 않을 것이다. 고통스럽다는 이유로 내 몸을 스스로 해치는 일도 없을 것이다. 그러나 아무 희망도 없이 고통만 겪어야 한다면 나는 스스로 떠날 생각이다. 그것은 고통 자체에 대한 두려움 때문이라기보다는, 그동안 살아온 인생을 더럽힐지도 모른다는 두려움 때문일 것이다.

이러한 세네카의 주장은, 악마적인 상황에 포위된 채 신음하고 있는 노인들로 하여금 그나마 남은 미력이라도 있을 때 스스로 결심한 바를 실행하도록 유도할 만큼 설득력 있게 들린다. 사실 이러한 세네카의 철학이 아니더라도, 현재 미국 백인 노인층의 자살률은 전체 평균치의 5배에 달할 정도로 높다. 그렇다면 신문이나 잡지 등 언론 매체들이 옹호하듯 소개하는 그 자살들은 모두 나름대로의 합당한 이유를 가지고 있다는 말인가?

아니, 절대로 그렇지 않다. 나는 현대인들의 자살에 관한 사고방식에 심각한 오류가 있다고 본다. 스스로 목숨을 끊는 대다수의 노인들은 치료가 가능한 질병에 걸려 있음에도 불구하고 희망을 너무 쉽게 버린다. 그들 중에는 적절한 약물과 치료를 받을 경우 충분히 회복될 수 있는 사람들이 많다. 참기 힘든 고통과 그로 인한 압박감에 싸여 자살까지 시도했던 노인이 활력 넘치는 사람으로 변한 것을 직접 목격한 적도 있다. 그들이 겪고 있는 고통과 낙담을 조금이라도 덜어준다면, 그들의 외로움은 상당 부분 희석되고 고통도 받아들일 만한 것으로 인식할 것이다. 그만큼 인생이 재미있게 느껴지고, 자신들을 필요로 하는 사람들이 있다는 사실을 깨닫게 되기 때문이다.

물론 앞서 언급한 세네카의 명언에 해당되는 예가 없다는 것은 아니다. 그러나 그 경우에는 여러 사람들의 의견과 조언, 그리고 장시간에 걸친 성숙한 고찰이 뒤따라야 한다. 한 사람의 생을 인위적으로 끝내고자 하는 결정은, 반드시 우리가 추구하고 있는 인간으로서의 품위를 지키는 측면에서 이루어져야 한다. 그런 범주 안에서 이루어져야만, 누구든지 그 죽음이 피치 못한 것이었음을 인정할 것이기 때문이다.

그런 실례로 퍼시 브리지먼의 자살을 들고자 한다. 하버드 대학교 교수였던 그는 고압물리학(high-pressure physics)으로 1946년 노벨상을 받은 물리학자였다. 말기 증세에 이른 암으로 고통을 받으면서도, 그는 79세의 나이로 쓰러질 때까지 연구를 멈추지 않았다. 그는 뉴햄프셔 랜돌프에 있는 여름 별장에 머물며 7권짜리 방대한 저서에 마지막으로 색인 작업을 한 뒤, 하버드 대학교 신문사로 그것들을 발송했다. 1961년 8월 20일, 당시 의학계에서 도덕적 문제로 논쟁의 대상이었던 쟁점들을 정리하는 유서를 남긴 채 그는 권총으로 자살했다. "이렇게 자신의 생명을 직접 거두도록 만드는 사회는 온당하다고 할 수 없다. 나 자신에게 이렇게 할 수 있는 힘도 오늘이 지나면 남아 있을 것 같지 않다."

브리지먼은 자신의 선택이 옳다는 것을 확신하면서 죽어갔다. 마지막 날까지 명확하게 살며 계획을 이행한 사람이었다. 그가 다른 사람들과 자신의 문제에 대해 상의했는지의 여부는 알 수 없으나, 친한 친구 몇몇에게 미리 자신의 의도를 밝혔던 것으로 알려져 있다. 심신이 점점 약해져가는 것을 느끼면서 노물리학자는 마음속 결정을 스스로 실행할 힘이 남아 있을 때까지 연구에 몰두했던 것이다.

브리지먼은 자신이 직접 그 일을 수행할 수밖에 없음을 한탄했다고 한다. 그의 동료는 브리지먼과의 대화를 다음과 같이 소개했다. "내가 직접 어떤 원칙을 세웠으면 좋겠네. 피할 수 없는 종말이 다가왔을 때, 의사에게 끝내달라고 요구할 수 있는 권리 말일세." 이 말을 바꿔보면 결국 자신의 인생은 자신이 알아서 끝낸다는 말이 될 수 있을 것이다.

이 말은 죽음으로 가고 있는 환자를 돕는다는 면에서 의사의 역할을 논외로 한다는 얘기다. 여기서 주의 깊게 봐야 할 문제는 '환자'의 종류이다. 사람이 아니고 '환자'다. 그것도 의사의 도움을 절실하게 필요로 하는 특정 환자 말이다. 히포크라테스의 길드(의사들)는 환자들을 무덤으로 보낼 새로운 진료 과목을 만들어, 양심의 가책을 느끼는 의사들로 하여금 이 땅을 떠나고자 하는 이들을 도와주게 하려고 하지 않을 것이다. 하지만 그 의사들도 아스클레피오스(그리스 신화에 나오는 의술의 신)가 강보에 싸여 있을 때부터 존재해온 침묵적인 논쟁을 깨어버릴 수만 있다면, 그 부분에 관한 의료인의 역할을 논하는 데 별 부담을 느끼지 않을 것이다.

새로이 논란의 대상으로 부상하는 자살은, 최근 마치 유행처럼 번져나가고 있다. 몇백 년 전만 해도 스스로 목숨을 끊는 것은 범죄 행위와 같다는 인식이 사회 저변에 깔려 있었고, 더 나아가 그것은 도저히 용서받을 수 없는 최악의 범죄로 여겨지곤 했다. 이러한 인식은 이마누엘 칸트의 주장과도 일맥상통한다. "자살은 하느님이 금한 것이기에 추악하기 이를 데 없다. 그토록 추악한 것이기에 하느님께선 자살을 금하신 것이다."

그러나 현대에 와서는 사정이 크게 달라졌다. 고통에 대한 인간 인내의 한계를 판정한다는 사람들의 도움을 받아 이루어지는 자살이, 요즈음 세간의 관심을 끌고 있다. 신문과 잡지 등 각종 언론매체를 통해 우리는 소위 허가된 상태에서 이루어진 죽음을 심심찮게 접할 수 있다. 그러한 죽음이 마치 대중문화의 우상이라도 되는 듯 텔레비전 토크쇼에까지 등장한다. 사법권은 환자들이 자살하도록 도와주고 방조한 의료진을 기소하려고 들지만 대중매체는 도리어 그들을 격찬하고 있다.

1988년 미국 의학협회보에는, 한밤중 눈 깜짝할 사이에 스무 살의 여성 암 환자를 '살해'한 산부인과 전문의 과정의 한 수련의에 대한 기사가 실렸다. 고통으로부터 구해달라는 환자의 애원을, 그로서는 죽여달라는 얘기로 들을 수밖에 없었다는 설명이다—이럴 때 살해라는 단어를 쓰지 않나 싶다—. 방법은 간단했다. 모르핀 정맥 주사를 허용치의 두 배로 투여한 뒤, "환자의 호흡이 불규칙해지다가 잠시 후 끊어져버릴 때까지 기다렸다"는 것이다. 전에 한 번도 본 적이 없는 환자의 소원을 나름대로 해석, 실행에 옮긴 이 젊은 의사는 한 걸음 더 나아가 자비를 베푼 자신의 행위를 상세히 활자화하기까지 했다. 히포크라테스가 눈살을 찌푸리고, 그 제자들이 눈물을 흘릴 일이었다.

산부인과 전문의 과정을 밟고 있던 그 젊은 의사의 행위를 당시 일제히 비난하고 통탄해 마지않았던 의사들은 그로부터 3년 뒤에 일어난 사례에 대해서는 다른 반응을 보였다. 뉴욕 주 로체스터의 한 내과 전문의는 『뉴잉글랜드 의학보』를 통해 자신을 다이앤으로만 밝힌 여성 환자의 요청으로 바르비투르산염(진통제의 일종)을 투약했다는 사실을 밝혔다. 대학생 아들을 두고 있다는 다이앤은 오랫동안 티머시 퀼 박사에게 치료를 받았으나, 3년 전 급성 백혈병으로 판명되었던 악마 같은 질환으로 인해 "뼈를 깎아내는 듯한 통증과 심한 무기력증 및 고열"로 하루 24시간 내내 격심한 고통 속에서 지내야만 했다.

다이앤은 치료 중 퀼 박사와 몇몇 자문의들에게 전혀 가능성이 없는 화학요법으로 더 이상 몸을 망치고 싶지 않다는 강한 결심과, 죽음의 공포보다는 몸과 영혼을 갉아먹는 치료 과정이 더 두렵다는 뜻을 확실히 표명한 바 있었다. 동료의 도움을 받아가며 서서히 마음을 굳힌 퀼 박사는 환자의 요구를 실행에 옮길 수 있도록 도와주었다는 내용이었다. 퀼 박사가 그녀의 죽음을 도와주어야겠다는 결심을 굳히기까지의 과정과 갈등은, 이성적으로 자신의 죽음을 선택하고자 한 말기 환자와 의사 사이에 생길 수 있는 인간적인 결속으로 풀이된다. 이 문제를 두고 가시밭길을 걷듯 여러 방면에서 자문을 구하고 숙고한 퀼 박사의 자세는, 의학윤리 면에서 환자와의 교감 및 연민으로 해석될 수 있을 것이다. 앞서 언급한 젊은 수련의나 자살 기계를 만들어내는 발명가들은 다이앤과 티머시 퀼의 예로부터 많은 것을 배워야만 한다.

죽어가는 환자에 대한 의사의 역할을 논할 때, 퀼 박사와 그 젊은 전문의는 정반대의 위치에 서게 된다. 그들은 각기 '이상'과 '두려움'으로 표현될 수도 있다. 두 가지 상반된 실례를 두고 논쟁은 이미 시작되었으며, 그 논쟁이 앞으로도 계속되었으면 하는 희망이다. 이는 의학계뿐 아니라 일반인들에게도 널리 확산되어야 한다.

네덜란드에서는 여러 의견들이 개진되고 수렴된 결과 안락사에 관한 가이드라인이 설정되어 있다. 가장 흔한 방법은 숙면을 유도할 수 있을 정도의 수면제를 투여한 뒤 호흡 정지를 유발하는 근육마비 주사를 놓는 것이다. 네덜란드의 개신교단도 『안락사와 목사』라는 간행물을 통해 '불치의 병으로 고통받는 환자의 의지적 결단을 막을 수 없다'는 뜻으로 안락사를 간접적으로 인정하는데, 그들은 'zelfmoord', 즉 'self-murder'로 표현되는 일반적 자살 행위와 환자의 자의적 인생 포기를 의미 자체에서부터 구분한다. 그들은 'self-deathing', 즉 '안락사로 이루어진 죽음'으로 표현될 수 있는 'zelfdoding'이라는 단어를 소개하기도 했다.

네덜란드의 경우에도 헌법상 안락사가 여전히 금지되어 있긴 하지만, 이러한 가이드라인에 맞춰 일을 실행한 의사들이 재판에 회부된 예는 한 건도 없다. 심신의 고통을 견디지 못해 환자 스스로가 죽음을 택하고자 할 때에도, 물론 치료 가능성이 전혀 없어야 하고 다른 선택의 여지도 전혀 없을 때 시행되어야 한다. 인구가 1,450만 명인 네덜란드의 경우, 현재 안락사를 받아들이는 환자 수는 매년 2,300명으로 집계되고 있는데, 이는 전체 사망자의 약 1퍼센트를 차지한다. 안락사가 이루어지는 곳은 대부분 환자의 집이며, 환자들의 안락사 요구는 대부분 가이드라인에 어긋난다는 이유로 의사들로부터 거부당하고 있다고 한다.

안락사를 원하는 환자와 그것을 시행할 의사 사이에는 평소에도 '관계'가 있어야 한다. 그것은 안락사의 기본 조건으로 취급된다. 네덜란드에서는 환자 가족의 주치의가 안락사를 주로 담당한다. 불치의 환자가 마지막 단계에서 안락사를 원할 때 이를 이행하는 사람이 특별한 곳에 있지 않은 것이다. 티머시 퀼 박사나 다이앤처럼 환자와 의사 관계로 서로 몇 년 이상은 익히 알고 지냈어야 하는 조건 외에도, 다른 의사들과 충분한 의논과 숙고가 의무 조항으로 올라 있다. 퀼 박사와 다이앤이 나누었던 교감이 질적으로나 양적으로나 충분했다는 사실은, 1991년 7월 불기소 처분을 내린 로체스터 대법원 판결로도 확실히 나타났다.

미국을 비롯한 대부분의 민주국가에서 일고 있는 안락사 논쟁을 지켜보면, 일단 어떤 확고한 의견 일치를 유도해내기는 어려울 것으로 보인다. 여타 논쟁과는 달리, 인간의 생명을 다루는 논쟁은 인간의식의 정수라고 할 수 있는 아주 세밀한 부분까지 다루어져야 할 것이기 때문이다.

자살을 다룰 때, '헴록 소사이어티(Hemlock Society)'를 빼놓을 수는 없을 것이다. 자살을 공개적으로 옹호하는 일부 지식층들의 그룹인 이 단체를 비판할 생각은 없다. 다만 그들이 잘못 설정한 가이드라인을 비판하는 마음이라면 모를까,『마지막 출구』라는 죽음의 요리책을 선전하기 위해 대중매체에까지 등장하는 이 단체의 설립자 데릭 험프리를 구태여 깎아내릴 생각도 없다. 다음의 통계는『마지막 출구』에 대한 정확한 판단을 내리는 데 도움이 될 수 있을 것이다. 1991년 보고된 미 정부 산하 사망 통계국의 조사에 따르면, 1만 1,631명의 고등학생들 중 27퍼센트가 1990년 한 해 걸쳐 "심각하게 자살을 고려했다"는 충격적인 보고서가 있다. 더욱 놀라운 사실은 열두 명 중 한 명꼴로 그런 생각을 실행에 옮겼다는 점이다. 매년 50만 명 이상의 미국 청소년들이 자살을 시도하는 것으로 나타났는데, 미수에 그쳐 조사되지 않은 사례까지 포함한다면 이 수치는 훨씬 더 커질 것이다. 이는 실로 엄청난 사실이 아닐 수 없다.

1992년 6월『미국 의학협회지』에 편지를 보낸 예일대 아동연구센터의 심리학자 두 명은, "자극적인 실례를 들어가며 방법까지 정확하게 묘사, 자살을 유도하는『마지막 출구』는 가뜩이나 높은 자살률을 보이는 청소년들에게 극히 나쁜 해악을 끼치고 있다. 자살을 시도해보고 싶어 하는 청소년들일수록 삶 자체를 경시할 뿐 아니라, 자살을 마치 영웅적인 행위처럼 보기 때문에 쉽게 모방하게 된다"라는 의견을 밝혔다.

정신적 억압이나 만성적 질환으로 인한 낙심과 사회 일부 계층에 깔려 있는 죽음에 대한 막연한 동경심이 아무리 크다고 한들, 자살 방법을 소개하고 마치 탈출구를 제시하듯 자살을 미화시킴으로써 자살을 유도하는 일이 어떻게 정당화될 수 있단 말인가. 자신의 끝을 맺고자 하는 결정에는 그 어떤 권유도 있어서는 안 될 것이다. 퀼 박사가 지적했던 것처럼, '도덕적, 윤리적, 개인적인 불확실성을 확실하게 풀어준다'는 데릭 험프리의 죽음에 관한 입문서는 다시 한 번 확실히 짚고 넘어가야 할 문제이다. 인간의 생명을 다루는 모든 쟁점이 그렇듯, 안락사나 자살 문제 역시 하나의 답이 나올 수는 없다. 그러나 숙고하는 자세와 인내하려는 의지는 반드시 필요하다. 물론 현재 나돌고 있는 가이드라인보다 더욱 자세하고 세부적인 기준이 앞으로 나올 것이다. 하지만 인류를 위해 보다 나은 기준이나 의견 교환이 이루어지기 전까지는, 퀼 박사식의—원칙에는 공감하면서도 충분한 시간을 두고 여러 전문인들의 의견이 더해진 신중한 결정—협력이 최상의 표본이라고 생각한다.

비록 험프리의 철학 자체는 비난받고 있지만, 그가 권장한 자살 방법은 꽤 일리가 있는 것으로 통한다. 다량의 수면제를 삼킨 뒤에 비닐봉지를 단단히 뒤집어쓰는 방법은 험프리의 주장대로 가장 보편적인 수법에 속한다. 하지만 그 뒤에 나타나는 생리적 메커니즘은, 험프리가 묘사한 대로는 나타나지 않는다. 비닐봉지들이 대체로 작아 그 안에 들어 있던 산소가 금세 소모된 뒤에 남는 탄산가스가 숨을 끊어버릴 만큼의 위험성이 없는 까닭이다. 물론 대뇌부전이 따르긴 하지만, 직접적인 사인은 혈압 강하와 산소 결핍으로 인한 심장마비이다. 심박수가 감소되는 등 심부전 증세가 나타날 수도 있으나, 이미 죽어가고 있는 상황에서는 큰 역할을 하지 못한다. 마지막 순간에 큰 발작을 일으킨다거나 비닐봉지에 위 속의 내용물을 토해낸다는 얘기도 있으나, 그런 경우는 거의 없다는 것이 일반적 견해이다. 그런 종류의 자살을 수없이 관찰해왔고, 현재 코네티컷 주에서 의료 검진 과장으로 근무하는 웨인 카버 박사는, 내게 그들의 얼굴색과 모습 등에는 아무런 변화가 없었다고 말했다. 퍼렇게 변했다거나 크게 부풀어 올랐다는 일반적인 속설은 아무 근거가 없고, 평범한 여타의 주검과 똑같아 보인다는 얘기였다.

매년 3만 명의 미국인들이 자살을 시도하는데, 그 대부분은 젊은 사람들이다. 인간의 생명이 자기 파괴적인 행위로 얼마든지 끊어질 수 있다는 사실이 숫자상으로 증명된 셈이다. 자살 미수자들은 때때로 마음 약한 의사들에게 완전한 성공을 거둘 수 있는 자살법을 가르쳐달라고 애원하기도 한다. 앞서 소개한 것처럼 남성 노년층 역시 상당히 높은 비율로 자살을 시도해 육체적 고통과 외로움, 그리고 억압 상태로부터 탈출하려고 한다.

대다수의 자살자들은 아직도 '고전적 방법,' 즉 총기, 칼, 밧줄, 약, 가스 중 한 가지로 혹은 몇 가지를 섞어 목숨을 끊는다. 미숙한 손길로, 특히 마음이 산란하거나 흥분된 상태에서 일을 치를 때, 자살은 흔히 실패로 끝나게 마련이다. 그렇게 되면 개인에 따라 반응이 다르긴 하지만, 대부분 좌절 속에서도 찢어지고 구멍난 육체에 독극물을 이용하거나, 아니면 목을 매달아 일을 완결짓곤 한다.

스스로 목숨을 끊어야 했던 세네카는 자신의 선택에 의해서가 아니라 네로 황제의 지엄한 명령에 따르지 않을 수 없었기 때문에 자살한 것이다. 몇십 년 동안 '죽음'과 '자살'이라는 주제를 두고 숙고해왔던 까닭에, 그가 마치 전문가처럼 자신의 목숨을 끊었으리라고 생각될지도 모르지만, 사실은 전혀 그렇지 못했다. 그가 비록 저명한 철학가요 정치가였을지는 몰라도, 인간의 육체에 관한 한 대단히 무지했다. 황제의 명령에 따라 마지막 일을 치르고자 결심한 그는 먼저 팔목 동맥에 단검을 꽂았다. 숨통이 끊어질 만큼 피가 솟구치지 않자 다리와 무릎을 차례로 찔렀던 세네카는 그것으로도 목숨이 끊기지 않자, 마지막으로 독약을 마셔야 했다. 그러나 독약도 그의 숨을 단번에 앗아가지 못했다. 로마의 역사가 타키투스가 남긴 기록에 의하면 세네카는 결국, "뜨거운 욕탕에 들어가 수증기에 질식사했다"고 한다.

바르비투르산염은 현대에 와서 가장 보편적인 자살 수단으로 사용되고 있다. 최면제로 인한 코마 상태는 상부기도관이 막힐 만큼 심해 결국은 산소 공급이 완전히 차단되는데, 이런 경우와 구토물을 흡입할 경우, 백이면 백 질식을 동반한다. 바르비투르산염을 다량 복용할 경우 동맥혈관 벽의 근육이 이완되는데, 그러면 혈관이 확장되어 혈액은 순환할수록 차츰 그 양이 줄어들게 된다. 뿐만 아니라 이런 증세가 올 만큼 다량 복용하면 심근이 경직되어 결국 심장마비에 의한 사망이 유발될 수 있다.

바르비투르산염 외에 자살용 약제로 사용되는 약품은 몇 가지 더 있다. 여타의 정맥 주사용 마약제와 같이 헤로인은 폐부종을 유발해 신속하게 숨통을 끊어놓지만, 구체적으로 어떠한 생리학적 메커니즘 이 진행되는지는 아직 밝혀내지 못했다. 청산가리 역시 세포가 산소 를 받아들이지 못하도록 생리적 변화를 일으킨다. 비소는 여러 신체 기관을 심각하게 손상시키지만, 최종 임무는 심장박동을 불규칙하 게 유도해 코마와 경련을 가져오는 데 있다.

자동차 배기관 한쪽을 구부린 다음 입을 대고 흡입할 경우, 삶의 기본 활력소가 되는 산소량보다 2백~3백 배나 되는 일산화탄소를 흡수할 수 있다. 혈액 내의 산소 부족으로 뇌와 심장이 죽게 되는 경 우인 것이다. 이 경우 일산화탄소와 결합한 혈색소로 인해 변색된 혈 액은 정상적인 혈액보다 더욱 선명한 붉은색을 띤다. 일산화탄소를 마시고 죽은 사람의 피부가 사망 후에도 뚜렷하게 홍조를 띠는 이유 가 바로 그것이다.

목을 매고 죽는 액사(縊死) 역시 질식한다는 면에선 똑같지만, 생리 적 메커니즘은 위의 사례처럼 그리 부드럽게 진행되지 않는다. 몸무게 로 인해 올가미가 저절로 단단히 조여져 숨통을 끊어놓는 액사는 상 부기도가 차단됨으로써 이루어진다. 기관(氣管)이 압력을 받거나 파열 되어 기도가 차단되기도 하지만, 때로는 혀의 안쪽 뿌리가 입천장에 올라붙어 공기 유입을 막는 경우도 있다. 옥죈 올가미가 경정맥과 기 타 혈관의 배출로를 차단하는 관계로 탈산소화(脫酸素化)된 혈액은 얼 굴과 머리 조직에 다시 억압되어 갇혀버린다. 금방이라도 쏟아져 내릴 듯한 무시무시한 눈동자에 검푸른 얼굴빛, 거기에다가 혀까지 밖으로 길게 늘어져 있는 부푼 사체는 차마 눈 뜨고는 볼 수 없는 형상이다.

법적인 사형집행시, 올가미에 매달린 사형수는 본능적으로 발버둥을 치지만 대부분 헛된 시도로 끝나고 만다. 사형집행시 올가미의 매듭은 사형수의 턱 바로 밑에 위치하도록 조절된다. 그런 자세로 1.5~2미터 높이에서 갑자기 몸이 떨어질 경우, 즉시 숨통이 끊어지고 두개골 밑부분 척추도 탈골된다. 이때 척수가 끊어지며 쇼크와 호흡 마비 증세를 일으킨다. 이 경우 호흡이 즉시 끊어지지 않고 심장이 몇 분간 더 뛴다고 해도 종말은 아주 빠르게 찾아든다.

액사로 인한 질식은 타의든 자의든 체내에서 일어나는 여타의 질식, 예를 들면 일산화탄소 따위에 의한 질식(smothering)이라든가 폐쇄(choking)현상과 흡사하다. 폐쇄는 갑자기 다량의 음식물을 취할 때 기도 차단으로 나타날 수도 있다. 이럴 경우 탄산이 과잉된 당사자는 갑작스런 호흡곤란으로 당황하여 가슴과 목을 쥐어뜯지만 대부분은 심장마비로 이어지는데, 이런 종류의 질식사를 보통 'café coronary' 즉 '식당식 관상동맥 폐색증'이라고 한다. 보통 이 경우 심한 호흡곤란에도 불구하고 당사자는 기도 내의 음식물을 토해내기 위해 화장실로 급히 달려가게 된다. 죽어가고 있는 급박한 순간이지만, 자신의 당황한 모습을 다른 사람들에게 보여주지 않겠다는 이유에서다. 이런 사고가 집이나 혼자 있을 때 일어날 경우 십중팔구는 죽음을 맞게 되지만, 공공장소에서는 경험 있는 사람의 도움을 받기만 하면 위기를 모면할 수도 있다.

기도에 걸린 음식물을 신속히 제거하지 못할 경우, 질식은 여지없이 진행된다. 우선 맥박이 빨라지고 혈압도 높아진다. 혈액 내의 이산화탄소량은 탄산 과잉(hypercarbia)이라는 상태가 될 정도로 급격히 증가한다. 탄산 과잉은 극도의 불안을 유도하고, 산소 결핍으로 인해 공포에 질린 얼굴은 청색증을 보인다. 본능적으로 모자라는 공기를 마시려고 힘껏 숨을 들이마시지만, 그 결과 쐐기 역할을 하고 있던 음식물이 더욱 깊고 확고하게 틀어박히게 된다. 그러면 액사시와 마찬가지로 무의식이 따라오고, 과잉 탄산화된 뇌로 인해 가끔 경련도 동반된다. 숨을 쉬고자 하는 본능적 행위조차 순식간에 약해지고, 미약하게 뛰던 심장박동마저도 어느 순간 완전히 멎고 만다.

　익사(溺死)는 물로 인해 입과 코가 차단되어 질식되는 형태이다. 자살하기 위해 물에 빠질 경우 피해자는 비교적 저항 없이 코와 입으로 물을 받아들이지만, 사고일 경우 당사자는 완전히 기진할 때까지 숨을 들이마신 채 들어오는 물을 본능적으로 막아낸다. 두말할 것도 없이 이렇게 되면 체내에는 탄산 과잉이 일어나고, 폐까지 연결된 기도는 물에 의해 차단되기 시작한다. 죽지 않으려고 사력을 다하며 물 표면 가까이 연거푸 올라오다보면 물과 함께 물거품까지 마시게 되는데, 이때 반사작용으로 구토가 나오고 강한 산성을 띤 위액이 입으로 올라와 기도관으로 흡입되는 현상이 일어난다.

　익사 장소가 아주 차갑고 깨끗한 물속일 경우에는 폐로 유입된 물이 혈액을 희석시키는 동시에, 미세한 화학적 평형 및 물질적 평형 체제를 일시에 무너뜨린다. 이로 인해 초래된 불균형으로 적혈구는 파괴되고, 혈류 속에 대폭 증가된 칼륨량으로 인해 심근 수축이 일어난다. 민물이 아닌 짠물, 즉 바다에서 익사가 진행될 때는 이러한 과정은 거꾸로 나타나는데, 물은 폐포로 들어가서 폐부종을 일으킨다. 허파 조직에 화학적 자극을 일으키는 주범이 염소인 관계로 폐부종은 일반 수영장에서도 일어날 수 있다.

물에 빠지게 되면 그 즉시 살아남기 위한 체내의 생리 메커니즘이 작동하기 시작한다. 한 모금의 물이 처음 기도관을 통해 들어오면 후두는 반사적으로 경련을 일으키고, 더 이상의 이물질을 받아들이지 않기 위해 입구가 저절로 차단된다. 그러나 그로부터 2~3분 지나면 탈산소된 혈액은 후두의 경련을 풀어버리게 되어 결국 다시 물이 유입되고 만다. 임종 호흡이라고 부르는 마지막 호흡 과정에서 상당량의 물이 유입되는데, 차가운 민물에서 익사했을 경우 전체 혈액량의 50퍼센트가 물이다.

생명이 끊긴 인간의 육체는 대개 물보다 무거운데, 그중에서도 머리 부분이 가장 무겁다. 따라서 익사체는 머리를 밑으로 해서 가라앉게 된다. 그런 자세로 가라앉아 있다가 체조직 내로 부패 가스가 들어가서, 뜨는 힘이 생기면 서서히 수면 위로 떠오르게 된다. 익사 후에 부패되어 떠오르기까지는 수온과 기후에 따라 며칠 또는 몇 주까지 큰 차이를 보인다. 그렇게 해서 물에 떠오르게 된 익사체는, 그가 한때 영을 지니고 이 우주의 공기를 호흡하며 살았을 생물체로는 생각하기 힘들 만큼 혐오스럽게 부패되어 있기 마련이다.

익사는 매년 미국인 5천 명의 생명을 앗아간다. 어처구니없는 것은 그 익사 사고의 40퍼센트가 술로 인해 발생한다는 사실이다. 자살이나 살인과는 달리 익사는 보통 예고 없이 갑자기 일어난다. 하지만 익사 사고는 주로 깊은 물에서 발생하기 때문에, 익사자의 대부분은 익사의 가능성을 어느 정도 지각하고 있었을 것이다.

매년 1천여 명가량의 미국인이 전기 쇼크로 죽어가고 있음에도, 정작 고압기기 옆에서 일하는 사람들은 전혀 위험을 느끼지 못하는 것 같다. 전기 쇼크로 사망하는 경우, 주된 사인은 심장으로 흘러들어간 전류가 심근을 수축시키는 데 있다. 수축과 마비 현상은 고압전류가 뇌의 중앙 부분에 닿을 때도 일어난다. 뇌의 호흡중추가 손상되면 호흡 정지가 일어나 사망에 이르게 된다. 전기 쇼크사는 고압전선 근처에서 일하는 노동자들에게서 주로 일어나지만, 집에서 부주의로 일어난 전기 사고로도 매년 많은 수의 어린이들과 성인들이 사망하고 있다.

이 외에도 사망의 양상은 수없이 많지만, 결국 숨을 거두는 사람들은 어떤 형태로든 생을 유지하는 데 필수 요소인 산소를 공급받지 못하게 됨으로써 일을 당하는 것이다. 최근에 들어서는 철학자나 과학자들뿐 아니라 일반인들도 임종시의 평화와 임사 체험, 안락사 등의 주제에 관심—'정밀한 조사라는 표현이 더 정확하겠지만'—을 갖기 시작했다. 하지만 이 모든 것에 앞서야 할 것은, 죽음을 다루는 문제에 서 의학과 도덕을 나누어 생각할 수 없다는 점이다. 그 둘은 서로 뗄 수 없을 만큼 가까이 붙어 있기 때문이다.

8
죽음의 사신 에이즈

"이스마엘이라고 불러주세요." 얄궂은 일들을 회상하며 그녀는 미소 지었다. 그리고는 내 뒤쪽, 한 가정의 대들보가 무너지고 있는 병실을 향해 생각에 잠긴 듯한 눈길을 보냈다. "4개월밖에 안 됐는데 몇십 년은 지난 것 같아요, 정말. 내가 첫 출근을 했던 날, 진료실로 들어갔더니 저 사람이 있더군요. 자신을 구하기 위해 기적을 가져올 의사를 기다리는 표정이었어요. 물론 그 위대한 의사는 바로 나였고요. 내가 신참 수련의 티를 내듯 밝고 상냥하게 '안녕하세요, 가르시아 씨'라고 인사를 건넸더니, 그는 의자에서 튀어 오르듯 일어나더군요. 그리고는 환한 미소를 띤 채, '이스마엘이라고 불러주세요' 하더라고요, 세상에! 옛 이스마엘이야 다시 살아날 수 있었겠지만(아브라함의 서자 이스마엘은 아버지로부터 버림받은 후 죽음 직전에서 다시 살아났다. 이런 이유로 이스마엘이란 용어는 세상에서 버림받은 사람이나 사회의 적이라는 은유적 표현으로 쓰인다) 우리 이스마엘에겐 그런 기회가 있을지……. 결국 며칠 안에 죽게 될 겁니다. 평생 저 사람을 기억 속에 잡아둬야 될 것 같아요." 그녀는 이 부분에서 잠시 입을 다물었다. 찢어지는 목소리에 목메인 말소리가 잔뜩 묻어 나왔다. "그 망할 놈의 에이즈 때문에 내 환자가 죽어간다고요! 첫 환잔데……." 이스마엘! 히스패닉계였던 그의 본래 이름은 이스마일이었다. 그러나 그나 주변 사람들이 영어로 표현할 때 흔히 이스마엘이라 하므로 나도 이스마엘이라고 부르려 한다. 그 이스마엘 가르시아가 반가워서 의자에서 튕겨 오르듯 일어나, 메리 데포 박사에게 악수를 청했던 그 여름날 오후를 기점으로 중대한 고비가 여러 번 찾아왔다. 그때부터 두 사람 모두 큰 변화를 겪어야 했다. 의대 재학 중에 수많은 에이즈 환자를 대해왔음에도 불구하고 담당 의사라는 자격으로 가슴 두근거리는 책임을 맡을 때까지, 메리는 한 인간의 붕괴 과정이 얼마나 비참한 것인가를 실감하지 못했다.

햇빛이 그득한 7월의 어느 날 오후, 이스마엘이 에이즈 치료 상담실로 걸어 들어온 그날부터, 그녀가 그의 사망을 정식으로 통보해야 했던 회색빛이 감도는 11월의 아침까지, 메리 데포와 이스마엘 가르시아는 의사 대 환자라는 관계를 변함없이 유지했다. 입원해 있던 시기는 물론 외래 환자로서 병원을 출입할 때에도 그는 메리 데포를 자신의 개인 주치의로 여겼다. 메리가 다른 업무로 교대 근무를 할 때에는 잠깐씩 다른 수련의들이 그를 돌보기도 했지만, 두 사람은 대부분의 시간을 의사 대 환자의 관계로, 이미 서로 알고 있는 어두운 통로를 향해 함께 여행했다.

수련의 초기 시절에 모든 의사들은 죽음과 질병에 대한 직접 경험을 쌓기 위해 항상 배우는 자세로 환자와의 관계를 발전시켜나간다. 환자와의 유대관계야말로 질병과 죽음에 맞서 싸워나가는 데 무엇보다 중요하기 때문이다. 메리 데포에게 이스마엘 가르시아는 현대의 의료진들이 까맣게 잊고 있던—창창한 인생 앞에 갑자기 나타난 죽음의 손아귀에서 미처 피할 겨를도 없이 무능하게 무너질 수밖에 없었던—옛 시절의 영상을 깨우쳐준 계기가 되었다.

1981년 이전까지는 그 어느 누구도 '죽음이라는 미적분학 속에서 HIV(human immunodeficiency virus), 즉 '인체 면역결핍' 바이러스'를 풀어내지 못했다. 이 전염병의 정체가 드디어 포착되던 날 생체과학계(biomedical science)는 축포를 터뜨리며 흥분했다. 에이즈로 인해 흥분하고 당황한 사람은 비단 이 '세균 사냥꾼'들만이 아니었다. 자연이 부리는 심술로부터 의학과 과학이 우리를 안전하게 보호해줄 것이라는 신념이 일시에 무너져 내렸던 것이다. 그 이후 수련 과정에 있는 젊은 신참의들은 에이즈로 죽어가는 환자들을 그냥 '죽음' 자체로 받아들이기 시작했다.

이미 주변의 소리조차 들을 수 없을 정도로 심각한 상태였지만, 우리—데포 박사와 나—는 소리를 죽이며 이스마엘의 방으로 들어갔다. 사실 그렇게까지 조심할 필요는 없었지만, 그것은 일종의 예의를 갖추기 위함이었다. 죽어가는 사람이 누워 있는 방은 하나의 예배실이다. 그러니 소리를 죽이고 예의를 다할 수밖에.

모든 시도가 헛되이 끝나고 결국 몇 주 혹은 몇 달, 심할 경우에는 며칠이나 몇 시간 내에 죽고 말 환자의 마지막 인생, 그 장면은 그 어떤 비극적 드라마보다 비통하다. 고뇌와 고통만이 나뒹구는 골짜기를 향해 끝없이 떨어져가는 이스마엘 가르시아의 주변에는 그 고통을 보상이라도 해주려는 듯 고요한 침묵이 흐르고 있었다.

침실의 불은 꺼져 있었지만, 한낮의 하얀 햇빛이 블라인드에 여과되어 들어와 침실을 부드럽게 감쌌다. 침대에는 고열로 고통받던 환자가 무의식 속을 오가며 잠들어 있었다. 누런색 이마가 새로 갈아 낀 하얀 무명 베갯잇과 강한 대비를 이루었다. 처참하게 피폐된 얼굴이었지만, 한때 건장한 미남이었던 흔적이 아직도 남아 있었다.

그의 차트를 보고 나는 그가 거의 마지막 숨을 몰아쉬고 있다는 것을 알 수 있었다. 빈껍데기뿐인 소생치료 요법으로 말미암아, 그는 가엾게도 죽음에 조금 앞서 찾아드는 평온조차 누리지 못했다. 그건 환자의 요구 때문이었다. 뼈를 깎는 고통과 싸우면서도 그는 목숨만 연장될 수 있다면 그 어떤 치료라도 기꺼이 받겠다는 뜻을 몇 달 전부터 자신의 아내를 통해 전달했다. 의사들에게 제발 자신을 포기하지 말아달라는 강한 의지의 표명이었다. 그러나 불과 몇 달 후 그의 아내 카르멘은 에이즈 치료 팀으로부터 가능성이 전혀 없다는 마지막 통보를 받아야 했다. 결국 그녀는 불필요한 치료를 하면 할수록 남편의 영혼이 빠져나갈 출구가 그만큼 좁아진다는 사실을 서서히 인식하기 시작했다.

에이즈로 인해 거의 3년 동안 이스마엘과 떨어져 살고 있었으나, 카르멘은 법적으로 그와 제일 가까운 관계였고 가정을 대표할 수 있는 사람이었다. 남편의 에이즈 감염 사실을 둘만의 비밀로 하자는 약속을 했기 때문에 카르멘은 시부모와 시누이들에게조차 병명을 숨기고 있었다.

이스마엘의 병세가 심각해진 것을 깨달은 후, 카르멘은 그를 집으로 옮겼다. 마약과 무절제하고 방탕한 생활은 물론 자신과 세 딸을 가난으로 이끈 남편의 무책임한 과거를 애써 용서한 뒤, 카르멘은 그를 직접 간호하기 시작했다. 가족 중 유일하게 그의 종말을 알고 있던 그녀는 이스마엘에게 유일한 간호사요 친구였다. 다른 건 몰라도 세 딸한테는 좋은 아빠였다는 것이 카르멘이 가질 수 있는 유일한 위안이었고, 세 딸을 위해 그리고 한때 행복하게 지냈던 추억이 그를 받아들이도록 해주었다.

때가 와서 죽음이 남편을 부를 때에도 카르멘은 남편에게 약속한 것처럼 마지막 등불이 되어주겠다는 강한 의지를 보였다. 그녀는 의사들의 충고도 듣지 않고 막무가내였다. 그를 관찰했던 의사들의 표현에 따르면, 세 딸에 대한 이스마엘의 깊은 애정이 카르멘으로 하여금 불성실한 남편을 거절하지 못하게 만들었을 것이라고 했다. 가물거리는 의식 속에서도 다시 살아나려고 애쓰는 남편을 버린다는 것이 크나큰 죄의식으로 작용했다는 얘기였다.

이스마엘은 입원 중에도 병실에 홀로 있지 않았다. 조그만 유리 액자 속의 어린 딸들이 자신을 내려다보며 함께 있어준 것이었다. 파티 복 차림의 귀여운 꼬마들은 아빠가 건강하게 살았던 세계를 향해 미소짓고 있었다. 나는 말없이 사진을 가리키며 메리에게 눈빛으로 물었다.

"네, 큰애들은 거의 매일 찾아와요. 하지만 막내는 데려오지 않더라고요. 두 아이 중 여섯 살짜리는 여기 와도 침대를 돌면서 그냥 놀아요. 그 앤 뭐가 뭔지 모르는 것 같던데, 열 살짜리 맏이는 매번 울곤 해요. 들어오자마자 아빠 얼굴을 만지면서 그냥 울기부터 해요. 걔들이 면회 올 때면 나는 가급적 자릴 피하려 해요. 그 애들의 모습을 차마 지켜볼 수가 없어서요."

아이들 액자 옆에는 에스파냐어 성경이 「시편」 27편부터 31편까지 접힌 채 놓여 있었다. 그중 몇 구절은 여러 빛깔의 형광펜으로 칠해져 있었다. 나는 집으로 돌아와 성경에서 그 구절들을 찾아보았다.

27편 9절 주의 얼굴을 내게서 숨기지 마시고 주의 종을 노하여 버리지 마소서. 주는 나의 도움이 되셨나이다. 나의 구원의 하느님이시여 나를 버리지 마시고 떠나지 마소서.
27편 10절 내 부모는 나를 버렸으나 여호와는 나를 영접하시리이다.
28편 6절 여호와를 찬송함이여 내 간구하는 소리를 들으심이로다.

성경 구절을 읽은 뒤 나는 '이스마엘'이 히브리어로 "여호와께서 네 고통을 들으셨음이라"라는 뜻임을 다시 한 번 상기했다. 이 이름은 사라의 여종 하갈이 여주인의 학대를 견디다 못해 도망치던 중에 하느님의 사자에 의해 전해졌다. "네가 임신하였은즉 아들을 낳으리니 그 이름을 이스마엘이라 하라. 이는 여호와께서 네 고통을 들으셨음이니." 하갈이 잉태한 몸으로 서 있다가 하느님의 사자를 만나서 아들의 이름을 받았던 곳은 '브엘라해로이(Be'er-la-hai-roi)'라는 우물로, "나를 살피시는 살아 계신 분의 우물"이라는 뜻이다.

그러나 침대에서 죽어가고 있던 이스마엘의 소리는 하느님께 전달되지 못하는 것 같았다. 그의 소리를 귀담아듣지 않을 뿐 아니라 살피시지도 않는 것처럼 보였다. 죽음보다 더 무서운 고통을 내려다 보시면서도 하느님은 꼼짝도 하지 않으셨다.

그런 면에서 이스마엘 가르시아는 조용히 침잠한 채 듣지도 보지도 않았던 하느님 앞의 욥(성경에 나오는 의인)과 같았다. 가르시아의 간청과 고뇌를 듣고 보고 하셨지만 하느님은 끝내 마음을 바꾸지 않으셨다. 다른 건 몰라도 '이 빌어먹을 놈의 병'에 관해선 고개를 돌리지 않으신 것이다.

이 문제에 관한 한 하느님은 전혀 관계하고자 하지 않으신다. 우리는 지금 그 어떤 것과 비교할 수 없는, 또는 그 어떤 것으로도 비유될 수 없는 '자연의 대격변'을 보고 있는 것이다. 많은 목사들도 이 문제에 관한 한 하느님이 전혀 개입하지 않으신다는 의견에 공감한다. 앞 장에서 소개된 『안락사와 목사』에서도 네덜란드 개신교 단장은 유사 이래 인간이 겪어야 하는 최대의 고난에 신이 개입했는지의 여부를 제법 확실하게 규정하고 있다. "이러한 문제에서 자연적 질서 파괴 여부를 하느님 뜻에 결부시킬 필요는 없다." 이러한 의견 표명은 기독교 및 유대교의 여러 종파들에도 공감을 불러일으킨다. 우리 인류가 에이즈를 통해 많은 것을 배웠다고는 하지만, 그런 교훈은 자연과학이나 사회적인 영역에 국한될 뿐 종교적인 영역에 속해 있지는 않다. 우리가 다루고 있는 것은 벌이 아니라 범죄이다. 자연이 자신의 생물체에 해를 가하고 있는 범죄의 한 가지인 것이다. 더군다나 아나톨 프랑스가 얘기했듯이 자연은 차별 없는 존재이다. 다시 말해서, 인간 기준의 선과 악을 뚜렷하게 가르지는 않는다는 얘기다.

사실 지금껏 의학계가 밝혀낸 사실들보다 에이즈가 안고 있는 의학 외적인 사실들이 훨씬 더 많다. 이런 면에서는 다른 질환들도 마찬가지겠지만 그 어느 것도 에이즈만큼 사회공동체적 관심을 끌지는 못할 것이다. 그러나 에이즈에 관련된 사회적, 관습적 의미가 어떻든 의학적이고도 과학적으로 나타나는 변화는 반드시 알고 있어야 한다. 그런 면에서 이스마엘 가르시아는 그 전형적인 모델이라고 할 수 있다.

1990년 2월, 가르시아는 첫 번째 HIV 테스트에서 양성 판정을 받았다. 왼팔에 난 종기가 좀처럼 낫지 않아 예일-뉴헤이번 병원을 찾았을 때 우연히 알게 된 사실이었다. 그는 주사기로 마약을 주입할 때 감염된 듯했다. 외래 진료시 투여했던 항생제 덕택에 종기가 깨끗이 아문 데다 별 이상 증세를 느끼지 못했던 까닭에, 그는 에이즈에 감염되었다는 소식을 전해들을 때까지 병원을 찾지 않았다. 1991년 1월, 그는 몇 주가 지나도록 계속되는 마른기침에 시달리면서 가슴 근처가 답답해지는 증상을 느꼈다. 발작적인 기침과 호흡곤란으로 고통은 날로 증가되었다. 한 달 반이 넘도록 점점 심해지는 기침과 가쁜 숨 때문에 이스마엘은 처음으로 공포를 느끼기 시작했다. 조금만 움직여도 호흡이 곤란해지고 고열이 오르곤 했다. 그는 집 안에서도 돌아다니지 못할 만큼 심한 호흡곤란이 닥쳐왔을 때에야 뒤늦게 병원을 찾았다.

응급실 흉곽 엑스레이를 통해 본 이스마엘의 폐는 상당 부위가 감염된 것으로 의심되었다. 이미 많은 부분이 공기(산소)와는 닿지도 못할 정도로 허옇고 지저분해져 있었다. 동맥혈 분석 결과 산소량은 비정상적으로 낮아 감염으로 손상된 폐조직이 산소를 제대로 받아들이지 못하고 있음을 여실히 입증해주었다. 이스마엘의 열기 가득한 입 속을 들여다본 레지던트는 에이즈로 의심할 만한 단서를 즉시 찾아냈다. 이스마엘의 혀는 밀크색 아구창균(진균의 일종)으로 허옇게 덧칠되어 있었다.

흉부 사진은 에이즈 환자에게 공통적으로 나타나는 폐렴 증세를 보였는데, 그 원인은 뉴모시스티스 카리니(Pneumocystis carinii: 비정형적인 폐렴을 일으키는 원충으로 집토끼의 폐와 신장에 기생함)라는 기생충 때문이었다. 이스마엘의 동의를 얻어 의료진들은 기관지 현미경(bronchoscope)이라는 기기를 이용해서 그의 기도를 샅샅이 조사하는 한편, 기도 내부에서 조직을 채취해 현미경으로 뉴모시스티스가 물방울 무늬로 촘촘하게 엉켜 있는 것을 찾아냈다. 혓바닥에 기생한 아구창균을 죽이기 위한 약품과 폐렴에 잘 듣는 항생제(펜타미딘)를 투여하자, 이스마엘의 병세는 차츰 호전되었다. 치료 기간 동안 이스마엘에게는 빈혈 증세와 더불어 백혈구 감소 현상이 나타났다. 무엇이든 잘 먹는다는 주장과는 달리, 혈액 검사 결과 단백질 수치가 낮고 영양 상태가 심하게 저하되어 있었다. 실제로 체중도 항상 유지하고 있던 63.5킬로그램에서 2킬로그램이 줄어들었다. 그러나 그에게 전해진 최악의 뉴스—그로서는 잘 이해할 수 없는 내용이긴 했겠지만—는 HIV 감염을 막아내는 세포, 즉 T4 또는 CD4 임파세포가 정상치보다 훨씬 낮은, 혈액 1세제곱밀리당 120 수준으로 떨어졌다는 것이었다.

이스마엘이 걸린 PCP(뉴모시스티스 카리니 폐렴)의 진행을 막기 위해 처방된 약을 복용했는지의 여부는 확인되지 않았으나, 11개월 뒤인 1992년 1월 더욱 악화된 상태로 병원을 다시 찾은 것으로 봐서는 약을 꼬박꼬박 복용한 것 같지 않았다. 처음에 보인 증세에 덧붙여 그는 심한 두통과 구토를 호소했고, 어딘지 모르게 몹시 동요된 듯한 모습이었다. 척수액을 채취해 정밀 조사해본 결과, 효모증의 병원균(Crypto-coccus neoformans)이라고 부르는 효모균 성질의 유기체로 인해 뇌막염 증세가 나타났다. 오른쪽 귀 부분도 박테리아에 감염되었으나, 다른 심한 증상에 눌려 그곳에는 신경조차 쓰지 못했다. 게다가 CD4 수치는 50까지 내려갔다. 면역 체계를 파괴시키는 HIV의 작전 수행은 훨씬 더 신속히 진행되었다. 세 가지 다른 양태로 나타난 감염이 합동 작전을 펼치며 이스마엘을 무너뜨리려고 했으나, 예일-뉴헤이번 병원의 뛰어난 에이즈 치료 팀은 그를 도와 싸움에서 이겨내도록 밀어붙였고, 결국 입원 3주 만에 그는 아내와 세 딸들에게 돌아갈 수 있었다. 마약 복용으로 공장에서 해고당할 때 의료보험 자격을 박탈당했던 이스마엘의 진료비 1만 2천 달러는 고스란히 코네티컷 주 정부가 짊어져야 했다.

전과는 달리 진료 스케줄에 맞춰 성실하게 병원을 드나들던 이스마엘이 1992년 7월 초, 왼쪽 겨드랑이 부분의 통증을 호소해왔다. 그 부분에는 수술을 요할 만큼의 커다란 종기가 있었다. 메리 데포를 처음 만났던 바로 그때의 일이었다. 종기를 처리하는 한편 그녀는 몇 주간에 걸쳐 오른쪽에 이어 왼쪽 귀에까지 번진 세균 감염과 부비동염을 치료해나갔다.

박테리아성 질환들을 치료하는 동안, 이스마엘에게는 또다시 현기증이 일어났고 가끔씩 균형을 잡는 데 어려움을 느꼈다. 흔들거리는 불균형 속에서 그의 기억력도 점차 감퇴되어갔다. 카르멘의 관찰에 의하면 짧은 문장조차 이해하지 못하는 증세를 보였다고 한다. 이러한 증세가 한 달 넘게 지속되었고, 그는 완전히 착란 상태에 빠진 채 무기력해져만 갔다. 의사들에게는 무한한 고마움과 존경을 표하면서도 카르멘은 응급실로 들어가지 않겠다는 남편의 뜻을 따르려고 했다. 그녀와 이스마엘 두 사람 모두 두 번째 입원이 의미하는 것을 두려워하는 듯했다. 체중이 점점 줄어드는 것을 보아서는 분명히 입원 치료를 받아야 함에도, 그 부부는 고집스럽게 외래 치료만을 주장했다.

그러던 어느 날 아침, 더 이상은 버티지 못할 것 같은 남편을 바라보다 못해 카르멘은 다급히 응급차를 불렀다. 그는 거의 혼수상태에 빠져 왼쪽 팔이 심하게 돌아가 있었고, 귀에 바짝 대고 큰 소리를 질러야만 겨우 반응을 보였다. 가끔씩 왼쪽 머리끝부터 발끝에 짧은 경련이 일기도 했다. 혈청 검사에서는 나타나지 않았으나 CT 촬영을 통해 본 뇌조직은 톡소플라스마 곤디(Toxoplasma gondii, 북미 설치류의 만성 질환을 일으키는 기생충으로 사람의 뇌척수염을 일으키는 병원체)라는 원충류(貝蟲類)에 뇌 양쪽이 심하게 감염된 것 같았다. 일반적으로 에이즈 환자에게 나타나는 이런 병변은 가끔 임파종으로 나타날 수도 있으나, 흔한 경우처럼 이스마엘은 톡소플라스마의 형태를 보였다.

확실히 검진되지는 않은 상태였지만, 과거의 사례를 믿고 의료진들은 톡소플라스마에 대한 치료를 시작했다. 2주에 걸친 치료로 약간의 효과를 거둔 이스마엘은 수술실로 옮겨졌다. 그곳에서 신경외과의들이 이스마엘의 두개골에 작은 구멍을 뚫어 조직 검사용 시료를 추출했다. 그러나 현미경 검사에서는 그 원충류가 발견되지 않았다. 2주 동안의 치료로 정체가 확실치 않은 병원체가 죽어버린 듯했다. 이 사실에 고무된 진료 팀은 확실한 진단이 나오지 않은 상태에서 시행 중이던 치료를 계속해나갔다. 그러나 1주일 뒤 이스마엘의 상태는 더욱 악화되었다. 그 원인이 톡소플라스마가 아닌 것으로 밝혀지자, 진료 팀은 뇌임파종으로 방향을 바꿔 방사선 치료를 시작했다. HIV가 나타나기 전까지 뇌임파종은 극히 드문 질환이었다. 그러나 이 질환은 에이즈 환자들에게 거의 예외 없이 나타난다.

초기 엑스레이 요법시 이스마엘은 깊은 혼수상태에서 잠깐씩 반쯤 깨어나 간호사나 카르멘이 먹여주는 커스터드와 수프를 받아먹곤 했다. 그러나 그 순간도 잠시뿐, 곧장 깊은 혼수상태로 빠져들었으며, 체온이 39~39.5도까지 치솟았다. 게다가 원인 불명의 복합성 감염 증세 외에도 박테리아성 폐렴 증세까지 나타났다. 그때가 바로 나와 메리 데포가 그의 침대 곁에 있을 때였다.

혼수상태에 빠져 있음에도 불구하고 왠지 이스마엘의 얼굴 표정은 평온해 보이지 않았다. 공기를 마시려고 사투를 벌이는 손상된 허파와, 산소를 빼앗긴 채 헐떡거리는 체조직을 힘들게 돌고 있는 혈액 때문인 듯했다. 초기 패혈 증세와 더불어 전체 메커니즘이 무너져 내리고 있음이 분명했다. 어쩌면 찌푸린 얼굴로 이젠 모든 것을 포기하겠다는 의지를 표명하는지도 모르는 일이었다. 빨리 죽고 싶은데 숨이 끊어지지 않아 고통스럽다는 표정일 수도 있었다. 글쎄, 그 순간 정말로 그가 죽음을 갈망했던 것일까? 사랑하는 딸들을 한 번이라도 더 보고 싶어 했을 텐데. 하긴 죽어가는 사람들이 짓는 표정을 정확히 설명해낼 사람이 누가 있겠는가. 무언가 불편한 듯 잔뜩 찌푸린 모습도, 잠자듯 평온한 모습처럼 무의미한 것일지도 모른다.

이스마엘의 고통은 그다음 날 끝났다. 남편의 죽음이 임박했음을 감지한 카르멘은 직장인 뉴헤이번의 상자 공장에서 하루 휴가를 내어 이스마엘의 숨이 완전히 끊어지는 그 순간까지 침대 옆에서 그를 지켰다. 이스마엘이 숨을 거두기 하루 전날 밤, 자신은 남편에게 했던 약속을 다 지켰노라고 메리에게 되풀이해서 말했다. 그건 바로 모든 가능성을 다 시험해보겠다는 약속이었다. 이스마엘이 마지막 호흡을 멈추자 카르멘은 병실 밖으로 나가 아침나절 내내 같이 있어준 간호사에게 조용히 남편의 죽음을 알렸다. 카르멘은 그제야 이스마엘이 살아 있을 때, 몇 번씩이나 거듭 거절했던 의료진의 요청을 받아들였다. 바로 HIV 테스트였다.

내가 살고 있는 북동부 지역에서는 25~44세 사이의 남성 사망자들 중 에이즈로 인한 사망률이 최고로 높다. 이곳은 거리에서의 폭력과 마약중독, 갱들 간의 암투로 인한 사망이 가난과 패배의식만큼 도시 구석구석에 깔려 있는 곳이다. 그러면 에이즈란 질병은 도대체 어떤 것인가? 그것은 그 어떤 지식으로도 완벽히 표현해낼 수 없는 존재로, 은유요, 비유요, 상징이요, 눈물이요, 인간성을 시험하는 요소일 뿐 아니라, 고통의 대명사이다. 윤리학자들과 문학가들이 지적 에너지를 깡그리 동원해도 다 표현하지 못할 개체이다.

인류 역사상 에이즈만큼 파괴적인 질병은 없었다. '파괴적'이라는 단어 정도로는 적절히 묘사할 수 없을 만큼 에이즈는 소름끼치는 전염병이다. 동서고금의 의학 역사상 이처럼 신체의 면역 기능을 잔인하게 말살시켜나가는 세균은 일찍이 없었다. 벌떼처럼 쉴 새 없이 몰려드는 수많은 종류의 침입자들로 인해, 면역 조직은 방어 태세 한 번 제대로 취해보지 못한 채 죽어버리고 만다.

에이즈의 발병 동기는 아주 독특하다. 에이즈의 기원과 전파 경로는 그동안의 전염병학적 연구로 이미 밝혀진 바 있다. 에이즈 바이러스는 원래 중앙아프리카에 서식하고 있던 영장류(원숭이)의 체내에 좀 다른 형태—질병을 일으키는 병원체가 아닌—로 존재해 있었다고 한다. 그런데 그 영장류의 피가 그곳 원주민 한두 사람의 피부나 상처 부위에 묻음으로써 에이즈 바이러스가 사람의 몸으로 옮아왔을 것으로 추정된다. 이 이론을 수학적인 방법으로 분석해보면, 에이즈 바이러스를 보균한 최초의 영장류로부터 인간에게 전파되기까지 1백 년 이상의 긴 시간이 걸렸을 것으로 추정된다. 도시문명화된 사회가 나타나기 전에는 원주민들 간의 교류가 잦지 않았을 것이므로, 에이즈의 기원이 되었음직한 어느 마을로부터 그 세균은 매우 천천히 퍼져나갔을 것이다. 20세기 후반에 들어 급격히 바뀌기 시작한 생활 패턴에 따라 여행이 잦아지자, 도시화된 지역을 중심으로 감염 속도가 더욱 빨라진 것은 당연지사일 것이다. 그래서 결국 에이즈가 전 세계로까지 퍼지게 된 것이다.

에이즈 병원체가 확실하게 규명되기 훨씬 전부터, 이 바이러스는 이미 수천 명의 몸속에서 악마의 얼굴을 감추고 있었을 것이다. 이 질환이 처음으로 의학계에 그 모습을 드러낸 것은, 1981년 6월과 7월에 걸쳐 CDC(Centers for Disease Control)가 간행한 『병과 죽음』이란 주간지에 게재된 짧은 기사를 통해서였다. 그것은 뉴욕과 캘리포니아에 살고 있던 동성애자 두 사람을 다룬 기사로, 전에는 흔히 볼 수 없었던 특이한 증세가 의학계의 관심을 끌었다. 두 사람 모두 다 PCP(Pneumocystis carinii)와 '카포시 육종(Kaposi's sarcoma)' 증세를 보였다. PCP는 정상적인 면역 체계하에서는 발병하지 못하는 것으로 알려져 있었다. 에이즈가 발호하기 이전까지 PCP는 기관이식 환자나 화학요법 또는 영양 부족으로 인한 기능불능 환자, 선천성 면역결핍 환자들에서 나타난 것으로 보고되었다. 또 이 두 사람에게서 나타난 카포시 육종은 유례없이 치명적인 성향을 보였다. 면역 체계를 유지하는 임무를 맡은 T 임파구의 숫자가 현저히 감소되었던 것이다. 그 원인이 무엇인지는 알 수 없지만, 어쨌든 어떤 인자로 인해 이 면역세포들이 현격히 줄어들었고, 결국 두 사람 모두 면역 기능을 상실하게 되었다는 내용이었다.

그로부터 몇 달 동안 특별히 동성애자와 관련된 듯한 면역결핍 증후군은 여러 언론매체를 통해 연이어 보도되었다. 세균학과 관련된 전문 의학인들은 의학 세미나, 편지 또는 전화상으로, 비슷한 증세를 보이는 환자들에 대한 정보를 주고받았다. 12월경 『뉴잉글랜드 의학보』의 편집자는 문제의 심각성을 강조하면서 이 질병을 퇴치하기 위해서는 사회적 관심을 끄는 정도에서 그쳐서는 안 되며, 철저하고도 명확한 연구가 뒤따라야 한다는 짤막한 주장을 폈다.

풀리지 않는 수수께끼처럼 여러 사람을 당황케 하는 이 문제는 반드시 해결되어야 한다. 많은 사람들이 이 문제가 확실히 풀릴 것으로 기대하며 지대한 관심을 두고 있다. 과학자들은 나름대로 도대체 그게 뭘까? 면역 체계와 종양 사이에 무슨 관계가 있는 것일까? 하는 의문들을 던질 것이고, 공중보건을 다루는 학생들도 사회적인 관점에서 이 주제를 다룰 것이다. 건강 문제에 관해선 누구 못지않게 관심을 보이는 동성애자 단체들도 자신들을 보호하는 측면에서, 보다 상세한 정보를 알고 싶어 할 것이다.

또한 인도주의자들도 불필요한 죽음과 고통을 막아내자는 면에서 이 수수께끼에 대한 명쾌한 답을 원할 것이다.

당시 이 논설을 썼던 편집자인 듀크 대학교의 데이비드 뒤락 박사로서는 자세히 알지 못했겠지만, 그때만 해도 에이즈에 감염된 사람은 전 세계적으로 10만 명 정도로 집계되었다.

에이즈에 걸린 사체에서 채취한 조직에서 발견된 세균은 무려 12종 이상이나 될 만큼 다양했는데, 환자의 사인은 단 한 가지, 면역기능이 무너졌다는 데 있었다. 이처럼 파괴된 면역 기능은 T 임파세포가 담당하던 부분이었는데, 혈액 검사 결과 혈액 내의 T4 또는 CD4 세포들이 현격하게 줄어든 점으로 미루어, 면역 체계가 파괴되었다는 사실을 확인할 수 있었다. 면역 기능의 약화는 결국 '양성'이 '악성'으로 바뀔 수 있는 기회를 제공한다. 그런 까닭에 이 질환은 '기회주의적인 침입자'라고도 부를 수 있다. 당시 뒤락 박사는 "두려울 정도로 사망률이 높다", "환자는 동성애자들뿐 아니라 마약 사용자들에서도 발견된다"라고 말했다. 이 질병은 그 뒤로 '후천성 면역결핍증' 혹은 '에이즈(AIDS)'라고 이름 붙여졌다.

박테리아로부터 공공의 건강을 지키기 위해 1970년대 후반 설립된 공중보건기구의 의원들에게 에이즈의 출현은 실로 크나큰 강풍이 아닐 수 없었다. 그때까지만 해도 의학계는 해도 암, 심장질환, 치매, 뇌졸중, 관절염 등과 같이 일반적으로 인간을 노쇠케 하는 질환의 정복에만 목표를 두고 있었다. 그러나 그로부터 겨우 십몇 년이 지난 지금, 박테리아성 감염 질환에 종지부를 찍었다고 주장한 의학계의 승리는 완전한 허상이었음이 입증되고 말았다. 박테리아들이 전에는 맥을 못 추던 항생제에 대해 강한 내성을 보이고 있고, 갑작스러운 에이즈의 출현으로 1980년대는 두려움 속에서 출발했다. 비단 1980년대뿐 아니라, 이 두 가지는 앞으로도 오랫동안 우리 인류를 괴롭히며 따라올 문젯거리일 것이다. 예일 대학교에서 에이즈 치료 팀을 이끌고 있으며, 국제적으로 명성이 높은 전문의 제럴드 프리들랜드 박사는 이 끝없는 위협을 더욱 어둡게 표현한다. "에이즈는 인류 역사가 존재하는 한 항상 우리 곁에 있을 것이다."

그러나 이런 어두운 예견에도 불구하고, 에이즈를 박멸하기 위해 연구하는 학자들은 면역결핍성 바이러스 자체에 대한 연구와, 그 바이러스의 맹렬한 공격을 막아낼 방어 체계 면에서 경악할 정도의 진보를 이룩했다고 주장한다. 사실 이 '경악'이라는 단어는, 지난 7년 동안 이루어진 급속한 연구 성과를 표현하는 데 아주 적합한 것이라고 생각한다. 1988년 면역학의 선구자로 위대한 업적을 세운 루이스 토머스는 아래와 같은 글을 남겼다.

내 일생 동안 생의학 연구에 몸 바쳐왔지만 에이즈 바이러스에 관한 연구 자료만큼 위대한 것을 보지 못했다. 이 질환의 존재가 지금으로부터 겨우 7년 전에 의학계에 보고되었다는 사실을 상기해볼 때, 그리고 이 질환의 매개체인 HIV가 지구상 그 어떤 것보다 위협적이고 복잡한 것이라는 사실을 고려할 때, 그 짧은 기간에 이루어낸 진보적인 업적은 실로 경악이라 아니할 수 없다.

토머스는 7년 전과 비교해 과학자들이, "HIV 구조와 미분자 구성 및 목표로 삼고 있는 세포들에 대해 더욱 잘 알게 되었다"라는 말을 덧붙였다.

연구자들이 실험실에서 이루어낸 업적 외에도 실제적인 임상치료에서 발전된 치료술에 의해 환자들은 예전보다 훨씬 긴 삶을 연장받고 있을 뿐 아니라, 치료도 훨씬 편안한 환경에서 받을 수 있게 되었다. 이러한 변화는 더 이상의 전염을 막아내는 공중위생 차원에서뿐 아니라, 궁극적으로 이 질병을 예방할 수 있다는 차원에서 계속되고 있다.

이러한 연구 실적들은 대학들과 정부, 그리고 제약사들의 적극적인 협동 체제하에서 이루어질 수 있었다. 이 같은 트로이카 체제는 미국의 생의학계가 진실로 환영해 마지않는 것으로, 이 체제가 성립되기까지는 에이즈 예방 운동가들의 캠페인과 동성애자들의 주장이 큰 역할을 했다. 환자들로 구성된 압력 단체들은 미국 국립보건원에 배당된 예산 90억 달러 중 10퍼센트를 HIV 연구 기금으로 쓰이도록 했다. 미국 식품의약국(FDA) 당국은 에이즈 환자들을 위시한 압력 단체의 끈질긴 요구에 못 이겨, 신약 개발에 따른 임상시험시 적용되는, 엄격하기로 소문난 기준들을 계속 완화해가고 있다. 에이즈 환자들로서는 신약 개발 사실을 알고도, 그것이 오랜 기간에 걸쳐 완벽한 검증을 받은 뒤 시판될 때까지 기다릴 시간과 마음의 여유가 없기 때문이었다. 어쨌든 FDA의 조건부 임상시험 허용 조치에 힘입어 치료 가능 인자들이 상당수 발견되었기 때문에, 이러한 조치는 일면 긍정적으로 볼 수도 있을 것이다. 하지만 아무리 불가피한 상황이라고 하더라도 신약의 이면에 숨어 있을지도 모르는 독성과 부작용에 대한 경계를 늦추어서는 안 된다.

한편 동성애자 외에도 마약 복용자들이 PCP 증상을 나타낸다는 보고가 1981년 말까지 꾸준히 보고됨으로 인해, 이 질환이 B형 간염처럼 특정 그룹 내에서 전염되는 것 같다는 추론이 대두되었는데, 이러한 추론은 1982년 CDC 보고로 입증되었다. 로스앤젤레스 지역의 에이즈 환자 19명 중 9명이 한 남자와의 성교를 통해 감염된 것으로 나타났고, 10개 도시에서 에이즈로 진단된 40여 명의 감염 경로를 추적한 결과, 원인이 그 9명에게 있는 것으로 밝혀졌던 것이다. 성적 접촉을 통해 에이즈가 감염된다는 사실이 여지없이 입증된 실례였다.

1984년 중반 인체 면역결핍 바이러스가 에이즈를 일으키는 매개체로 확증된 뒤, 면역 기능을 파괴시키는 양태도 분명히 밝혀졌다. 진행 과정에 나타나는 특징이 정확히 묘사되었고, 혈청 검사법도 고안되었다. 여러 연구실에서 임상 과정을 통해 연구가 진행되는 동안, 공중보건 단체 및 전염병 전문의들은 에이즈의 발병 범위와 일반적 양태를 연구해나갔다.

연구 초기에는 어떠한 약품으로도 바이러스 자체를 파괴시킬 수 없다는 회의론이 우세했다. 더구나 이 바이러스의 놀라운 특성들, 특히 이 에이즈 바이러스가 인체의 수비군인 임파세포의 유전물질

(DNA)과 통합되어 살아남는다는 사실이 속속 밝혀지자 그런 회의론은 더욱 강해질 수밖에 없었다. 더욱 큰 문제는 HIV가 세포 및 조직 속에 꼭꼭 숨어들어가 오히려 보호받고 있어 쉽게 찾아낼 수 없다는 점이었다. 그뿐만 아니라 HIV는 잔꾀를 부리듯 체내 항체를 속이기도 한다. 박테리아가 대부분 탄수화물로 구성된 것에 비해 바이러스의 외피는 단백질이나 지방질로 덮여 있다. 우리 인체의 면역 체계는 탄수화물보다는 단백질에 훨씬 더 민감하게 반응하는데, HIV는 이를 교묘히 역이용하고 있는 것이다. 즉 자신의 단백질 외피를 탄수화물로 코팅해 면역 체계를 교란시키는 것이다. HIV는 한마디로 박테리아식 옷을 걸친 바이러스라고 할 수 있다. 이런 속임수로 인해 결국 인체는 항체 생산에 큰 차질을 빚게 된다. 이런 수법도 모자라 HIV는 돌연변이를 일으키기도 한다. 그래서 결국 체내의 항체나 새롭게 투여된 약품이 제대로 저항 태세를 갖추기도 전에 변신을 완료, 또 다른 파괴 행각을 일삼는다.

위에 나열된 HIV의 파괴적 행위 외에도, 그나마 조금 남아 있던 임파세포마저 파괴되어 체내 방어 체계가 완전히 무너진다는 데 더 큰 심각성이 있다. 이러다간 교활한 에이즈 바이러스에 완전히 두 손을 들고 마는 것이 아닌가 하는 절망감도 들었지만, 연구진들은 이 침략적인 바이러스를 퇴치하기 위해 의약품 개발에 박차를 가했다. 돌연변이로 자신의 모습을 바꾸어가는 HIV의 이중적 특성 때문에 백신 개발이 불가능해지자 과학자들은 박테리아성 질병을 퇴치할 때 사용했던 방법을 이용, 에이즈와의 전쟁에 임했다. 항생제 역할을 하되, 첫 번째 방어선이 무너져도 균의 증식을 중지시킬 수 있는 약제를 개발하는 데 주안점을 두었다.

그렇게 해서 개발된 몇몇 약제는 실험시 일부 제한적인 효능만을 나타냈고, 어떤 것들은 아예 연구실 구석으로 밀려나기도 했다. 그러나 이 바이러스의 특성이 좀더 자세히 알려짐에 따라(특히 1984년 HIV가 연구실에서 실험용으로 연구될 수 있는 형태로 변화된 뒤) 약품 개발에도 청신호가 켜졌다. 1985년 늦봄 무렵, 미국 국립암센터에서 실험된 3백여 개의 약제 중 15개가 시험관 실험시 HIV의 재생성을 억제하는 것으로 나타났다. 그중에서도 가장 유망한 약제는 1978년 항암제로 개발되었던 AZT(흔히 지도부딘이라고 부르며 화학적으로는 3-azido, 3-deoxy-thymidine으로 표시된다)였다. 1984년 7월 3일 첫 환자에게 AZT가 시험 투여된 뒤, 미국 내의 12개 의료센터 의료진들은 그 결과를 예의 주시했다. 1986년 9월경 연구진들은 AZT가 바이러스의 확산을 감소시켜, 결국 바이러스가 항체에 대항해 돌연변이를 일으킬 때까지는 환자의 생명을 연장시킬 수 있다는 사실을 알아냈다. 이는 HIV가 속해 있는, 소위 역바이러스(retroviruses)라고 불리는 일단의 바이러스에 대항해 거둔 최초의 승리였다. 약값이 비싸고 중독의 가능성이 잠재되어 있었으나 AZT는 HIV에 대항하는 기본 치료제가 될 수 있었다. AZT가 보여준 약효에 힘입어 다른 약제들이 차례로 선을 보이기 시작했다. 다이디옥시노신(ddI 또는 다이다노신)이 한 예이다.

AZT의 개발은 HIV와의 전쟁 초기에 흘린 땀의 극히 일부가 모여 탄생된 결과일 뿐, 에이즈를 격침시키기 위해 여러 방면으로 애써 온 연구자들의 노력은 일반인들의 상상을 초월할 정도이다. 감시하고 방어하고 또 끝없이 파고들어오는 유기체들을 물리치는 미분자의 세계는 들여다볼수록 심오하기만 하다. 다행히도 날카로운 발톱을 세우고 달려드는 바이러스에 대항해 오늘도 새로운 약품들이 속속 만들어지고 있다.

에이즈에 걸린 어린이와 성인을 갉아먹는 수많은 기회주의적 침입자들의 메커니즘을 일일이 다 설명하고 이해하기란 그리 쉬운 문제가 아닐 것이다. 하지만 불행 중 다행으로 그동안의 연구 실적에 힘입어 HIV에 무너져 내리는 많은 환자들의 생명이 연장되고 있다. 에이즈 팀의 젊은 의사들과 간호사들을 대동하고 회진을 돌 때마다, 나와 비슷한 연배의 의사들은 젊은 전사들의 지식과 열의에 감탄을 금치 못하곤 한다. 짧은 기간에 젊은 의학도들이 에이즈에 관해 쌓아둔 실력은 물론, 그 병을 퇴치하겠다는 강한 집념에, 우리 또래의 의사들은 감탄을 넘어서 혀를 내두르게 되는 것이다. 치료 팀의 명단에 오른 에이즈 환자들은 대부분 두서너 개의 감염 증세가 복합된 양상을 보이고, 때로는 한두 가지 암 증세를 보이기도 한다. 그런 환자들이 복용하는 약품 수 역시 다양해서, 4~10가지 또는 그 이상을 웃돌기도 한다. 환자들은 효능이나 부작용의 여부가 확실치 않은 약품들을 그렇게 투여받고 있는 것이다. 이스마엘 가르시아의 경우에는 무려 14가지나 되었다. 매일, 어떨 땐 하루에도 몇 번씩 새로운 요법과 약제를 투여하기도 했다. 내가 근무하는 병원은 에이즈 치료

병동의 규모가 비교적 작은 편에 속하는데, 에이즈 환자용으로 배당된 40여 개의 병실은 매일 만원을 이루고 있다.

수많은 임상시험이 이루어지고 있건만, 그것도 모자라다는 듯 고뇌에 빠진 환자 가족들은 좀더 확실한 해답이 나오기만을 학수고대한다. 진료 차트와 각종 보고서, 의학 세미나, 테스트, 심지어 에이즈를 다룬 문학까지, 환자와 그 가족들의 눈을 잡아끄는 요소는 수없이 산재해 있다. 다른 질병과 마찬가지로 에이즈로 죽어가는 환자들에게는 세심한 주의와 위로가 필요하다. 고열과 빈혈, 종창 등으로 인해 고통받는 그들은 매순간 위로받기를 원한다. 죽음으로 가는 고통에서 빠져나올 수 있다는 희망을 기다리고 있는 것이다. 절망적인 미래에도 불구하고 환자들은 놀라운 인내와 정신력을 보이기도 하지만, 횡포한 바이러스의 폭력 앞에서 그들은 매일 조금씩 무너져 내리고 있다.

9
바이러스와 죽음

바이러스의 생활 주기(Life cycle)에 관한 연구를 통해 바이러스의 취약성을 찾아내려는 연구가 요즘 들어 더욱 활발히 이루어지고 있다. 바이러스는 단백질과 지방질로 둘러싸인 소립자로, 살아 있는 것들 중 가장 크기가 작다. 자신보다 좀더 복잡한 생물의 도움 없이는 단독으로 존재할 수 없기 때문에 바이러스는 살아 있는 세포 내에서만 생존할 수 있다. 바이러스는 자체적인 번식 기능이 없으므로, 과학자들은 '분열(reproduce)'이라는 단어 대신 '재생' 혹은 '복사'의 뜻인 'replicate'라는 용어를 사용한다. 또 바이러스는 세포 내로 침투해 그곳의 유전자와 합병하는 방법으로 유전정보를 마음대로 조정하고 변화시킨다. 이처럼 유전정보에 따른 진행을 역전(reverse)시키는 까닭에 HIV를 역바이러스(retrovirus)라고도 한다. 세포의 유전자는 '디옥시리보핵산(DNA)'이라는 미분자 사상체(絲狀體)로 구성되어 있다. 한마디로 DNA는 유전정보의 창고라고 할 수 있다. 정상적인 번식 체계일 경우, DNA는 '복사(copy)' 또는 '전사(transcribe)'되어 새로운 세포의 단백질 생산에 관여하는 리보핵산(RNA)이라는 또 다른 미분자 사상체와 결합한다. 그러나 역바이러스 내의 유전물질은 RNA이다. 또 역바이러스는 역전사(逆傳射) 효소를 지니고 있어서 일단 세포 내로 침투된 바이러스가 자신의 RNA를 DNA로 전사시키도록 유도한다. 그 다음에는 정상적이고 일상적인 절차에 따라 단백질로 변화되는 것이다. 임파세포가 HIV에 감염되었을 때 일어나는 이러한 일련의 과정은 대략 다음과 같다. 이 침입자는 일단 세포를 둘러싸고 있는 얇은 세포막 위의 CD4 접수체에 결합한 뒤, RNA가 DNA로 전사되도록 자신의 외피(envelope)를 세포 속으로 집어넣는다. 이렇게 해서 전사된 DNA는 임파세포의 핵으로 이동한 다음, 그곳의 DNA 속으로 삽입된다. 이런 까닭에 최초로 감염된 임파세포는 물론 그 임파세포의 자손까지 바이러스에 감염된 상태로 태어나게 되는 것이다.

이 시점부터, 감염된 세포가 분열할 때마다 바이러스성 DNA는 잠재적 감염성을 지닌 채 세포의 고유 유전인자와 함께 전사된다. 원인은 아직 밝혀지지 않았으나 바이러스성 DNA는 새로운 바이러스성 RNA와 바이러스성 단백질 생성에 관여하는 것으로 나타났다. 이런 과정을 통해 바이러스들이 계속 증식되는 것이다. 임파구의 세포막에 달라붙어 성장한 바이러스는 이탈해 새로운 세포들을 감염시킨다. 이런 과정이 빠르게 진행될 경우 바이러스의 은신처였던 임파구가 바이러스 소립자들을 마치 파편처럼 날리며 터져버린다. 바이러스가 임파구를 파괴시키는 방법은 또 있다. 막 생성된 바이러스의 표면에 있는 어떤 구조물은 여러 개의 세포들을 융합시켜 합포체(syncytia)라는 덩어리를 만듦으로써 아직 감염되지 않은 T 임파구들을 묶어버릴 수 있다. 이렇게 합포체에 포획된 임파구들은 면역 기능을 발휘할 수 없게 된다. 이것은 수많은 임파구를 한꺼번에 무력화시키는 가장 무서운 방법이다.

HIV의 주된 공격 대상은 T 임파구로, 백혈구는 체내 면역 기능의 주요한 역할을 맡고 있다. 또 T 임파구는 CD4나 T4, 임파구 또는 T 조세포라고 불리며 희생양의 역할을 하는 T 세포들의 집합체이다. 그중에서도 CD4 세포는 면역 체계 전반에 걸쳐 가장 큰 역할을 하는 까닭에, '쿼터백'(미식축구의 포지션)이라고도 한다.

HIV는 갖은 방법으로 이 CD4 세포를 공격한다. 세포 내에서 전사되기도 하고, 오랫동안 잠복해 있기도 하고, 세포를 죽이거나 무력화시키기도 한다. CD4 임파세포가 대량으로 고갈될 경우 인체는 박테리아, 효모균, 곰팡균 및 여러 미생물로 인한 감염을 효과적으로 방어할 수 없다.

HIV는 단핵세포(monocyte)라고 불리는 백혈구의 또 다른 형태를 공격한다. 그들의 40퍼센트 이상이 세포막 내에 CD4 접수체(receptor)를 가지고 있기 때문에 단핵세포는 쉽게 HIV를 받아들인다. 바이러스의 또 다른 피난처로, 오염된 세포 파편 따위를 마구 먹어치우는 대식세포(macrophage)를 들 수 있는데, 이들은 말 그대로 '대식가'이다. CD4 임파세포와는 달리 대식세포나 단핵세포는 HIV에 의해 파괴되지 않는다. 대신 바이러스들이 장기간 잠복할 수 있는 진지(陣地)나 은신처로 이용되는 것으로 알려졌다.

수박 겉 핥기 식으로 서술되긴 했지만, 대략 이런 식으로 인간의 면역 체계는 차츰 HIV에 의해 파괴되어간다. 에이즈의 파괴적인 병리 현상을 군대식으로 묘사하는 데 거부감을 느낄 사람도 있겠지만, 만물의 영장인 인간을 계획적으로 처참하게 파괴시키는 에이즈의 전술적인 특성을 감안한다면 전혀 과장된 표현이 아니다. 그놈들의 파괴 작전은 점진적이면서도 합동적으로 이루어진다. 체내 지역 방위군이 호전성을 띤 에이즈 육군에 대항해 결사항전을 해보려고 하지만 에이즈 포병대와 공군 폭격기는 쉴 새 없는 폭격으로 방위군을 전멸시켜버린다. HIV 감염 후 환자를 최종 죽음으로 이끌 에이즈 부대는 인체의 여러 지역 방위군들과 CD4 세포를 처치해버리는데, 이때 에이즈 부대원들은 각자의 목표를 하나씩 잡아 치열한 백병전을 벌이게 된다. 전염병 전문가들의 판단에 의하면 21세기에 이르면, 2천만에서 4천만 명가량이—보균자든 감염자든—혈청 검사시 양성 반응을 보일 것이라고 한다. 미국에서는 현재 매년 4만~8만 명가량이 새로운 에이즈 감염자로 판정받고 있고, 그와 비슷한 숫자가 숨을 거둔다.

아직 확실하게 증명된 것은 아니지만, 에이즈 감염 경로는 대개 세 가지로 볼 수 있다. 성적인 접촉과 수혈 및 의료 행위시(오염된 바늘이나 관장기 또는 혈액 자체로부터 감염), 그리고 마지막으로 모자 감염, 즉 에이즈에 감염된 여자가 임신했을 때 아이에게 전염되는 경우이다. 이때의 감염 경로는 자궁을 통해서 혹은 분만시에, 아니면 출생 후 수유 과정을 통해 이루어진다. 실험실에서 환자의 혈액, 정액, 질 분비물, 타액, 모유, 눈물, 소변, 그리고 척수액 등을 이용, HIV의 감염 여부를 조사해본 결과 아직까지는 혈액과 정액 그리고 모유를 통해서만 에이즈가 전염되는 것으로 밝혀졌다. 1985년부터 혈액은행은 수혈로 인한 HIV 감염 경로를 차단하기 위해 세심한 관리와 주의하에 혈액을 공급하고 있다. 미국을 비롯한 선진 산업국가의 경우, 성적 접촉을 통해 감염되는 환자는 대부분 동성애자나 양성애자들로 나타나고 있지만, 아프리카나 서인도제도의 아이티 같은 곳에서는 거의 이성 간의 성 접촉을 통해 환자가 발생한다. 서구 국가들에서는 이성 간의 성 접촉을 통한 감염 숫자가 아직 적긴 하지만, 불행히도 점차 늘어나고 있는 추세이다. 한편 유아 감염률도 크게 늘고 있다. 매년 에이즈 환자로 판명되는 미국인의 3분의 1가량은 주사기를 이용해 마약을 투약하는 상습 중독자들이고, 이와 거의 같은 수의 동성애자들이다. 나머지 3분의 1은 흑인 및 히스패닉계 여자들이 차지하는데, 감염 경로는 이성 환자와의 성 접촉이다. 그런데 더 큰 문제는 이들을 통해 매년 2천 명의 신생아들이 에이즈 환자로 세상에 태어난다는 점이다.

아이러니하게도 에이즈는 그 무서운 파괴력에 비해 전염률이 비교적 낮은 전염병이다. HIV는 아주 약한 바이러스로서 HIV 자체로 인해 감염되는 확률은 그리 크지 않다. 10배로 희석한 가정용 표백제로도 쉽게 HIV를 죽일 수 있고, 알코올이나 과산화수소, 소독제 리졸(크레졸)도 마찬가지 효력을 나타낸다. 바이러스가 포함된 용액을 탁자 위에 부어둔 채 20분 정도만 건조시켜도 HIV는 완전히 무력해지고 만다. 즉 속설로 되어 있는 네 가지 공포적인 경로—곤충, 변기, 식기, 키스—는 전혀 근거가 없다. 이런 경로로는 에이즈균이 전염될 수 없으며, 정상적인 방법의 섹스를 통해서도 전염된다고는 하지만 혈청이 양성을 보이기 위해서는 꽤 많은 양의 바이러스가 필요하다. 즉 여러 번 접촉을 해야 바이러스 침투 가능성이 높아진다는 얘기다. 미국의 경우에도 이성과의 정상적인 성행위를 통해 감염된 환자가 있긴 하지만, 이 수치는 극히 미미하다.

일단 새로운 숙주 안에 침투해 들어가면 바이러스는 신속하게 작전을 수행한다. 한 달 남짓한 시간 동안 매우 신속하게 자기 복제를 이루어 혈액 속으로 들어간 뒤 2~4주 동안은 잠복한다. 에이즈균에 감염된 환자 대부분이 아무런 증후 없이 이 기간을 보내는 반면, 어떤 이들은 미열이 나거나 임파선이 부어오르고, 근육 통증과 피부 발진이 생기고 두통 같은 신경계통의 이상을 느끼게 된다. 또 감기 및 독감 증세와 비슷하거나 피로에 따른 무력증처럼 보여, 흔히 독감이나 단핵증(單核症)으로 오진되기도 한다. 이런 종류의 단순 증상이 끝나면 HIV에 대항하는 첫 항체가 혈액 속에 나타난다. 바로 이 시기에 혈청 검사를 통해 감염 여부를 알 수 있는데, 일단 항체가 발견되면 양성 환자로 판명된다. 증세를 보이는 기간이 겨우 한두 달 남짓이지만, 바이러스는 쉴 새 없이 복제를 계속해 엄청난 숫자로 불어난다.

단핵증 증후군 역시 바이러스에 대해 면역 체계가 나타내는 첫 반응이며, 그때까지 생성된 많은 수의 새로운 바이러스 입자들의 출현을 알리는 경보이기도 하다. 원래 체조직은 바이러스에 대항해 처음에는 비교적 쉽게 승리를 거두게 되어 있으므로, 혈액 내의 바이러스 입자는 아주 낮은 수치로 떨어진다. 다시 말해 잔존해 있던 세균들이 CD4 임파구나 림프절, 골수, 중추신경계, 지라 등으로 들어가 몇 년씩 잠복해 있거나, 혈액 내에 뚜렷한 이상 증세가 발견되지 않을 정도로 천천히 복제해나갈 경우, 감염 여부를 감지하기가 무척 어렵다. 더구나 혈액 내에 들어 있는 CD4 세포는 겨우 2~4퍼센트에 불과해, 바이러스에 의해 파괴된다고 해도—그것도 천천히—뚜렷한 이상 증세가 나타나지 않을 가능성이 많다. 혈액 속에서뿐 아니라 림프절이나 비장, 골수 등에 있는 CD4 세포 역시 오랜 잠복 기간을 두고 점진적으로 파괴되어가지만, CD4 숫자가 급격히 감소해 에이즈의 특징인 제2차 감염을 불러오기까지 혈액 이상은 여간해서 감지되지 않는다. 그러나 다중 연발적인 감염이 시작되는 순간에 이르면 바이러스는 잠복기를 벗어나 혈액 속에서 급격히 그 수효를 불려간다. 에이즈 감염시, 이러한 잠복 기간이 있는 이유는 확실히 밝혀지지 않았지만, 아마도 체내 면역 체계가 감염을 억제하는 모종의 활동을 벌이기 때문이 아닐까 하는 추론이 제기되었다. 면역 시스템이 상당 부분 파괴되면 비로소 임파세포에 잠복해 있던 바이러스는 본격적인 파괴 활동을 전개하기 시작한다.

HIV 양성 반응 환자들의 목 부분과 겨드랑이에 있는 임파선이 초기 2~4주 동안 부어오르는 이유는 바로 이런 순차적인 과정 때문이다. 이 기간이 끝나면 환자들은 대부분 평균 3~5년, 어떤 경우에는 10년까지 아무 증세 없이 살아간다. 그러나 이 시기가 지난 다음 혈청 검사를 해볼 경우, CD4 세포의 수는 정상치인 1세제곱 밀리미터당 800~1200에서 400까지 급감되었다. 이는 임파세포의 80~90퍼센트가 파괴되었다는 얘기로, 보통 18개월 후에 행하는 알레르기에 대한 피부 조직검사 결과 역시 면역 체계가 손상되었음을 알려준다. CD4 수치가 계속해서 감소되더라도 환자 본인에겐 임상 치료를 받아야 할 만큼의 뚜렷한 증세가 나타나지 않을 경우도 있다. 하지만 그동안에도 어김없이 바이러스의 수효는 계속 증가되고, 팽창된 림프절은 천천히 파괴되어간다.

CD4 세포의 수가 300이하로 떨어지면 환자 중 대다수는 혀나 목구멍에 아구창균 감염 증세를 보이는데, 이 균의 특징은 해당 부위를 하얗게 회칠하듯 덮어버리는 데 있다. 수치가 더 떨어져 200이하로 내려가면 또 다른 감염이 시작되는데, 예를 들어 입가나 항문, 생식기에 수포진이 생기고 질 쪽에도 아구창균으로 인한 감염 증세가 나타난다. 한편 입 가장자리를 따라 주름처럼 수직으로 하얀색 막이 생기는구강백반(leukoplakia)이란 증상도 나타난다.

이런 증상들과 함께 1~2년이 지날 경우, 환자는 수시로 갖가지 세균 감염으로 고생하는데, 대개 200이하로 떨어진 CD4 세포는 마치 전멸해버릴 정도로 급격히 감소된다. 이처럼 면역 체계가 완전히 붕괴되다보니 건강한 사람이라면 능히 물리칠 수 있는 세균에 의해서도 쉽게 무너지고 만다. 오늘날에는 에이즈가 폐결핵이나 박테리아성 폐렴처럼 인지도가 높고 유명해졌지만, HIV가 발견되기 전까지만 해도 의사들조차 찾아내기 힘든 여러 종류의 곰팡이균, 효모균, 바이러스, 기생균, 박테리아 등으로 인해 발생하는 아주 특이한 증상 정도로 분류되었다. 사실 위에 나열된 균들을 몇 가지나마 소탕해낼 수 있었던 것도, 1980년대 이후 연구진들과 제약사들의 적극적인 퇴치 작전으로 몇몇 효과적인 약품들이 개발되어 임상치료에서 개가를 올리면서부터이다.

에이즈 환자의 면역 체계를 뒤흔드는 여러 종류의 세균은, 공격시 특정 목표를 향해 자신만의 고유 무기를 사용하여 가차 없이 파괴해나간다. 무력화되고 그나마 몇 남지 않은 CD4 세포들을 깔아뭉개듯, 기회성 침략자들은 환자의 모든 조직을 무참하게 황폐화시켜버린다. 어떤 경우에는 뇌, 심장, 허파 같은 주요 조직을 벌떼같이 공격하기도 한다. 새로 개발된 신약들은 이러한 파상공세를 잠시 지연시켜주기도 하지만, 이내 세균들은 전력을 보강해 또 다른 전략으로 공격을 가해온다. 국부적으로는 면역 체계가 이곳저곳에서 승리를 거두거나, 시의적절하게 투여된 약제로 대전투가 잠시 지연되긴 해도 종말은 이미 예견되어 있는 것이다. 세균들이 전열을 새로이 가다듬어 총진군할 경우, 그 전투는 숙주가 사망할 때까지 계속된다.

에이즈 환자들은 여러 절차를 거쳐 죽어가지만 환자를 결정적으로 사망에 이르게 하는 세균들은 보통 몇 가지 정도로 제한된다. 그중의 하나는 '뉴모시스티스 카리니(PCP)'로 에이즈 환자의 발견 초기에 확인되었던 기생충이다. 이 기생충으로 인한 사망률은 예방 의약품의 기여로 약간 하락했지만, 아직까지도 환자의 80퍼센트가량이 이 병을 앓다가 호흡부전증 및 합병증으로 사망하고 있다. 강도에 따라 10~50퍼센트에 이르는 에이즈 환자를 죽이고 있는 PCP는 다행히 현대 의학의 발전에 힘입어 차츰 줄어들고 있다.

PCP 증상은 보통 이스마엘 가르시아가 경험했던 것처럼 점진적인 호흡곤란을 보이며 나타난다. 가끔씩 PCP는 허파 외에 다른 조직에서도 발견되는데, 에이즈로 사망한 사체를 검시해보면 체내 전 조직, 특히 뇌, 심장, 신장 등 주요 조직에 퍼져 있는 것을 볼 수 있다.

일반 폐렴 환자와 마찬가지로 PCP 환자들 역시 감염된 허파의 통기 불능으로 질식사한다. 감염된 조직이 넓을수록 폐포는 더욱 많이 파괴되고, 이에 따른 산소량 감소와 이산화탄소 증가는 뇌에 결정적인 타격을 주고, 결국 심장까지 멈추게 만든다. 조직의 파괴가 심할 경우 폐결핵의 경우처럼 커다란 공동이 생기기도 한다.

폐는 에이즈가 공격 대상 제1호로 지목해둔 기관이다. 종양을 일으키듯 기회성 세균들은 허파를 향해 저돌적으로 달려든다. 내가 근무하는 병원에서 치료받고 있는 에이즈 환자들에게 가장 흔하게 나타나는 병은 폐결핵, 박테리아성 화농, 거대 세포 바이러스에 의한 수포증, 톡소플라스마증 등이다. 이들 중 톡소플라스마증을 제외한 다른 질환들은 그 공격 대상을 모두 호흡 기관에 두고 있다.

사실 톡소플라스마증은 에이즈 환자에게 그리 흔치 않게 발병하던 질환이었다. 하지만 지난 10여 년 사이에 갑자기 늘어나 가장 호전적인 인자로 대두되어, 저항력을 잃은 사람들을 무섭게 파괴하고 있다. 이 기생충은 상처 입은 새나 고양이 등의 애완동물에게서 발견되는 원생류이다. 이 기생충은 설익은 음식물이나 해당 동물의 배설물에 오염된 음식을 섭취할 때 인체로 전염된다. 미국인의 20~70 퍼센트는 발병하지 않은 상태로 톡소플라스마를 보균하고 있는데, 사회적 경제적 여건에 따라 톡소플라스마의 출현 비율은 달라진다. 건강한 체내에서는 꼼짝을 못하는 이 원생류는, 면역결핍 환자의 몸에서는 마치 제 물을 만난 듯 고열과 폐렴, 간과 지라의 부종, 발진, 뇌막염, 뇌염, 그리고 심장과 여타 근육의 이상을 유도해낸다. 에이즈균의 가장 보편적인 공격 대상은 중추신경계로, 고열, 두통, 신경마비, 급발작, 착란 상태로부터 혼수에 이르기까지 다양한 증세를 보인다. CT 촬영시 감염된 뇌 부위는 임파종의 병변처럼 보이기도 해서 오진할 경우가 종종 있는데, 이스마엘 가르시아를 치료할 때 의료진들이 보였던 순간적 착각이 바로 그런 경우에 해당된다.

일단 에이즈에 감염되면 신경계의 손상은 불가피하다. 일반적으로는 말기에 나타나는 것이 정상이지만, HIV 감염 초기에도 신경마비 증세를 보이는 환자들이 있다. 다행히도 이런 경우는 그리 흔치 않다. 이 증세가 심하게 나타날 때를 의사들은 전문 용어로 '에이즈 복합성 치매(AIDS dementia complex)'라고 부르는데, 이렇게 되면 인식, 운동 기능에 심각한 이상이 나타나고 행동이 황폐해진다. 그러나 대부분의 경우에는 집중력 저하라든가 단순한 기억상실 등 비교적 가벼운 증세들이 나타난다. 또 어떨 땐 무기력과 의기소침이 나타나기도 하고, 두통과 발작 등을 호소하기도 한다. HIV 감염 초기에 주로 나타나는 이런 증세들과 함께 환자는 천천히 허물어져 내린다. 환자에게 공통적으로 나타나는 위의 증세들 외에도 지적 기능이 떨어지고 신체의 평형과 근육의 정합(整合)도 깨어지게 된다. 여러 이상 증세들이 한꺼번에 일어나면, 환자는 뇌 기능 저하로 심한 정신장애를 느끼게 되고 주변 상황에 거의 반응하지 못한다. 이러한 합병증은 대뇌 톡소플라스마, 뇌임파종, 효모균과(酵母菌科)의 크립토코쿠스균에 의한 뇌막염 등이 원인이다. 에이즈 복합성 치매는 바이러스 자체로 인해 나타난다고 알려져 있으나 아직 정확한 원인은 밝혀지지 않았다. 에이즈 복합성 치매 환자의 대뇌를 CT 스크린 상에 비춰보면, 대뇌조직이 몹시 노쇠되어 있음을 볼 수 있다. 에이즈와 관련된 신경계통의 이상 증세로는 이러한 에이즈 복합성 치매와 톡소플라스마증 두 가지가 주로 손꼽힌다. 다행스럽게도 AZT가 개발되어 이 두 가지 병은 차츰 그 발병 비율이 줄어들고 있다.

에이즈 환자의 신체에 널리 퍼져 있는 폐결핵의 사촌격인, 미코박테륨아비움균(Mycobacterium avium)과 미코박테륨 인트라셀루라레(Mycobacterium intracellulare; MAI)는 통칭 미코박테륨 아비움 복합증(Mycobacterium avium complex; MAC)이라고도 하는데, 일반 박테리아들과는 뚜렷한 차이점을 보이며 에이즈 환자의 절반가량을 무덤으로 이끈다. MAI는 환자가 죽을 때까지 여러 양태의 이상 증세들을 일으키곤 하는데, 현재 에이즈로 인한 사망 요인 중 PCP를 능가한다. 고열, 도한(盜汗), 체중 감소, 빈혈, 피로감, 설사, 통증, 황달 등이 MAC로 인한 이상 증세들이다. 물론 MAC가 직접적인 사인이 되는 것은 아니다. 위에 나열된 이상 증세들을 일으켜 신체 조직을 무력화시킨 다음, 다른 세력들로 하여금 약해진 방위 체계를 무너뜨리도록 만드는 것이다.

지금까지 소개된 내용 외에도 에이즈의 증후는 매우 다양하다. CMV나 톡소플라스마 감염으로 인해 망막염이 심해져 시력을 완전히 잃어버릴 수도 있고, 심한 설사로 5~6가지 증상이 연발적으로 나타나기도 하며, 크립토코쿠스로 인한 뇌막염이나 폐렴이 발병한다. 또 칸디다증으로 인한 아구창과 식도에는 포진이 생겨 무엇이든 삼킬 수가 없게 되고, 그 주변 피부 병변에 나타나는 삼출 현상(혈관이나 임파관 세포 등의 혈액 성분이 혈관 밖으로 스며나옴), 항문 주변에 생긴 수포진, 진균성 폐렴과 히스토플라스마로 인한 혈액 감염, 전형적 박테리아와 비전형적인 박테리아들 그리고 아스페르길루스(Aspergillus), 스트롱길로이드(Strongyloides), 콕시디오이데스(Coccidioides), 노카르디아(Nocardia), 크립토스포리디움(Cryptosporidium) 등과 같은 어려운 이름의 세균성 질환이 있다. 이러한 질환들은 천성적인 약탈자처럼 가차 없이 환자들을 무너뜨린다. 건강한 면역 시스템을 지닌 사람들에겐 전혀 해될 것이 없는 세균들이지만, 이들은 CD4 임파구가 파괴된 신체조직에서는 극악무도한 방법으로 독물을 퍼뜨리고 다닌다.

피부, 혈액, 뼈보다는 시선을 덜 끌고 있지만, 사실 심장, 신장, 간,

췌장, 위장 및 기타 소화기관들도 에이즈균에 의해 타격을 받는다. 발진, 부비동염, 비정상적인 혈액 응혈, 췌장염, 구토, 구역질, 위궤양, 궤양성 위출혈, 관절염, 통증, 시력장애, 질진균증, 인후통, 골수염, 심장판막과 심근육 감염, 신장 및 간 종양 등 이루 다 헤아릴 수 없이 많다. 이들 중 신장과 간 기능은 비교적 쉽게 이상 증세를 보인다.

심장판막이 비정상적으로 기능할 때, 소화기관이 궤도에서 벗어나 제각기 돌아갈 때, 또 부신피질과 뇌하수체가 힘을 잃어 제 기능을 못 할 때, 신장과 간은 큰 타격을 입는다. 박테리아성 감염이 손쓸 수 없을 만큼 심해지면 패혈 증세가 나타난다. 이와 동시에 일어나는 영양의 불균형과 빈혈은 신체 기능을 더욱 약화시켜 대항 한 번 못 해본 채 무너지게 만든다. 시간이 흐를수록 파손된 신장으로 인한 단백질 부족 현상으로 영양 부족이 심해진다. 이런 상태가 지속되면 HIV와 제휴한 네프로패티라는 신장질환이 급성으로 나타난다. 이 신장병이 더욱 심해지면 발생 서너 달 만에 요성분(尿成分)의 체내 축적으로 인한 중독증, 즉 요독증이 발생하기도 한다.

직접적인 바이러스 감염이 아니더라도, 에이즈 환자의 심장은 가끔씩 팽창되거나 기능 마비를 일으켜 급작스런 죽음을 가져오기도 한다. 간 역시 에이즈균의 직접 공격에 의해 감염되기도 하지만, 대다수 환자들에게서 나타나듯 B형 간염 바이러스에 의해 공격당한다. CMV, MAI, 폐결핵 등의 곰팡균들은 특히 간을 선호한다. 불쌍한 이 기관은 치료약품 자체의 독성으로 인해 이중의 고통을 받는다. 에이즈로 죽은 사체를 해부해보면, 그중 85퍼센트는 여러 면에서 마모되고 손상당한 간을 가지고 있다.

위장 및 소화기관의 긴 터널은 에이즈에 관련된 여러 침략자들의 기막힌 은신처이다. 입 주변의 수포진과 항문 주변의 종양 및 변비 증세를 시작으로 몇 달간 고통이 지속되면, 소화 불능이 더해지면서 자제할 수 없는 물설사가 이어지는데, 이렇게 되면 엄청난 고통은 물론 항문과 직장 부근이 심각하게 감염될 수 있다. 에이즈란 한마디로 죽음보다 더 심한 방법으로 인간의 존엄성을 약탈하는 질환이다. 인간의 면역 체계는 감염을 막아주기도 하지만, 종양의 성장을 억제하는 기능도 한다. 그런데 일단 이 방어 체계가 무너지기 시작하면 호시탐탐 공격의 기회만 노리던 세균들이 적합한 자리를 찾아 모습을 드러낸다.

HIV가 암을 일으킨 경우는 아주 희귀한 경우에 속하는데, 나는 40여 년 전 의대를 졸업한 이후 딱 한 번 그걸 본 적이 있다. 그는 늙은 러시아계 이민 환자였다. 하지만 카포시 육종의 경우는 너무도 흔하게 나타난다. 현재 1천여 개가 넘는 요인들에 의해, 일반 국민의 0.2퍼센트, 에이즈 환자의 20퍼센트 이상이 이 질환을 앓고 있다. 이 질환의 공통적 특징은 종양으로, 아직 확실히 밝혀지진 않았으나 주사기를 이용하는 마약 복용자(2~3퍼센트)와 혈우병 환자(1퍼센트)보다는 동성애자들(40~45퍼센트)이 이 질환으로 더 큰 피해를 입고 있다.

빈 의과대학의 피부병 전문 교수였던 모리츠 카포시는 1879년 손과 발에 돋아나는 적갈색의 혹 덩어리들이 차츰 몸통과 머리 부분으로 퍼져나가는 질환을 발견하고는, '색소성 다발성 육종(multiple pigment sarcoma)'이라 명명한 바 있다. 그의 논문을 보면 병변은 점차 확대되고 부패해 내부기관에까지 번져나갔다고 한다. "고열, 피설사, 혈토출(haemoptysis), 소모증이 나타난 뒤로 죽음이 뒤따랐다." 그는 또한 사체 해부 결과 비슷한 종양들이 허파, 간, 지라, 심장, 소화 기관 등에 무더기로 생긴 것을 발견했다.

'육종(sarcoma)'이란 그리스어 'sark(flesh)'와 'oma(tumor)'의 합성어이다. 결합 조직, 근육, 뼈를 생산하는 세포에서도 증식이 이루어진다. "파괴적인 증세……, 그 어떤 치료제도, 심지어 비소를 써도(당시 비소는 암 치료제로 사용되었다) 죽음은 불가피해 보인다"라는 카포시의 주장에도 불구하고, 한동안 의학자들은 이 희귀한 질환이 내포하는 잠재적 위험성을 그리 심각하게 받아들이지 않았다.

KS(카포시 육종의 약자)의 진행 속도가 느리다—3~8년, 그 이상 갈 때도 종종 있다—고 알려진 탓에 당시의 의학 교과서에 설명된 KS 진행 과정에는 'indolent(활동성이 없는)'란 단어가 공통적으로 들어가 있었다. 그런 까닭에 몇몇 의학계 권위자들이 KS의 위험성—예를 들어 장출혈로 인한 사망 등'—을 끊임없이 강조했음에도, 이 악성 종양에 대한 인식은 바뀌지 않은 채 잘못 전해져 내려오고 있었다. 그러나 1981년 동성애자들 사이에서 발생한 카포시 육종을 의학 잡지에 보고할 때, 몇몇 의학자들은 이 질환의 특성을 "신체 전반에 걸쳐 전격적으로 퍼진다"라고 설명했다. 영국의 의학지들 역시 이와 똑같은 내용을 발표, 독자들의 시선을 끌었다. "환자 과반수가량이 진단받은 지 20개월 만에 사망했다." 이런 의료 보고서들을 통해 KS 는 카포시가 예고했던 것보다 더 무서운 형태로 재등장하게 되었다.

의학자들이 KS를 HIV 감염과 연계시켜 생각하기 전까지만 해도, KS의 특성은 '임파종(lymphoma)'이라 불리는 여러 종류의 임파성 암과 같은 선상에서 공존하는 것으로 알려져 있었다. 오늘날에 이르러 그것들이 항시 공존하는 것은 아니라는 사실이 밝혀지긴 했지만, KS와 임파종은 각기 에이즈 환자를 위협하는 가장 무서운 암으로 손꼽힌다. 사실 면역결핍이라는 이유 외에 이 암들과 에이즈 사이의 상호관계는 아직 분명하게 밝혀지지 않았다. 주로 중추신경계를 포함해 소화 기관과 간, 골수 등을 공격하는 에이즈계 임파종은 KS보다는 오히려 위험성이 낮다.

지금까지 인류를 위협해왔던 여타의 전염병들과는 달리, HIV가 다루는 죽음의 영역에는 한계가 없는 것 같다. 예를 들어 췌장암을 유발해 죽음으로 이끌기도 하고, 심부전증이나 간부전증을 일으키기도 하고, 뇌조직을 집중 공략해 환자가 제 궤도에서 완전히 벗어나도록 만들기도 한다. 에이즈의 공격법을 보면, 한 목표를 공격해 허물어뜨린 다음 각종 세균과 종양들을 불러들이고 또 다른 목표를 공격해가는 지구전의 양상을 띤다. 에이즈 환자의 사체 해부시에 나타난 사항들 중 검시관들의 예상과 맞아떨어지는 것은 면역 시스템의 일부분인 임파 조직이 심하게 손상되었다는 점 한 가지뿐일 것이다. 에이즈 치료 팀으로 활동했던 의료진들조차 해부된 사체 앞에선 저절로 고개를 설레설레 흔들게 된다. 전혀 예상치 못했던 부분이 망가져 있기 때문이기도 하지만, 너무도 처참하게 파괴된 모습에 새삼스레 충격을 받기 때문이다.

종양이나 감염에 의한 호흡곤란, 패혈, 뇌조직의 파괴 등은 죽음으로 가는 공통적인 지름길이다. 어떤 이들은 뇌와 허파 또는 소화기관의 출혈로 사망하고, 또 어떤 이들은 넓게 퍼진 폐결핵과 육종에 무릎을 꿇고 만다. 이 외에도 기관부전, 출혈, 감염, 영양실조 등이 환자를 괴롭힌다. 특히 에이즈 환자에게 영양 부족은 피할 수 없는 통과 절차이다. 동굴 입구처럼 푹 꺼진 퀭한 눈동자, 유령 같은 얼굴……. 그들의 얼굴에서는 표정을 찾아보기 힘들다. 나이를 막론하고 그들의 신체는 너무 노쇠하여 쭈글거리기 일쑤다. 그들에게서 어떤 용기나 신념을 찾는다는 것 자체가 무리다. 환자의 젊음을 송두리째 빼앗아간 에이즈 바이러스는 그것도 모자라 그들의 나머지 인생까지 너무도 처참하고 고통스런 방법으로 앗아가버린다.

사체 병리학자들은 환자의 사인을 규정할 때, 크게 두 가지로 나눈다. '간접 사인(proximate cause of death)'과 '직접 사인(immediate cause of death)'이 그것인데, 공식적으로는 각각의 약자인 PCOD와 ICOD로 표시된다. 젊은 나이에 생을 마감하는 에이즈 환자들의 PCOD는 당연히 AIDS이다. 얼마 전 이 문제를 놓고 에이즈 환자의 치료에 헌신적 일생을 바쳐온 예일대 교수 피터 셀윈 박사와 이야기를 나눈 적이 있었다. 에이즈 퇴치에 관한 셀윈 박사의 신념은 여러 면에서 레지던트들과 우리 의대 학생들의 연구에 박차를 가하는 원동력이 되고 있다. 그는 HIV 감염에 대해 여러 사실들을 밝혀냈고,

임상치료에도 막대한 공헌을 해온 주인공이었지만, 여러 사고(思考)를 단 한마디로 표현할 만큼 입이 무거운 식자(識者)였다. 셸윈 박사는 내게, "그저 때가 되니까 죽는 겁니다"라고 간단히 말했다. 분자생물학과 임상치료에 관한 기나긴 대화 끝에 여러 생의학적 개념들이 거론되던 분위기에서 갑자기 튀어나온 말이었다. 언뜻 듣기에는 전혀 어울리지 않는 표현 같았지만, 결국 맞는 말이었다. "결국 모든 것이 제 궤도에서 벗어나다 보면 생이 끝나는 순간이 오게 마련입니다. 패혈에 기관부전, 영양실조, 그리곤 영혼이 마지막으로 육신을 떠나게 되는 거죠"라고 그는 덧붙였다. 수많은 죽음을 목격했던 셸윈 박사는 사망의 본질을 정확히 꿰뚫어보고 있었다.

지금 나는 병원에서 160킬로미터가량 떨어진 곳에 있다. 구름 한 점 없는 푸른 하늘 아래 모든 것이 완벽하기 이를 데 없어 보이는, 가을색이 완연한 오후 시간이다. 여름은 가을을 알리는 비와 함께 사라졌다. 아마 빗물을 먹어 더 싱싱해졌는지, 친구의 농장을 둘러싼 언덕은 기가 막힐 정도의 아름다운 빛깔로 물들어 있다. 과연 저런 광경을 도시의 영혼이 끌어안을 수 있을까……. 알게 모르게 잔인해질 수 있는 자연은, 반대로 알 듯하면서도 모르게 선하기도 하다. 일찍이 오늘만큼 완벽하게 맑고 아름다운 날은 없었던 것 같다. 이 아름다운 모습을 보고 있으면서도 바로 지금 이 순간 그것을 그리워하는 마음을 어떻게 설명해야 할까……. 내일이 오면 오늘과 똑같은 이 모습, 이 감동은 없을지도 모른다는 생각에 나는 부지런히 나무 한 그루, 잎사귀 한 잎을 눈으로 찍어둔다. 누구든 아름답고 좋은 일은 머릿속에 선명하게 새겨놓고, 평생 그 모습과 감동이 어떠했는지를 추억하려 할 것이다.

지금 내가 앉아 있는 곳은 존 세이드먼 농장의 햇볕이 잘 드는 주방 안이다. 20에이커 규모의 비옥한 전원에 1백 년 전 세워진 이 농장은 뉴욕 주 로몬빌 시내와 가까운 곳에 위치해 있다. 10여 년 전, 이 농장 건물 이층의 침실에서 존은 가장 친한 친구 데이비드 라운즈가 긴 병고를 이기지 못하고, 끝내 자신의 두 팔에 안겨 눈감는 것을 지켜봐야 했다. 존과 데이비드는 단순한 친구 이상의 관계였으며, 사랑은 오래 참는 것이란 말을 직접 실천해 보인 사람들이었다. 암이 그들을 시기했는지, 데이비드를 존으로부터 그리고 그를 사랑했던 친구들로부터 영원히 떼어놓았다. 사망하기 불과 2년 전 데이비드는 토니 상 시상식에서 브로드웨이의 가장 뛰어난 조연으로 상을 받았고, 존의 무대 경력 역시 장래를 약속하듯 탄탄해져가고 있었다.

내가 존 세이드먼을 알게 된 것은 거의 20년 전의 일로, 그 후로 줄곧 그와 친하게 지내왔다. 내 아내 사라는 그 전에 존과 데이비드와 함께 같은 집에서 산 적도 있었다. 오래전부터 존은 우리 가족과 가까운 사이여서 우리 딸들은 그를 삼촌이라고까지 불렀다. 그럼에도 불구하고 우리는 그의 인생의 중요한 부분에 관해서는 단 한 번도 이렇다 할 얘기를 나눠보지 못했었다. 지금 우리는 이 위대한 가을, 아름다운 태양 아래 마주 앉아서 죽음과 에이즈에 관해 대화를 나누고 있다.

죽음은 존에게 전혀 낯선 존재가 아닌 듯싶다. 친구로서, 무대 동료로서, 비슷한 질환을 앓으며 죽어가고 있다는 면에서, 존은 마지막까지 데이비드를 닮은 모습이었다. 지난 10여 년간 존은 혈청 양성 반응에 이어 나타난 여러 증세들, 치료, 임종에 가까이 다가가는 모습 그리고 사망, 이런 사이클을 수없이 봐왔다. 그는 불과 40대 초반에 엄청난 비극을 지켜본 증인이라고 할 수 있다. 가장 활동적이고 좋은 시기에 수많은 젊은이들이 무덤으로 들어가고 있다. 활력과 재능, 그리고 한 세대의 특권이라고 할 수 있는 젊음이 소멸되어감에 따라 우리 사회 역시 젊음의 기력을 잃어가고 있다.

우리는 지금 존의 친구 켄트 그리스월드에 대해 말하고 있다. 그는 1990년 톡소플라스마증과 악당 삼총사인 CMV, MAI, PCP로 인해 사망한 친구다. 그와 같은 죽음에 인간의 존엄성이 조금이라도 끼어들 수 있었을까? 죽음의 문턱에 서 있었을지라도 살아 있을 때 그랬듯, 그에게 인간으로서의 존엄성과 위엄을 끝까지 허락해줄 구원의 존재는 없었을까? 존은 내 질문에 얼른 대답하지 못하고 한참 동안이나 망설였다. 그건 평소 이런 질문에 대해 생각해보지 않아서가 아니라, 질문하는 나 스스로 해답을 알고 있을 것이라는 생각 때문인 듯했다. 그는 한참 뒤에야, 실추된 존엄성을 찾는 일은 죽어가고 있는 사람에겐 전혀 어울리지 않는 일이라고 대답했다. 존엄성이란 살아 있는, 살아서 생존하는 이들이 움켜잡는 것이며, 존엄성이 있다면 바로 그들의 마음속에 있다는 얘기를 덧붙였다.

우리는 죽어가는 친구들의 '무존엄성'을 보상하기 위해 억지로라도 그 친구에게 존엄성과 위엄을 보태주고자 한다. 그러한 시도는 어찌 보면 이런 종류의 죽음을 지켜보며 이루어낸 자그마한 승리일 수도 있다. 에이즈 같은 질병 앞에서, 우리는 사랑하는 친구가 그만의 유일성과 독창성을 잃어가는 것을 속수무책으로 지켜보며 고통스러워하고 슬퍼하게 된다.

절친했던 친구가 존엄한 인간성을 잃어버린 채 한갓 임상시험 대상으로 변해가는 현실에, 우리 모두는 고통스러워할 수밖에 없다. 죽어가는 당사자에게 '멋진 죽음'이란 대체 어떤 모습으로 나타나는 걸까? 그리고 그렇게 멋진 죽음을 맞을 수 있도록 환자를 도울만한 사람은 주변에 얼마나 될까?

물론 한두 명은 있을 것이다. 그러나 문제는 얼마만큼 있느냐에 있다. '멋진 죽음'이란 일반적으로 '이러이러한 것이다'라고 예를 들 수는 없다. '멋진 죽음'이란 상대적인 기준에서 정해질 뿐, 진정한 의미는 죽음으로 인한 혼란의 정도를 줄여나가는 데 있다. 모든 것을 완벽하게 유지하면서 고통 없이 편안하게, 그리고 고립되지 않은 채 죽어갈 수는 없는 것이다.

내 경험으로 비춰볼 때, 그 누구든 죽어가는 사람의 종말이 보다 나은 것이 되도록 도와줄 수만 있다면, 그 결과가 만족스럽든 그렇지 않든 많은 것을 얻을 수 있다. 물론 스스로 최선을 다했노라고 말할 수 있다면 더할 나위가 없을 것이다. 그러나 어떤 경우든 마지막에 남게 되는 슬픈 현실은 피할 수 없다. 누군가를 잃어버렸다는 그 슬픔 말이다.

비켜갈 수 없는 죽음 앞에서 우리에게 필요한 것은 바로 사랑이다. 그 어떤 것도 '멋진 죽음'을 만들어낼 수 없지만, 적어도 우리가 갖는 사랑만큼은 사망으로 가는 길에 조금이나마 위로가 될 수 있을 것이다. 하지만 이 것 역시 상대적인 기준에서 벗어날 수는 없다.

임종 전 몇 주 동안 켄트는 결코 혼자가 아니었다. 그의 친구들은 죽음을 불과 몇 시간 앞둔 그를 수시로 찾아와 위로해주었다. 에이즈에 감염된 동성애자들이 서로를 위해주는 모습은 실로 감격적이라 아니할 수 없다. 가족으로, 아내나 부모가 지닐 수 있는 책임감으로 그들은 에이즈에 감염된 동료를 극진히 보살핀다. 에이즈 퇴치에 크게 공헌해 존경을 한 몸에 받았던 미국의 알뱅 노빅 박사는 동성애자들의 이러한 마음을 '보살핌으로 둘러싸기(caregiving surround)'라는 말로 표현했다. 사랑을 공동으로 실천에 옮긴 동성애자들의 이러한 단결 뒤에는 또 다른 면이 숨어 있다. 존은 그것을 다음과 같이 설명했다.

에이즈는 각별한 친화력으로 가족을 이루는 동성애자들을 주로 공격한다. 우리가 서로에게 느끼는 책임 의식은 일반 사회에서 흔히 볼 수 있는 그런 의식들과는 비교될 수 없을 정도로 강하다. 대부분의 전통적인 가정들은 우리를 배격한다. 그렇기에 우리가 선택해 꾸민 가정은 더욱 소중할 수밖에 없다.

많은 사람들은 우리에게 일어난 비극을 당연한 것으로 여긴다. 굳이 비정상적인 길을 고집하여 죄를 짓고 있기 때문에, 당연히 하늘이 우리에게 벌을 내린 것으로 믿는 것이다. 그러한 삐뚤어진 인식 때문에라도 우리는 사회적 판결에 무너진 가족을 홀로 내버려둘 수가 없다.

간혹 우리 중에는 자기혐오에 빠져 고민하다가 에이즈를 형벌의 형태로 받아들이는 사람도 있지만, 그런 사람일지라도 일반 사회가 생각하는 것만큼 심하게 동성연애와 에이즈의 관계를 필연적 인과관계로 묶으려 들지는 않는다. 에이즈에 걸린 우리 친구들을 방관하는 일은, 냉정한 판결로 정죄만 하려드는 오늘날의 사회에 그들을 내던져버리는 일이라고 할 수 있다.

존의 표현에 따르면, 켄트는 에이즈 환자들이 보이는 일반 증세들에 신음하며 마지막 주를 힘들게 보냈다고 한다. 하나둘씩 불쑥불쑥 나타나는 증상들에 맞부딪치며 오랫동안 싸워온 켄트는 새로운 합병증이 생겨 육신을 짓눌러댈 때마다 그 상황을 이해해보려고 애썼다고 한다. 그러나 그것들을 이해해보려는 시도를 포기한 순간, 그의 투쟁도 중단되어버렸다. 아무리 저항해봤자 소용없다는 생각이 그로 하여금 모든 것을 포기하도록 만든 것인지, 아니면 그나마 남아있던 에너지가 완전히 고갈되어버렸기 때문인지 알 수는 없지만, 마지막 순간에 이르러 그는 모든 것을 포기해버렸다고 한다.

에이즈 환자의 마지막 순간을 일컬어, 지쳐버린 상태에서 무감각하게 받아들이는 '체념'이라 표현하는 이도 있고, 더 나아가 '환영'이라는 단어를 쓰는 사람도 있다. 그것은 패배를 스스로 인정하고 싸움을 중지해야 할 시간이 왔음을 마지못해 인정하는 것일 수도 있다. 죽어가는 사람 대부분은 이런 체념적 상태, 또는 패배를 인정하는 지점에 이르렀다는 것을 스스로 의식하지 못할 수도 있다. 또 이

것은 에이즈뿐만 아니라, 오랫동안 서서히 죽음에 이르게 만드는 모든 만성 질환들과 싸우는 환자들 모두에게 해당되는 얘기일 것이다. 물론 그 순간 정신이 살아 있어 의지적인 결정을 내릴 수 있다면 모르겠지만, 대부분은 무의식이나 반가사 상태에서 결정이 내려진다. 윌리엄 오슬러와 루이스 토머스가 관찰했다는 평화스러운 죽음이 바로 그런 경우에 속할지도 모른다.

맑은 정신이 잠깐씩 되돌아올 때마다 켄트는 앞으로 자신이 이겨내야 할 육체적 고통과 마지막 날들이 어떤 모습으로 다가올 것인가에 대해 염려했다고 한다. 그는 언제 어디서 싸움을 마무리지을 것인가를 스스로 결정할 수 있을 정도의 의식이 마지막까지 남아 있기를 바랐다. 그러나 그 희망이 이루어질 것인가에 대해서는 어느 누구도 말해줄 수 없었다.

존은 넓은 독실에서 점차 왜소해져만 갔던 켄트를 회상했다. 그의 표현을 빌리면, 병실에서 그를 찾아내기가 힘들 정도였다고 한다. 그는 침대 위에서 자꾸만 줄어들었다. 기력이 꽤 남아 있을 때에도 화장실에 갈 때면 부축을 받아야 했던 켄트는, 에이즈에 감염된 이후로는 침대 위에서 모든 것을 해결해야 했다. 원래 작은 체구이기도 했지만, 에이즈 감염 이후의 켄트는 마치 녹아 없어지기라도 하려는 듯 자꾸만 작아져갔다. 존은 그런 켄트를 지켜보면서, 350년 전 똑같은 과정을 통해 죽어가는 친구를 보내야 했던 토머스 브라운 경을 생각했다고 말했다. "그는 거의 반쪽이 되었지만, 그가 도저히 무덤에 가지고 들어갈 수 없을 정도의 큰 흔적을 남겼다."

톡소플라스마증으로 켄트는 주변에서 일어나는 것을 의식하지 못할 만큼 인지 능력을 잃어갔다. CMV로 인한 망막 손실로 한쪽 눈의 시력을 잃은 그는 곧 나머지 눈도 잃어야 했다. 자신의 입가가 찌그러지듯 우거지상이 되어도 볼 수 없을 만큼 시력이 떨어졌다. 존은 켄트의 그런 상태를, "사람이 심하게 줄어들면 대화 형태도 사라진다"라는 말로 잘 표현했다. 사람이 죽음의 문턱에 가까이 다가가면 피부가 아주 검게 변하는데, 특히 얼굴색이 심하게 변한다.

치료 초기, 켄트는 일단 효력이 없는 것으로 나타난 치료법은 고통을 받아가면서까지 다시 받지는 않겠다는 뜻을 분명히 밝혔다. 켄트의 확고부동한 뜻을 받아들인 'caregiving surround' 팀은 매번 새로운 치료법이 시도될 때마다 사전에 의사들과 상담하곤 했다. 하지만 마지막에는 더 이상 나눌 의견이나 내려야 할 결정도 존재하지 않았다. 어떠한 시도도 결정도 필요 없는 시기, 피터 셀윈의 얘기처럼 결국 켄트에게 바로 그때가 온 것이었다.

그에게는 어떤 임상치료도 효력이 없었다. "그를 한순간이라도 더 붙들어두기 위해서 우리는 악착같이 매달렸지. 말은 못 하더라도 우리가 옆에 있다는 것을 알리려고 말이야. 우리 모두 다 그 친구를 혼자 놔두려고 하지 않았어. 우리한텐 그게 제일 중요한 일이었거든." 그러나 켄트는 결국 숨을 거두고 말았다.

며칠 쉬려고 뉴욕을 떠나 이 농장에 와 있는 동안 켄트는 숨을 거두고 말았다. 버스를 타고 오소리티 항구에 내려서 뉴욕의 집으로 전화를 걸었을 때였다. 자동응답기에 녹음된 켄트의 사망 소식을 접하고 나는 크나 큰 충격을 받았다. 사실 마지막으로 그를 보았을 때에도 살아 있는 것처럼 느껴지지 않았고, 평소 켄트의 모습은 어디에서도 찾아볼 수 없어서 그의 숨이 오래가지는 않을 것이라고 짐작은 했지만, 막상 침침한 공중전화 박스 속에 홀로 선 채 응답전화기를 통해 그의 사망 소식을 듣게 되자 나는 큰 충격을 받았다. 그건 아마도 오래도록 함께했던 친구의 사망 소식을 그런 식으로 들어야 했기 때문이 아닌가 생각된다.

켄트는 2년 남짓 그를 지탱하게 해주었던 동료들이 지켜보는 가운데 눈을 감았다. 이제 그는 더 이상 가정으로부터 추방당한 동성애자도 마약 복용자도 아니었다. 다만 그의 침상을 둘러싸고 있던 사람들과 이미 생을 빼앗겨버린 사람들의 한 아들로서 눈을 감은 것이다.

내가 지금까지 동성애자들의 특별한 가족관을 소개한 것은, 일반적인 가족들이 에이즈로 죽어가는 아들과 딸(또는 남편과 아내)을 돌보는 데 너무 무책임하다는 것을 말하기 위함이 절대 아니다. 오히려 그 반대의 경우가 나타날 가능성도 있기 때문이다. 제럴드 프리들랜드는 그 대표적인 예로, 평소 가정으로부터 배척당해왔던 아이들과 부모와의—특히 어머니와의—관계가 에이즈 감염을 계기로 다시 좋아졌던 경우를 들고 있다. 이런 실례는 동성애자들뿐 아니라 마약 중독자들에게서도 나타난다. 물론 호모나 마약 복용자들 외에 에이즈 환자들도 마지막 몇 달을 남겨두고 형제자매나 부모, 또는 어릴 적 친구들, 연인과 함께 잘 지낸다. 에이즈 환자가 된 가족을 돌보기 위해 직장을 그만두거나 보금자리를 멀리해야 하는 중산층 부모들이 속출하지만, 그래도 하루하루 벌어먹고 사는 도시 빈민층 부모들보다는 행복한 경우이다.

그 빈민층에서 에이즈 환자를 돌보는 일은, 단순히 하루 수입이 줄어드는 정도의 경제적 손실이 아니라 아예 일자리를 빼앗길지도 모를 위험까지 감수해야 하는 생존이 걸린 문제이다. 에이즈로 자식 넷을 잃었다는 여인의 얘기도 있듯이, 에이즈로 인한 비극은 상상을 초월할 정도로 비참한 것이 오늘날의 현실이다.

젊은 나이에 인생의 꽃을 피워보지도 못하고 시들어가는 환자의 침상 옆에 앉아 어머니와 아내, 남편과 연인, 누이, 형제, 그리고 친구들은 어떻게 하면 환자의 생명을 좀더 연장시키고 고통으로부터 해방시켜줄 수 있을 것인가에 대해 고뇌한다. 그냥 죽어갈 수밖에 없는 운명을 받아들이면서 부모들은 고뇌에 고뇌를 거듭한다. 환자에게 부드럽게 위로의 말을 속삭이기도 하고, 기도를 드리기도 한다. 지금 이 순간에도 성경 속에서 다윗 왕이 울며 애통해했던 부르짖음이 반복되고 있다. 오래전 자신을 배신하고 떠나갔던 아들 압살롬이 처참하게 찢긴 시체로 돌아왔을 때, 다윗 왕은 돌아온 아들의 시신 위에 눈물을 뿌리며 다음과 같이 울부짖었다.

내 아들 압살롬아,
내 아들, 내 아들 압살롬아!
내가 너를 대신하여 죽을 수만 있다면,

압살롬, 내 아들아, 내 아들아.

제럴드 프리들랜드는 이를 가리켜, '정상적 인생 주기의 전복'이라고 표현한다. 부모가 자식을 묻어야 하는 궤도 이탈은 비단 어제 오늘의 얘기가 아니다. 우리의 자연과학이 바이러스를 정복했다고 자랑스레 결론을 내린 그 순간에도 이런 '탈선'은 존재했다. 에이즈 바이러스에 대항해 성전을 벌이고 있는 의료진들이 AZT와 같은 신약제들로 '역전사(reverse transcriptase)'를 막아내어야만 비로소 인생 주기가 거꾸로 돌아가는 비극이 사라질 수 있을 것이다. 그때까지는 HIV가 젊은이들은 물론 아주 어린아이들까지 무차별로 공략해댈 것이다.

이런 종류의 비참한 죽음에서 자칫 실종되어버릴 수도 있는 인간의 존엄성이라든가 품위 같은 것은, 오직 그 죽음을 끌어안을 수 있는 사람만이 느낄 수 있다. 에이즈로 죽어가는 젊은 환자들을 돌보게 된 같은 또래의 젊은이들―의사나 간호사들뿐만 아니라 의료기관에서 자원봉사하는 청춘남녀들 모두―은 그동안 삭막하고 냉소적이라고만 듣고 배웠던 이 세계에도 이기심 없는 숭고한 사랑이 존재한다는 사실에 감탄하게 된다. 헌신적인 봉사를 통해 이 사회에 팽배한 냉소주의를 퇴치하는 그들이야말로 진정한 영웅들이다. 그들은 자신들이 선택한 길을 묵묵히 걸어감으로써, 일반인들이 에이즈 환자에게서 느끼는 감염의 공포라든가 죽음에 대한 두려움 따위를 떨쳐낸다. 또 그들은 에이즈 환자들이 동성애자건 혹은 마약 중독자건 사회적 편견과 일반적인 도덕의 잣대로 판단하려들지 않는다. 카뮈는 이를 잘 표현했다. "온 세상 모든 악마가 던져주는 하나의 진리는 바로 전염병이 주는 진리와 같다. 그 진리는 인간으로 하여금 모든 악마로부터 벗어나게 도와준다."

　HIV 공포증으로 여기저기서 에이즈 환자의 진료를 기피하는 의료진들이 속출하고 있는 상황(설문 조사 결과, HIV 환자 병동에 배치될 미국의 레지던트 중 20퍼센트는 기회가 주어진다면 다른 과로 배치되기를 원하는 것으로 나타났다) 속에서 자원봉사 청년들이 에이즈 환자를 돌보고 있다는 사실은 매우 희망적이다. 자신과 비슷한 또래의 젊은 이들이 무력하게 죽어가는 현실 앞에서 그들은 때때로 젊어지기 힘든 무거운 무게에 짓눌려 휘청거리기도 한다. 에이즈에게 무릎을 꿇고 만 수많은 청춘들에게는, 아마도 제1차 세계대전에서 목숨을 잃은 군인들을 애도했던 하비 커싱의 조문과 같은 내용의 조문을 바쳐야 할 것 같다. "그토록 젊은 나이로 죽어야만 했던 그들은, 마치 두 번 죽은 것과 같도다."

10
암의 독기

옛날에 톰이라는 꼬마 굴뚝 청소부가 살았어요. 많이 들어본 이름이라 어린이 여러분 모두 다 쉽게 기억할 수 있을 거예요. 꼬마 톰은 북쪽에 있는 나라의 큰 도시에 살고 있었는데, 그곳에는 굴뚝이 아주 많았지요. 톰은 그 굴뚝들을 열심히 청소해 돈을 벌어 주인 아저씨한테 갖다주곤 했죠. 글을 읽을 줄도 모르고 쓸 줄도 몰랐지만, 톰은 그런 것에는 원래 신경을 쓰지 않았어요. 톰이 살고 있는 집 마당에는 물 나오는 곳이 없어서, 꼬마는 목욕은 물론 세수 한 번 하지 않고 살았죠. 그뿐 아니라 기도하는 법도 몰랐어요.

하느님이나 예수님에 대해서도 전혀 들어보지 못하고 살았죠. 하지만 어린이 여러분은 알지 못하는, 그런 단어가 들어가는 욕은 할 줄 알았어요 ('God'이나 'Christ'가 누군지 알지 못했던 톰이 이 두 단어가 들어간 상욕은 할 줄 알았다는 뜻). 톰은 하루의 반은 울고 반은 웃으며 살았어요. 껍질이 벗겨져 쓰라린 팔과 무릎으로 컴컴한 굴뚝을 기어올라가야 할 때마다 톰은 울곤 했지요. 매운 연기가 눈을 찔러 눈물이 저절로 났지만, 톰은 1주일 내내 굴뚝을 타야 했어요. 그렇게 울면서 매일 열심히 일해도 톰은 항상 배부르게 먹지 못했죠. 그래서 톰은 또 매일 슬피 울었답니다.

위 글은 찰스 킹즐리의 1863년 작, 어린이 명작동화 『물의 아이들(The Water Babies)』의 서두는 이들의 슬픈 삶을 그리고 있다.

'톰'이란 단어는 영국 귀족들 사이에 '꼬마 굴뚝 청소부'를 대신해 사용되던 직업적인 별칭이었다. 다른 직업과 달리, '톰'이 되기 위해 특별한 기술은 필요 없었다. 대부분 초보자들로 4~10세 사이의 아이들이었는데, 훌쩍거리거나 낑낑대다 주인한테 한 대 얻어맞고는 굴뚝으로 기어오르는 것이 그들의 일과였다.

이 동화에 등장한 굴뚝들의 구멍은 19세기 후반의 건축양식처럼 곧게 수직으로 올라간 것이 아니라 대단히 불규칙하게 뚫려 있었다. 킹즐리 시대만 해도 굴뚝 모양은 일직선으로 올라가, 영국 외과의 퍼시벌 포트가 위험성을 경고했던 1775년의 굴뚝 모양과는 달리 수직으로 뻗어 있었다. 하지만 퍼시벌 포트 시대의 굴뚝들은 구멍이 불규칙하고 구불거릴 뿐 아니라 수직으로 뻗어 있는 맨 꼭대기에 이르기 전까지는 거의 수평으로 뻗은 형태였다. 이렇듯 불규칙한 구조로 인해 굴뚝 내부에는 자연히 홈과 평평한 부분이 많았고, 그 위에는 시커먼 검댕이 수북이 쌓일 수밖에 없었다. 이런 이유로 다람쥐처럼 굴뚝을 기어올라야 했던 꼬마 굴뚝 청소부들의 살갗은 상처투성이였을 것으로 짐작된다. 특히 굴뚝 내부에 돌출된 부분이나 걸림새(hung)는 꼬마 '톰'들에게 최대의 장애물이었을 것이다.

정말 'hung'이라는 말뜻처럼 위험한 상황이었다(hung은 속어로 '교수형에 처하다'라는 뜻). 꼬마 굴뚝 청소부들은 벽돌 틈새에 검댕이 잔뜩 낀 굴뚝을 기어오를 때, 가장 간단한 보호 수단인 옷조차 입지 못했다. 한마디로 발가벗은 몸으로 굴뚝 구멍을 오르내렸던 것이다. 꼬마들을 모아 부리는 굴뚝 청소 가게 주인 입장에서는, 아무리 몸집 작고 깡마른 일꾼을 구한다고 해도 어른이라면 옷을 입어야 하고, 그렇게 되면 굴뚝을 오르내릴 때 옷이 걸리적거려 작업 속도가 늦어질 것이 뻔한데, 뭣하러 굳이 몸집이 작은 어른을 구했겠는가? 그런 이유로 '청소부 대장님'들께선 어린아이들만 모집해서 굴뚝 닦는 법을 대충 가르친 뒤, 매일 아침 그들의 맨볼기를 시내 부잣집 굴뚝 구멍을 향해 차버렸던 것이다.

문제는 가난에 찌든 꼬마 청소부들의 개인적 습관에 있었다. 그들 대부분이 영국 사회의 최하류층 출신이었기에 몸을 깨끗이 한다는 것은 생각조차 할 수 없었다. 아니 아예 씻으려고 하지도 않았다. 더군다나 대다수 아이들은 매일 '스위트 홈'이라고 불리는 부잣집 굴뚝을 닦아내면서도 '홈(home)'의 의미조차 모르는 불쌍한 아이들이었다. 그들에게 가르쳐주고 바른길로 인도해줄 모성애는 물론, 하다못해 귀를 잡아끌어 따뜻한 목욕통에 밀어넣을 관심의 눈길조차 미치지 못했다. 그들은 겨우 걸음마를 할 정도만 되면 그냥 길바닥에 내버려지는 일종의 부랑아들이었다. 결국 피부의 잔주름과 음낭, 사타구니에 끼인 타르(tar) 성분의 가루들은 몇 달씩 계속 쌓여, 가게 주인이 그들의 영혼과 노동력을 강탈하듯 육체적 활력소를 야금야금 빼앗아갔다.

퍼시벌 포트(1714~1788)는 당대 런던을 대표하는 외과의로서, 이 꼬마 굴뚝 청소부들의 어려운 삶에 큰 관심을 보였다. 그는 1775년 여러 톰들을 관찰한 뒤, "이 아이들의 인생은 한마디로 황폐하기 이를 데 없다. 젖먹이 시절부터 제대로 된 사랑과 보호 한 번 받아보지 못하고 자라서 정에 굶주려 있을 뿐 아니라, 추위와 허기에 지쳐 육체 또한 그 뿌리 자체가 흔들리고 있다. 뜨겁고 좁은 굴뚝 속에서 살갗이 찢겨나가고 그을리고 화상을 입는 것은 물론, 거의 질식까지 하게 된다. 더욱 심각한 것은 이들이 자라 사춘기에 이르면 매우 특이한 증상을 보인다는 것이다"라는 글을 남겼다. 이 짤막한 내용은 「백내장, 비용종, 음낭암, 발가락과 발의 다양한 변형 및 파열에 관한 외과적 관찰」이란 긴 제목의 논문에서 발췌한 것이다. 이 논문은 그동안 나타난 직업성 악성 종양을 다룬 최초의 기록으로 평가받고 있다. 몇 년이나 되는 발병 기간이 지난 후, 성인이 되어서야 나타나곤 하던 이 질환은 가끔씩 사춘기가 시작될 어린 나이에도 나타나기 시작해, 19세기 초에는 이 증상을 보인 여덟 살짜리 아이가 보고되기도 했다.

퍼시벌 포트가 관찰해 기술했던 치명적 악성 종양을 우리는 요즘 편평세포암종이라고 부른다. 나이 어린 환자의 음낭을 관찰했던 그는 "가장자리가 딱딱하게 부풀어 올라 무척이나 고통스러워보였다. 단단하게 뭉친 '검댕혹이 정자관을 지나 복부로……. 복부에 이르게 되면 내장 일부가 상하고, 그 다음에는 고통을 수반한 파괴가……" 라는 기록을 남겼다.

포트는 초기에 수술해주지 않으면 환자가 음낭암으로 사망에 이른다는 것을 잘 알고 있었다. 결국 그는 소년들의 죽음을 막아보려고 수술을 계속 시도했다. 마취제가 개발되기 전이었으므로 포트는 수술대 위에 묶여 고함치는 소년들을 더 단단히 잡아두기 위해서 여간호사보다 힘센 장정들을 조수로 고용해야 했다. 수술을 받을 수 있는 조건은 음낭 한쪽 부분에만 궤양 증세를 보이는 소년들로 국한시켰다.

고환과 음낭의 반을 제거해내는 이 수술은 신체적인 고통뿐 아니라 감성적으로 한창 민감한 사춘기 소년의 '정신'을 잘라내는 과정이었기 때문에 더더욱 힘들 수밖에 없었다. 피가 흘러내리는 수술 자국은 벌겋게 달군 인두로 철저하게 지져 태웠다. 흉측하게 타버린 수술 자국을 꿰맬 경우 항상 농양으로 인한 감염이 뒤따랐기 때문에 수술 부위는 아물 때까지 찢어진 그대로 두었고, 살부스러기와 진물이 흘러내려도 몇 달이고 방치해두기 일쑤였다.

그러나 포트의 그런 수술은 가끔 제 궤도를 벗어나 엉뚱한 결과로 나타났다. 오랜 기간을 두고 수술받은 환자들을 관찰했던 그는 기대 밖의 현실에 좌절을 겪어야 했다. "엄청난 고통을 겪긴 했지만, 어쨌든 환부를 적출해내는 수술 뒤 어느 정도 호전되어 퇴원했던 환자들은, 얼마 못 가 수술받았던 곳 반대쪽의 고환이나 사타구니의 내분

비선에 이상이 생기거나, 칼로 잘라내는 듯한 통증에 탈진해버린 듯 창백한 안색을 보였고, 내장 어딘가에 큰 손상이 있는 듯 자주 복부에 날카로운 통증을 호소하며 곧이어 죽음의 고통에 휘말리곤 했다." 이것은 표현 면에서 다소 과장된 듯하지만 내용 면에서는 절대 과장이 아닌 아주 정확한 임상일지이다.

포트는 이러한 죽음의 과정이, 특정 지역에 잠복해 성장한 종양이 궤양을 일으키는 과정에 주변 조직을 부패시키는 것으로 시작된다고 보고했다. 그는 체내에 이물질이 침입해 일으키는 종양 이론을 체계적으로 정리해 그 연구 자료를 출간하기도 했다. 당시 몇몇 의학 이론가들은 활성세포들이 정상적으로 기능하기 위해서는 자극, 즉 그들의 특수 용어로 '이상과민(irritation)'이 필요하다는 이론을 소개한 바 있었다. 그 '자극 이론'대로라면 체조직이 병들게 된 원인은 그 조직 내의 세포가 'overirritated', 즉 자극을 과도하게 받아 염증을 일으켰기 때문이라는 설명이 가능하다. 포트는 굴뚝 청소부들의 은밀한 부분에 발생한 암종은 검댕의 화학 작용으로 인한 염증에 그 직접적 원인이 있다고 보았다.

오늘날의 미국 의학협회는 담배 광고 앞에 완전히 노출되어 있는 우리들에게 경고의 메시지를 던진다. 아마도 담배에 포함된 타르와 수지 성분이 폐암을 일으킨다는 사실을 모르는 사람은 별로 없을 것이다. 또한 발암 성분이, 그러한 독성 물질들과의 계속적인 접촉에 의해 생체세포 속에서 일어난 화학적 자극 때문에 발생된다는 사실도 대부분 알고 있을 것이다. 일반인들까지 잘 인식하고 있는 이 '만성적 자극론'을 의료진들은 그렇게 쉽게 인정하지 않는다. 퍼시벌 포트는 음낭암의 원인이 검댕에 의한 자극이라고 주장했지만, 그 자극에 의한 염증 이론이 대두되었던 당시에도 그 이론은 불안정해 보였다. 그 후 결국 '자극 이론'들은 대부분 철회되어야만 했다. 굴뚝 청소부들은 자신들의 병명을 '검댕 사마귀'라고 부르면서도, 평소 몸을 깨끗이만 하면 그런 질병들은 대부분 예방될 수 있다는 생각을 미처 하지 못했다. 그냥 환경에 따른 운명으로 받아들여, 병이 나면 앓다 죽는 것을 당연한 것으로 생각하며 순응했다. 굴뚝 청소를 하며 먹고사는 한 어쩔 수 없는 운명으로 생각했던 것이다.

어쨌든 검댕이 암을 일으키는 주범이라는 포트의 이론은 즉시 큰 파문을 일으켰다. 이에 따라 영국 국회는 18세 이하의 청소년들은 굴뚝 청소부가 될 수 없다는 조항을 신설하고, 모든 소년들이 1주일에 한 번씩 의무적으로 목욕하도록 하는 법령을 포고했다. 1842년에는 제한 나이가 더 올라가 21세가 되었다. 그러나 어느 시대나 법망을 교묘하게 피하려는 사람은 있게 마련이다. 금지 법령에도 불구하고 제한 나이 이하의 소년들이 여전히 굴뚝을 탔고, 그로부터 20년 후 찰스 킹즐리 작품의 모델로 등장하기에 이르렀던 것이다.

히포크라테스 시대, 아니 그 이전 시대부터 그리스의 의사들은 악성 종양의 진행 과정을 정확히 알고 있었다. 유방 내에서, 그리고 직장이나 질 밖으로 흘러나와 굳어버린 궤양이나 딱딱한 덩어리들을 발견해서는 일일이 특정한 이름을 짓기도 했다. 그들은 이것을 '종양(oncos)'이라고 통칭되던 일반 종양과 구분하기 위해, 인도유럽어의

'딱딱한'에서 파생된 다분히 유머러스한 단어인 '게'라는 뜻의 '카르키노스(karkinos)'를 사용했다. '악성 종양(tumor)'이란 뜻의 접미사 '오마(oma)'가 붙어 생긴 '카르키노마(karkinoma)'는 결국 그때부터 '악성으로 자라난 종양'을 지칭하는 데 사용되었다. 그로부터 몇 세기 후, 역시 '게(crab)'란 뜻의 라틴어 'cancer'가 나와 지금까지 '암'을 지칭하는 공용어로 사용되고 있다. 한편 모든 종류의 종양을 지칭하던 '온코스(oncos)'는 그 이후에도 계속 사용되어, 오늘날 암 전문의를 '온콜로지스트(oncologist)'라고 부르는 계기가 되었다.

'카르키노마'는 몸 안에 있는 '검은 담즙(black bile)'이 초과되어 정체된 상태라고 믿었다. 여기서 검은 담즙은 중세 의학에서 우울증의 원인으로 여겨졌던 가상의 액체로, 그리스어로는 '멜랑콜로스'라고 불린다(melancholos의 melas는 black, chole는 bile을 뜻한다). 이 용어의 어원으로 보아, 암 환자들이 '멜랑콜리'(우울)하다는 보편적인 관찰 내용이 우연의 일치만은 아닌 것 같기도 하다. 그리스 시대의 의사들 대부분은 인체를 해부하지 않았던 탓에, 육안으로 확인할 수 있었던 암은 젖가슴이나 피부에 궤양식으로 나타난 종류와, 직장이나 여성의 질 속에서 성장해 해당 부위 밖으로 돌출된 종류들뿐이었다.

여타의 그리스 의학 용어와 마찬가지로 카르키노스와 카르키노마 두 용어는 보고 만지는 식의 관찰에 그 기원을 두었다. 이 두 용어는 유능한 번역가이자 법전 편찬가로 활동했던 그리스 의학자 갈레노스에 의해 창안되었다. AD 2세기경 여성 환자의 유방에서 자주 궤양성의 딱딱한 덩어리를 살펴보았던 그는, 체조직에 스며들어 널리 뻗어 있는 암을 "마치 게의 다리처럼 여러 방향으로 퍼져 있다"라고 표현한 바 있다. 환자의 살 속에서 깊고 넓게 다리들을 뻗치고 있을 뿐 아니라, 그 다리가 사방팔방으로 뻗어나간 중심부는 완전히 곪아 들어 직선으로 환자 내부를 향해 공격해가는 것이다.

보이지 않게 몸 전체로 스멀거리며 퍼져나가는 기생충처럼, 마치 그 모습이 물에 빠진 먹잇감을 공격하는 괴물의 날카로운 촉수와도 같다. 그 괴물의 중앙부가 인간의 몸에 구멍을 뚫고 조용히 생을 파먹어 들어가는 동안 날카로운 발톱이 끝없이 그 범위를 넓혀가는 것이다. 이 모든 과정은 아무 소리도 없이 진행된다. 시작도 알 수 없다. 괴물이 숙주의 마지막 힘까지 앗아간 뒤에야 겨우 그 끝만을 알 수 있다.

19세기 중반까지만 해도 암은 소리 없이 다가오는 살인자로 인식되었다. 조용하고 살인적인 침투 작전으로 정상 조직이 방어력을 상실했을 때 비로소 어둠 속에 숨어 있던 악마는 정체를 드러내곤 했다.

다행히 현대에 이르러 과학 발달의 산물인 현미경을 통해 우리는 적군의 모습을 들여다보며 그 특성을 분석해낼 수 있게 되었다. 암이란 조용히 다가드는 것이 아니라, 살상의 기쁨을 노래하며 미친 듯이 닥치는 대로 공격해오는 적군일 뿐이다. 여기에는 어떠한 제재나 통제력도 먹히지 않는다. 제각기 그리고 끝없이 광란적인 파괴와 살상을 일삼는 극악무도한 무리인 것이다. 암세포는 정말 제멋대로이다. 리더도 없고 방향감각도 없이 좌충우돌 이리저리 떠돌며 방화와 약탈을 일삼는 살인자 무리와 흡사하다. 굳이 목표를 찾는다면 단한 가지, 주변의 모든 것을 완전히 약탈하는 것이다. 하지만 의학자들은 점잖게도 암세포에 '자율적인(autonomy)'이란 표현을 쓴다. 기하급수적으로 불어나는 살인세포는, 생체 내의 모든 규율을 완전히 무시하고 자체의 원형질로부터 새로운 세포를 탄생시키는 잔악무도한 방법으로 결국 모든 활력소를 괴멸시켜버린다. 이런 면으로 볼 때 암은 기생충이 아니라 'praeter naturam', 즉 'outside of nature'라고 한 갈레노스의 표현은 결국 틀리고 말았다. 암세포는 한마디로 못생기고, 뒤틀리고, 사생아로 태어나 부모에게 쫓겨난 세포들이다. 암은 거칠게 살아가는 청소년 범죄꾼처럼 결코 어느 것에 순응하지 않는, 세포 사회의 비행 청소년들인 것이다.

암은 변종들이 모여서 성숙된 질환이다. 처음부터 뿌리가 잘못 잡힌 세포들이 계속 제멋대로 성장해 나타난 결과가 바로 암인 것이다. 정상 조건에서 정상 세포들은 죽음과 동시에 재생을 반복한다. 그러한 재생 활동은 살아남은 신규 세포들에 의해서도 재개되지만 '간세포(stem cell)'라는 직계존속, 다시 말해 어버이 세포 그룹에 의해서도 활발하게 이어진다. 간세포는 미완성의 형태로도 새 조직을 창조해낼 수 있는 잠재성을 지니고 있다. 이러한 간세포 후예들이 정상적으로 성장하기 위해서는 반드시 단계적인 과정이 필요하다. 성장 과정의 끝에 다가갈수록 세포는 증식 능력을 점차 잃어가게 된다. 자신의 몸체를 부풀리고 살찌우기 위해 모든 힘을 성장 기능에 투여함으로써 증식 기능이 상대적으로 약화되기 때문이다. 예를 들어 소화기관을 구성하는 원숙 세포는 증식 대신 장 내부의 영양 흡수에 더 많은 기능을 분배한다. 갑상연골 세포도 성숙시 번식보다는 호르몬 분비에 더 큰 비중을 둔다.

이런 면에서 종양세포는 분열하는 능력이 정지된 세포를 뜻한다. '분열(differentiation)'이란, 세포가 정상적인 제 단계를 밟아 성숙 세포로 건강하게 자라나는 과정을 지칭하기 때문이다. 세포의 분열이 차단되어 나타나는 비정상적 미성숙 덩어리를 우리는 의학 용어로 '신생물(新生物, neoplasm)'이라고 부른다. 그리스어에서 파생된, 새로운 형태물이란 뜻의 신생물은 현대에 이르러 '종양'과 유사어로 사용되고 있다. 성숙 단계에 이르지 못한 채 도중 차단되어버린 이런 종양들은 거의 위험성이 없다는 이유로 보통 '양성(良性, benign)'이라고 불린다. 양성 종양은 상대적으로 재생 능력에서 큰 잠재성을 갖고 있지 않다. 아주 천천히 자라날 뿐 신체 다른 부위로 퍼질 수도 없고, 다른 조직을 포위할 능력도 없다. 가끔 섬유질로 된 캡슐에 싸여 나타나기도 하는 양성 종양은 죽음을 몰고 올 만큼의 공격성은 갖고 있지 않다.

반면 우리가 흔히 '암'이라고 부르는 '악성 신생물(malignant neoplasm)'은 양성과 완전히 다른 개체이다. 악성 종양은 유전적이든, 환경적이든 또는 복합적이든, 재생 중에 있는 세포들의 기능을 완전히 '중지'시켜 메커니즘 자체를 흔들어버린다. 정상 간세포들이 정상적인 자손들을 번식시키려고 애쓰지만, 새로 태어난 세포들은 발육 자체를 하지 못한다. 기능 면에서 제 일을 할 수 있을 만큼 자라지 못하거나, 성숙 세포가 보여야 할 성장 형태를 보이지 못하는 것이다. 암세포는 세포 세계의 규율을 배우기 한참 전인 아주 어린 시기에 이미 운명지어지는 것이다. 그래서 결국 자제할 줄도 모르고, 이웃 세포의 요구를 받아들일 수도 없을 만큼 과격한 존재가 되어버리는 것이다.

제대로 원숙된 세포가 아니기 때문에 암세포는 정상적으로 원숙된 조직이 벌이는 신진대사 활동에 일체 참가하지 않는다. 예를 들어 장 내의 암세포는 원숙 세포들이 벌이는 소화 활동에 협조하지 않고, 허파 내의 암세포 역시 호흡 과정에 일체 참가하지 않는다. 자기가 소속된 생체 기관들의 삶과 정상적인 기능 수행을 위한 의무를 이행하는 대신, 악성 세포들은 자신들의 에너지를 재생에만 쏟아붓는다. 비록 성행위는 아니지만 정력 넘치는 일종의 '간음'으로 태어난 그들의 사생아들은 절대적으로 불필요한 존재일 뿐 아니라, 주변에 고통과 혼란만을 야기하는 골칫덩어리 문제아일 뿐이다. 이 사생아들은 그들의 어버이처럼 역시 '재생적(reproductive)'인 일에만 전념할 뿐 '생산적(productive)'인 본연의 임무에는 무관심하다.

또 암세포들은 마땅히 죽어야 할 때도 그 뜻을 온당하게 따르지 않는다. 모든 자연은 정상적인 성숙 단계의 마무리를 죽음으로 끝맺지만, 악성 세포는 그 순리에도 복종하려들지 않는 것이다. 따라서 그들의 수명에는 끝이란 것이 없다. 헤이플릭 박사의 섬유아세포(fibroblast,결합 조직 형성 세포) 이론도 악성 세포의 세포 번식론에는 적용되지 않는다. 암세포들은 실험실의 세포 배양시에도 끝없이 번식해 새로운 종양을 만들어낸다. 그래서 연구실 사람들은 암세포를 불사조라고 부르기까지 한다. 억제할 수 없는 번식과 죽지 않는 특성, 이 두 가지를 무기로 악성 종양은 자연의 질서를 가차 없이 파괴시키고 있다. 정상 조직과 달리 악성 종양이 무한대로 확장될 수 있는 근본적인 이유도 바로 이 두 가지 특성에 있다.

규율이란 것을 모르는 암은 결국 도덕에 관계 없는(amoral) 존재이다. 생을 파괴시키는 일 외에는 다른 것을 모르니, 그 또한 부도덕(immoral)적이라고 할 수 있다. 악성 세포는 자신이 태어난 사회를 적대시해 자기 멋대로 횡포와 살상을 일삼는 못된 청년 집단이다. 거리의 갱단인 그들의 유일한 목표는 신체를 파괴하는 데 있다. 불행히도 아직까지 그 집단이 자라나는 것을 근본적으로 막아낼 방도는 없다. 하지만 적어도 그들을 체포, 구금시켜 영원히 추방해버리거나 스스로 자폭하도록 유도해낼 수는 있을 것이다. 그렇게만 할 수 있다면 그 일은 분명 후세에 길이 칭송받을 것이다.

신체의 특정 기관에서 발생한 암세포 무리는 다른 기관에도 침범해 신체 전부를 파괴하려고 든다. 그토록 파괴적인 암이건만 그들에게는 결코 참다운 승리가 있을 수 없다. 숙주가 죽으면 그들 역시 죽게 되기 때문이다. 암은 태어날 때부터 죽기를 희망하고 태어난 집단인 것이다.

암은 모든 면에서 볼 때, 국교를 인정하지 않는 비국교도(非國敎徒)들과 같다. 게다가 결점을 보완할 만한 아무런 장점을 가지고 있지 않다. 자신이 태어난 세계와 모든 관계를 끊을 뿐만 아니라, 그 세포 사회를 완전히 파괴하려고 든다. 또 암세포는 미숙아 그대로의 생김새와 성격을 내내 유지한다. 악성 종양의 이러한 특성을 그리스어로 '아나플라시아(anaplasia)', 즉 퇴화라고 부른다. 이렇듯 퇴화된 형태의 미숙 세포는 결국 미숙아를 낳을 수밖에 없다.

간혹 언뜻 보아 정상 세포와 분간할 수 없을 만큼 모습이 비슷한 암세포 그룹도 있다. 하지만 그들 대부분도 현미경 아래서는 그 가면이 벗겨지고 만다. 특히 장암세포는 아무리 모습을 변형시켜도 정확하게 구분될 수밖에 없다. 장조직 세포를 속일 수 있을 만큼 암 자체의 특질을 완전히 가리지는 못하기 때문이다.

현대에 이르러 암은 통제되지 않는 '자율적 성격(autonomy)'과 끝까지 '미숙한 모양으로 남아 있는 특성(anaplasia)'으로 인해 인간 앞에 완전히 모습을 드러냈다. 암세포를 '흉하고, 뒤틀리고, 고분고분하지 못한'으로 표현하든, 아니면 좀더 학술적이고 고상하게 '미숙하고 자율적'이라고 표현하든 간에, '악성의, 해로운, 치명적인'이란 단어를 뺄 수는 없을 것이다. 어쩌면 사악성을 담고 있다는 면에서는 'malignant'보다는 'malevolent(남의 불행을 기뻐하는)'이란 단어가 더 적합할지도 모르겠다.

정상 세포들은 이웃한 세포들과 거의 분간할 수 없을 정도로 규칙적이고 동일한 모습을 지니고 있는 데 비해, 각각의 암세포들은 형태와 크기 면에서 제각기 다른 모습으로 뒤틀리고 찌그러져 있다. 볼록한 것, 둥근 것, 긴 것, 납작한 것 등 다양한 모습이다. 이 사실은 결국 각각의 암세포가 자기 마음대로, 독립적으로 생겨난 개체임을 여실히 보여준다. 암이란 세포 내에서 이루어지는 상호의존적 체계에 이상이 생겼음을 나타내는 물증이다. 상호의존적 체계와 통신에 이상이 생길 때, 유전적 특성에 변화가 생겨 악성 세포가 탄생되고,

그것으로부터 질환의 모든 증세가 드러난다. 이처럼 유전적 특성에 변화를 일으키는 요인들은 환경적인 면, 생활습관적인 면에서 계속 연구되고 있다.

크기와 형태 면에서 무질서한 악성 세포들도 항상 무정부주의를 부르짖는 것은 아니다. 암의 형태를 취하기 시작하면서 악성 세포 각각은 자신의 기호에 맞는 특정 유니폼을 골라 입는다. 그런 다음 이들은 각기 자신을 닮은 세포들을 무진장으로 배출해낸다. 이 배출된 세포들은 서로 비슷해 보이지만, 원래의 세포 조직과는 상당한 차이를 보인다.

암세포의 중앙 구조, 즉 중심핵은 정상 세포의 핵보다 유난히 크고 돌출되어 있어 가끔 세포 자체로 오인되기도 한다. 둘러싸고 있는 원형질 위로 현저하게 드러난 핵은 실험시 염색약을 왕성하게 빨아들여 컴컴하고 험상궂은 모습을 보이기도 한다. 마치 악마의 눈처럼 생긴 악성 세포의 핵은 여러 면에서 독립적인 성향을 보인다. 간접 핵분열시 완벽하게 대칭적으로 나누어지지 않고, 염색체들이 이상한 형태로 섞여 정렬된다. 이를 비유적으로 표현하자면, 뒷일을 생각지 않는 무책임한 연인들처럼 무조건 성행위에만 탐닉하고 있는 듯한 형국이다. 어떤 암세포들은 간접 분열을 빠르게 진행시켜 짧은 시간 내에 몇 번의 세포 분열을 진행하기도 하는데, 매번 그 분열 형태가 다르다. 새로 태어난 어린 세포 중 어떤 것들은 질서와 체계가 잡힌 세계 속에 불편하게 들어앉아 본래의 조상격인 기관 내의 조직을 구성하기도 하지만, 대부분은 순리적으로 얌전히 살아가는 이웃 세포들을 침략해 영토를 끝없이 확장시켜나간다.

한마디로 암은 비사교적이요, 이기적인 집단이다. 양성 세포들이 다스리는 법치국가에서 탈출, 새로운 조직을 구성한 악마 군단은 제반 신체 기관들을 차례로 혹은 일시에 무너뜨리며 끝없이 '자손 번창'에만 힘을 쏟는 것이다. 간세포가 만들어낸 체조직들을 파괴시켜 나감으로써 암세포 집단은 점진적으로 환자를 무너뜨린다.

처음에는 현미경에나 잡힐 정도로 미미하지만, 일단 악성 종양 세포가 자라나게 되면, 그 성장은 육안으로 볼 수 있을 때까지 또는 손으로 감지될 수 있을 때까지 계속 이어진다. 일시적으로 작은 크기에서 성장이 멈추거나 징후 등이 제한될 때도 가끔 있긴 하지만, 이미 그땐 환자가 암으로 인한 신체의 변화를 감지할 수 있는 시기이다. 잠깐 휴식을 취한 뒤 악성 종양은 치료 한계를 넘어 크게 자란다. 원래부터 단단한 형태를 유지하는 신체 기관의 경우, 암은 사람이 감지해내기 전에 이미 상당한 크기로 자란 경우가 많다. 바로 이런 이유로 암에 '침묵의 살인자'란 명칭이 붙은 것이다.

예를 들어 신장은 암이 크게 자랄 때까지 숨어 있을 수 있는 안락한 보금자리이다. 소변에 피가 섞여 나오고 옆구리에 묵직한 통증을 느끼고 나서야 뒤늦게 암에 걸렸다는 사실을 알 수 있을 뿐, 그 전에는 환자 자신도 감지하지 못하는 경우가 많다. 그런 상태에서는 수술 등 어떠한 치료 행위도 신장을 덮어버린 방대한 암조직의 위세에 눌려 무위로 돌아가고 만다. 보드라운 갈색의 신장은 딱딱하고 회색으로 돌출된 흉측한 암조직에 의해 겉은 물론 속까지 상당량 파먹힌 모습을 보여준다. 외과의들은 모든 질병 중에서도 암을 특별히

'최대의 적'으로 분류하고 있다.

암의 또 한 가지 특성으로, 체내 방위 조직을 교묘히 피해가면서 공격하는 이중성을 들 수 있다. 이론적으로는, 암세포로 돌변한 세포가 완벽한 면역 시스템에 의해 '이방인' 또는 '이물질'로 낙인찍혀 다른 세균들처럼 제거되어야 한다. 또 어떤 연구가들은 본래 우리의 신체 조직이 계속 암세포를 만들어내지만, 이런 면역 시스템에 의해 지속적으로 파괴되기 때문에 정상을 유지하는 것이라고 주장한다. 따라서 임상적인 악성 종양들은 이러한 면역 시스템에 이상이 생기거나 그것이 무너질 때 나타나는 질환이란 얘기다. 이런 이론을 뒷받침해줄 수 있는 실례로는 에이즈 환자들에게서 주로 나타나는 임파종이나 카포시 육종을 들 수 있다. 전반적으로, 면역 체계가 무너진 신체에서 악성 종양이 나타날 확률은 건강한 신체에서보다 2백 배나 높고, 특히 카포시 육종은 그들 가운데서도 2배나 높다. 현대 생의학 연구 중에서 가장 의욕적이고 활발하게 추진되고 있는 분야는 신체 조직이 암의 독소를 견뎌내도록 유도하는 '종양 면역 연구'이다. 그동안 혁혁한 연구 실적들이 연이어 나오긴 했지만, 타도 목표인 암세포들은 과학자들보다 한 발 앞서 도망가고 있는 실정이다.

기능을 유지하기 위해서, 또 성장하기 위해서 정상 세포들은 성장요소와 영양이 혼합된 복합 물질을 필요로 한다. 따라서 모든 신체 조직의 세포들은 세포외액이라는 활성 영양 시럽 안에 잠겨 있다. 이 용액은 혈액 순환에 의해 물질 교환이 이루어지므로 항시 깨끗한 상태로 양과 질을 유지한다. 체내 세포외액의 5분의 1가량은 혈액 내의 림프장에 들어 있고, 나머지 5분의 4는 각 세포 사이에 들어 있는데, 이를 간질성(間質性) 또는 개재성(介在性) 용액이라고 한다. 간질성 용액은 우리 체중의 15퍼센트 정도를 유지하는데, 예를 들어 몸무게가 68킬로그램 되는 사람의 경우, 그의 세포 조직은 10.4리터가량의 액체에 잠겨 있는 것이다. 19세기의 프랑스 생리학자 클로드 베르나르는, 이러한 인체 세포의 내부적 기능을 자세히 기술해 '내적 환경(milieu interieur)'이란 용어를 사용하기도 했다. 영양분을 심해로부터 끌어들여 처음으로 복합적 유기체 형태를 만들 당시의 선사 시대 세포들은, 영양을 계속 공급받기 위해 바다와 그 주변 외적 환경의 도움을 받아야 했다. 이와 유사하게 악성 세포들은 세포외액 속에 들어 있는 성장 요소나 영양분에 의존하는 성향이 적다. 대신 성장 과정을 통해 최상의 영양 공급선 너머 다른 지역까지 확산하여 침투한다.

각 세포의 분열이 아무리 느리게 진행된다고 해도, 전체 조직에서 이루어지는 총 증가율은 악성 세포를 상당량 축적해서, 결국은 가공할 위력을 지니게 되는 것이다. 종양의 성장이 빠를 경우 혈액은 소모된 영양분을 제때에 공급해내지 못한다. 더군다나 혈관이 확실하게 나타나기 전에 종양이 빠르게 확장될 경우, 영양 공급은 그만큼 뒤떨어질 수밖에 없다.

그 결과, 쉼 없이 무작정 확장된 종양은 영양과 산소 부족으로 죽기까지 한다. 이런 이유로 암이 궤양을 일으켜 출혈을 야기하기도 하고, 때론 중앙이나 가장자리에 딱딱한 괴저(necrotic) 조직이 나타나기도 한다. 유방 절개 수술이 보편화되지 못했던 1백 년 전만 해도 유방암 환자들이 제일 두려워했던 것은 죽음 그 자체가 아니라, 여성의 아름다움의 상징이 지독히 불결한 것으로 타락할 만큼 종양 부위에서 진하게 배어나오는 악취였다. 이로 인해 옛 사람들은 '카키노마'를 '냄새나는 죽음'이라 부르곤 했다.

18세기 말 병리 해부학서를 저술했던 조반니 모르가니는 암으로 사망한 부모의 시신을 해부한 뒤, 암을 '쓰레기 같은 질환'이라고 말한 바 있다. 그 뒤 암에 관한 지식이 상당히 일반화되었음에도 불구하고 악성 종양은 여전히 자기혐오와 치욕적인 혐오감을 끌어내곤 했다. 친구들로부터 따돌림을 받아 집에만 처박혀 있거나, 은자(隱者)처럼 마지막 몇 달간을 주변 사회는 물론 가족에게까지 외면당해야 했던 유방암 환자들의 기구한 사연은 주변에 허다했다. 심지어 30년 전 내가 수련의로 뛰고 있을 때까지만 해도, 심한 수치심 때문에 집에서 병고를 견디다 못해 말기가 되어서야 병원을 찾는 여성 환자들이 꽤 많았다. 아직까지도 우리는 몇 가지 이유로 인해서 환자나 그 가족들 앞에서 '암'이라는 단어를 입에 올리기를 꺼려하고 있다.

간이나 신장같이 속이 차고 단단한 기관에 침투해 신체 정화 기능을 마비시키고, 장 기관처럼 속이 빈 기관들을 공격해 영양 흡수 기능을 파괴시키고, 뇌종양을 일으켜 작은 덩어리로도 신체 통제 기능을 완전히 마비시키고, 위나 직장 등에서 혈관을 파먹거나 궤양을 일으켜 출혈을 야기하여 결과적으로 극심한 빈혈을 일으키고, 큰 덩어리로 뭉쳐 박테리아 시체가 배출되는 길을 막거나 폐렴을 일으켜 호흡 장애 및 폐암을 유발하고, 여러 가지 악랄한 방법으로 숙주의 영양 공급로를 차단시키는 등, 암이 끼치는 해악은 이루 헤아릴 수 없을 정도로 많고 다양하다. 이것들은 종양이 생긴 해당 기관에 국한된 피해일 뿐이지만, 더욱 심각한 것은 이러한 국부적인 침해가 발생 부위에서 멀리 떨어진 부분까지 넓게 퍼져나간다는 점이다. 이런 메커니즘을 '전이(轉移, metastasis)'라고 한다.

이 용어는 본래 열병이 기존 단계에서 다른 단계로 넘어가는 상태를 표현한 용어로 히포크라테스의 저서에서 일찌감치 소개된 바 있다. 그 후 종양의 이동 관계를 특별히 지칭하는 용어로 사용되었으며, 현대에 이르러서는 악성 종양에만 국한해 사용되고 있다. 그 이유는 '전이'의 본래의 뜻이, 질병이 발생 부위에 국한되지 않고 '그 너머(meta)', '다른 장소(stasis)'로 돌아다니는 암의 특성을 완벽하게 설명해주기 때문이다. 전이란 한마디로 최초의 종양이 다른 구조, 심지어 아주 멀리 떨어진 곳에까지 이식된 상태를 뜻한다.

암의 전이 능력은 암의 특징이자 가장 무서운 점이다. 아무리 악성 종양이라고 해도 그것이 전이되지만 않는다면, 해당 부위를 간단히 도려내기만 하면 될 것이기 때문이다. 전이, 즉 다른 부위로 전파하기 위해 종양은 혈관 벽이나 림프관을 부식시킨 뒤, 그 세포들이 혈류를 따라 퍼져나간다. 독자적이든, 아니면 '색전(塞栓, embolus)'에 달라붙어 움직이든 암세포들은 이동한 뒤 다른 조직에 붙어 성장한다. 혈행에 의해 또는 림프 이동에 따라, 아니면 아직 의학계가 밝혀내지 못한 방법으로 이동해가는 암세포들은 각각 기호에 따라 특정 기관에 자리잡게 되는데, 예를 들어 유방암의 암세포는 골수, 허파,

간, 그리고 겨드랑이의 림프절 등을 선호해 그쪽으로 전이하는 경우가 많다. 또 전립선암은 주로 뼛속으로 전이한다. 통상 간, 신장과 함께 뼈는 암의 종류를 막론하고 쉽게 전이하는 조직으로 손꼽힌다.

이처럼 먼 곳까지 이동해 뿌리내리기 위해서는 여행하는 동안 파괴되지 않을 만큼 종양세포는 튼튼해야 한다. 혈행을 따라 움직이므로 여행 중 숙주의 면역 체계에 의해 파괴당할 가능성이 크기 때문이다. 일단 그 여행을 무사히 끝낸 암세포들은 둥지를 틀고 생장하는 데 필요한 확실한 영양 공급원을 찾게 된다. 그러나 그 영양분을 공급해줄 새로운 혈관이 생겨나고 활성화되지 않는 한 새로운 개척지를 만들지는 못한다.

이러한 까닭에 이민자 세포들이 신개척지를 영원히 식민지화시키는 일은 극히 드물다. 혈행을 따라 이동한 암세포 10만 개 중 1개꼴로 다른 기관에 전이될 수 있고, 또 그것보다 더 낮은 비율로 그곳에 완전히 뿌리내릴 수 있다. 만약 이런 장애물조차 없다면 엄청난 암세포들이 온몸으로 전이되어 악성 종양으로 만신창이를 만들어놓을 것이다.

특정 부위에 대한 국부적 침공과 전이라는 두 가지 공격로를 통해 암은 점진적으로 체내 여러 조직을 파괴해나간다. 관(管) 모양으로 생긴 기관은 입출로가 폐쇄되고, 신진대사가 억제된다. 부식된 혈관 역시 여기저기서 피를 흘리게 되고, 체내 중심 기관들이 파괴되면 섬세한 생화학적 균형이 깨진다. 결국 생명이 끝나게 되는 것이다.

암은 이러한 직접적 피해 외에도 많은 간접적 피해를 가져다준다. 신체에 심각한 영양 부족과 노화 현상을 가져오며, 체질을 모든 세균에 감염되기 쉽도록 변화시키는 것이다. 암으로 인한 영양 손실 등을 특별하게 지칭하는 용어로는 '암악액질(cancer cachexia)'이 있다. 'cachexia'는 말기 암 환자가 보이는 '좋지 못한 상태들'을 지칭하는 그리스어로, 탈력(몸의 힘이 빠져나가는 것), 식욕부진, 신진대사 변화에 이어 근육 및 여타 조직에 위축이 일어나는 현상을 말한다.

암악액질은 상대적으로 작은 국부적 암이 진행될 경우에도 나타나, 종양이 숙주(宿主)의 영양분을 빼앗아 먹는 것보다 더 심각한 요인으로 대두된다. 종양이 비록 숙주의 필수 영양분을 갈취해가긴 하지만, 그래도 '기생화(寄生化)'라는 개념은 자원을 완전히 고갈시키는 복잡한 메커니즘보다는 단순하기 때문이다. 국부적 종양으로 인한 폐색(閉塞)과 연하(嚥下)의 어려움은 때로 화학요법이나 엑스레이 치료시 섭취부전을 일으키기도 한다. 실제로 악성 종양 환자들의 대다수가 탄수화물, 지방, 단백질 등의 체내 이용 면에서 여러 비정상적 현상을 보인다. 하지만 그 원인은 아직 밝혀진 바 없다. 어떤 종양들은 환자의 에너지 소비를 증가시켜, 체중을 감소시키기까지 한다. 또 어떤 악성 종양은 뇌의 중추를 자극해 식욕감퇴를 유도하는 '카헥틴(cachectin)'이라는 물질을 풀어놓기도 한다. 심지어는 백혈구(단핵세포)의 일부도 카헥틴 분비를 촉진하는 것으로 밝혀져 있다. 이 카헥틴은 매개 작용만을 하는 것이 아니라, 호르몬 같은 물질을 분비해 영양 공급원은 물론 면역 체계와 중요 기관에 커다란 타격을 준다는 점에서 악성 종양의 위험성을 닮았다.

영양 부족으로 인해 체중 감소나 극도의 피로감만 나타나는 것은 아니다. 보통 건강한 체조직은 에너지의 주 생산원인 지방이 다 소모되어 일어나는 일시적 결핍 현상에 순응한다. 그러나 암에 걸린 체조직은 이 과정에 적응하지 못해 곧바로 지방 대신 단백질을 에너지원으로 소모한다. 결과적으로 영양 공급이 줄어들면 즉시 근육이 쇠약해지는 것이다. 단백질의 양적 감소는 폐기관과 효소 체계의 기능 마비를 일으키게 되고, 면역 기능까지 손상시킨다. 또 종양세포에서 발생시킨 물질 중에는 면역 체계를 뒤흔들어놓는 것이 있다는 연구 보고도 있다. 이처럼 화학요법이나 방사선 치료를 통해 겨우 살려놓은 면역 체계를 다시금 파괴시켜, 결국 하찮은 세균 감염에도 쉽게 무너지게 만드는 짓은 참으로 극악무도하다고 하지 않을 수 없다.

요도 혹은 기타 감염 경로를 통해 발생한 농양이나 폐렴은 암 환자에게 급사 요인으로 꼽히는데, 마지막 순간은 항시 패혈증으로 끝을 맺는다. 심한 악액질로 인해 탈력에 이르면 호흡과 기침 작용을 제대로 할 수 없어 폐렴에 걸리기 쉬워지고, 구토물을 흡입하는 경우가 많아진다. 쿨럭거리는 호흡과 함께 죽기 전 몇 시간 동안 사투를 벌이는 모습은 제임스 매카티의 경우와는 상당히 다른 죽음의 양상을 보인다.

임종에 이르면 혈액 순환량과 세포외액의 감소로 인해 혈압이 차츰 떨어지게 된다. 혈압 저하가 쇼크를 일으킬 정도까지 진행되지 않는다고 하더라도, 일단 혈압이 떨어지면 간이나 신장 같은 기관들은 종양의 여부와 관계 없이 영양분과 산소 부족으로 인해 부전 상태에 들어가게 된다. 대부분의 암 환자들이 노령층인 관계로 여러 결핍 상태는 자주 뇌졸중이나 심근경색증, 심부전증 등으로 이어진다. 물론 당뇨병 같은 신진대사 질환이 합병될 경우 사태는 한층 심각해진다.

지금까지 언급된 사항은 종양이 특정 기관이나 조직에 국부적인 영향을 미치는 양상의 일부를 그린 것이다. 하지만 발병 초기부터 분열에 열을 올리는 악성 종양은 혈액이나 림프계 같은 특정 지역에서 동시다발적으로 발생하기도 한다. 예를 들어 '백혈병(leukemia)'은 백혈구 생산을 맡고 있는 조직에 침투된 암이고, '임파종(lymphoma)'은 임파선이나 그 외 유사 조직 내 악종을 말한다. 백혈병 환자나 임파종환자는 특히 세균에 감염되기 쉬운데, 악성 종양 중에서도 이 두 질환은 최고의 사인으로 꼽힌다. 여러 임파종 중 가장 흔한 것으로는 '호지킨병(Hodgkin's disease)'을 들 수 있다.

호지킨병을 언급하기에 앞서 20세기 후반에 이루어진 뛰어난 생의학적 업적 중 한 가지를 소개하고자 한다. 40여 년 전까지만 해도 호지킨병에 걸린 환자는 예외 없이 긴 고통 끝에 숨을 거둘 수밖에 없었다. 그러나 이 질환으로 인한 임파선 내의 변화가 차츰 밝혀지고, 화학요법 및 고전압의 엑스레이 치료법이 개발됨에 따라, 환자들 중 70퍼센트가 5년 동안의 치료 기간을 넘겨 죽음으로부터 탈출할 수 있었고, 95퍼센트가량은 병의 확산이 중지되었을 뿐만 아니라 발병률 또한 매년 감소되어갔다. 호지킨병뿐 아니라 임파종에 속한 질환들은 현재 모든 암질환 중 가장 높은 치유율을 나타내고 있다.

치료에 관한 한 매우 전망이 밝은 암 질환들이 몇몇 있는데, 그중 하나가 임파종이다. 아마도 가장 진보된 결과를 거두고 있다고 해도 과언이 아닐 것이다. 또 다른 예로는 어린이 백혈병을 들 수 있는데, '급성 임파구성 백혈병(acute lymphoblastic leukemia)'에 걸린 어린이들 다섯 중 넷은 여태껏 곧바로 죽음을 당하곤 했지만, 오늘날에는 5년 동안의 치료 기간을 넘긴 숫자가 60퍼센트에 달한다. 아직까지 이 두 가지 암 질환처럼 성공적인 경우가 많진 않지만, 암의 퇴치라는 최종 목표를 향해 낙관적인 차원에서 한 걸음씩 나아가고 있다. 기초 연구로부터 질환의 임상적인 양태를 새로운 각도로 살피는 작업 외에도, 과학과 약리학의 혁신적인 응용법이 개발되었고, 무엇보다 새로운 임상시험에 적극적으로 참여하고자 하는 환자들의 참된 의지에 힘입어 지난 몇십 년간 암 치료 연구는 큰 개가를 올릴 수 있었다.

내가 태어난 1930년에만 해도, 암으로 진단받은 환자의 5분의 1만이 겨우 5년을 넘길 수 있었는데, 1940년 무렵에는 4분의 1로 올라섰다. 현대 생의학 연구가 성과를 거두기 시작한 1960년대에는 5년 이상 생존율이 3분의 1에 도달했고, 요즈음은 40퍼센트 정도가 진단 후 5년 이상을 견뎌내는데, 심장질환이나 뇌졸중 같은 합병증으로 인해 사망하는 경우를 제외하면 50퍼센트에 육박할 것이다. 병으로부터 탈출할 수 있는 5년이라는 이정표는 물론 악성 종양이 벌이는 공격성에 따라 변하기도 한다. 5년간의 치료가 성공적으로 이루어지기 위해서는, 우선 정확한 초기 진단이 필수적이고, 증상에 맞는 치료 프로그램에 따라 철저한 치료 기술이 접목되어야만 한다. 오늘날 혁신적인 치료술의 개발로 진행 단계에 있는 암도 정복할 수 있다는 의학계의 확신에 수많은 암 환자들이 희망을 걸고 있긴 하지만, 환자나 담당 의사 모두 많은 딜레마에 맞닥뜨리곤 한다.

　오랜 임상의 생활을 통해, 나는 암을 단순히 수술로 해결하려는 것보다는 생의학적인 면에서 세포의 특성을 이해하는 방법이 더 효율적인 치료법이며, 이러한 자연과학적인 사고의 바탕 위에서만 실효를 거둘 수 있다고 확신하게 되었다. 암세포에 관한 지식을 늘려갈수록 소리 없이 다가드는 침공을 효과적으로 막아낼 새로운 길이 열릴 수 있다. 암의 임상치료시, 자칫 너무 낙관적인 생각으로 인해 정상 궤도를 벗어나 무모할 정도의 치료법이나 결정이 나타나기도 한다. 마치 치료가 무위로 끝나든 말든 끝장을 봐야 직성이 풀리겠다는 식으로 의사 자신이 만족할 때까지 그러한 치료 과정은 계속된다.

　하지만 어떤 의학적인 치료법은 무용지물이고 다른 치료법은 유용하다고 판단할 명백한 구분선은 없다. 희망이 존재하는 한 '무위라는 단어는 의학계에 계속 존재할 것이기 때문이다. 이런 이유로 의사들 간에 생겨난 신념은—단순한 신념이기보다는 책임감이 깃든 강한 확신이다—환자 치료시 많은 실수를 낳기도 한다. 어떤 조치를 더 많이 취해보겠다는 욕구는 사실 환자보다 의사가 더 강하기 때문이다. 자신만의 치료 비법이 성공을 거둘 경우 의사들은 자신의 능력을 과신하게 되고, 자신의 판단에 따라 환자를 치료하고 구해낼 수 있다고 확신하기 쉽다.

11
희망, 그리고 암환자

신참 의사들이 배워야 할 가장 중요한 교훈은, 환자가 어떠한 경우
라도 ─심지어 죽어가는 환자일지라도─희망을 잃지 않게 하는 것
이 의사의 의무라는 사실이다. 이러한 것은 누구에게 들어서 배운다
기보다는 의사 생활을 하는 동안 은연중에 얻어지는 교훈으로서, 환
자의 희망은 바로 의사에게 있고, 그 희망을 만들어내고 꺾어버리는
사람 역시 의사라는 것을 알게 된다. 이러한 사실은 의사와 환자뿐
아니라 제삼자도 다 알고 있을 것이다. 의사의 개인적 능력이나 노력
등 의학적인 면보다, 희망은 환자와 그를 사랑하는 사람에게서 더욱
강한 힘을 이끌어낼 수 있기 때문이다. 이 장에서 나는 말기 암 환자
들과 그들이 갖게 되는 희망, 그리고 그 희망이 어떤 식으로 커지고

작아지는가, 또 어떻게 한꺼번에 무너져내릴 수 있는가에 대해서 다루고자 한다.

'희망'이라는 말은 매우 추상적이다. 그러하기에 희망은 각기 다른 시간과 환경 속에서 살아가는 우리 개인에게 각기 다른 모습으로 나타난다. 이것은 단순한 단어라기보다는 하나의 난해한 개념이다. 정치인들도 인간의 마음, 즉 유권자의 마음을 끌어당길 수 있는 것은 바로 희망이라는 사실을 잘 알고 있다. 웹스터 사전을 들춰보면 '희망(Hope)'이란 명사는 대략 다섯 가지 뜻으로 풀이된다. '근거 있는 기대감'이라는 강도 높은 뜻에서부터 아주 희미한 정도에 이르기까지 등급별로 기록되어 있다. 자동사적인 용법으로 희망을 설명한 어구 중 '헛된 희망을 품다(to hope against hope)'는 말기 암 환자들에게 꼭 들어맞는 표현이라고 할 수 있다. '전혀 근거 없는 희망'이란 뜻으로 소개된 어구일 것이다. 그러나 의사들의 입장에서는 아무리 근거 없는 희망일지라도 환자들로 하여금 그 희망을 부여잡도록 만들어야 한다. 그것이 바로 우리 의사들이 해야 할 가장 큰 의무이다.

루이스 캐럴의 『이상한 나라의 앨리스』에 나오는 뚱뚱보 오뚝이가 앨리스에게 "더도 덜도 아니고 스스로가 의미를 부여하는 바로 그것"이라고 얘기한 것처럼, 원초적으로 희망이란 인간이 끝없이 만들어낼 수 있는 감정이다. 영국의 위대한 사전 편집자였던 새뮤얼 존슨의 말대로, "희망은 행복의 한 종류로, 가장 중요한 행복"일 수도 있다.

해석이 분분하긴 해도 희망에 대한 공통적인 내용은, "아직 성취되진 않았지만 좋은 일이 있을 것이라고 기대하는 마음, 또는 원하는 목표가 이루어질 것이라는 미래에 대한 긍정적 기대감"이다. 의학계의 박애주의자였던 에릭 카셀은 『고통의 속성』이란 저서에서 희망은 중환자에게 더욱 큰 의미로 다가올 수 있다고 피력했다. "가장 큰 불행은 미래—각 개인의 미래, 아이들의 미래, 사랑하는 이의 미래—가 상실됨으로써 일어난다. 그러나 이런 상황일수록 희망이 더욱 필요하다. 성공적인 인생을 이루기 위해 희망은 필수적이다."

그러나 나는 임종이 가까운 환자에게 희망을 주겠다는 의도로, "아직도 한 가지 남은 치료법이 있으며, 그것으로 고통과 슬픔을 물리칠 수 있다"고 거짓말하는 데에는 찬성하지 않는다. 의사들은 흔히 희망의 진정한 뜻을 오인하여, 희망을 단지 치료나 병세의 호전에만 이용하려 한다. 의사들은 말기 암 환자들에게 엉뚱한 종류의 희망을 전해주면서 아직도 몇 달 남았느니, 몇 년은 더 살 수 있다느니 식으로 얘기한다. 하지만 의사들에게 왜 그런 식으로 말하느냐고 물어보면, 대부분은 "환자의 마지막 희망을 뺏고 싶지 않다"는 이유를 대곤 한다. 물론 의미 있는 얘기일지도 모른다. 그러나 아무리 좋은 뜻으로 한 말이지만, 환자로 하여금 피치 못할 죽음에 이르기 전까지 더 큰 고통을 안겨줄 수도 있다.

이런 종류의 희망은 일을 더욱 성공적으로 마무리하려는 의사의 자기기만성 과욕에 의해서도 나타난다. 죽음을 목전에 둔 환자에게 현실을 직시할 수 있도록 도와주지는 못할망정 환자는 물론 의사 자신까지 끌어당겨가며, "뭔가를 또 시도해야 한다"는 강박관념 하에 죽음의 존재를 부인하려 드는 것이다. 사실 이러한 모습은, 누구도 거부할 수 없는 죽음의 강력한 힘과 더 나아가 죽음 자체를 인정하지 않으려는 우리 사회의 전반적인 의식이 의사라는 직업을 통해 투영된 것이라고도 볼 수 있다. 이러한 상황에서 대부분의 의사들은 기계에 의존해 환자의 목숨을 무리하게 연장시키려 하는 등 갖은 무의미한 방법을 다 동원하게 된다. 한 세대 전에 의학계의 명사로 이름을 날렸던 아이오와 대학교의 윌리엄 빈 교수는 다음과 같이 말했다. "모든 희망이 다 날아가버렸을 때, 꺼져가는 생명을 희미한 그림자로나마 지켜주는 것은 오직 과학적인 의료장비뿐이다. 그러나 그것도 완전한 죽음을 잠시 연기해줄 수 있을 뿐, 오히려 고귀한 생명을 우습게 만드는 불필요한 의지이다."

여기서 빈 박사가 말한 '불필요한 의지'란 생을 인위적으로 연장시키는 과학적인 생명 유지 장치만을 지칭한 것은 아니다. 최후의 승리는 항상 자연이 거두게 되어 있는 섭리를 억지로 외면하려 하는 인간의 총체적인 저항을 뜻한다. 이런 의지야말로 '기대감'과 반대되는 '근거 없는 희망'이다. 몇 년 전 나의 형, 하비 눌랜드가 변이성 장암 말기라는 진단을 받았을 때, 나 역시 그런 종류의 희망을 품었다.

형은 예순두 살이라는 나이에도 불구하고 특별히 불편한 증상이 있을 때를 제외하면 거의 병원 신세를 지지 않을 만큼 건강한 체질이었다. 단단한 체격에 비해 4~7킬로그램 정도 체중이 초과되긴 했지만, 평생 한 번도 비만을 걱정하지는 않았다. 비록 오랜 근무 시간과 막중한 책무가 따르긴 했지만, 뉴욕의 대형 회계사 사무소의 중역 업무는 그에게 크나큰 보람이자 낙이었다. 그렇다고 그의 인생이 일에만 매여 있던 것은 아니었다. 그의 궁극적인 행복은 가족들에게 있었다. 30대 후반까지도 미혼으로 지냈던 형은 마흔이 다 돼서야 아빠가 될 수 있었다. 늦게 가족을 이루기도 했지만, 무엇보다 자기 자신이 정상적인 가정에서 자라지 못했던 까닭에 형의 가족 사랑은 그만큼 더 강했다. 아마도 늦게 찾아온 축복에 그의 인생은 더욱 화려하게 꽃피었을 것이다.

1989년 11월의 어느 날 아침, 하비 형은 내게 전화해서 몇 주 전부터 복부에 불규칙한 통증이 느껴져 병원을 찾았더니 오른쪽 복부에 덩어리가 있다는 진단을 받았다고 말했다. 오후에 엑스레이 촬영 등 정밀검사를 받기로 되어 있었지만, 그 전에 무슨 일인지 궁금해서 내게 전화했다는 것이었다. 아무렇지도 않은 투로 얘기했지만, 서로를 속일 수 없을 만큼 오랜 세월을 함께 지내온 형제였기에 나는 그의 속마음을 훤히 들여다볼 수 있었고, 그 또한 서투르게 내뱉은 나의 위로에서 어두운 그림자를 느꼈으리라. 불안한 마음이야 같았겠지만, 나는 의사였기 때문에 복부의 오른쪽 밑에서 잡힌다는 딱딱한 물체를 더욱 심각하게 받아들일 수밖에 없었다. 예순두 살이라는 나이와 우려되는 증세 외에도 우리 가족 중에 장암 환자가 있었다는 가문의 내력이, 악성 종양의 가능성을 더욱 짙게 만들었다.

엑스레이 검진 결과는 역시 예상대로였다. 결국 하비는 한 대학병원에 입원했다. 내가 추천한 외과의가 국제회의 때문에 자리를 비우는 통에 하비는 사업상 알게 되었던 위장학계의 거물이라는 위장 전문의를 주치의로 맞았다. 될 수 있는 대로 나와 안면이 있는 동료 의사에게 형의 수술을 맡기고 싶었지만 시간을 다투는 일인지라, 결국 전혀 교류가 없던 의사에게 의뢰할 수밖에 없었다. 하비의 상태는 매우 심각했다. 오른쪽 결장과 임파절 전체 조직이 암의 공격에 심하게 파손되어 있었던 것이다. 복강 내부의 표면과 조직 깊숙이 뭉치를 이루며 자리를 잡은 종양은, 간까지 반 이상 먹어들며 전이되어 몸의 내부는 악성 세포 천지로 변해 있었다. 불과 몇 주 동안의 통증 뒤에 나타난 결과로 보기에는 너무도 엄청난 것이었다.

어쨌거나 수술 팀이 종양이 처음으로 발생한 장 부분을 제거해 일단 폐쇄되었던 길목을 뚫어냈으나, 간과 기타 장기에 생긴 암 덩어리들은 그대로 남아 있었다. 하비가 수술 후유증을 견뎌내고 있는 동안, 나는 혼자 두 가지 선택을 놓고 계속 고민했다. 그것은 그에게 모든 것을 솔직하게 말하느냐, 아니면 아무 말 않고 치료만 계속하느냐 하는 것이었다. 고민이 더욱 컸던 까닭은 내가 무슨 결정을 내리든 그는 내 뜻을 따를 것임을 알고 있었기 때문이다. 하지만 어떻게 같은 피를 나눈 형제에게 임상학적인 판단을 객관적으로만 내릴 수 있겠는가? 한편으로는 어릴 적부터 가장 친했던 존재가 죽어간다는 슬픔과 좌절 때문에 형제로서의 책임감을 소홀히 할 수 없다는 생각도 있었다. 객관적인 판단을 내리지 못한다면, 그것은 형뿐 아니라 형수인 로레타와 대학에 재학 중인 두 아이들을 외면해버리는 일이기도 했다.

초연함과 자기도취적인 면만을 보여주는 담당 의사들에게서는 아무런 도움의 말도 얻을 수 없었다. 우리 가족들이 느끼는 감정과는 전혀 관계없는 먼 세계의 사람들만 같았다. 뽐내는 듯한 걸음걸이로 분주하게 회진만 하러 몰려다니는 그들을 바라보면서, 나도 의사지만 저렇게 밉살스럽게 행동하지는 않으리라 다짐했다. 심지어 몇십 년을 대학병원 전문의로 함께 근무해오던 동료들조차도 새삼스럽게 고립감을 느끼게 했다.

하는 수 없이 나는 모든 짐을 내 어깨 위에 짊어지리라 결심하고 몇 가지 실수를 저지르고 말았다. 나로서는 최선의 방책이었다고 아무리 생각을 바꾸어보려고 해도, 아직까지 그 실수들은 내 뇌리에 아픔으로 짙게 남아 있다. 현실을 있는 그대로 말한다는 것이 그의 마지막 희망을 앗아버리는 일처럼 생각되었다. 내가 여러 의사들에게 경고했던 실수를 나 스스로 저지른 것이었다.

형의 눈빛은 진청색이었다. 나와 우리 네 아이들의 눈빛 역시 같은 색이다. 이 파란 눈빛은 어머니에게서 물려받은 것이다. 형은 심한 근시였음에도 당시 거의 안경을 쓰지 않고 지냈다. 수술 후 병원에 입원해 있던 형을 면회할 때마다 나는 매번 마취제로 인해 수축된 동공을 보아야 했다. 늑골에서 치골까지 이어진 커다란 수술 부위의 통증 때문에 그에게 마취제는 필수적이었다. 형의 멍하고 파란 눈빛에는 방과 후 브롱크스 지역에서 막대기로 야구공을 때리며 놀던 우리 형제의 모습이 들어 있었다. 정말 오랜만에 느껴보는 어린 시절의 추억이었다. 그는 다시 어린 소년으로 돌아간 듯했다. 항상 내게 조언과 도움을 주었던 형이 옛 브롱크스 시절의 소년으로 돌아가 죽어가고 있었지만, 나만 건강한 어른의 모습으로 남아 있었다. 수술 후

회복 기간에도 나는 그 누구든지 완치될 희망이 전혀 없다는 말을 형 앞에서 하지 못하도록 방어막을 치려고 애썼다. 지금 곰곰이 생각해보면 아마도 그 방어막은 나를 위해서도 필요했던 것 같다.

어떠한 화학요법과 면역요법도 이미 크게 번진 암세포를 막아낼 수 없을 것이라는 사실을 알고 있었지만, 나는 뉴헤이번 병원의 동료들과 열심히 치료법을 '연구했다. 아마도 그것은 기적을 바라는 마음과 다름없었을 것이다. 어떤 아이디어가 떠오르면 나는 즉시 형의 담당의들과 협의하여 그 방법을 시도해보곤 했지만 매번 좌절했으며, 자연의 섭리를 다시 한 번 깨닫게 될 뿐이었다. 당시 나는 5-플루러유러실(5-fluorouracil)과 인터페론 두 가지 약제를 혼합 사용해 상승 효과를 꾀하는 새로운 치료법에 주목했다. 5-플루러유러실은 암세포의 신진대사를 억제시킴으로써 항암 효과를 발휘하는 약제였고, 인터페론은 이전에 19명의 투약자 중 11명의 종양 덩어리를 감소시킨 바 있었으나 완치시킨 적은 없는 약제였다. 이 복합 치료법의 실험 대상에 올랐던 환자들 중 몇몇은 약제의 독성으로 심한 부작용을 겪어야 했고, 한 명은 사망하기까지 했던 완전히 실험 단계의 이론이었다.

나는 형이 입원한 병원에서 약제의 복합 처방에 경험이 많은 의사를 찾아냈다. 그 다음부터는 거의 본능적으로 움직였다. 형이 이미 치유 불능의 상태임을 알고 있었음에도, 왜 치료가 가능할 것으로 생각했을까? 왜 일시적으로나마 완화시킬 수 있을 것으로 믿었을까? 아무리 돌이켜 생각해봐도 그때 내 마음이 어떤 것이었는지 기억나지 않는다. 차마 형에게 사실대로 얘기할 수가 없어 그저 이리저리 부산하게 움직였던 것 같다.

내게 의지하려는 듯한 푸른 눈을 볼 때마다 나는 형이 병마로부터 해방되기를 간절히 원하고 있다는 것을 느끼곤 했다. 불가능하다는 것은 알고 있었지만, 그렇다고 어디선가 길을 찾아낼 수 있을지도 모른다는 희망을 버릴 수는 없었다.

암이 결장과 간으로 전이되었다는 정도는 말해주었지만, 어느 정도까지 번졌고, 상황이 얼마나 심각한지를 차마 내 입으로 얘기해 줄 수는 없었다. 당시의 병세로 보아 여름을 넘기기가 힘들어 보였지만, 그 사실을 나만의 비밀로 하고 싶은 간절함뿐이었다. 모든 면에서 나는 한 세대 전 내게 큰 가르침을 주었던 스승들의 말씀을 어기고 있었다. "낙관주의로 나가되, 비관적인 관점도 항시 옆에 두어야 한다."

그 모든 것을 망각하고 나는 그저 형의 눈빛과 말에서 내 행동이 나아가야 할 지침을 찾고 있었던 것이다. 암을 다루는 의사라면, 중환자에게 친구이자 적으로 통하는 죽음에 대한 잠재의식적인 '부인(否認)'이 갖는 힘을 알고 있을 것이다. 사실, '거부'는 한동안 죽음을 지연시키기도 하지만 결국 일을 더욱 어렵게 만들 뿐이다. 엘리자베스 퀴블러 로스가 불치의 병으로 사망을 선고받은 환자들의 반응을 분류하려 했던 바도 있거니와, 경험이 많은 의사라면 환자에겐 지나치게 죽음의 힘을 부정하려는 경향이 있다는 사실을 알고 있을 것이다. 어떤 환자들은 모든 시도가 무위로 돌아가도 마지막 순간까지 죽음의 힘을 강력히 거부한다. 내 형은 평소 뛰어난 통찰력의 소유자였으며, 누구보다도 이성적으로 사고하는 사람이었기에, 나는 하비 형의 절대불변적인 '거부에 매번 놀라지 않을 수 없었다. 마치 그의 가슴속에 있는 어떤 존재가 실제로 받아들이는 감성과 분별력을 가리고 있는 것 같았다. 살고자 하는 의지가 너무 강해서, 알고 이해하고자 하는 의지를 말살시켜버린 듯했다.

죽음에 대한 환자의 지나친 거부는, 남아 있는 삶을 나름대로 정리할 수 있도록 도와주려는 의사들이나 가족들의 의지를 무너뜨린다. 현실을 용감하게 직시하고 신체뿐 아니라 마음까지도 황폐화시킬 모든 임상적 치료를 직접 끝내고, 다가오는 죽음을 순순히 받아들이는 환자는 그리 많지 않다. 자신의 병세를 확실히 이해하긴 해도, 거기에는 항상 거부감이 개재되어 있기 때문에 죽음 자체를 받아들이려 하지 않는 것이다. 자신의 생이 중도에서 끝나길 기대하는 사람은 아무도 없을 것이다. 결국 의식적으로 그 현실을 피하기 위해, 무의식적으로 거부해버리게 된다.

환자 가족들과 의사의 노력을 무산시키는 또 다른 장애물은 독립적 사고와 자기 결정(self-determination), 즉 통제력을 환자 스스로가 거절해버리는 것이다. 정신의학자이자 법학자였던 제이 카츠는 환자의 독립적인 권리 표명을 '심리적 자율권(psychological autonomy)'이라고 표현했다. 사람들은 중병에 걸리거나 갑자기 끔찍한 불행에 처하게 되면, 상황에 압도당한 나머지 자율권을 행사하지 못하거나 아예 거부하는 행동을 취한다. 누군가로부터 보호받아야 된다는 생각, 모든 책임이나 의무로부터 벗어나고 싶은 욕망 때문에 자율권 행사는 차츰 어렵게 되고, 자주 오판을 불러일으키기도 한다. 그러나 환자와 그 가족들이 이 문제를 놓고 함께 노력할 때 심각성은 훨씬 완화될 수 있다. 이런 노력이 이루어질 때 비로소 죽음을 앞둔 환자는 훨씬 더 적극적으로 자신의 의견을 표명하고 현명한 결정을 내릴 수 있게 되는 것이다.

하지만 나는 형이 바라는 대로 나 자신을 맞추어갔다. 형이 나에 대해 갖고 있는 환상과 나 스스로의 환상을 덧붙여, 나는 의학에 관한한 거의 전능한 신이라고 할 만큼 만물박사인 자랑스럽고 든든한 동생이 되어야만 했다. 나로서는 형이 그토록 갈망하는 희망을 거부할 수가 없었다. 의학의 힘을 총동원해 환자를 죽음의 문전에서 건져내는 환상, 이것은 모든 의사들이 가지기 쉬운 전형적인 자화상이다. 하비 형은 나를 그런 전지전능한 의사로 믿고 있었고, 또 나는 그의 의도에 따라 나 자신을 그렇게 만들어가려 했다. 그때 내가 좀더 현명했더라면, 아니 객관적인 입장에 있는 내 동료들과 의견을 나누었더라면, 환자가 원하는 대로의 희망을 안겨주었던 내 태도가 일종의 기만행위라는 것과, 실험 수준의 약품으로 인한 독성으로 인해 더 큰 불행이 따를 것이라는 사실을 직시했을 것이다.

수술 후 마지막으로 남은 10개월 동안 하비 형은 세 차례에 걸쳐 입원 치료를 받았다. 화학요법을 계속 받았지만 죽음이 임박하자, 완전히 퍼진 종양 덩어리가 장을 가득 막아버려 다시 입원해야 했다. 암으로 폐색된 장은 영양분이 통과될 때 조금씩 열리긴 했지만, 그 정도로는 영양 공급이 제대로 이루어질 수 없었다. 마지막 시기의 입원 생활은 하비 형뿐 아니라, 우리들에게도 가장 고통스러웠던 시간이었다.

형의 아들이자 내 조카인 세스는 당시 대학을 1년간 휴학한 채 이스라엘의 키부츠에서 일하고 있었는데, 개방 대학의 강사로 일하고 있던 아내 로레타에게 피해를 주기 싫다는 형의 고집스런 요청에 따라, 이스라엘에서 돌아와 어머니 대신 아버지의 병간호를 도맡고 있었다. 그런 세스가 금요일 밤 전화를 걸어, 약물의 독성으로 몹시 고통스러워하는 아버지가 혼수상태를 오가며 병원 응급실 밖의 들것 위에 이틀째 누워 있다는 소식을 전해왔다. 세스의 여동생 사라와 형수 로레타도 시간을 쪼개 번갈아가며 간이침대를 지키고 있었으나, 형은 그들을 전혀 알아보지 못할 정도로 깊은 혼수상태에 빠져 있었다. 입원실은 모두 환자들로 들어차 하비 형이 차지할 방이 없었다. 약물의 독성은 처음에는 구토, 설사, 백혈구 생성을 맡고 있는 골수 기능을 파괴시키더니, 말기에 접어들자 걷잡을 수 없는 상태로 빠져들어갔다. 모든 것이 인간의 손을 벗어난 듯했다. 형의 주치의인 종양 전문의는 주말 휴가로 자리를 비운 상태였고, 그가 이끄는 수련의 팀은 정맥 주사 외에 다른 방법을 시도해볼 수도, 시도해보려고도 하지 않는 것 같았다.

다음 날 아침 병원을 찾아가보니, 응급실은 초만원 상태라는 말로는 모자랄 정도로 아비규환이었다. 응급실 밖의 좁은 복도에는 일렬로 예닐곱가량 되는 간이침대가 에이즈와 말기 암으로 죽어가는 환자들을 받치고 있었다. 환자들과 근심이 가득한 표정의 가족들 사이를 조심스럽게 헤쳐가며 복도 안쪽으로 깊이 들어가자, 불안한 얼굴로 서 있는 조카가 눈에 들어왔다. 세스는 좁다란 간이침대 위에 누워 있는 그의 아버지를 내려다보고 있었다. 침대 밑에는 조카딸 사라가 쪼그리고 앉아 고개를 떨어뜨린 채 바닥을 뚫어져라 내려다보고 있었다. 나를 올려다본 그 아이는 희미하게 미소를 지으려 했지만, 이내 뺨 위로 굵은 눈물이 주르르 흘러내렸다.

병원 복도에 3일 동안 처박혀 혼수상태에 빠져 있던 형은 열이 섭씨 39~40도를 오르내렸다. 간호사들은 눈코 뜰 새 없이 바쁜 상태에서도 성심성의껏 돌봐주었고, 아내와 아이들도 헌신적으로 간호했으나, 장 속에 들어간 약물의 독성으로 인해 쉴 새 없이 쏟아지는 물설사는 하비 형을 가혹하리만큼 고문하고 있었다. 혼수상태에서 가끔씩 빠져나오긴 했지만 의식은 여전히 맑지 못했고, 자신이 지금 어디에 와 있는지조차 알지 못했다.

복도에 있는 중환자들을 병실로 옮기기 위해 뛰어다니는 여자 레지던트의 도움으로 나는 병실 하나를 겨우 얻었다. 병원 관계자들한테까지 전화로 도움을 청한 성과였다. 하비 형을 위층 입원실로 옮기기 위해 엘리베이터 쪽으로 간이침대를 밀면서 나는 죄스러운 마음으로 복도 구석을 뒤돌아봤다. 우리가 떠나온 그 자리에는 세스 또래의 청년이 담요가 덮인 간이침대 위에 지친 몸을 숙이고 있었다. 그는 에이즈로 죽음을 손에 쥔 채 부들거리고 있는 친구에게 뭔가를 부드럽게 속삭이기 시작했다.

거짓된 희망 때문에 나의 형 하비는 비싼 대가를 치러야 했다. 더 큰 고통이 다가올 것을 알면서도 현실을 인정하지 않고 여러 가지 헛된 시도를 한 탓이었다. 모두 나 때문이었다. 오랫동안의 체험으로 터득한 교훈을 무시하려 했던 나 때문에 형은 마지막에 더욱 참혹한 고통을 겪은 것이었다. 화학요법이 없던 30년 전이라면 하비 형은 간 부전증과 악액질 등으로 자연이 원하는 대로 이끌려 사망했을 것이다. 비록 지금보다 몇 달 먼저 죽기는 했겠지만, 헛된 시도로 인한 육체적 고통으로 모든 것이 그처럼 황폐화되지는 않았을 것이다. 또한 환자 본인은 물론 그의 가족 그리고 의사인 나 자신까지 속여야 했던 잘못된 '희망'이 없었다면, 우리 모두 그처럼 분노하고 실망하지는 않았을 것이다. 평소 내가 맡고 있던 암 환자들에게 화학요법에 따르는 부작용을 얘기해주었을 때, 그들 대부분은 현명하게도 인위적인 시도 대신에 다른 쪽에서 희망을 찾으려고 했다.

거의 숨이 끊어질 듯한 고비를 넘긴 뒤 하비 형의 간장은 한 번 더 확장되었다. 망가진 간장과 종양 덩어리가 끝없이 확산되어 자라나는 바람에 더 이상의 화학요법을 포기하고, 형은 마지막 순간을 집에서 보내기로 결정하고 퇴원했다.

호스피스 요원이 필요한 시간이었다. 코네티컷 호스피스 위원회의 임원인 나는 그동안 암으로 임종을 눈앞에 둔 환자들이 호스피스협회 소속 간호사들과 의사들의 도움을 받아 평화롭게 눈감는 것을 지켜봐왔다. 봉사요원들의 목표는 환자의 마지막 인생뿐 아니라, 그 가족들의 인생을 평화롭게 해주는 데 있었다. 연락을 받고 달려온 호스피스 요원들은 형수 로레타가 형의 고통을 최소화할 수 있도록 가족들의 협조 체제를 구성하는 데 많은 도움을 주었다. 통증과 구토를 완화시켜줄 약물 투여법을 배운 세스는 아버지를 부축해서 집 근처를 산보하는 일을 도맡았다.

하지만 더욱 크게 자란 암 덩어리가 장을 완전히 막아버리는 바람에 하비 형은 다시 병원을 찾아야 했다. 서로 꼬이며 자라난 암 덩어리들이 작은창자를 여러 군데서 비틀고 있어 수술이 도저히 불가능해 보였다. 모든 상황이 끝을 향해 치닫고 있었는데, 어느 순간 창자가 자체적으로 약간의 길을 뚫어냈고, 형은 그런 상태에서 다시 퇴원했다. 당시의 주치의는 내가 처음 원했던 전문의로, 나는 지금도 그에게 무한한 감사를 느낀다. 의사로서의 책임감을 넘어 그는 크나큰 호의와 연대감으로 하비 형과 가족을 대해주었다.

호스피스 요원과 세스의 헌신적인 간호에도 불구하고, 하비 형의 고통과 탈력은 걷잡을 수 없이 진행되었다. 또 통로가 거의 없어질 정도로 장이 막혀버려 영양제로 영양을 공급할 수밖에 없었다. 그 때문에 형의 몸무게는 계속 줄어들었다.

형을 만나러 갈 때마다 나는 그와 소파에 앉아 서로의 영혼을 위로하려 했다. 단둘이 있을 때면 로레타와 두 아이들의 장래에 관해 얘기를 나누었다. 어떨 땐 마치 어제 일처럼 느껴지는 브롱크스 시절의 두 소년으로 돌아가기도 했다. 어쭙잖은 일로 서로 화를 내고 토라지기도 했던 두 소년이 어느새 자라 각자의 삶을 이루었고, 이제 완전히 다른 방향으로 갈라서려 하고 있는 것이다. 그 몇 주 동안 나는 과거 속의 하비 형을 떠올리며 나름대로 편안한 마음을 가졌다. 내게는 단 하나밖에 없는 조언자로 거의 20년 넘게 나의 고민과 괴로움을 풀어주려고 애썼던 형이었다. 나는 기쁨 없는 세계에서 어두운 문제를 안고 힘들어하다가도, 형의 존재와 나에 대한 그의 신뢰를 생각하고 다시금 새 힘을 얻곤 했다. 가끔씩 서로에게 초연함을 보일 때도 있었지만, 그렇다고 서로에 대한 사랑을 의심해본 적은 단 한 번도 없었다. 그런 형을 멀리 떠나보내야만 하는 내겐, 그 사랑을 다시 확인하는 것이 무엇보다도 중요했다. 나는 뉴헤이번으로 돌아올 때마다 매번 형에게 입을 맞추며 작별을 했다. 하비 형이 로레타 형수와 몇십 년 동안 함께 지냈던 침대에서 조용히 생을 마감하기 이틀 전, 나는 마지막으로 형의 볼에 키스를 했다.

장례식 후 며칠 동안 나는 세스와 사라를 데리고 아침마다 유대교회를 찾아가 기도를 드렸다. 하비 형이 눈을 감기 2년 전, 신도협회 회장직을 훌륭히 마친 그를 축하하기 위해 가보았던 바로 그 교회였다. 가슴 깊이 남아 있던 기도문이었다. 50여 년 전 차가운 12월 아침, 하비 형과 함께 어머니 무덤 앞에서 처음 외운 이래 자주 암송하곤 했던 기도문이기 때문이었다.

각종 첨단기술이 생의학계에 도입되고 기적을 만들어내려는 새 치료법이 매일 우리 눈앞에서 아른거리는 현실을 감안할 때, 치료에 대한 희망은 비록 그것이 일반 상식을 벗어나 있다고 하더라도 지극히 자연스러운 일이다. 그러나 결론적으로 말해, 이런 유의 희망은 위대한 승리보다는 오히려 몇 배로 크고 힘든 해악이 되어 돌아오는 경우가 많다.

　환자나 가족이나 의사들에게 지나친 집착이나 위험이 가득한 치료를 고집하는 대신, 좀더 현실적인 면에서 희망을 찾아야 한다는 주장은 비단 나 혼자만의 것은 아닐 것이다. 암을 비롯한 중병으로 말기에 이른 환자의 경우, '희망은 반드시 다시 정의되어야 한다. 내가 담당했던 환자 몇 사람은 나로 하여금, 죽음이 확실하게 다가왔을 때 지녀야 할 바른 희망이 어떤 것인가를 가르쳐주었다. 그런 사람들이 많았으면 좋겠지만, 사실 극소수에 불과하다. 암 전문의들이 얘기하는 얄팍한 통계에 귀를 기울여 헛된 희망을 품는 환자들이 아직도 부지기수이다. 그로 인해 수많은 사람들이 얼마 남지 않은 생을 낭비할 뿐 아니라, 더 무거운 짐을 진 채 자기 자신은 물론 사랑하는 사람들에까지 고통을 준다. 평화로운 죽음을 간구하면서도 살고자 하는 본능이 더 강렬하여 그 권리를 포기해버리는 것이다.

　10년 전, 화학요법에 대한 두려움 때문에 더 이상의 의학적인 치료를 포기하고 다른 면에서 희망을 찾으려 했던 환자가 있었다. 그는 모든 약물 치료를 거부하고 죽음에 순응하려는 태도를 취했다. 만일 기적이 일어난다고 하더라도 자신의 신체 내부에서 일어나는 것이므로, 그 기적을 절대 암 전문의에게서 바라지는 않겠다는 것이었다.

　변호사이자 코네티컷 시 의원으로 활약했던 마흔아홉 살의 로버트 데마타이스는 원래 의사를 몹시 두려워하는 사람이었다. 그가 14

년 전 교통사고로 대수술을 받았을 때 나는 그의 주치의였다. 그때 나는 입원 기간 내내 미미한 통증은 말할 것도 없고, 일어나지도 않은 미래의 고통까지 두려워하는 그의 심한 공포증을 주의 깊게 지켜보았다. 로버트는 간호사 유니폼만 봐도 신경이 곤두선다며 간호사였던 아내 캐럴린에게 병원 근무 시간에도 흰 유니폼을 입지 말라고 요구했다. 결국 캐럴린은 남편 로버트의 병실에 올 때마다 옷을 갈아입어야 하는 수고를 피할 수 없었다.

로버트는 누구의 충고도 받아들이지 않는 완고한 성격으로 자신감도 대단한 사람이었다. 평소 그는 건강 따위는 염두에도 없다는 태도를 보였다. 맛난 음식을 푸짐하게 먹는 것 말고는 건강에 대해 무관심주의로 일관해왔던 것이다. 로버트 데마타이스는 173센티미터 정도의 키에 체중은 무려 145킬로그램에 달했다. 얼굴을 잘 찡그리는 버릇과 땅딸막한 외모는 그를 염세적으로 보이게 했지만, 실제로는 친지들이나 친구들, 또 그를 찾아와 자문을 구하는 시민들에게 매우 친절하고 마음씨 착한 사교적인 성격의 사람이었다. 흠이 있다면 첫인상이 험악해 보여, 조금 과장하면 심약한 사람은 지레 겁먹고 달아날 만한 모습이었다. 그는 의견 충돌이 생겨 싸울 때만큼이나 일에 있어서도 매우 열성적이었고, 상대가 복종하는 데 길들여진 사람처럼 보였다. 게다가 그의 목소리는 낮게 그르렁대는 것처럼 들렸다.

체구만 보아도 주사기를 든 간호사를 두려워할 인물은 아니었다. 하지만 로버트는 입으로만 큰소리를 쳐댈 뿐, 적절한 치료를 할 수 없을 정도로 매번 예의 그 공포증을 내보였다.

　교통사고 수술시 애를 잔뜩 먹였던 환자여서 5월 어느 날 오후에 로버트의 내과의가 걸어온 전화를 받았을 때, 나는 솔직히 좋은 기분은 아니었다. 직장에서 이미 상당량의 피를 쏟고 난 뒤에야 병원으로 옮겨져 현재 수혈 중이라는 내용이었다. 내가 직접 진찰했을 때, 나는 지금의 갑작스러운 과다 출혈이 있기 전 몇 개월 동안 소량의 삼출(滲出)이 있었음을 감지할 수 있었다. 그는 2월부터 점차 복부에 불편함을 느꼈으며, 대변에서 이상한 냄새가 난다고도 했다. 변의 색깔은 별 차이가 없는데, 냄새만큼은 확실히 이상했다고 한다. 그것은 혈변 때문이었다. 한 달 전 그의 아내 캐럴린이 억지로 그를 내과로 끌고 와서 엑스레이 검진을 시킨 결과, 궤양까지는 진행되지 않았으나 십이지장 표면이 부식(腐蝕)된 듯한 사진이 나왔다. 다행히도 그 사진에 나타난 것만 보아서는, 소장이 직장으로 이어지는 부분에 위치한 회맹부판(回盲部板, ileocecal valve)이 단단해져 있을 뿐 종양 덩어리는 없었다.

　예일-뉴헤이번 병원에 입원하자마자 로버트의 출혈은 멈추었고, 그 뒤로 위장을 비롯한 전반적인 장 기관에 대한 정밀 검사가 이루어졌다. 엑스레이 사진상에 나타난 딱딱한 부분을 검사하기 위해 나는 '결장경(結腸鏡)'이라는 내시경을 이용, 윗부분보다는 결장 부분을 중심으로 조사해나갔다. 그 결과 필름에 나타난 증후는 단순한 '농화(thickening)'가 아니라 회맹부판에 뿌리내린 종양으로 밝혀졌다.

　수술을 받아야 한다는 나의 말에 예상대로 로버트는 히스테리컬

한 반응을 보였다. 죽어도 수술 같은 건 받지 않겠다던 그도 아내 캐럴린의 끈질긴 설득에는 더 이상 어쩌지 못하고 수술대에 올랐다. 지금 생각해보면 로버트만큼 수술실을 무서워한 환자는 없었던 듯하다. 마취되기를 기다리며 나는 늘 환자의 손을 잡은 채 그의 의식이 잠들 때까지 말을 건네곤 했다. 그런데 로버트는 정말로 독특한 환자였다. 그가 완전히 마취된 뒤 수술을 시작하기 전에 나는 몇 분 동안 내 손가락을 일일이 주물러야 했다. 그가 마치 내 손가락에서 피를 짜내기라도 할 듯 세게 쥐었기 때문이었다.

막상 개복을 해보니 종양은 충격적일 정도로 넓게 번져 있었다. 출혈을 동반한 작은 궤양성 종양일 것이라고 예상했는데, "회맹부 판과 연결된 맹장 쪽에 발생한 속발성 선상피암이 결장의 벽을 타고 주변의 지방 조직과 임파절 17개 중 8개로 전이됨"(임상일지에서 발췌)으로 나타났다. 종양 한가운데는 괴저 상태로 심하게 궤양을 보이고 있었고, 그로 인해 출혈이 일어났던 것이다.

비록 발생 지역에서 먼 쪽으로 전이되지는 않았지만, 그의 종양은 상당한 공격성을 보였다. 일단 혈관과 임파절이 공격을 당한 이상, 암세포들이 혈액을 따라 온몸으로 전이되는 것은 시간문제였다. 간·역시 공격 대상에서 제외될 수 없었다. 참으로 심각한 상태였다.

로버트 데마타이스는 생김새대로 직선적이고 퉁명스럽게 나왔다. 곁가지로 빙빙 도는 답변을 귀신같이 알아채고 즉시 물리쳤다. 자신에게 일어난 상황이 어떤 것인지, 조목조목 숫자 하나도 빼지 않고 정직하게 말해달라는 식으로 밀고 나왔다. 비록 내 형한테는 그렇게 하지 못했지만, 나는 항상 환자들에게 솔직하고 자세하게 모든 것을 알려주려고 노력해왔다. 나중에 닥쳐올 결과가 우려되기도 했지만, 나는 로버트에게 있는 그대로를 말해주었다. 병적일 정도의 공포심과 깊은 좌절감을 보일 것이라는 예상을 뒤엎고 로버트의 반응은 의외로 침착했다.

감정적 폭발은 보이지 않았다. 현실을 조용히 받아들이겠다는 듯한 태도였다. 심지어 로버트는 아내에게(아직껏 캐럴린은 그 이유를 알지 못하겠다고 한다) 50번째 생일은 기대조차 하지 않는다고까지 말했다. 첫 번째 수술의 회복 말기에 이르러 로버트는 내게 암으로 죽어가고 있는 현실을 아무 저항 없이 받아들이겠다고 말했다. 본시 종교인은 아니었지만, 그는 남은 시간 동안 신앙을 가슴에 품고 인생을 정리해나갔다.

그는 정말 보통 환자들과는 다른 특별한 데가 있었다. 암 환자이면서도 암 전문의의 의견에는 신경을 쓰지 않았다. 아내 캐럴린과 내과의가 치료법을 제안하면 로버트 스스로 최종 결정을 내렸다. 의사인 나도 그랬지만 로버트는 아내의 적극적인 치료 의지에 별 반응을 보이지 않았다. 그러나 모든 가능성이 사라질 때까지 최선을 다하겠다며 강경한 태도를 보이는 아내를 위로하는 차원에서 로버트는 결국 암 전문의와의 면담을 수락했다. 10여 년이 지난 지금도 별반 달라진 것이 없지만, 당시에도 암이 초기에 발견되어 수술로 완쾌되는 경우를 제외하면, 암 전문의와의 면담은 항상 치료하자는 결론 쪽으로 기울었다. 로버트의 경우도 예외는 아니었다. 캐럴린의 끈질긴 설득으로 로버트는 화학요법을 받기로 결정했다.

그러나 그의 비만 체질 때문에 화학요법을 즉시 시행할 수가 없었다. 그의 피하지방층이 너무 두꺼워, 수술 당시 숨어 있는 농양이 지방층 사이에서 자라날 우려가 있었기 때문이다. 나는 수술 부위를 그대로 열어둬야 했다. 상처가 깨끗이 아물기를 기다린 다음 약물요법을 쓰기로 결정했다. 그러는 동안 간으로 전이되었던 종양은 급속히 퍼져 방사성 동위원소 실험으로 분간할 수 있을 만큼 크게 자랐다.

로버트를 담당한 암 전문의는 화학요법을 시작하기 전에 그를 만나 종양이 심하게 전이된 상태를 자세히 설명한 뒤, 화학요법이 효능을 발휘하지 않을 경우 급속히 생의 내리막길로 떨어져 결국 3개월, 길어야 6개월 이상을 견뎌내지 못할 것이라는 말을 깊이 있고 솔직하게 해주었다는 내용의 편지를 내게 보내왔다. 그 편지에는 로버트가 솔직한 자신의 말에 고마워하더라는 얘기와, 지극히 현실적인 태도를 보였다는 내용도 들어 있었다.

당시 수술로 줄어들었던 로버트의 체중은 9킬로그램가량 다시 늘어났고, 기분도 괜찮아 보였다. 암 전문의가 미리 언질을 준 대로 로버트는 약물 투여가 치료를 위해서라기보다는 암의 급속한 진행을 막기 위한 것이라는 목적을 잘 이해하고 있었다. 사실 그는 그나마도 기대하지 않는 것 같았다. 아내와 딸을 생각해 그들의 소원을 들어주는 차원에서 약물 치료를 받는 눈치였다. 어쨌든 화학요법은 그렇게 시작되었다.

그 뒤 2주 내내 로버트는 설사를 동반한 변비 증세와 고열에 시달렸다. 지방층으로 불룩했던 둔부는 눈에 띄게 살이 빠졌고, 반복된 설사로 벌겋게 열독까지 올라 있었다. 그 시점에서 화학요법은 일단 유보되었다. 종양이 간으로 전이되어 극심한 통증이 찾아왔기 때문에 마취제는 필수적인 진통제가 되었다. 결국 로버트는 사무실 출근까지 포기해야 했다.

빠른 속도로 전이된 암세포는 무더기로 자라났고, 간장이 암세포의 공격에 무너져 내림에 따라 황달 증세가 나타났다. 골반에도 암 덩어리가 생겼다. 암 덩어리가 혈관을 막아 폐색이 일어나자, 두 다리는 심한 부종을 일으켰다. 로버트는 집 근처를 겨우 산책할 뿐 외출은 엄두도 낼 수 없었다. 캐럴린이 직장에 출근하고 나면 딸 리사는 집에 남아 아빠를 돌보았다. 나중에 그녀는 내게, "매일 밤 아빠와 깊은 애기를 나누었죠. 물론 예전에도 그랬지만, 그 몇 달 동안 아빠와 나는 더욱 서로를 깊이 이해하고 가까워질 수 있었어요"라고 말했다.

성탄절 전날 아침 나는 로버트에게 전화를 했다. 그의 집은 자신의 오랜 정치 생활의 거점이 되었던 그 도시의 외곽에 자리한 언덕 위 숲 지역에 있었다. 마치 죽어가는 사람을 위로하려는 듯, 몇 시간 전부터 눈이 내리고 있었다. 로버트에게 있어 즐겁고 명랑한 세계 속의 주인공이 될 수 있었던 성탄 전야는, 항상 19세기 초 디킨슨 소설 속의 영상을 보여주는 상징이었다. 로버트와 캐럴린은 결혼 이래 매년 성탄 전야를 맞이할 때마다 성대한 파티를 열어 각계 각층의 손님들을 자신의 대저택으로 초대했다. 웅성거리며 즐거워하는 손님들을 대접할 때면, 로버트의 가슴은 자부심과 만족감으로 한껏 고양되곤 했다. 파티에 참석한 무리에 섞여 있을 때마다 그의 가슴은 항상 높게 흔들렸고, 체구만큼이나 영혼도 풍부해질 수 있었다. 그때만큼은 습관적으로 찌푸리는 표정도 짓지 않았다. 크리스마스 무렵의 로버트 데마타이스는 한마디로 페지위그 씨와 회개한 스크루지 영감을 하나로 합친 바로 그 이미지였다. 매해 크리스마스가 시작될 무렵이면, 로버트는 리사와 캐럴린에게 디킨슨의 『크리스마스 캐럴』을 그대로 재연하곤 했는데, 디킨슨은 로버트가 가장 좋아한 작가였다. 디킨슨의 작품 중에서도 그는 『크리스마스 캐럴』을 가장 좋아했다.

로버트는 마지막 성탄절을 예전과 다름없이 보내기로 마음먹었다. 문을 열어준 캐럴린은 연한 미소를 지었다. 안으로 들어가니 파티 준비가 성대했다. 스물다섯 명이 앉을 수 있는 식탁 위에는 각종 장식이 어우러졌고, 오색 전구가 달린 크리스마스트리 아래에는 선물 꾸러미가 쌓여 있었다. 손님들이 몰려오기까지 약 한 시간의 여유가 있어 나는 로버트에게 찾아간 이유를 충분히 설명할 수 있었다. 호스피스에 관해서였다. 리사가 할 수 있는 일이 제한되어 있는 만큼, 점점 악화되는 상태를 제대로 처리하기 위해선 호스피스의 도움이 필요했기 때문이었다.

우리는 병원에서 빌려온 침대에 나란히 앉았다. 이야기를 나누는 동안 나는 로버트의 한 손을 내내 쥐고 있었다. 그렇게 하는 것이 말을 하는 데 도움이 되었기 때문이다. 같은 나이인데도 우리 두 사람의 인생경험은 완전히 다른 빛깔이었고, 한 사람은 이미 미래를 거의 소진해버린 상황이었다. 그러나 얼마 남지 않은 그의 인생에 나는 희망을 불어넣어주고 싶었다. 그것은 마지막 호흡이 멈출 때까지 로버트 데마타이스로 존재할 수 있는 희망이었고, 사랑하는 사람들에게 병들기 전의 모습으로 영원히 기억되고자 하는 희망이었다. 마지막 성탄절을 예전과 똑같이 보내려는 마음 역시 그 희망의 한 부분을 채우려는 시도였다. 내 설명을 찬찬히 들은 로버트는 선선히 호스피스 봉사 요원을 맞아들이겠다고 했다.

예상을 깨고 용기를 내어 마지막 시간을 담담히 받아들인 로버트에게 나는 목멘 소리로 감사를 표했다. 그러나 로버트는 내 기분에는 아랑곳없이 손님들이 몰려들기 전에 파티복으로 갈아입어야 한다는 생각에 초조해하는 듯했다. 그때야 비로소 나는 그의 앞에 성대한 파티가 기다리고 있다는 것을 새삼스레 깨달았다. 현관 밖에는 계속 눈발이 휘날리고 있었다. 로버트는 침실에서 밖으로 나가는 나를 큰 소리로 불러 세웠다. 언덕이 미끄러우니 조심하라는 당부였다. "위험하니까 조심하세요, 박사님. 성탄절에 죽을 순 없지 않겠어요!"

로버트는 그날 저녁 행사를 훌륭하게 치러냈다. 누런 황달기를 감추기 위해 캐럴린에게 아래층 불빛을 희미하게 조절하도록 부탁한 뒤, 식사 중 맨 윗자리를 지키면서—오래전부터 제대로 된 음식물을 먹지 못하면서도—맛나게 거짓 식사를 했다. 거의 새벽까지 이어진 파티 내내 로버트는 두 시간마다 안간힘을 다해 주방을 찾았다. 통증을 덜어보려고 캐럴린이 놓아주는 모르핀 주사를 맞기 위해서였다.

손님들이 모두 돌아간 뒤 캐럴린은 로버트에게 오늘 저녁 기분이

어땠냐고 물었다. 캐럴린은 그때 남편이 한 말을 지금까지도 정확히 기억한다며 말했다. "몇십 년 동안 치러왔던 성탄 파티 중 가장 좋았어!" 만족스러운 미소를 지은 뒤에 그는 한마디를 더 보탰다. "당신 알아, 캐럴린? 죽기 전까진 최대한 재미있게 살아야 된다고."

그 크리스마스로부터 4일 후, 로버트는 호스피스 기관에 등록했다. 등록 신청 직후 심한 구토와 간장 통증, 골반암종에 고열까지 일으키며 로버트의 상태는 최악으로 떨어졌다. 그해 마지막 날, 로버트의 체온은 섭씨 41도까지 올라갔다. 물설사는 손쓸 수 없을 만큼 심한 상태였고, 자주 혼수상태에 빠졌다. 결국 다음 해 1월 21일, 로버트는 집을 나와 브랜퍼드의 코네티컷 호스피스 요양소로 들어갔다. 정상 상태에서는 갈비뼈 밑까지 내려올 수 없는 간장이 무려 25센티미터나 늘어져 환자 스스로 느낄 정도였다. 축 늘어진 부분은 간장에 퍼진 종양 덩어리였다. 영양상태가 더욱 악화되었으나 호스피스 관리소의 기록철에는 '여전히 비만 상태'란 어구가 올라 있었다.

쉽게 응해 입소한 것은 아니었지만, 어쨌든 로버트는 호스피스의 입원 시설에 만족해했다. 그러나 원래 마음속에 자리 잡은 두려움과 공포심이 다시 살아나 모르핀 외에도 다량의 진정제를 투여해주었다. 음식은 예전처럼 한정된 양의 유동식을 섭취했지만, 입소 후 그의 체중은 급속히 줄어들었다. 소변만큼은 스스로 해결하려 안간힘을 다했지만, 침대에서 내려서질 못했다. 죽음을 현실로 받아들이고 나서도 차츰 빠져나가는 생의 가닥을 악착같이 잡으려는 눈치였다.

호스피스 입소 후 이틀째 되는 오후 로버트는 갑자기 큰 동요를 보였다. 당장 죽고 싶다는 그의 말에 캐럴린과 리사는 어쩔 줄 몰라하며 눈물만 마냥 흘리고 있었다. 로버트는 흐느끼는 아내와 딸을 한참 동안 바라보더니 투박한 두 팔을 벌려 오래전부터 자주 그랬던 것처럼 두 여인을 품속 깊숙이 끌어안았다. 그렇게 아내와 딸을 포옹한 채 로버트는 애원하듯 말을 꺼냈다. "죽어도 괜찮다고 말해줘. 그래야 내가 죽을 수 있다고!" 대답을 꼭 들어야겠다는 로버트에게 모녀가 고개를 끄덕여주었을 때에야 그는 평화롭게 침대에 누웠다. 잠시 후 로버트는 고개를 돌려 캐럴린에게, "빨리 죽고 싶어"라고 말했다. 그리고 곧바로 "아냐, 살고 싶어"라고 한마디 덧붙였다. 그 말을 하고 난 뒤 로버트는 내내 침묵했다.

다음 날 로버트는 마지막 혼수상태에 빠졌다. 캐럴린은 그가 입을 열지는 않았지만 소리는 들을 수 있으리라 굳게 믿고 있었다. 캐럴린은 로버트에게 리사와 자신에게 그의 인생이 지닌 의미를 나직이 속삭였다. 로버트는 크나큰 기쁨을 맛본 듯 눈감은 얼굴 위로 환한 미소를 한 가닥 내보였다. 캐럴린은 이후 내게 말하길, "그때 그이가 무얼 봤든 그건 분명 아름다운 것이었을 거예요"라며 확신에 차 있었다. 로버트는 미소를 담뿍 담은 표정을 지은 뒤 5분 후에 숨을 거두었다.

시의 공식 행사로 착각할 만큼 그의 장례식은 큰 규모로 치러졌다. 시장이 식에 참석한 것은 물론, 경찰들까지 동원되어 그의 관을 교회까지 이송했다. 리사가 쓴 작별의 편지는 로버트의 수의 안주머니에 넣어져 땅에 함께 묻혔다. 자단목으로 된 관이 땅속으로 들어가기 전, 사람들은 리사의 가슴 아픈 오열을 지켜보아야 했다.

로버트가 잠들어 있는 가톨릭 묘지는 우리 집에서 16킬로미터 정도 떨어져 있다. 죽은 이들의 평등을 주장하듯, 정갈하게 꾸며진 공원 묘지에는 사자의 이름이 박힌 석판만이 제각기 깔려 있을 뿐 특별한 비문은 없다. 사망이 눈앞에 있다는 사실을 알고도 인생에 새로운 의미를 부여하고자 했던 한 사람에게 경의를 표하는 마음으로, 나는 이 책 마지막 페이지를 몇 장 남겨둔 시점에서 로버트의 무덤을 찾아갔다. 로버트는 내게 구원의 가능성이 없는 상황에서도 희망이 존재한다는 것을 가르쳐준 소중한 사람이었다. 비록 그에게서 배운 교훈을 나의 형이 죽어갈 때 적용하지는 못했지만, 그 교훈의 진실성은 이 세상이 끝날 때까지 영원하리라고 믿는다.

캐럴린의 말로는 로버트는 살아생전, 자신의 무덤에 새길 문구를 디킨슨의 작품에서 골라냈다고 한다. 로버트 데마타이스가 화강암 석판에 묘비명으로 쓰고 싶어 했던 문구는 다음과 같다. "그에 관한 얘기가 나올 때마다, 그는 성탄절을 의미 있게 보낼 줄 아는 사람이었다는 말이 빠지지 않았다."

12
죽음이 주는 교훈

유대교 율법사들은 항상 "축복 속에 기억되게 하소서!"라는 기도문으로 추도 예배를 끝내곤 한다. 이 문장은 현대인들에게, 특히 유대교인이 아닐 경우에는 매우 낯설게 들릴 것이다. 나는 어린시절 이 문구를 교회에서 수없이 듣고 자랐다. 사실 보편적인 소망 같기도 한 이 문구는 우리 모두가 갈구하는 내용이며, 가정예배를 드릴 때에도 자주 등장한다. 로버트 데마타이스에게 평화를 선물해주었던 희망은 그 스스로가 만든 추억에서 나온 것으로, 죽어서도 예전의 모습으로 기억되길 바라는 마음에서 연출된 것이다. 그는 한 인간의 존재에는 반드시 한계가 있고, 뜻하지 않게 끝이 불시에 찾아올 수 있다는 사실을 인생 내내 의식하고 산 사람이었다. 그 때문에 로버트는 의학과 관련된 사람들이나 기구, 물질 등을 유난히 두려워했던 것이다. 하지만 오히려 그러한 의식이 죽음이라는 현실을 별 어려움 없이 받아들일 수 있도록 도와주기도 했다.

죽음 속에 내재된 위대한 존엄성은 죽음 전의 인생이 얼마나 고귀했느냐에 따라 좌우된다. 존엄한 죽음은 우리가 이루어낼 수 있는 희망의 한 형태이고, 그 희망은 생전의 삶이 어떠했는가에 따라 존재 여부가 갈리게 된다.

어떤 희망은 상대적으로 급히 이루어지기도 하지만, 어떤 것들은 불가능으로 나타나기도 한다. 나는 그동안 의사 생활을 해오면서 죽어가는 환자들에게 힘닿는 대로 편안한 죽음을 맞도록 도와주려고 애썼지만, 그런 노력과는 무관하게 희망이 순식간에 박살나는 것을 종종 보아왔다. 조용하고 평안한 죽음을 궁극적 목표로 삼고 있는 호스피스에서도 실패하는 경우가 허다하다. 내 동료들 역시 마찬가지겠지만, 가끔 나는 죽어가는 사람들을 편안하게 보내주기 위해 실제로 법을 어기기까지 한다. 그렇게 하지 않으면 내가 환자와 한 약속을 도저히 지킬 수 없기 때문이다.

사실 우리가 죽어가는 환자들에게 지킬 수 있는 약속이나 줄 수 있는 희망이란 것도, 그들이 혼자가 아니라는 사실을 확인해주는 것에 불과할지도 모른다. 하지만 그러한 희망조차 없이 홀로 쓸쓸히 눈을 감는 환자의 모습은 너무도 외롭고 불안하게 보인다. 그릇된 것인지 알면서도 차마 환자로 하여금 '희망을 뺏을 수가 없어서'라는 식의 태도는 환자를 무조건 안심시키려는 것으로서, 결코 성공을 거둘 수 없다. 환자 스스로가 자신이 죽어가고 있음과 그것의 의미를 확실히 인식하지 못하는 한, 그리고 죽음이 어떤 형태로 다가오는지를 알지 못하는 한, 자신을 사랑했던 사람들과 나누어야 할 마지막 순간을 훌륭히 마무리지을 수가 없다. 지나온 시간을 아무리 훌륭하게 가꾸어왔다고 해도 그 끝이 제대로 매듭지어지지 않으면 환자는 완전히 고립된 상태로 버림받은 채 눈을 감게 된다. 죽음 직전에 어떤 영적인 교감이 있을 수 있다는 생각은 우리에게 진정한 희망을 가져다준다. 그 희망은 육체적 고통에 대한 두려움을 덜어주는 정도의 차원이 아니라, 그 이상을 바라볼 수 있도록 해준다.

또 죽어가는 사람들은 헛된 희망과 욕망에 얽매여 남은 사람들의 에너지와 인생을 허비하지 말아야 할 책임이 있다. 이런 사실들을 깨닫기 오래전부터 나는 외로운 죽음을 무수히 지켜보아왔다. 아니 지켜보기만 했을 정도가 아니라, 어리석게도 그 외로움에 동조하기까지 했다.

할머니가 더 이상 움직일 수 없게 되자, 자연히 로즈 이모가 집안일과 우리 두 형제의 양육을 책임져야 했다. 우리 가문의 수장 역할도 로즈 이모의 몫으로 떨어졌다. 매일 아침 37번가에 위치한 봉제 공장에 출근해 열 시간 동안 바느질을 한 뒤에도 이모의 일과는 끝날 줄 몰랐다. 집안 청소와 저녁 식사 준비를 도맡아야 했기 때문이다. 옛 유대인들의 식욕은 참으로 대단했다. 당시 우리 집 저녁 식탁 역시 예외는 아니었다. 그때의 모리스 가 2314번지로부터 시간적으로나 공간적으로 멀리 떨어져 있지만, 나는 지금도 매주 목요일 밤 유대 안식일에 맞춰 온 아파트를 쓸고 닦고 음식을 준비하다 자정이 넘어서야 지친 몸을 침대에 눕히던 로즈 이모의 부지런한 손길을 어제 일처럼 생생하게 기억한다. 목요일 하루를 그처럼 고되게 보내고서도 이모는 다음 날 아침 여섯 시면 어김없이 일어나 출근을 서두르곤 했다.

이모는 본래 무뚝뚝한 성격이었지만 태도만큼은 분명했다. 우리 가문의 내력인 푸른 눈동자는 화를 낼 때마다 여름날 소나기처럼 강한 빛을 발했다. 철이 들면서부터 우리 형제는 이모의 확고부동한 성격과 엄한 태도가 다름 아닌 우리에 대한 사랑이라는 것을 알게 되었다. 우리들이 뭔가 잘못을 저지르면 이모의 원색적인 꾸지람이 어김없이 떨어졌지만, 결코 이모를 무서워하지는 않았다. 우리 형제도 이모를 무척이나 사랑했기 때문이다.

내가 레지던트였을 무렵, 70대 초반의 이모는 온몸에 옴이 퍼져 고생을 했고, 겨드랑이 밑의 임파선이 크게 붓기도 했다. 이모가 돌아가신 후 검시 결과 사인이 임파종으로 밝혀졌다. 질환의 초기에 이모는 '클로람부실(chlorambucil)'이라는 화합물을 이용해 치료 효과를 봤던 혈액 전문의를 만날 수 있었다. 발병 후 몇 달 사이 급격하게 쇠약해진 이모를 지켜보며, 사촌 아를린과 우리 형제는 이모에게 자세한 검진 결과를 숨기자는 쪽으로 의견을 모았다.

그런 결정이 임종 말기에 이르러 크나큰 실수로 드러날 것이라는 사실을 모른 채, 우리는 당장 눈앞에 있는 고통을 애써 감추려고 했다. 우리의 행위가 이모에게서 마지막 평화는 물론, 존엄성이 깃든 죽음마저 빼앗을 수 있다는 생각은 조금도 하지 못했다. 그저 우리에게 다가온 현실을 부정하려고만 했던 것이다.

우리는 로즈 이모도 자신이 암으로 죽어가고 있다는 사실을 어느 정도는 알고 있을 거라고 짐작하면서도 서로 그 문제를 화제삼으려 하지 않았다. 이모는 우리들을 염려했고, 우리는 또 우리대로 이모를 염려하는 등 서로 상처를 주지 않으려고 각별히 노력했다. 우리가 이모의 안색을 보고 병세를 진단하듯, 이모 역시 그랬다. 우리는 이모가 눈치챘다는 걸 알면서도 스스로를 세뇌하듯 다짐했다. 이모는 아무것도 모르고 있으며, 결코 우리 입으로 사실을 말하지 않으리라고. 이모는 이모대로 우리가 우리 자신을 속이듯, 알면서도 모르는 척 행동했다. 암에 걸려 마지막 날을 얼마 남겨두지 않을 환자와 그 가족들이 엮어내곤 했던 옛 시나리오 그대로였다. 우리는 알고 있다. 이모도 그것을 알고 있다. 이모가 알고 있다는 것을 우리는 알고 있다. 우리가 알고 있다는 것을 이모도 알고 있다. 그러나 서로 알고 있는 것을 입 밖에 내진 않았다. 우리는 그런 연극을 막이 내릴 때까지 계속했다. 이런 면에서 로즈 이모의 죽음은 정말로 외로운 죽음이었다고 할 수 있을 것이다.

톨스토이의 작품 『이반 일리치의 죽음』은 이와 비슷한 철저한 고독을 주제로 다루고 있다. 특히 이 작품은 날카롭고 솔직한 표현과 교훈적인 내용 때문에 임상의들 사이에서 높이 평가받고 있다. 톨스토이는 생애에 터득한 지식보다는 천부적인 학식으로 글을 써온 문호였다. 톨스토이는 진실을 외면한 죽음에 크나큰 고독이 따른다는 사실을 어떻게 그리도 철저하고 정확하게 직시할 수 있었을까? "긴 침대 등받이 쪽으로 얼굴을 돌린 채 그(이반 일리치)가 씹어야 했던 고독, 복잡한 도시 한가운데서, 친구들과 가족 한가운데서 느끼는 고독, 바다보다 더 깊고 땅보다 더 깊어, 그 어느 곳에서도 찾을 수 없는 깊은 고독……." 이반은 그 누구와도 그 심각한 문제를 의논할 수도, 공유할 수도 없었다. "그래서 그는 파멸의 가장자리에서 홀로, 이해해주고 연민을 보내주는 사람 하나 없이 살아야 했다."

이반의 주위에는 그를 사랑해줄 만한 사람이 단 한 명도 없었다. 그래서 그는 자신을 사랑해주지는 않더라도 최소한의 연민이나 동정을 받을 수 있는 존재가 있어주기를 꿈꾸었다. 아마도 보통 사람이라면 인생의 말미에 그런 감정 같은 건 받으려 하지 않았을 것이다. 남편 이반에게 말하지 않기로 한 아내의 결정은, 뒤에 나타날 감정적 결말을 고려하지 않은 독단적인 행위였다. 그 속임수가 경멸에서 비롯된 것이든, 잘못된 애정에서 비롯된 것이든, 그런 거짓말은 결국 이반에게 외롭고 쓰디쓴 고독만을 맛보게 했다. 이반의 아내는 남편의 죽음을 쉽게 받아들이려고 그런 결정을 내렸노라고 변명을 해댔지만, 그건 그녀에게만 해당된 사항일 뿐, 죽음 앞에 선 당사자 이반에게 전혀 도움이 되지 못했다. 이반으로서는 앞에 놓인 문제를 뚫고 나갈 힘이 없었다.

이반 일리치의 가장 큰 고뇌는 거짓말이었다. 단지 아플 뿐 죽음과는 거리가 먼 병, 의사를 믿고 요양만 하면 깨끗이 털고 일어날 수 있다는, 모든 사람들이 그렇게 믿고 있는 거짓말이었다. 그러나 그는 더 크고 고통스러운 분노와 죽음만이 남아 있다는 걸 알고 있었다.

그는 그 거짓 때문에 고문을 받듯 고뇌에서 벗어나지 못했다. 모두들 그가 알고 있다는 사실을 인정하는 대신 진실을 숨긴 채, 그가 알고 있다는 것을 뻔히 알면서도 그로 하여금 그 거짓말에 동조하도록 만들었다. 바로 그 거짓말 때문에 이반은 철저하게 고독했다. 그 거짓말은 죽음이 찾아왔던 바로 그날 저녁까지 그에게 떨어지지 않고 매달려 있었다.

저녁 식탁을 장식한 철갑상어나 찬란한 휘장, 또는 그 자리에 함께한 손님들, 그런 것들에 견줄 수 있는 그의 죽음은 그 거짓으로 인해 위엄과 존엄을 상실했다. 그것이 이반 일리치의 고뇌였고, 그로 인해 그는 참기 힘든 고통을 받아야 했다. 그를 위한다는 명목으로 모든 사람들이 연극을 할 때마다 그는 가까이 있는 그들에게 소리 없는 외침을 질러대곤 했다. "그 따위 연극 그만하라고! 내가 내 죽음을 알고 있다는 걸 알고 있으면서! 제발 거짓말 좀 그만둬!" 그러나 그는 결코 한 번도 이런 소리를 입 밖으로 내뱉지 못했다.

이와 같은 거짓말 외에도 죽어가는 환자를 고립시키는 요소가 또 한 가지 있다. 어찌 보면 현대 의학이 양산한 대표적인 부정적 요소일 것이다. 이 요소를 표현할 더 나은 단어가 있을지도 모르겠지만, 나로서는 '무익(futility)'으로 정의하는 것이 제일 나을 듯싶다. 여러 말기 증세들을 물리치려고 끝없이 치료를 시도하는 행위는 일견 영웅적이라고 볼 수도 있을 것이다. 그러나 이런 시도는 대부분 무의식 중에 환자를 학대하는 행위로 끝나고 만다. 무엇보다도 심각한 것은, 그러한 시도 자체가 진정 환자의 이익을 위해서인지, 아니면 가족과 의사들의 이익을 위해서인지가 분명치 않다는 점이다.

히포크라테스의 의학 철학에 따르면, 의사에게 있어 가장 중요한 것은 담당 환자의 최고 이익을 보장하는 것이라고 가르친다. 환자 개인의 이익에 관한 의사의 결정이 가끔 논쟁의 대상으로 떠오르고 있지만, 아직까지 임상치료의 최종 목표는 환자의 고통을 덜어주고 그 질환을 치료해주는 데 있다. 이것은 의심의 여지가 없는 의학계의 기본 철칙이다. 의대생이라면 누구나 질병을 이겨내기 위해선 환자에게도 고통의 시간이 따른다는 사실을 배우게 된다. 특히 수술, 방사선 치료, 화학요법 등이 따르게 되는 암질환들은 더더욱 그렇다. 질환의 확산을 저지하거나 더 나아가 완치될 수 있다는 가능성 앞에서 치료를 그만두자고 나서는 사람은 아무도 없을 것이다. 또 합당하고 가능성 있는 상황에서 치료를 포기한다는 것은 실로 우둔한 결정이 아닐 수 없다.

이 부분에서 우리는 심각한 딜레마에 빠지게 된다. 그것은 '합당한 (reasonable)과 '가능성 있는(promising)이란 단어의 애매모호한 특성 때문이다. 언뜻 보기에 명백한 선이 있을 듯하지만, 의사의 결승점과 그들이 담당하고 있는 환자의 결승점을 구획지을 때 그 어느 쪽으로도 해석될 수 있는 용어인 것이다. 내 자서전을 쓴 것 같아 우려되는 면도 없진 않지만, 나는 이 지면을 빌려 단지 아픈 친구를 도우려던 젊은 의대생이 자신도 모르는 사이에 생의학적인 문제의 해결사로 변하게 되는 과정을 그리려고 한다.

열 살이 채 되기도 전에, 나는 의사가 근심이 가득 찬 가정에 '희망'을 가져다주는 존재란 것을 알 수 있었다. 내 어머니는 죽음으로 천천히 미끄러져 들어가기 한참 전부터 오랜 병을 앓아왔다. 그 때문에 우리 가족들은 불시에 다급한 상황을 여러 번 겪었다. 자그마한 우리 집 거실에 가득 찼던 공포어린 무력감은, 우리 가족 중 누군가가 약국으로 뛰어가 공중전화로 의사에게 전화를 했다는 사실과, 지금 의사가 오고 있는 중이라는 말 한마디에 사라지고 안도의 한숨으로 바뀌곤 했다. 미소와 자신만만한 태도로 현관문을 들어선 뒤, 우리 가족들 하나하나의 이름을 불러가며 위로와 안도감 이상의 기운을 북돋아주던 사람, 바로 그 사람이 내가 이 다음에 커서 되고 싶었던 인물이다.

　나는 의사가 되어 브롱크스에 개업하는 것을 목표로 삼았다. 의대 1학년 때 주로 배운 것은 인간의 신체 기능에 관한 내용들이었다. 2학년 때는 신체가 병들어가는 과정을 공부했다. 3, 4학년에 올라가서는 부모님으로부터 물려받은 유전인자를 이해할 수 있었고, 18세기 병리학자 조반니 모르가니가, '고통받는 신체 조직의 울부짖음이라 표현했던 여러 병리 현상들을 이해하게 되었다. 환자들에게 귀 기울이는 법과 그들을 살피는 방법들을 통해 환자들의 갖가지 울부짖음을 식별해내는 기술도 익혔다. 상처난 곳을 살피고, 엑스레이 필름을 자세히 읽어내고, 혈액 상태와 체내의 여러 부산물들을 통해 신체의 상태를 알아낼 수 있는 건강 진단법도 배웠다. 여러 테스트로 숨어 있는 질환 부위를 찾아내는 방법과, 그것을 통해 도출한 결과로 확실한 병명을 알아내는 학문인 생리병리학 역시 학과목에 포함되어 있었다. 생리병리학의 복잡한 패턴을 마스터한다는 말은 건강한 체조직이 뒤틀려가는 과정을 상세히 이해한다는 뜻이다. 따라서 생리병리학을 이해하는 것은 정확한 진단을 위한 기본 열쇠이기도 하다. 이 열쇠 없이는 치료가 불가능하다. 어떤 질환에 매달려 이것저것 의문을 갖는 것이 바로 진단이요, 그 진단하에 특정 치료 과정이 결정되고 수행되는 것이다. 의문을 갖는 것, 그것은 바로 '수수께끼(Riddle)'를 푸는 일이다. 구태여 대문자 'R'를 사용한 까닭은 보통의 수수께끼들과 구별하기 위해서이다. 어떤 수수께끼를 풀어냈을 때 느끼는 만족감은 그 자체만으로도 가치 있는 일이지만, 더 나아가 임상의학계에서 뛰고 있는 전문 연구가들의 결정적인 동인(動因)이 된다. 어려운 수수께끼를 풀어냄으로써 해당 의사는 자신의 능력을 인정받는다. 또한 의사로서의 자기 이미지를 형성하는 데 아주 중요한 요소이기도 하다.

의대를 졸업할 무렵 나는 '감별진단(diagnosis)'의 여러 영역과 임상 치료법에 관한 다양한 실례를 터득했다. 질환이 전개되는 과정을 자세히 이해함으로써 절개, 생의학적인 보수(補修), 약물요법 등을 시기적절하게 결정하고 시행하는 것이 그 주요 내용이었다. 6년간의 레지던트 시절은 여러 수수께끼들이 내보이는 양상들과 씨름한 시간이었다. 수련의 생활이 끝나갈 무렵, 나는 내 의료 인생에 완전히 푹 빠져 있었다. 내 안에 있는 여러 선생들이 서로를 가르치며 서로에게 배우는 시기였다.

브롱크스나 그 비슷한 지역에서 개업의로 활동하겠다는 생각은 그

때에도 마찬가지였다. 필요할 때마다 달려와주었던 고마운 의사처럼 환자들에게 필요한 존재가 되고 싶었다. 그러나 지금 돌이켜 생각해 보면 당시 내가 원했던 존재는, 어릴 적 선망했던 그런 이미지가 아니었다. 수수께끼에 완전히, 아주 완전히 빠져 있던 내게 모델이 되었던 의사는 그 수수께끼를 최고로 잘 풀어내는 의사였다.

다른 동료 의사들도 마찬가지겠지만, 수십 년간의 의사 생활을 통해 나는 치료하는 의사가 되기 위해 노력해왔다. 그러나 다른 한편으론 보다 더 강력한 표상, 좀더 진취적인 모델로 눈을 돌리기도 했다. 자신의 의술을 향상시키기 위해 끊임없이 노력하는 의사, 철저하고 한 치의 오차도 없는 정확한 진단을 내리고 그 결과에 따라 치료하는 의사, 20세기 말에 임상의학계에 충격적인 발표를 던질 수 있는 진취적인 의사, 도전의 최고 목표를 개개인의 이익에 두기보다는 그 개개인이 안고 있는 질병의 수수께끼를 풀어내는 데 두는 의사 말이다.

우리 의사들은 환자가 회복하는 데 핵심 요소가 되는 '공감(empathy)'을 지닌 채 환자를 치료하려고 한다. 또 고통이 좀더 완화될 수 있는 쪽으로 그들을 인도하고자 노력한다. 그러나 그것만으로는 우리의 능력을 최고로 개발할 수 없고, 뜨거운 성취욕 또한 만족시킬 수 없다. 우리들로 하여금 보다 더 진취적인 사고와 높은 기술을 창출하게 만드는 것은 바로 이 수수께끼이다.

히포크라테스의 명언 중 "인간의 사랑이 있는 곳에 의술의 사랑이 있다"라는 말이 있다. 이는 추호도 의심할 수 없는 명언이다. 만약 이 문구가 잘못된 것이라면, 아마 우리 의사들은 어깨를 짓누르는 무거운 책무를 짐으로 여겨 당장 쓰러지고 말 것이다. 그럼에도 불구하고 우리는 환자를 치료할 때, 가슴에서 우러나는 감성적인 작업보다는 머리에서 끌어낸 지적 작업의 결과에서 더욱 큰 성취감을 느낀다. 후자가 끌어낸 결과로부터 가장 큰 열정을 느낄 수 있기 때문이다. 결국 지금까지 내가 찾아낸 결론은 한 가지로 결집될 수 있다. 의사들은 매시 매초 한 생명을 책임지고 있다는 생각을 잊어서는 안 될 것이고, 환자로서는 수수께끼를 풀어나가는 의사의 집요한 결과가 때로는 환자의 최고 이익과 상반될 수도 있다는 사실을 이해해야 할 것이다.

의사들의 대부분은 수수께끼가 풀릴 것 같다는 이유 하나로, 환자들이 치료에 계속 매달리도록 유도한다. 그러다 마지막에 이르러서는 혹시 자신의 결정이 환자를 위해서가 아니라 수수께끼를 포기할 수 없다는 자기 고집 때문이 아닌가 스스로 묻기도 하고, 또 담당 환자의 고통을 생각해 번민하기도 한다. 하지만 결국 그들은 처음의 생각대로 밀고 나가게 된다. 수수께끼의 유혹이 워낙 강한 탓도 있겠지만, 자신을 패배자의 위치에 두고 싶지 않다는 이유 때문일 것이다.

환자들은 의사들을 경외심으로 대한다. 어떤 사람들은 마치 정신적 구원의 손길이 의사에게 있는 것처럼 진심으로 의사를 존경한다. 정도의 차이는 있지만, 대부분의 환자는 의사를 신뢰한다. 어떤 사람들은 의사를 모든 병을 다 고쳐낼 수 있는 초인으로 보기도 하고, 본래 의사들이란 자신들이 하고 있는 일을 완벽하게 알고 수행하는 존재라고 여긴다. 명성이 자자한 의사일수록 환자들의 신뢰가 깊어 거의 절대적이기까지 하다. 의사들이 하는 치료는 모든 것이 다 과학적이고, 근거가 있으며, 확실한 바탕에서 이루어진다는 것이 의사에 대한 환자의 믿음이다.

치유 가능성이 아주 낮을 경우, 환자들은 더 이상의 치료를 거부하는 태도를 보인다. 포기 이유는 인생관 때문일 수도 있고, 심경의 변화 때문일 수도 있다. 아주 실제적인 것이지만, 참기 힘든 고통만 있을 뿐 무가치한 일을 하기 싫다는 간단한 이유도 있다. 암 환자를 담당하고 있는 한 간호사는, "치료 가능성이 충분한데도 정신적, 육체적인 고통 때문에 치료 자체를 거부하는 사람들이 있어요"라고 말한다.

지금 이 글을 쓰고 있는 내 책상 옆에는 미스 헤이즐 웰치의 의료 차트가 올라와 있다. 아흔두 살의 웰치는 예일-뉴헤이번 병원에서 8킬로미터가량 떨어진 노인용 회복 센터에 있던 환자였다. 정신 건강에는 아무 이상이 없었지만, 만성 관절염과 동맥 폐쇄로 인한 혈행 장애 때문에 그녀는 걸을 때면 항상 간호사의 도움을 받아야 했다. 내가 치료할 당시 그녀의 왼발은 발가락 하나를 절단해야 할 만큼 심하게 괴저되어 있었다. 심한 관절염으로 '안티인플라마토리(antiinflammatory)'를 투여받고 있던 그녀는, 당시 만성 백혈병을 앓고 있었다. "여기선 나사가, 저기선 바퀴가, 또 여기선 톱니가, 다음엔 스프링이 빠지는" 현상이 진행되고 있었다. 치료에 매달렸던 내게 제퍼슨은 아마도 "기계 전체가 삐걱거리는 현상을 막아보겠다니, 그건 어리석은 생각일세"라고 충고했을 것이다.

1978년 2월 23일, 정오가 조금 지나 미스 웰치는 간호사가 지켜보는 앞에서 마룻바닥으로 쓰러졌다. 그녀는 뉴헤이번 병원으로 급히 이송되었지만, 혈압은 완전히 바닥으로 떨어져 있었다. 무의식 상태로 들어가게 된 직접적 원인은 급성 복막염 때문이었다. 일단 응급조치를 취한 뒤 엑스레이실로 옮긴 결과, 복강에 다량의 공기가 차 있는 것이 판명되었다. 위장 바로 너머의 십이지장궤양이 주원인으로 밝혀졌다.

혼수상태에서 맑은─아주 이성적인 상태였다─의식으로 돌아온 미스 웰치는 수술받기를 완강히 거부했다. 그녀는 강한 북부 발음으로, 자신은 이 지구상에서 아주 오랫동안 젊고 건강하게 살아왔기 때문에 더 이상의 욕심을 부리지 않겠다고 말했다. 이제는 하다못해, 어느 누구를 위해서라도 살아야 할 대상조차 없다는 얘기였다. 의료 차트 맨 윗부분 가족란에는 코네티컷 국립은행의 직원 이름이 적혀 있었다. 그 사람이 그녀에게 제일 가까운 사람이었다. 친구들과 가족들에게 둘러싸여 있는 정상인으로서는 이해하기 힘든 결정이었다. 나는 그녀를 설득하기 시작했다. 아직은 정신도 또렷하고 백혈병도 차츰 완화되고 있어 몇 년은 거뜬히 더 살 수 있다는 것이 나의 주장이었다. 동맥경화증과 복막염으로 인해 수술 성공률이 3분의 1밖에 안 된다고 솔직히 말하고서, "하지만 미스 웰치" 하며 내 주장을 계속 밀고 나갔다. "3분의 1이라곤 하지만 바로 죽는 것보다는 훨씬 낫지 않겠어요?" 너무도 명백한 주장이었기 때문에 그녀도 손을 들 것이라고 나는 생각했다. 그러나 그 고집은 수그러들 기미조차 보이지 않았다. 혼자 생각할 시간을 주기 위해 병실을 비워주긴 했지만, 살아날 수 있는 기회는 시간을 다투며 줄어들고 있었다.

15분 뒤 나는 다시 그녀를 찾았다. 미스 웰치는 침대 위에서 허리를 세운 자세로 앉아, 말 안 듣는 개구쟁이를 꾸짖는 듯한 눈빛으로 나를 응시했다. 그녀는 손을 뻗어 내 손을 잡았다. 수술이 실패로 돌아갈 경우 내게 개인적인 책임을 묻겠다는 듯한 눈빛으로 미스 웰치는 내 눈을 뚫어지게 보았다. "하겠어요, 다른 이유 때문이 아니라 의사 선생 당신을 믿기 때문이니 그런 줄이나 알아요." 그 순간 나는 내가 과연 올바른 판단을 내렸는지 의심스러워지기 시작했다.

어쨌든 그렇게 해서 수술이 시작되었다. 십이지장궤양의 상태가 예상보다 훨씬 심해, 보다 폭넓은 '보수 공사'가 요구되었다. 위장은 마치 폭발되어 떨어진 듯 십이지장과 거의 분리되어 있었다. 복부에는 부패된 소화액과, 그녀가 쓰러지기 몇 분 전 점심으로 먹은 음식물로 가득 차 있었다. 나는 필요한 조치를 취하고 복부를 다시 봉합한 다음, 여전히 마취 상태에서 깨어나지 못하는 웰치를 의료진들에게 맡겼다. 호흡곤란 상태여서 마취 튜브는 그대로 기도에 연결시켜놓았다.

1주일 뒤 미스 웰치는 수술 후유증에서 차츰 벗어나 회복 기미를 보이긴 했지만, 주변 상황을 완전히 이해할 수 있을 만큼 명료하게 의식이 돌아오진 않았다. 맑은 정신이 돌아온 것은 다시 며칠이 지난 후였다. 구강에서 호흡기를 완전히 떼어낼 때까지 그녀는 하루 두 번씩 찾아가는 나를 나무라듯 노려보았다. 이틀 뒤 겨우 입술을 자유자재로 놀릴 수 있게 되자, 미스 웰치는 왜 자신을 그냥 죽게 내버려두지 않고 이런 고통을 받게 했느냐는 식으로 나를 호되게 비난하는 것이었다. 하지만 나는 그녀의 책망을 기분 좋게 받아들였다. 내 판단이 옳았다는 증거를 내 눈으로 확인할 수 있었기에, 그것을 증명할 수 있었기에 만족할 수 있었다. 어쨌든 복막염에서 살아나지 않았는가. 그러나 그녀의 시각은 달랐다. 수술 뒤에 따를 고통을 미리 말해주지 않았다는 것이었다. 나이 든 동맥경화증 환자들이 수술 후 회복 기간 동안 받아야 하는 고통을 미리 알았다면 미스 웰치는 분명 수술을 끝까지 거부했을 것이다. 사실 수술 후의 통증을 내가 과소평가했는지도 모르겠다. 어쨌든 그녀는 나 때문에 너무 큰 고통을 치러야 했다고 말했다. 이제는 더 이상 나를 신뢰하지 않는 듯했다. 미스 웰치는 덤으로 선물받은 삶이 수술 후 통과해야 했던 고통에 비해 가치가 없다고 느끼는 사람이었고, 나는 나대로 수술 후의 고통이 얼마나 크다는 것을 확실히 해두지 않았기 때문에, 그런 에피소드가 나왔을 것이다. 나는 비록 그녀의 최고 이익을 위해 일한다는 자세를 갖고 있었지만, 일종의 '간섭주의'에 말려들었던 것이 아닌가 하는 생각을 지울 수가 없었다. 혹시나 환자가 내 결정이 잘못되었다고 말하는 것이 두려워서 수술 후의 고통을 미리 얘기해주지 않았을 수도 있다는 느낌이었다.

노인용 회복 센터로 다시 이송된 지 2주 후, 미스 웰치는 갑작스런 쇼크로 하루 만에 숨지고 말았다. 복막염 수술시 맨 처음 병원을 찾아왔던 은행 직원에게 내린 지시에 따라 미스 웰치는 그 요양소에서 눈을 감았다. 그녀가 서류로 남긴 지시는, 몇 주 전과 같은 고통은 두 번 다시 겪고 싶지 않으니 만일의 경우가 생기더라도 절대 병원으로 옮기지 말아달라는 내용이었다. 복막염과 수술 후유증 때문에 쇼크가 일어났다고는 하지만, 나의 의도적인 기만에 분을 삭이지 못했던 것이 쇼크를 일으키는 데 한몫하지 않았을까 하고 생각해본다. 아니면 내 잘못된 결정에 분노하다 못해, 정말 이제는 더 이상 살고 싶지 않다는 생각이 쇼크의 직접적 원인이 되었을지도 모르겠다. 어쨌든 나는 수수께끼 게임에서 이겼을지는 모르지만, 환자를 치료하는 전쟁에서는 패배자로 남을 수밖에 없었다.

이 글의 앞부분을 살펴보니 노령화를 다루면서 성급한 수술 권고는 언급하지 않은 듯싶다. 미스 웰치의 경우, 비록 수술이 성공적으로 끝나긴 했어도 결과는 부정적이라고 할 수 있다. 그 결과를 예상할 만큼 내가 현명하지 못했던 탓이다. 지금 나는 좀더 다른 시각으로 그 문제를 살피고자 한다. 만약 그때 그 상황으로 다시 돌아간다면, 아니 그와 비슷한 상황에 맞닥뜨린다면 그때보다는 환자의 의견에 더 귀를 기울일 것이고, 내 주장을 낮출 것이다. 당시 내 목표는 수수께끼를 풀어내는 데 있었다. 편안히 숨을 거둘 수도 있었던 미스 웰치는 결국 내게 그 기회를 주기 위해 그토록 고생했던 것이다.

그때와는 분명 다르게 행동할 것이라고 말은 했지만, 사실 그건 거짓말일지도 모른다. 또다시 그런 상황에 처한다면 나는 분명 그때와 똑같이 행동할 것이다. 그것은 도덕론자들이 임상의의 치료 행위를 판단할 때, 그 기준을 어디에다 둘 것인가를 놓고 고심하는 것과 똑같은 문제이다. 도덕론자들은 의사가 아닌 탓에 의료 행위에 대한 옳고 그름을 판단할 세세한 자료가 없기 때문이다. 미스 웰치처럼 수술해서 살아날 가능성이 있을 경우, 우리 의사들은 기본 틀을 벗어나 자신의 뜻을 실행에 옮기게 된다. 의사로서 내린 결정은 어디까지나 임상적인 판단이므로 도덕적인 잣대로 잴 수는 없다. 당시 내가 미스 웰치의 뜻에 따라 아무런 조치를 취하지 않았다 하더라도, 매주 열리는 외과의협회는 그 결정이 환자 자신의 뜻에 의한 것이 아니라 의사인 나의 뜻으로 이루어진 것이라고 여길 것이 뻔했다. 그렇게 되면 나는 스스로를 변호하기 위해 그 결정에 대한 경위와 결과를 낱낱이 보고해야 했을 것이다. 거기에 덧붙여 환자의 생을 구해야 할 의사로서의 임무를 게을리 했다는 비난까지야 받지 않겠지만, 동료 의사들로부터 적절치 못한 판단으로 환자를 죽게 했다는 소리를 들었을지도 모를 일이다: "아무리 그래도 그렇지, 어떻게 환자가 죽겠다고 한다고 그대로 따를 수 있냐고?", "나이 든 노파가 죽고 싶어 한다고 해서 그 말을 진짜 믿는 의사가 어디 있나?", "의사는 항상 임상적으로 판단을 해야 하네. 임상적 결정은 바로 수술이라고. 도덕론 같은 건 목사들이나 따지는 거라고!" 모든 분야에 해당된 얘기겠지만, 동료들의 압력 역시 나로서는 무시할 수 없다.

미스 웰치를 치료하려 한 것은 결국 그녀의 이익 대신 내 의도대로 내 자신의 이익에 맞추어져 있었다. 그녀만이 지닐 수 있는 희망을 앗아가버린 것이다. 그건 어느 누구의 방해도 없이 온전히 그녀 마음대로 쥘 수 있는 희망이었다. 비록 피를 나눈 가족이 없긴 했지만, 그렇다고 홀로 외롭게 죽어야 할 사람은 아니었다. 가족은 아니지만 적어도 사랑을 가지고 지켜볼 사람이 있었으므로, 이처럼 버림받은 죽음은 아니었을 것이다. 그런데도 그녀는 의미 있는 생을 되돌려준다는 새로운 과학 문명과, 그 과학을 업으로 삼고 있는 의사의 결정에 따라 현실로부터 유리된 채 고통을 받다 죽고 말았다.

삐삐, 지지직거리는 모니터, 씩씩거리는 호흡기, 삑삑대는 오색계기판 등 모든 현대 의학 기기들은 환자들이 누려야 할 정당한 권리인 희망을 앗아가는 무기들이다. 이런 면에서 볼 때, 인류에게 희망을 준다고 알려진 과학 문명은 희망을 빼앗기도 하는 것이다. 생색을 내며 삶을 좀더 연장시켜줄 순 있어도 그것과는 견줄 수 없을 정도의 큰 대가를 치르도록 강요해, 환자들로 하여금 마지막 몸부림을 치게 만든다.

모든 자연과학의 발달은 그 시대의 문명과 연루되어 있을 뿐 아니라, 그 시대를 대표하는 상징이기도 하다. 1816년에 발명된 청진기로 의사들은 환자들로부터 '육체적인 거리'를 둘 수 있었다. 그 덕에 의사들은 환자 가슴에 자신의 귓바퀴를 직접 들이대고 심장의 고동을 들어야 하는 괴로움을 덜 수 있었다. 현재 우리에게 혜택을 주는 과학 기기들에 얽힌 뒷얘기는 헤아릴 수 없이 많다.

임상적인 면에서 중요도를 따져볼 때, 청진기는 사실 소리를 전달해주는 단순한 기기에 불과하다. 이런 의미에서 볼 때, 각종 첨단장비로 무장해놓은 치료실 역시 환자들을 보다 더 효율적으로 치료하기 위해 성채처럼 격리시킨 장소일 뿐 무슨 특별한 의미가 있는 것은 아니다. 이 요새는 자연의 섭리를, 심지어 죽음의 필요성 자체를 부정하는 우리 사회의 이기적 단면을 상징한다.

죽어가는 많은 이들이 병원의 치료실에서 낯선 사람들 속에 고립된 채 생의 마지막 시간을 보내게 된다. 즉 의사들의 고집스런 시도는 마지막 몇 시간만이라도 버림받지 않은 상태로 있으려는 환자들의 희망을 앗아가고 마는 것이다. 환자들은 결국 자신을 전혀 모르는 프로급 의사들의 의도나 목적에 따라 희망을 유린당한 채 유기된다고 볼 수 있다.

요즘 일반인의 시야로부터 가려진 죽음은 엄청나게 양산되고 있다. 죽음과 연관된 관습을 그린 자신의 저서에서, 프랑스의 사회학자 필립 아리에는 이런 현상을 '보이지 않는 죽음(Invisible death)'이라고 표현했다. 그는 "죽음이란 흉하고 더러운 것이다. 우리 인간은 본래 더럽고 흉한 것을 잘 참아내지 못한다. 그러므로 죽음은 외지고 격리된 장소에서 치러져야 한다"라고 지적했다.

1930년대와 1940년대에 조심스럽게 일기 시작한 "병원에서의 보이지 않는 죽음"은 1950년대 이후 급속하게 퍼지기 시작해…… 현대인들의 오감은 19세기 초만 해도 우리 생의 일부분으로 받아들여졌던 죽음의 냄새와 모습을 이제 더 이상 받아들이지 못하게 되었다. 생의학의 발달로 현대인들은 보건위생화된 세계 속에서 살고 있다. 보건위생화된 세계를 단적으로 표현해주는 곳이 바로 병원이다. 항상 그런 것은 아니지만 병원은 가족들에게 완벽한 장소를 제공한다. 그 누구도, 심지어 가족들조차 받아들이지 않으려고 하는 임종 직전의 환자들을 수용하는 곳이기 때문이다.

통계에 의하면 현재 미국인의 80퍼센트가 병원에서 숨을 거둔다고 한다. 50퍼센트로 나타났던 1949년 이래 그 수치는 계속 증가해 1958년에는 61퍼센트, 1977년에는 70퍼센트로 급속하게 늘어났다. 병원에서만 죽어가는 사람들에게 제대로 된 치료를 해줄 수 있었던 까닭이다. 죽어가는 모습을 격리시키려는 행위의 문화적 상징성은, 특수 장비와 전문 의료진들이 더욱 진보될 수 있다는 임상적 전망만큼이나 큰 의미를 지니고 있다.

'외로운 죽음'은 이제 우리 사회가 대비책을 마련하고 있을 만큼 널리 알려진 문제이다. 마지막 순간이 확실하게 다가든 이상, 환자에게 주어진 권리, 즉 희망을 가질 수 있는 권리를 되돌려주어야 한다. 마지막 순간만큼은 반드시 '생화학 기술자'가 아닌 환자가 알고 있는, 환자를 알고 있는 사람에 의해 주관되어야 할 것이다.

자연이 우리의 자식들로 하여금 이 세계를 이어가게 만든 것처럼, 죽음을 거스를 수 없는 자연의 섭리로 받아들이는 것이 바로 존엄성 있는 죽음의 기본 요소다. 우리 인생의 끝은 죽음이다. 그 끝을 막으려 하는 것은 존엄성 있는 죽음을 인정하지 않는 행위와 같다. 그러나 우리의 현대 과학 문명은 사회로 하여금 인생의 끝에 죽음 대신 다른 것을 집어넣도록 종용한다. 한 생명체가 태어나서 죽는 것은 아주 중요한 일이다. 드라마의 주요 인물은 결국 죽어가는 사람이다. 구원자라고 하면서 나타나 떠들어대기만 하는 사람들은 대부분 그 드라마의 관객, 그것도 저급한 관객에 불과할 뿐이다.

세월이 흘러 죽음이 다가온 순간은 영적으로 매우 신성한 시간이다. 그 시간에는 죽어가는 자와 세상에 남게 되는 자 사이에 합당한 영적 교류가 이루어져야 한다. 이러한 죽음이 바로 희망 있는 죽음 이요, 존엄성 있는 죽음이다. 올바로 된 죽음은 쉽게 부인할 수 없는 죽음이다. 사랑하고 사랑받던 사람들과 나누게 되는 마지막 교감, 위로, 사랑, 그리고 슬픔, 이러한 감정들을 나눌 수 있는 시간은 당사 자들로 하여금, 아름다운 죽음은 가치 있는 것이라는 생각과 하느님 의 존재와 내세에 대한 희망을 갖게 만든다.

"희망이 무엇이냐"는 질문을 받는다면, 누구나 나름대로의 답변 을 갖고 있을 것이다. 그런 희망을 다시 정의한다는 것이 좀 우습게 보일 수도 있겠지만, 대부분의 사람들이 추구하고 있는 희망에 대해 다시 언급해볼 필요가 있을 듯싶다. 여느 시대와 마찬가지로 현대에 도 죽어가는 사람들은 종교에 의지해 평안과 내세를 구하려 한다. 무신론자들조차 인생의 끝에 머물게 될 때 종교 안에서 안식처를 찾 아 마음의 평안을 얻곤 한다. 의사 생활 초기에 나는 비신도인 환자 가 종부성사를 끝내 거부하다가 마지막에 가서는 의사보다 사제나 목사를 먼저 찾는 경우를 여러 번 보아왔다. 한때 우리 병원에서는 위험수위 명단이란 것을 작성해 사망에 이른 환자들을 분류한 적이 있었다. 이름이 가톨릭계일 경우, 그 환자의 담당 사제는 자동적으로 호출되었다. 하지만 몇 가지 부작용으로 인해 명단 작성은 얼마 못 가 중지되었다. 그중 한 가지는 사제복을 입은 사제가 병실에 나타나 는 것만으로도 환자를 '겁줄 수' 있다는 여론 때문이었다. 사제가 나 타날 정도로 상태가 심하다는 것을 위협적으로 알릴 필요가 없다는 이유였다.

죽음을 앞둔 환자들 중에는 딸이 졸업할 때까지, 혹은 아들이 결혼할 때까지 등 특별한 의미가 있는 날까지 죽음이 미뤄지기를 원하는 사람들이 있다. 또 대부분의 의사들과 성직자들은, 많은 환자들이 정신력으로 죽음의 진행을 늦추어 마지막 성탄절을 맞이하기 위해 혹은 자신의 임종을 보러 달려오는 사랑하는 얼굴을 기다리느라 예상보다 조금 더 사는 경우를 종종 보아왔다고 말한다.

이처럼 희망은 치료에 대한 기대뿐 아니라, 현재의 고통으로부터 탈출하려는 곳에도 존재한다. 그러나 궁극적으로, 죽음을 예약한 환자들에게 완치될 수 있다는 믿음은 도저히 이루어질 수 없는 희망이다. 고통으로부터의 탈출 역시 마찬가지이다. 그래서 나는 내게 마지막 시간이 찾아왔을 때, 생을 좀더 연장하기 위한 헛된 노력 따위는 하지 않을 것이며, 그로 인한 공연한 고통은 더더욱 받지 않을 생각이다. 이러한 결심이 바로 내가 지니고 있는 '희망'이다. 나는 홀로 버림받은 채로 죽지 않겠다는 결심 속에서, 또 내게 허락된 인생을 후회 없이 즐기는 속에서 그 희망을 찾고 있는 중이다. 내게 주어진 시간을 최대한 보람 있게 이용하다가 내가 사랑하고, 또 나를 사랑하는 사람들 속에서 아름다운 추억들을 간직한 채 죽어갈 것이다.

신앙이나 내세에 대한 믿음에서 희망을 찾는 사람도 있을 것이고, 혹자는 자신이 세운 목표를 향해 나아가는 과정이나 그 목표의 완전한 성취를 희망으로 삼기도 한다. 심지어 자신이 죽을 시간을 스스로 결정할 수 있을 만큼 강한 결단력에 희망을 두는 이들까지 있다. 실제로 그런 사람들은 자살을 감행하기도 한다. 그 형태가 어떤 것으로 나타나든 우리들 각자는 자기 나름대로의, 진정으로 원하는 희망을 찾아야만 한다.

암 환자들 중에는 희망 대신에 버림받은 상태로 죽어가는 환자들이 특히 많다. 그들 대부분은 의사들 때문에 희망을 잃고 고통받는 사람들이다. 도중하차를 하는 의사는 지극히 드물다. 수수께끼가 풀릴 가능성이 조금이라도 보이면, 그들은 끈질기게 그 작업을 계속해 나간다. 어떨 땐 환자 가족들을, 심지어 환자까지 자신의 헛된 작업에 끌어들인다. 초점을 맞출 수수께끼가 더 이상 존재하지 않을 경우, 의사들은 대부분 의욕을 잃어버리고 만다. 끊임없이 되풀이되는 약물요법이 실패로 돌아갈 때마다 그들의 의욕은 힘없이 떨어져버린다. 상황이 그 정도에 이르면 그들의 마음은 어느새 환자로부터 멀어지게 된다.

의사들이 회복이 불가능한 환자들을 돌아보지 않는 이유는 실패를 인정하기 싫어하는 본능 때문일 것이다. 사람들은 본래 죽음을 두려워하기 때문에 의학은 이들을 현대 장비와 새로운 약품 등으로 유혹하고 있다. 의사들은 우리가 그토록 두려워하는 죽음을 의학의 치료 능력으로써 누를 수 있으리라고 믿었기 때문에 의사가 되었을 것이다. 인간의 연약함을 상징하는 환자, 그 환자들로부터 죽음의 마수를 떼어놓기 위해서 말이다. 의사들은 승리를 해야 만족하는 사람들이다. 승리하기 위해 우리 의사들은 치열한 경쟁 속에서 학위를 따고, 힘든 수련 과정을 거쳐 자신의 입지를 다진다. 다른 분야의 사람들과 똑같이 의사들도 자신의 능력을 재확인하고 점검하기 위해 부단히 노력해야 한다. 성공만 아는 의사가 쓰디쓴 실패를 맛볼 경우, 그 의사의 자아는 '의사라는 가장 이기적인 직업 세계에서 낙오되고 부서져 내릴 수밖에 없다.

대부분의 의사들이 갖고 있는 보편적 특질은 실패에 대한 두려움일 것이다. 합당하고 합리적인 것을 찾아가는 과정이 어느 선을 넘어버릴 때, 다시 말해 통제력이 사라지게 될 때, 의사들은 자신의 무능력이 양산해낸 결과를 두려움으로 받아들인다. 통제력을 유지하기 위해, 의사들은 거의 무의식적으로 자신이 환자들보다 돌아가는 상황을 더 잘 알고 있다고 확신한다. 전혀 강요한다는 의식 없이 자신이 옳다고 믿는 대로 일단 결정내리고, 그 결정을 환자들이 받아들이도록 유도하는 것이다. 미스 웰치를 치료할 때 내가 보였던 실수도 바로 그런 간섭주의에서 나온 결정이었다.

통제력을 잃어버려 결과가 실패로 끝날 때쯤 되면, 의사는 자신이 더 이상 힘을 발휘할 수 없는 상황에서 빠져나가려고 한다. 생의 마지막에 다다른 환자로부터 의사의 책임과 의무를 거두어들이려고 하는 것이다. 수수께끼가 존재하는 한 의사들은 그 속에 들어 있는 구조와 그것을 풀어가는 체계적 순서를 통해 혼돈으로부터 질서를 창조하고, 질병과 자연, 그리고 자신의 개인적인 우주관을 조정해내는 힘을 발견한다. 그러나 수수께끼가 더 이상 존재하지 않을 경우, 의사는 관심을 줄이거나 아예 외면해버리기까지 한다. 자연의 승리를 넋 놓고 바라보는 것만으로 자신의 무능력을 소리 없이 자인하는 것이다.

어떤 의사는 고개를 돌려버리지도 않고 의사로서의 권위와 자존심을 계속 세우기 위해 환자가 죽기까지의 전 과정을 곁눈질로 지켜본다. 호흡이 멈추는 순간을 앞당기거나 뒤로 미루어 자신의 영향력을 보여주려고 한다. 그런 의사들의 시도는 환자와 그 가족들에게 주어진 권리를 빼앗는 행위다. 요즘 입원 환자들 중 대다수는 의사가 결정하는 순간에 눈을 감는다. 현대 과학의 저변에는 유익한 연구 활동을 할 때 일게 되는 기본적 호기심과, 문제를 해결해보겠다는 진취적인 욕구를 뛰어넘어 자연을 제어해보겠다는 환상이 있는 것 같다. 의학 자체가 지닌 예술과 철학이 있음에도, 현대 의학은 하나의 전문 직종으로서 '정복'이라는 목표만을 향해 달려온 나머지, 응용과학의 실습장으로 변모해가고 있다. 과학자들은 지식을 위한 지식뿐만 아니라, 적대적인 환경을 극복하기 위한 지식까지 궁극적인 목표로 삼는다. 자연이 행사하는 적대행위 중 죽음보다 더 큰 것은 없을 것이다. 담당 환자가 숨을 거둘 때마다, 의사는 도도한 자연에 맞서려는 사람의 능력이 얼마나 보잘것없는 것이며, 인간의 한계는 영원히 계속될 것이라는 사실을 깨닫게 된다. 우리 인류를 끝까지 존속시키기 위해서라도, 자연은 항상 인간의 도전을 패배로 이끌어낼 것이다.

자연은 필연적으로 승리할 수밖에 없다는 관념은 우리 인류가 전 세대에 걸쳐 자연스럽게 받아들였던 순리다. 앞선 시대의 의사들은 다가오는 죽음에 대해 훨씬 겸손한 자세를 취했다. 인간들은 자연과학의 발달에 고무되어 자연을 통제할 수 있다는 오만함을 싹 틔워왔다. 특히 의학자들은 과학이 인간에게 부여한 막강한 힘을 마음껏 휘둘러보는 데 전력을 다하는 것 같다. 인간의 지식이 많아질수록 자연에 대해 겸손해져야 함에도 불구하고, 오히려 교만해지고 있는 것이다. 그 어떤 것이라도 시도하지 못할 게 없다는 식이다. 바로 환자들을 대상으로 말이다!

전문의들일수록 수수께끼를 풀고자 하는 본능이 강하며, 곧잘 현실로 옮기기도 한다. 사실 그 때문에 의학이 진보되기도 했다. 하지만 실패를 맛보았을 때 받는 실망도 그만큼 더 크다. 수수께끼는 의사들로 하여금 응용과학자가 되도록 끌어당기는 자석이며, 인간을 수호하는 신천옹으로 만들어주는 요소라고 할 수 있다.

의학계의 여러 방면에서 일하고 있는 사람들 중 가장 단호하고 끈질긴 사람들은 아마도 암 전문의일 것이다. 그들은 운명에 맞서, 다른 수호자들이 깃발을 내려버릴 때에도 마지막까지 사력을 다해 투쟁한다. 물론 그들도 다른 전문의들처럼 감성적이고 호의를 베풀 줄 아는 사람들이다. 치료법과 치료 프로그램을 가능한 한 실수가 없도록 재검토하고, 환자 및 그 가족들과의 관계도 부드럽게 유지하려고 노력한다. 그러나 그런 과정들은 담당 환자들의 심리 상태와 죽음의 그림자 밑에서 일어날 정신적 변화를 제대로 이해하지 못한 채 진행되곤 한다. 불행하게도 불치의 질환을 다루는 전문의들일수록 이런 면이 더욱 심하다. 인간을 지키는 수호자를 자처하며 지내온 30여 년의 세월을 돌이켜볼 때, 솔직히 나 역시 그 범주에서 벗어날 수가 없을 듯하다. 환자들의 육체뿐 아니라 정신까지 사려 깊게 품어주었고, 또 나로 하여금 의사의 길로 들어서게 만들었던 그 옛날 브롱크스의 의사보다는, 그저 문제를 해결하는 의사로 뛰어왔음을 부인할 수 없다. 이것은 생각하면 할수록 더욱 확실해지는 결론이다.

그렇다면 환자들의 속성을 진실로 이해하고 이성적으로 인도해주며, 불가능한 것을 과감하게 포기하는 의사들은 없단 말인가? 물론 대부분의 의사들도 초기에는 환자들을 성의껏 인도했다. 일반인들이 잘 알지 못하는 병리 현상들을 자세히 설명해주고, 환자가 지금 어떤 상태에 놓여 있는지 스스로 판단할 수 있도록 그 길을 안내해주기도 했다. 하지만 시간이 흐를수록 환자 스스로 올바른 판단을 내릴 수 없다는 사실을 점점 깨닫게 되고, 그럼으로써 전문의들은 구차한 설명들을 의도적으로 줄여가면서 자신들이 원하는 길로 환자들을 유도하기 시작한다. 이렇게 되어서는 절대로 안 된다. 모든 환자들은 자신의 질병이 어떠한 것인지, 질환의 초기뿐 아니라 말기에 이르기까지 치료에 관한 전 과정과 그에 따른 결정이 누구에 의해 어떻게 내려져야 하는지를 알아야만 한다. 자신의 운명에 대해서는 자신이 알아야 할 권리가 있기 때문이다. 또 치료 과정에 대한 모든 판단은 환자와의 논의를 통해 환자의 의견이 존중되는 쪽으로 내려져야 한다. 그러기 위해서는 환자에게, 정상적인 신체 기능들이 질병에 의해 어떻게 변해가는지를 알려주어야 한다. 즉 환자들에게 질환에 대한 상세한 정보를 제공해 정확한 판단을 내릴 수 있는 근거를 마련해주어야 한다는 것이다. 물론 암 등 대부분의 질환에는 일반인인 환자들이 쉽게 이해하기 어려운 부분이 적지 않다. 하지만 아무리 어려운 내용이라고 할지라도 환자를 무시해서는 안 된다.

앞서 '수수께끼'를 거론할 때 전문의보다 한 단계 낮은 일반의에 대해서는 언급하지 않았지만, 히포크라테스도 큰 의미를 부여한 바 있거니와, 제일 먼저 환자를 대면하는 일반의와 환자의 관계는 질환 치료의 핵심이 된다. 또 모든 치료가 무위로 돌아갈 때, 그 관계는 더욱 큰 의미를 지니게 된다.

가정의의 활동과 기초 의료요원들의 활동이 건강을 수호하는 첨병이 될 수 있도록 제도를 정비하고 지원해나가야 할 책임은 바로 정부에 있다. 이를 위해 정부는 의대와 병원들에 그런 체계와 프로그램들이 세워질 수 있도록 정책적, 경제적 면에서 많은 배려를 해야만 할 것이다. 이 외에도 재능 있는 많은 젊은이들의 헌신적 봉사가 요구된다. 그렇게 되어야만 우리가 죽을 때 진실로 인간답게 죽을 수 있기 때문이다. 죽음이 찾아올 때, 우리는 질환의 처음부터 죽음을 끌어안는 그 순간까지 자신만의 '의사'로 존재했던 사람의 통찰력과 가슴에 의해 인도되어야 한다. 고도로 전문화되고 낯선 '의료인'에 의해서가 아니라 말이다.

생을 등지게 될 때, 우리는 고통이나 슬픔 이상의 아픔을 견뎌내야 한다. 그 무거운 짐들 중에서도 가장 큰 것은 아마 '회한'이란 감정이 아닐까 싶다. 피할 수 없는 죽음일수록, 힘든 고난을 겪어야 했던 죽음일수록, 특히 암으로 고생하다 눈을 감게 되는 사람일수록 무덤으로 갈 때 지게 되는 짐은 더욱 무거울 수밖에 없다. 그러나 그 짐들을 미리 알 수만 있다면, 무게를 조금이나마 덜 수 있을 것이다. 천수를 누린 후 죽음을 맞이하든, 생을 중도에서 마치든 상관없이 우리 모두에게는 끝내지 못한 분쟁, 화해하지 못한 인간관계, 이루지 못한 희망들이 남기 마련이다.

역설적으로 들릴 수도 있겠지만, 미처 끝내지 못한 일에도 그 나름대로의 만족감과 의미가 있다. 이미 죽음에 닿아 있는 사람이, "눈감기 전에 할 일이 너무 많아, 가야 할 곳도 많고"라고 말하지는 않을 것이다. 죽음은 새로운 시작이며 우리가 영원히 이 땅에 살기 위한 통과의례라는 것과, 매 순간순간이 마지막이라는 태도로 생을 일궈나가는 것이 가장 바람직한 삶의 자세일 것이라고 생각한다.

죽음에 관해 언급한 로버트 번스의 경고를 기억하자. 그러면 불필요한 짐을 벗어버릴 수 있을 것이다. 죽음은 결코 우리 계획에 따라 오지 않는다. 우리의 예상을 뒤엎으며 찾아든다. 우리 모두는 '아르스 모리엔디(ars moriendi)', 즉 아름다운 끝맺음을 원한다. 인류가 문자를 쓰게 된 이후 우리는 이상적인 죽음을 글로써 기록해왔다. 마치 그 누구도 그러한 죽음의 존재를 믿지 않는다는 듯, 아니면 그런 죽음을 바라는 것 자체가 어리석다는 듯 우리는 아름다운 죽음을 끝없이 글로 남겨왔다. 자신이 죽음에 대해 올바른 인식을 갖지 못했다고 해서 스스로를 비난해서는 안 된다. 희망을 쫓아다닌다는 면에서 힘든 결정을 내려야 한다는 면에서 인간은 여러모로 함정에 빠져들기 쉬운 존재이기 때문이다.

자연은 자신이 갈 길을 묵묵히 갈 뿐이다. 자연은 스스로가 만들어낸 우리 개체가 적응할 수 있는 방법으로 일을 진행시킨다. 어떤 땐 심장질환으로, 어떤 땐 뇌졸중으로, 또는 암으로, 그렇게 해서 우리 각자한테도 차례가 돌아오는 것이다. 모든 생물의 세계는 각 세대가 다음 세대에 의해 교체되는 질서로 형성되어 있다. 자연의 도도한 순환과 무자비한 힘에 대항할 때 그곳에는 패배만이 남을 뿐이다.

브라우닝의 『조커난 하카도시』에 나오는 "우리의 두 발이 모든 육체의 길을 밟고 지나가며"라는 시구처럼, 우리가 그런 지점에 확실하게 이르렀다고 생각할 때, 그 길이 육체에만 국한되는 것이 아니라 우리의 인생과 우리에게 있던 모든 계획도 포함된다는 사실을 반드시 기억해야 한다. 설사 그 길을 연장시킬 수 있는 방법을 찾아냈다고 하더라도, 결국 실패로 끝나기 마련이다. 자연의 법칙을 거스르는 자살과 죽음을 앞당기는 일체의 행위도, 넓은 의미에서 볼 때에는 동물의 세계와 자연 불변의 법칙의 또 다른 예이다. 셰익스피어는 줄리어스 시저를 통해 자연의 법칙인 죽음을 다음과 같이 표현했다.

내가 지금껏 들었던 불가사의 중 가장 이상한 것은,
인간이 죽음을, 때가 되어 찾아드는 필연적 종지부를
두려워한다는 것이다.

맺음말

내 관심사는 항상 대우주보다는 소우주인 인간에 있다. 별이 어떻게 죽는 것보다는 인간이 어떻게 사는가에 더 관심이 있고, 혜성이 하늘에 줄무늬를 그리는 것보다 여성이 아름다움을 창조하는 모습에 더욱 관심이 많다. 하느님이 계시다면 그분은 우주 전체를 창조함에 있어 우리 인간에게 가장 큰 신경을 쏟았을 것이다. 우주의 구성 요소보다 나는 인간의 구성 요소에 큰 매력을 느끼고 있는 것이다.

평생 나는 인간의 조건들을 연구하며 살아왔다. 일흔을 향해 가는 인생살이 동안 나는 무수한 슬픔과 기쁨을 맛보았다. 가끔 내 몫의 슬픔이나 기쁨은 충분치 못했다는 생각이 들 때도 있지만, 그것은 아마 우리 인간이 자신의 존재를 특별나게 여기는 마음에서, 삶은 삶 자체보다 더 크고 더 깊다는 생각에서 나왔을 것이다.

과연 내 앞에 죽음이 얼마만큼 다가와 있는지, 10년 안에 죽을지 아니면 그보다 더 오래 살지, 그것을 아는 사람은 아무도 없을 것이다. 건강은 솔직히 자랑할 것이 못 된다. 죽음의 시간이 언제일지는 알지 못하나, 다만 확실한 것은 "고통 없는 죽음을 맞이하고 싶다"는 간절한 희망이다. 아마 대부분의 사람들이 똑같은 생각을 갖고 있을 것이다. 어떤 사람들은 아주 빠른 죽음을, 즉 불시에 다가오는 급사를 원한다. 또 어떤 사람들은 사랑하는 사람들이나 사물 속에 둘러싸인 채 평화롭게 짧은 순간을 보낸 뒤 눈을 감고 싶어 한다. 두 가지 중 후자의 죽음을 원하는 사람은 나뿐만이 아닐 것이다.

그러나 문제는 죽음이란 것이 원하는 대로 오지 않는다는 것이다. 그동안 나는, 자신의 희망과는 달리 고통받으며 죽어가는 사람들을 수없이 보아왔다. 대부분의 사람들처럼 나 역시 죽음의 질환으로 인한 정신적, 육체적 고통을 받을지도 모른다. 또한 지금 생각과는 달리 얼마 남지 않은 생의 끝자락을 붙잡고 우유부단한 모습을 보일 수도 있다. 이러한 망설임은 강한 힘으로 다가드는 죽음 앞에서 우리 자신을 양면 거울에 비춰보는 모습일 것이다. 마지막 순간에 임박하여 투영된 우리의 모습은 분명 그 결정에 따라 편안하게 보여야 하지만, 왠지 그 모습은 그리 편안해 보이지 않는다.

원래 내가 이 책을 쓰리라 마음먹은 것은 다른 이들을 위해서였지만, 한편으로는 나 스스로를 위해서이기도 하다. 나는 내 능력을 다해 말을 타고 우리 앞으로 달려드는 죽음의 군사들을 정확하고 자세하게 나열하고 묘사하려고 노력했다. 하지만 모든 살인자들을 일일이 다 나열할 필요는 없었다. 내가 언급한 것들보다 더 흉악한 살인자들이 많긴 하지만 모두 다 비슷한 무기로 공격하므로, 특별히 따로 분류하지는 않았다.

우리가 질환들에 대해 정확한 지식을 갖고 있다면, 그들의 공격으로부터 받을 타격을 훨씬 완화시킬 수 있을 것이고, 과도한 불안과 공포에서 벗어나며, 헛된 희망에 매달려 마지막 시간을 허비하지는 않을 것이다. 우리 각자에게 어김없이 다가드는 죽음도 당연하게 받아들일 수 있을 것이고, 그 비밀을 풀려는 의욕 역시 더 강해질 수 있을 것이다. 바로 그런 점에서 나는 그 질환들을 가급적 정확하고 객관적으로 그려내려고 힘썼다. 죽음이 아무리 자연의 섭리라고 해도, 우리는 가능한 범위 내에서 우리가 나아가야 할 방향을 선택해야 한다. 릴케는 다음과 같은 시를 남겼다.

주여, 우리에게 각자 알맞은 죽음을 허락하소서.
당신의 사랑과 뜻과 절망이 있는 삶으로부터
죽음이 나올 수 있게 도와주소서!

시인은 이 시를 기도문 형식으로 표현했다. 모든 기도문과 마찬가지로 이 기도 역시 이루어지지 않을 수도 있다. 인간에게 죽음의 모습은 어떻게 조절해볼 수 없는 존재이다. 어떠한 지식이나 학식도 죽음을 바꾸어놓을 수는 없다. 사랑하는 사람이, 또는 우리 자신이 죽어가는 동안, 우리 편에 서 있는 현대 과학과 생의학의 힘에도 불구하고 더 이상의 기회가 없다는 사실을 우리는 깨닫게 된다. 이 깨달음의 과정은 매우 귀중한 배움이다. 재수가 없어서 혹은 나쁜 운명을 타고나서 죽는 것이 아니라, 자연의 섭리로 생을 마감한다는 사실을 인정하는 것이기 때문이다.

몇백 년 전 사람들은 아르스 모리엔디, 즉 예술적인 죽음의 개념을 신봉했다. 그들은 다가오는 죽음을 그대로 받아들인다. 일단 죽음의 징후가 나타나면 별 도리 없이 하느님의 평화와 함께 눈감는 것을 최고의 길로 알았다. 그러나 그 시대에도 끝을 받아들이기 전에 다가드는 고통은 존재했었다. 지금 같지는 않았겠지만 그래도 회한과 유감을 보였고, 마지막 시간을 편하게 받아들이기 위해 사제와 가족들의 기도가 있어야 했다.

우리는 현재 '죽음의 예술' 대신 '생을 구하는 예술'과 수없이 많은 딜레마들 속에 묻혀 살고 있다. 불과 한 세기 전만 해도 '의학 예술'은 죽음의 과정을 조절한다는 뜻에서 자부심을 가질 수 있었다. 그러나 오늘날의 의술은 '구조(救助)'라는 의미로 대치되었다. 그래서 구조 가능한 환자는 건져내고, 구조가 불가능할 때는 가차 없이 유기해버리는 것이다. 물론 호스피스 같은 특정 프로그램은 예외가 되겠지만 말이다.

죽음은 사망에 이른 당사자의 것이고, 그 환자 가족들에게 속한 것이다. 사악한 질환으로 인한 증세들이 죽음의 본뜻을 더럽히고 있지만, 그렇다고 해서 헛된 의술로 더욱 오염시킬 수는 없는 것이다.

헛되게 지속되는 치료는 대부분 환자보다는 의사들의 열정에서 비롯된다. 환자와 그 가족과 전문의가 의견을 교환할 때, 전문의의 권유는 대부분 받아들여질 수밖에 없다. 환자와 그 가족은 물에 빠져 지푸라기라도 잡는 심정으로 통계수치에 매달리려 하기 때문이다. 심지어는 객관적인 의학적 통계를 주관적으로 해석하기도 한다.

여기서 고도의 기술을 지닌 전문의들을 비난하고 싶은 의도는 없다. 나 역시 그런 사람들 중 한 사람으로 지내오면서, 죽음과 싸워 일시적인 승리라도 거둘 때면 말 못할 희열을 느끼곤 했던 사람이다. 그러나 그런 승리 뒤에는 엄청난 희생이 뒤따라야 했다. 그 엄청난 고통의 대가치고는 얻은 승리가 너무나 작을 때도 있었다.

고도의 전문적인 치료를 받아야 할 만큼 중병을 앓게 될 때, 나 역시 전문의를 찾을 것이다. 그러나 그 전문의가 진심으로 나를 이해하리라고—내 희망, 내가 사랑하는 사람들과 사물들, 나만의 인생철학, 영적 상태 등—기대하지는 않을 것이다. 내게 속한 것들이 그의 전문 분야가 아닐 뿐만 아니라, 그가 추구하는 목표에도 해당되지 않을 것이기 때문이다.

따라서 나는 전문의에게 나의 마지막 순간에 대한 결정권을 이양하지 않을 것이다. 내 나름대로 내 식대로 결정하거나, 아니면 나를 제일 잘 아는 사람과 의논해 결정할 생각이다. 너무 병세가 심해서 의식이 아주 없거나 존엄성을 지니지 못한 채 죽을 수도 있겠지만, 어쨌든 나를 전혀 모르고 이해하지도 못하는 전문의에게 맡겨지지는 않도록 노력할 것이다.

과거에 활발히 시행되었던 가정의 제도가 새로 부활되어야만 한다. 우리 모두에게는 자신을 잘 아는 안내자가 필요하다. 죽음에 이르게 될 때, 그 길이 끝나는 데까지 안내해줄 수 있는 가이드 말이다. 죽음으로 가는 길은 너무도 여러 가지다. 결정해야 될 일도 많다. 쉬어야 할지 계속해야 할지, 아니면 거기서 여행을 끝내야 할지 모를 수많은 정거장들이 널려 있는 것이다. 우리들의 결정에 객관적 사고와 시각을 갖도록 해주는 의학적 충고는, 우리 자신의 가치와 우리가 살아 있던 시간들을 낱낱이 알고 있는 의사로부터 나오는 것이지, 낯선 전문의들로부터 나오는 것은 아니다. 마지막 순간에는 낯선 이의 친절이 아니라 오랜 시간을 두고 관계를 지속해온 '의학계의 친구'가 필요하다. 앞으로 의학계의 진료 체계가 어떻게 바뀌어갈지는 몰라도, 환자가 올바른 판단을 내리는 데 나의 주장은 변할 수 없는 진리라고 생각한다.

　그러나 그러한 친구가 있다고 해도 진정한 판단은 환자 자신이 질환과 죽음에 대해 얼마만 한 지식을 갖고 있느냐에 달려 있다. 너무 오랫동안 투병하는 사람이 있는가 하면, 생을 늘일 수 있을 뿐만 아니라 즐길 수도 있는 기회가 있음에도 너무 일찍 싸움을 포기하는 사람도 있다. 자신이 앓고 있는 질환이 어떤 성격의 것인가를 정확히 알 때, 싸워야 할 시간과 멈춰야 할 시간들을 판단, 편안한 죽음을 맞이할 수 있는 것이다. 그럴 경우 우리의 슬픔은 사랑하는 사람을 잃은 것에 국한될 뿐, 잘못 내려진 결정으로 인한 불필요한 죄의식에서는 벗어날 수 있다.

또 이러한 현실 인식은, 한 개인이 지구상에 태어나 할당받은 시간을 다하고 끝을 맞이하는 것이 지극히 당연한 일이며, 인류의 영속을 위해서도 반드시 필요하다는 점을 거부감 없이 받아들이도록 도와준다. 사람 역시 여타의 동물이나 식물들처럼 자연 생태계의 일부분이다. 자연은 인간을 따로 구분하지 않는다. 결국 우리는 이 세상이 계속 돌아가도록 하기 위해 죽는 것이다. 한마디로, 우리는 기적적인 생을 받아쥔 사람들이다. 우리들에게 길을 뚫어주기 위해 헤아릴 수 없이 많은 생물들이 죽었기 때문이다. 그 생물들은 단지 우리를 위해 죽어갔던 것이다. 우리 역시 다른 생물들이 살 수 있도록 죽어야 한다. 자연의 평형 속에서 이루어진 한 개인의 죽음은 그 개인에게는 비극일지도 모르나 계속 살아 숨쉬는 모든 개체의 승리로 남게 되는 것이다.

이러한 자연의 섭리는 우리에게 주어진 매시간 시간을 더욱 귀중하게 여기도록 해준다. 생명을 더욱 가치 있게 만들어주는 것이다. 우리는 즐거움과 슬픔, 승리와 패배를 통해 인류뿐 아니라 자연의 평형과정을 영속시키는 데 참여하게 된다. 주어진 시간 속에서 우리가 창조한 존엄성은 죽음의 필요성을 받아들임으로써 더욱 큰 이타주의의 존엄성을 이루게 한다.

그렇다면 평온이 깃든 임종은 얼마나 중요한 것일까? 우리 모두에게 그러한 임종은 절대적이고도 희망적인 영상이다. 그러나 불행히도 극소수를 제외하고는 그런 임종을 맞이하지 못한다.

결국, 나머지 사람들은 우리에게 주어진 것을 최대한 이용하여 그와 비슷한 임종이 되도록 만들어가야 한다. 인류에게 떨어진 치명적인 질환들을 자세히 이해함으로써, 현실을 정확히 인식하는 지혜를 발휘함으로써, 의사가 신이 아닌 만큼 그들에게 필요 이상의 것을 요구하지 않는 바른 자세를 확립함으로써, 우리는 병리학적 과정으로부터 빠져나와 평안한 마지막을 맞이할 수 있을 것이다.

죽음의 시간이 평안하게 축복 속에 다가온다고 하더라도, 그런 평온에 이르기까지 영과 육이 입어야 했던 고통을 생각할 때, 그 평온은 사실 엄청난 대가를 얻은 값비싼 결과이다. 존엄하지 못한 상태로 밀려들어가면서도 얼마만이라도 고귀함을 유지하려고 노력하는 사람들이 있다. 그것은 짧지만 아주 소중한 순간이다. 그러나 결국 그 짧은 승리도 큰 고통과 스트레스로 무너지고 만다. 평소의 삶 속에서 겪는 고통은 평화나 기쁨으로 완화시킬 수 있지만, 죽어가는 이에겐 그저 괴로움만 있을 뿐이다. 잠시 잠깐 고통은 썰물이 되어 빠져나가기도 하지만, 그 휴식은 너무도 짧다. 또다시 크나큰 고통의 밀물이 몰려든다. 그러다가 자포자기 상태로 평화가, 가끔은 기쁨이 덤으로 얹혀져 밀려든다. 이런 경우를 우리는 평온한, 존엄이 깃든 죽음이라고 부른다.

존엄성 깃든 임종이라는 고전적 영상이 변화된다면, 아니 완전히 없어져버린다면, 사랑하는 이를 두고 떠나야 하는 마지막 순간에 우리의 희망은 어떤 것이 될 것인가? 임종시 우리가 찾아야 할 존엄성은 반드시 우리가 살아온 삶 속에서 찾아야 한다. 아르스 모리엔디(죽음의 기술)는 아르스 비벤디(삶의 기술)이다. 정직과 성실로 살아온 삶, 바로 그것이 우리가 죽을 때 필요로 하는 존엄성인 것이다. 바로 어제의 삶이나 지난 주의 삶이 아니라 그 훨씬 전의 과거, 그 몇십 년 동안의 삶 속에 우리가 찾아야 할 존엄성이 있다. 존엄 있게 삶을 영위한 사람만이 죽을 때도 존엄 있게 죽을 수 있다. 겨우 스물일곱 살의 나이로 죽음에 관한 명상록인 『타나톱시스(*Thanatopsis*)』의 마지막을 장식했던 윌리엄 컬런 브라이언트는, 다음 시구에 나타난 것처럼 그러한 사실을 확실히 이해하고 있었다.

그렇게 살아라, 죽음의 조용한 홀 속에 여러 개의 방으로 이루어진 신비한 왕국을 향해 나아가는 수많은 마차가, 그대를 오라 부를 때 즐거움으로 가듯, 지하 감방으로 끌려가는 밤의 노예가 아니라, 위로와 위안과 변할 수 없는 신뢰감을 품은 채 그대의 무덤을 향해 다가가라. 그분 곁에 있는 침상 위에 모포를 덮고 누워 편안히 꿈을 꾸는 자처럼.